論創ミステリ叢書

93

香住春吾探偵小説選 I

論創社

香住春吾探偵小説選Ⅰ

目次

創作篇

凡　例

一、「仮名づかい」は、「現代仮名遣い」（昭和六一年七月一日内閣告示第一号）にあらためた。

一、漢字の表記については、原則として「常用漢字表」に従って底本の表記をあらため、表外漢字は、底本の表記を尊重した。ただし人名漢字については適宜慣例に従った。

一、難読漢字については、現代仮名遣いでルビを付した。

一、極端な当て字と思われるもの及び指示語、副詞、接続詞等は適宜仮名に改めた。

一、あきらかな誤植は訂正した。

一、今日の人権意識に照らして不当・不適切と思われる語句や表現がみられる箇所もあるが、時代的背景と作品の価値に鑑み、修正・削除はおこなわなかった。

一、作品標題は、底本の仮名づかいを尊重した。漢字については、常用漢字表にある漢字は同表に従って字体をあらためたが、それ以外の漢字は底本の字体のままとした。

創作篇

見合令嬢

一

佐竹都留子《つる》。年齢二十三才、明朗快活の典型的な美人。「人間は誰でも一度は、一眼みて抱きしめたいような美しい娘に逢った経験を持っているものだ」と、モウパッサンが云っているが、都留子は正にそんな娘である。一代の富豪、佐竹鉱山王がこの世にのこした一粒種、富と名声と美貌に恵れて、万人羨望の的であるが、世間の噂は少々よろしくない。人呼んで云う「見合令嬢」と。

巨万の財宝に包まれてはいるが、幼時に母を失い、先年父に死別かれた天涯孤独の身で、唯一の相談相手は、故佐竹氏の秘書格であったと、同時に遺言により後見役を務めている従兄の宮西次郎、弁護士を開業しているが三十五才でなお独身という、少々これまた変人の部類に属する。

輝くような天性の美貌に加えてその莫大な財産は、色と慾の好気心に駆られた若人の狙うところであるのは云うまでもないが、ねんねえであるべき一人娘の都留子が、実は仲々にたいした娘なのである。しかし、都留子が愛情とか結婚に対して無関心か、と云えばそうではなく、正式に申込まれた縁談については必らず見合を怠らない。だが、これも見合をするに留まって、一度だってその結果に対して好意的な意志表示をしたことがなかった。すでにして見合の回数三十幾度に及ぶや、正に近代のレコード・ホルダーとして、献上されたる「見合令嬢」の名称も誠にむべなる哉《かな》と識者の讃嘆するところであった。

ところが最近に至って、「見合令嬢」は更に香しからぬ評判を受けることになった。

「ほんとに申分のないいい娘さんなんですが、見合の席へ行くと妙な癖がありましてね……」

そして、その癖ゆえに、最近は先方から破談される傾向が多くなったが、当の都留子は超然として意に介そうともしない。

二

もう四十回になるじゃないか、都留子ですら忘れたほどの幾十回目かの見合が、例によって宮西弁護士の奔走で行われた。その相手は従来とは少し趣を異にして、宮西弁護士の従弟で三十三才の法医学者住吉博士、殺人や死骸に興味を持つ学者らしい変人だが、却ってこんなところにピントが合うかもしれないという彼の苦心の結果なのである。

見合と云っても、住吉博士は特別の席を設けず、研究室を参観に来る、といった形式を採った。

「まあ——、殺風景なところね」

都留子は些か、従来の席上と趣を異にするので呆気に取られていたが、それでも本来の脅えない性質は研究室の空気に馴れると、あれやこれや、と博士に質問し始めた。

「あら、これなんでしょう、珍らしいわ」

突飛な都留子の声に宮西弁護士はギクリとした。畜生、また、何か見つけたな——

「ああ、これですか——、これは最近よく新聞にも書かれている嘘発見器って、あれですよ」

博士の説明を聞いて宮西弁護士はホッとした。あれなら大丈夫、ちょっとくすねて帰る、って訳にはゆかない。しかし、場所柄だけに危険な薬品や素人に判りにくい培養液などが並んでいるので彼の監視も楽でない。

——その日の帰り道、いつもと違って都留子は黙々として何事かを考えているようだった。自動車を走らせながら、宮西弁護士もまた、彼女の対度に首を傾げていた。

三

「——今日は何をやった?」

家に帰って、応接室へ入ると、彼は何よりそれが心配だった。

「いやな次郎さん」と、都留子は微笑んだが、今日に限って、これよ、と袂から出てこない。

「オヤッ、今日はやめたのか?」

「止してよ」

「変だよ、見合令嬢の盗癖。さては、相手が法医学者ってので敬遠したかな」

何としたことか、そう云う彼を見上げた都留子の眼には露が美しく光っている。

「……」意外なもの見た彼は声を落して、

「どうした、都留ちゃん、住吉君はどうだね？」

「……」

都留子は答えずに頷いた。宮西弁護士にとって、それは実に思いもよらぬ奇蹟を見た感じであった。

「気にいったのかい？」

「……ええ……」

都留子の平素に似ても似つかぬ、優しいそして深遠な感情をこめた言葉に、彼のほうが却って驚いてしまった。

「住吉がいいなんて……どうしたのかねえ、都留ちゃん、訳がありそうだね」

「次郎さんのバカッ！」

突然、都留子は投出すように云うと、袂に顔を埋めてソファに崩れた。

「ど、どうしたんだ」宮西弁護士は慌てて「泣いちゃ判らないよ」

都留子はひとしきり嗚咽を洩らすと顔をあげて、

「……あたし、あの人が次郎さんに似ているから……」

「えっ？」

彼は思いかけぬ都留子の言葉に唖然とした。

「次郎さんは、お父様の遺言を何と思っていたの、貴方の手で結婚させてやってほしい、と仰しゃったじゃないの、……あたし、何のために無遠慮な見合をしたのかしら、何故泥棒したのかしら……みんなみんな他の人とは結婚したくなかったからよ……」

「そうだったのか、……知らなかった」

その時、女中が住吉博士からの電話を伝えてきた。宮西弁護士は都留子を電話口に招いて受話器を取った。

「モシモシ、宮西君かね、や、今日は失礼、ところで、君は大変な人を連れて来たんだね、先刻友人から聞いたのだが、ありゃ君、見合マニアでお負けに手癖も悪いってじゃないか……」

「アハ……判ったかい」

「冗談じゃない、研究室の試験管でも持って帰っていたら大変だぞ」

「なに、今度はその心配はないらしい」

「それならいいけれど……しかし、君もひどい奴だ」

宮西弁護士は都留子を振返ってニヤリと笑いながら大声で云った。

「すまんすまん、だが、もうフィナーレとなったよ、今度は僕が一番大きいものを諸君の手から盗んでしまったのだ」

「二十の扉」は何故悲しいか

「ふうん、じゃあ、ライター――」

「九問、ちがってよ」

「――ライターでなけりゃ、時計かな?」

「駄目々々」

「じゃあ、指輪」

「ちがいます」

「ハハン、金歯」

「ホホ……、それもちがうわ」

「ハテ、困ったな……このお部屋にある?」

「ええ、あります、十二問よ」

「十三問だい」

「あら、そう、では後七問、どう? お父様……」

「とうちゃん、おうまハイドウハイドウして……」

「うん、芳坊、ちょっと待ちなさいね。今ね、お姉ちゃまと健兄ちゃんにいじめられてるんだからね……」

夜の七時過ぎ、垣内教授の書斎で、楽しい〝二十の扉〟が始まっている。出題者は、十四才の美樹子姉ちゃんと十才の健一兄ちゃん、解答者はお父さんである垣内教授が孤軍奮闘で、十三問まで追いつめてきたが、「鉱物」である問題が仲々判らなくて悪戦苦闘のさなかに呻えいでいる。その側では〝二十の扉〟に興味を感じない

「それ、加工品?」

「ええ、加工品よ」

「……で、建築物かな?」

「あら、そんな大きいものと違うわ」

「駄目だい、お姉ちゃん、そんなこと云っちゃあ……」

「ハッハッハ、じゃあ、小さいものだな、ええと――お勝手にあるかい?」

「ホホ……、お勝手にはないわ」

「はて、お父様の持ってるものかな?」

「ええ、そうよ、八問、金属で、加工品で、お父様の持ってるもの」

末っ子の五才になる芳坊が、お父ちゃまをお馬にしようと、さっきからねだっているのである。

「さあ、芳坊、抱っこしてあげようね、――この部屋にあるもの、と……コレコレ健一、お父様の机に触っちゃ駄目だよ……ハテな、うん、判った、あの庭球の優勝盃《トロフィー》だろう」

お父さま教授は忙しい。三人の子供を相手に、お守りをしたり叱言を云ったり……。

「ちがいますよ、ハイ、十四問」

美樹子は得意満面で悠々とお父さまを眺める。

「ホイ、未だ当らんかね……」

ヤレヤレと教授が苦笑を洩らした、コツコツと扉をノックして女中の千枝が入ってきた。

「竹崎様がお見えになりましたが……」

「ホウ、叔父様が……お通し申しなさい」

教授は芳坊を下へおろして、

「さあ、これはお父様の負けとしておこう、叔父様がいらっしゃったから、皆、お二階へでも行ってきなさい」

「なんだ、詰らないわ」

「お父さま、何だか云ってやろうか」

「とうちゃん、おうまハイドウドウ……」

「さあさあ、姉ちゃんは芳坊を遊んでやるんだよ」

追い出された子供たちは廊下に出ると、入れ違いに夫人の叔父である竹崎氏がやって来た。

「お前たち、元気だね……」

ちょっと、子供に声を掛けると、すっと書斎に入って扉を締めた。いつも土産の一つも持って来ないこの叔父様は子供たちの間で頗る人気がよくない。

「僕、あの叔父さん、大嫌いだ、お姉ちゃんは？」

健一は遠慮のない元気な声を出す。

「アタイもキライ」

芳坊は判らないけれど兄ちゃんに同意する。

「そんなこと云うものじゃないわ、聞えるじゃないの」

お姉さまも十四才になると大人に近いから、聞こえなかったかしら、と心配してたしなめる。

「だって、いつでもお父様と喧嘩するんだもの……」

と、健一は不平そうである。だが、子供は天真爛漫であるから、いつまでも些事に拘泥していない。二階へ行っても大人の遊び事には関心が持てないので廊下でフットボールを始め出した。

二階では、所謂大人の遊びが最高潮に達している。ポン、とか、カン、とか、賑やかな麻雀である。メンバーは教授夫人の静子さんや、その弟の弘介、弘介の親友で、M大学の同級生の風間君と、近所に住んでいる、自称探偵小説作家の片目珍作君、片目と云っても、丹下左膳のようなのではない、親譲りの姓で止むなく使用しているが、両眼とも健在であることを片目君の名誉のために断っておく。もっとも本人は新憲法により改姓するんだとは云っているが、なかなか無精な性質だから、いつのことやら当てにならない。作家とは云うものの、ついぞ活字になったこともないらしいが本人は大器晩成と落ちついている。ただし、今はあまり落ちついていない、なにしろ大きい手がついているからだ。

「さあ、自模《つも》るかな……」

ギュッと指に力を入れて、重いものでも摑んだように牌《パイ》を引きよせるところを見ると、満貫《マンガン》でもやっているらしい。

「なによ、片目さん、いやにスゴイのね」

夫人はちょっと警戒して打牌《ダーパイ》を考えている。

「チェッ、姉さんは遅くて駄目だよ」

弘介君はイライラして牌をパチパチ鳴らす。

「とかく女の麻雀は……」風間君は小さく口の中で云って、なによォ、と夫人に睨まれると、「いえ、独り言ですよ」

と、胡魔化してしまう。

やがて、ハリ切っていた片目君は狙う牌を自模ったらしく、

「満貫、大三元《ターサンユワン》だ」

元気よく牌を倒したのを見ると、なるほど見事に、緑発《リュウハワ》と白板《パイパン》の暗刻《アンコ》、自模ったのをパチッと叩きつけると、紅中《ホンチュン》である。

「うむ、やったな、大三元か……」

三人が口惜しそうに呻ったところへ、だしぬけに慌しく階段を馳け上る足音がして、

「奥様、だ、だんな様が……」

と、蒼白な顔をして息も絶え絶えに女中の千枝が飛びこんで来た。

それからの垣内家は大騒動となった。千枝の知らせで一同が書斎に馳けつけてみると、教授が長椅子の下にうつ伏して倒れており、その背には青銅のペーパーナイフか深く刺されていて辺りは血の海、教授は勿論完全に息絶えていたのだから、麻雀どころの騒ぎではなくなった。

「静かにして……現場を荒さぬように……」

三文文士とは云えかりそめにも探偵小説作家である片目君は、些かその貫録を見せて、周章狼狽、悲嘆する家族を押さえて、そっと書斎に入った。ケイケイランランと、片目君の両眼は輝き、ホウムズの如く、ヴァンスの如く、室内の状況を睨んでいる。

誠に人の生命ほど儚ないものはない。ほんの少し前まで、子供を相手に〝二十の扉〟に戯れていた、いいお父さまの教授が、今は空しく惨らしい死体と変っているのだ。

夫人や弘介君は蒼くなったまま呆然としているし、風間君はどうしていいのやら、世馴れぬままにただうろうろするのみである。子供たちは千枝が気を利かせて寝室へ連れて行ったので、現場は深として時計の音のみが無気味に響いている。独り片目君だけは、満貫の昂奮に加えて始めて出会った惨劇に頬を紅潮させ、しきりと室内を歩き廻っていた。

「警察へ知らせようか……」

やっと気がついた、といった風に弘介君が云った。

「勿論、警察だ」片目君は頷いたが「だが、その前に、一応我々は調査してみようじゃないか、何故、そして、誰に、御主人は殺されたか？」

「宅は殺されたのでしょうか？」

夫人は恐怖に震えて訊いた。

「まず、そうでしょうね。背中を刺されているんですから、自殺ではありますまい」

片目君は自分の明敏なる観察にちょっと感心したが、更に言葉を続けた。

「窓は全部締っているから犯人の出入口はこの扉だけだ。では、一つ女中さんを呼んで状況を聞いてみましょう……」

そこで女中の千枝が説明することになったのだが、十九才の可愛いらしい千枝はただもうおどおどするばかりである。片目君はまずこの千枝を第一の嫌疑者と心に極めた。人を見たら泥棒と思え、探偵は人を見たら犯人と思うべし、である。この娘はちょっとした美人である、従って、教授がフラフラと口説いたら……いや、あるいはもう口説きすぎて何とかなっていたかも知れない。何とかなっていたことが動機で何とかした、とも考えられるではないか。片目君はチクリと夫人を眺めて首をすくめた、うっかり口に出したら第二の惨劇が起る可能性がある。

「ふうん……」片目君は千枝から竹崎氏の訪問を聞かされて、

「どうかね、お二人の会見の様子に変ったことはなかったかい？」

「あたくし……立聞きなぞ致しませんわ」

「そうだね、躾のいい娘さんは立聞きなぞせん、しかし、耳に勝手に入ってくる話は立聞きの行為にはならん」

「ハイ、そうですわ」千枝は片目君のうまい言葉につられて、

「実は、あのう、大変喧嘩をなさいましたようで……」

「大変喧嘩をしていた、それは大変だ」おどけた調子で反覆して「それは、どの程度の大変だったかね」

「あのう……竹崎様が、わしは永い間欺まされていたが、もうお前の相手は真っ平じゃ、と仰しゃると、旦那様も、私も貴方には頼みません、と、それはそれはお二人とも烈しい勢いで……」

「なるほど」

片目君の頭では竹崎氏が第二の嫌疑者となっている。相手にせん、と云って殺ったのは変だが、とかく喧嘩口論は直接行動の前提となり易い、腹立ちまぎれに手にさわったペーパーナイフでグサリ——片目君は首を縮めて夫人を見た。竹崎氏は夫人の叔父である。

「——そして、竹崎様は、もう二度と来ませんぞ、と荒々しく扉を締めてお帰りになりました……」

「その時、御主人は？」

「ハイ、お見送りもされずにお部屋の中を熊のように歩き廻っていらっしゃいましたようでしたが……」

「ふうーん」

「あたくし、慌てて竹崎様をお送り致しまして……暫くしてお茶を下げに参りましたら、旦那様はもう……」

「死んでいられた、って始末だね。——ところで、君が、竹崎さんを送っている間に部屋の中へ誰かが入ろう、と思えば入れた訳だな」

「ハイ、でもお嬢様や坊ちゃまが廊下に遊んでいらっしゃいましたから、誰かが来たとすれば見附けられないでは入れませんが……」

「ほほう」片目君は俄然緊張して「そうなると、これは密室殺人事件、ってことになりそうだね」

と、さすが商売柄、興味を感じてニヤリとしたが、夫人や弘介君の顔を見ると首を縮めて、

「——奥様、竹崎さんと御主人の関係を訊かして頂け

ませんか……」

　夫人は不安な面持で、

「叔父を疑ってらっしゃるの」

「いやいや、そういう意味は別として、一応お尋ねするのですが……」

　夫人の語るところによると……、
　垣内教授は一年ほど以前から甘味料の研究に熱中していたがそれに要する費用は竹崎氏が出していた。ズルチンの数千倍もの効力を持つ新甘味剤、というので竹崎氏は相当な利潤を見越して投資的な気持で、かなりの金を注ぎこんできたが、素人の常として永びく研究が待ち切れず、最近では、欺まされたと盛んに露骨に云い出して、これ以上の出資はもとより今までの分も耳を揃えて返えせ、と、二人の間は随分険悪になっていた……。

「――そうですか、ふうん」片目君はちょっと考えこんでいたが、

「そうだ、これと同じような話がアメリカの探偵小説にありましたよ、埃及《エジプト》探険の費用を出ししぶった男を殺害した教授の話ですがね……」

「スキャラブ・マーダーケースでしょう」忘れられていた風間君が口を出して「でも、あの場合はこの事件とは逆ですよ」

「うん、そうだったな、なに、逆もまた真なりさ」

　変な理屈をつけて片目君は得意然としていたが、よく考えてみると竹崎氏への嫌疑はチと材料が薄弱である。

「じゃあ、君に聞くことはこれだけとして、子供さんはもう寝たかい？」

「はい、お嬢様は未だお休みじゃないでしょうが……」

「片目さん」夫人は心配そうに「子供にも聞くんですか？」

「勿論です」と、胸を張って「もし、外部から侵入者があったとすれば、子供たちの誰かが目撃しているでしょうし、それに、十三才の少年が犯人だった、って小説もありますからね……」

「まあ、子供が犯人だ、なんてあんまりよ」

　夫人はちょっと顔色を変えて云った。

「いや、失礼々々、しかしですね、私たち四人には、麻雀というアリバイがありますが、現場近くにいたものは……」

「一応調べる、って訳ですね……」

　と、弘介君が口をはさんだ。

　夫人の胸中は判るが、子供とて嫌疑の外に置くわけに

はいかん、と、片目君は心を鬼にして二階の子供の部屋を訪れた。

健一と芳坊は、お父さまの死も知らずにもうグッスリと寝込んでいたが、美樹子はお姉さまだけに邸内の異変を感じたらしく不安そうにして床についていなかった。

「やあ、美樹ちゃん、未だ寝てないんだね」片目君はそう云ったものの、しょんぼりとしている姿を見ると、さすがにいじらしく胸を打たれて、この可哀想な娘に父の死を知らせたものか、どうか、考えざるを得なかったが……「なに、なんでもないことだけれど、ちょっと美樹ちゃんに聞きたいことがあってね」

「なあに、おじさん……」

「先刻竹崎の叔父さんが来ていただろう……」

「ええ」

「叔父さんが帰ってから、誰かお父さんのお部屋に入らなかった?」

美樹子はちょっと考えたが、

「誰も入らなかったわ」

「美樹ちゃんも健一君も?」

「ええ、あの時、竹崎のおじさんが怖い顔をして出てらっしゃったので、ちょっと吃驚《びっくり》したけれど……でも、フットボールをしていたので……」

「ふうん」いよいよ密室臭いな、と片目君は独りで頷きながら「――時に、僕たちが二階で麻雀していたでしょう、あの時美樹ちゃんたちはお父さんのお部屋にいた?」

「ええ、二十の扉をしていたの」

「ほほう、二十の扉を……」

「あたしと健ちゃんが出題したの」美樹子はちょっと得意気に、

「鉱物よ、おじさん判る?」

「いや、判らんね、それだけじゃ、で、お父さんは答えたの?」

「ううん、十四問で竹崎のおじさんが来られたので中止よ」

「ふうん」片目君は会話の中から何かを摑もうと焦っていたが「その鉱物は何だい?」

「ペーパーナイフよ」

「なにィ」

片目君が飛上って叫んだので美樹子も吃驚して、

「どうしたの、おじさん――」

「そ、それで、そのペーパーナイフはどうした……」

「どうもしないわ、お父様は判らなかったの、でも大分近づいてはいたけれど……」

片目君はガッカリした。だが、偶然の暗合にしては少し変ではないか、何か関聯がありそうだ。

「それはどこに置いてあったの？」

「お父様の机の上よ……」

そう云って美樹子は何か考えていたが、

「……あの時、芳坊が、お馬になってほしいと、お父様にせがんでいて……」

「お馬に？」

片目君の頭は急がしく働いた。彼は空を睨んで、教授が馬になって芳坊を乗せている情景を描いてみた。芳坊は、ハイドウドウと得意になって、鞭の代りにペーパーナイフを振り廻し、お馬を叩くつもりでグサリ……

「うーむ、可能性がある――」

第三の嫌疑者、片目君はチラリと芳坊を眺めた。あどけない可愛いい寝顔、紅葉のようなお手々、だが、あの手が血塗られなかったとは誰が云い得よう。

「あ、思い出したわ」

美樹子は何を考えてかニッコリ笑った。

「あのね、おじさん、お父様は、その鉱物はこのお部屋にある？　って聞かれたの」

「ふん、それで……」

「そしたらね、健ちゃんが見られたら大変と机の上から取ったわ、お父様は知らなかったけれど……あれ、健ちゃん、どこへ置いたかしら……」

これは新しい事実だ。片目君は慌てて健一を揺り起した。

階下へおりて来た片目君は昂奮に眼を輝やかせていたが、皆の不安気な佗しい様子を見ると、困った、と思った。

「子供たち、何か知ってまして？」

夫人に問われて、片目君は暗然としていたが、思い切って顔をあげた。

「奥様、犯人は判りましたよ」

「えっ――」

一同は色めいたが、夫人は一層に不安らしく、

「まさか、子供ではないでしょうね」

片目君は頷いて、

「犯人は〝二十の扉〟でした」

意外なものを持ち出したので一同は呆気にとられて、片目君を瞶めるばかりだった。「いや、真相を申しあげ

ると、こういう訳です」片目君は語り出した。「垣内さんは子供たちを相手に〝二十の扉〟を始めていられた。美樹ちゃんと健一君の出題で、鉱物、それは、垣内さんを死に至らしめたペーパーナイフ、だったのです。これが、時計とか、文鎮だったらこんな悲劇は起らなかったのですが……。垣内さんは、色々と質問の範囲を縮めていって、自分の所有物、そして、この部屋にあるもの、と、いうところまで接近してきたのです。その時、健一君は、お父さんに見附けられては困る、と思ってペーパーナイフを隠した、ところが、竹崎さんが来られて〝二十の扉〟は中止となり、子供たちは部屋から追い出されたので、健一君はペーパーナイフのことなぞ忘れてしまったのでした。それから御承知のように、垣内さんと竹崎さんは口論を始めて、竹崎さんは憤然と席を蹴って帰られた、教授は研究を続けることが不可能となったので苦慮の果に、長椅子の上に身を投げ出された。——誰でもよくやる行為です、だか、不幸な事には、クッションの下にペーパーナイフが有ったのでした。しかも運悪く刃が上になっていたのですから軀を倒された力でグサリと背に刺さった、……これは誰もが予期せぬ全くの過失なんです、強いて云えば〝二十の扉〟の罪と云うより外はないでしょう……」

片目君は悲しげに両眼をしばたいた。

片目君の災難

運悪くラッシュ・アワーにぶっつかったのかな、と、片目君は友人のSを振返って苦笑した。

T駅へ用事が出来て久しぶりに省線電車に乗ってみると、いや、はや言語に絶した混雑である。もっともラッシュ時に限ったことではなく省電の押すな押すなの満員状況は日常の平凡事であるが、めったに省電で出かけたことのない片目君は、九時前後の出勤時に乗り合したのが災難と考えている。

片目珍作君は雑文家である。ただし本人は立派な探偵小説作家としての矜持を常に失っていない。そうともいえるんだが、なにしろ未だこれと云って纏ったものが活字になっていないので世間が認めてくれないだけの話である。ことのついでに断っておくが、片目君はその姓名の表すような片眼ではない。これは人間どもが便利のためにつけた符号として親譲りに引継いだだけのことで、本人の両眼は至極立派なもので、平均視力一・四以上である。眼だけでなく顔の造作も満更ではないのだが、どことなく安っぽい感じは、最近のバラック建に似ている。まあ、こんなことはあまり言わぬほうがいい。

片目君は満員電車が嫌いなのである。もっとも誰だって好きな人はなかろうが、片目君の場合は特に肉体的精神的の疲労損耗だけではなく、物質的な損害を受けた経験が二度あるからだ。

一度は都電で、一度はやはりこの省線で、財布をスラれたものだから、万止むを得ぬ場合を除いては少々の距離でも歩くことにきめている。

今日はムザムザとやられないぞ。片目君は上衣の内ポケットを上から押えて、同時に周囲に注意オサオサ怠りない。

「何をキョロキョロしてるんだ?」

Sが変な顔で訊いた。

「ううん……」

片目君は返事を渋ったが、ふと妙案を思いついた。

「うん、こりゃいい！」

「どうしたんだ、ニヤニヤ笑って？」

「君、T駅まで退屈だから、〝二十の扉〟をやろうじゃないか」

「なあんだ、妙なことを言いだしたな」

「やろうよ、僕が出題するからね」

押したり押されたりで、釣革を握れない状態につめこまれながら、片目君が思いついた〝二十の扉〟には少し理由がある。

これだけの超満員状態だから、スリにとっては絶好のコンディションに違いない、従ってこの電車《はこ》にもその同類が居ないとは断言出来ない。というより実在する可能性が大いにあると言える。そこで、片目君の考えは、独り自分を守るだけでなく乗客の多くに注意を喚起させて被害を未前に妨ぐことは、公衆のためにも喜ぶべきではないか。

しかし、である。皆さん、スリに気をつけましょう、と、奴鳴るのはあまりに知恵のないやり方だし、公衆の面前でそんなことを大声で叫ぶほどの勇気は合憎《あいに》く持合せていない。第一、日本人って人種はつむじ曲りが多いから、そんなことを言おうものなら、却って彼奴怪いぞ、と睨みかねない。

そこで、片目君が今の流行《はやり》の〝二十の扉〟を利用して大衆に訴えようとしたのは、仲々片目君としては上出来であった、と、賞めていい。

「じゃあ、始めるよ、動物だ」

勿論この答は〝スリ〟である。

Sはヤレヤレと苦笑した。片目君の深慮遠謀なぞ判らないから、此奴《こやつ》、所もあろうに満員電車の中で妙なことを言いだしたものだ、と、甚だ迷惑な顔つきであったが、まあまあ怠屈しのぎに相手になろうか、といった形。

「それは人間かい？」

「そう、人間だよ」

「実在する人？」

「うん、実在しているね」

「男かい？」

「男もあれば女もある」

「ふうん、すると、それは何かの集団か？」

「集団である場合もあり、単独の時もある」

「はて、……と言うと、何だろうか……？」

Sは早くも行きつまった。これは迷い出すと却って捉えにくいものだ。

「ええと、それは……」

「四問、さあ、早く……」

片目君はせいぜい早いところ解答してくれないと、それだけ効果が減少するので盛んに急きたてる。鐘になってはつまらないのだ。なにしろラヂオで絶賛を博しているゲームだけに周囲の人々も興味深く聞いている。

「……その人間はスポーツに関係あり」

Sはラヂオの解答者の口調を真似ている。

「スポーツには関係御座いません、五問」

片目君も心得て藤倉アナウンサーよろしくやったので周囲から笑い声があがる。

「政治に関係がある？」

「ありません」

「宗教には？」

「なし」

「演劇に関係……」

「ありません。ええと、八問かな……」

人々が面白がっているので、Sは茲許《ここもと》テレた形でグングン突込むが、仲々にピントがきまらない。

「訊いてもいいですか？」

横にいた三十がらみの男が声をかけた。思うにこれもファンでうずうずしていたらしい。

「どうぞ……」

片目君は愛想がいい。彼にしてみれば多勢の人に聞いてもらうほうが狙いどころにはまっていい訳であるからだ。

「それは、人間の職業ですか？」

「そうです」

「これはいい質問でした」

「ふーん、職業か、では交通機関に関係あり」

Sはまだ五里夢中を彷徨している。

「ちがうちがう、十問です」

後から声が掛って、

「それは最近新聞に出ましたか？」

片目君はちょっと考えて、

「そうですね、時々出ているようです」

「芸術家ですか？」

少し離れた所から蒼白い顔の青年が問うた。

「芸術家？　そうですね、広い意味の芸術家ですね」

Sはまた頷いて、

「それは画家？」

「……ではありません、十三問」

「では音楽家？」

「ちがう……」

「判った、小説作家だ」

Sは片目君の仕事を思い出して意気込んだ。

「駄目々々、はい、十五問、おあとはありませんか……」

大道商人よろしく片目君は周囲を見廻した。

「ヤミ屋！」

声が飛んで来る。

「大分近いですな」

その時、顔は見えないが離れた処から声あり、

「スリだ！」

「そうです、スリです」片目君は満足そうに大きく頷いて「やっと当りましたね、十七問でスリと御名答でした。いや、変な問題でしたが、とかく満員電車には多いのでふと思いついたのです、ハハ……」

と笑って、附け足すのを忘れなかった。

「お互いに懐中物御用心ですね」

さてほどなく電車は目的地について、片目君は財布の安全を確めてホッとした。

楽しいひとときだった。スリが居たら驚いたことだろう、彼はSに自分の妙案を語ろうと口を切った。いや、その時、つまり彼ら二人が改札口を出た時である。

「兄さん、ちょっと待ってもらいたい」

変な口調で二人を囲んだ四人の男がある。片目君はギョッとして蒼くなった。いずれも若い小意気な青年たちだが、どう見ても普通の人間でないことはその服装でそれと察しられる。

「さっきはどうも済まなかったなあ」

妙にからんだ口の聞きようをする青年を見て片目君は重ねてドキリとした。電車の中で、

「芸術家ですか？」と聞いた男だからだ。

「……」

片目君は喧嘩口論が大嫌いである。従ってこうした情景はあまり好まない。彼にはもうそれらの男が何であるかが判りすぎている。いずれを見ても指先の器用そうな方ばかりである。

「ぼ、ぼくは……」

片目君はSを振り返ったが、Sはシュンとして全然元気がない。

「ハハ……」芸術家と言った男は大きく笑って「兄さ

ん、感違いしちゃいけねえ、おれたちは兄さんたちをどうしよう、というのではないんだ。さっきの〝二十の扉〟面白かったぜ、お蔭で……」

　お蔭で稼ぎぞこなった、営業妨害と言うのだろうか……。

「実は、こいつが……」とその男は一番年少らしい青年を指して「さっきへまをやりやがったんだ。それで、スリだと奴鳴られたところが、丁度、兄さんの答にピッタリときたんで、そうです、スリです。ってやられたものだから奴鳴った本人は呆気にとられてね、その隙にこちとらはやっと虎口を脱した訳さ、どうもありがとう、礼を言っとくぜ」

　ポンと片目君の肩を叩くと、四人連れはサッと風の如く去ってしまった。

　呆気にとられた二人は、眼をパチクリしていたが、やっと落ちつくと笑い出した。

「なんだ、そうだったのかい……」

　だが、次の瞬間、片目君は世にもあらぬ変な顔付をした。今まであったはずの財布がスリと共に去ったからである。

カシユガル王のダイヤ

「――当時、免状を取ったばかりの私は二等運転士《セコンドメイト》として初めて遠洋航海に欧洲メールのY丸に乗船したのです。それは北支事変の始まる直前で日本と中国間の空気こそ陰悪な緊迫したものがありましたが、世上一般はまだまだ至極のんびりとした、今から思えば羨やましい夢のような時代でした。

さて、話というのは、本船が欧洲からの復航、セイロン島のコロンボから乗船した貿易商の林夫妻と、カシュガル王愛妃のダイヤから始まるんですが……」

現在乗船中のH丸が、定期検査のため入渠中であるのを利用して公暇を取った芦田一等運転士《チーフオフィサー》が、久々に訪れてきたので友人たちと共に乏しいながら一席の夕宴を張ったのであるが、芦田も私たちも昔ながらの探偵小説の愛好家で、その意味において、単に友人としての間柄だけではなく、同好者が集って語る楽しさもあったのだ。四方山の話が弾んだ後に彼はふと思いだしたように語り出した――。

× × ×

来る日も来る日も油を流したような単調な印度《インド》洋は、蒸せかえる熱風を伴った堪え難い暑さに、ややともすれば精神の均衡を欠いて、フラフラと一切の思慮を失ない理由もなく飛び込む人が一航海に一人や二人は必ずある、という魔の海であるが、これを過ぎてマラッカ海峡に入ると嘘のような清風が訪れて、人々は蘇った思いに俄に元気づく。船足も急に速力を増した感じで、明日はシンガポールへ入港というその前夜、船内では涼風をはらむ散歩甲板《プロムナードデッキ》を会場として、華やかなダンス・パーティが開かれた。

無聊《ぶりよう》な航海に疲れた船客たちは、明日は久しぶりに土が踏める喜びに、国籍を超越して、あらゆる人種が混然一体となっての和やかな雰囲気を醸し、もう夜も更けた十一時というのに催しはこれからだ、と、なかなかの盛大さであった。

当夜の賑やかなパーティで、特に人々の賞讃の的となったのは、パリーから音楽修行を終えて祖国の楽壇に明日の名声を約束されている、コロルチュラ・ソプラノの牧美智子が、さすが噂されるに相応しい美声で贈った〝サンタルチア〟の一曲と、今一つは、コロンボで貿易商を営んでいるという林氏の夫人真理子の妖艶な容姿と洗練《リファイン》された社交振りであった。しかし、林夫人が今夜の催しで人々の興味を惹いたのは、彼女が、世界に数ある宝石の中で有名な印度の王侯カシュガル王愛妃のダイヤを手に入れたことであり、そしてその絢爛《けんらん》たるダイヤが、それを飾るに相応しい彼女の美しい指に輝いていたからでもあった。

カシュガル王のダイヤ。それは十四、五カラットもある大粒のもので、特に林夫人の好みによって精巧な彫刻をほどこしたプラチナの台に納められ、一応その価値は十万円と評されている。しかし、このダイヤの真価は、その大きさよりも、また、歴史的な経歴よりも、それ自体の持つ美しさ、妖しいまでの輝きに、人の心を魅する神秘性にあると云われている。古来よりこうした有名な宝石にはなんらかの怪しい影がつきまとうものだ。このダイヤにもそんな伝説がないでもなかったが、それより現実に林夫妻の後を追うて、ダイヤを狙う盗賊が既に本船に乗り込んでいると専らの噂で、林氏は極度に盗難を怖れて、乗船後直ちに厳重なる保管方を船長に依頼していた。また半面、林氏は日本に本店を有する保険会社に莫大な盗難保険を契約し、更に危険を予想して、一見それと見分け難いほどのイミテーションを造っていることも、いつとはなく人々の知るところとなっていて、これらの事実が、いかにこのダイヤが考えられている以上に価値あるものであるかを証する一端と云えよう。

しかし、今夜はその実物が、真理子夫人の魅惑的な姿と共に、妖美な光りを誇って衆目を一点に集中させていた。

「お踊りにならないのですか?」

デッキチェアに身を横えて、愛用のパイプをくゆらせている林氏に声をかけて、芦田二等運転士《セコンドメイト》はその側へ腰を下すと、楽しげに踊り狂っている人々を眺めた。

「やあ、――私はどうもダンスは不得手でねえ」と、林氏は明るい微笑を浮べて「いつも家内から、少しは踊れなくちゃ困ると云われるんですが……」

「奥様は仲々お上手でいらっしゃいます」

「あれは、遊ぶことと身を飾るために生きているようなものですよ……」

林氏は四十を越えたばかりの男盛り豪放磊落《らいらく》な気質の半面に、異境で奮闘した人らしい不屈な負けじ魂が窺われる。真理子夫人は三十を幾つか出ているのであろうが、子供のないせいか、天性の美貌は彼女を実際よりよほど若く見せる。

「今、奥様と踊ってらっしゃるのは誰方《どなた》でしょうか?」

と、彼は、夫人のパートナーを指して訊いた。若い芦田も夫人の美しさに、相手を務めている紳士に若干の羨望を感じたらしい。

「あの方は池野さん、と云ったかな。やはり私たちと一緒にコロンボから乗船されたのだが、何でも印度方面の考古学を研究してられるとかで……ちょっと我々とは縁の遠い立場の人ですが、あれで思ったより社交家でね」

「なかなかいいデュエットですね」

「――貴方は踊らんのですか? 少し家内の相手をしてやって下さい。あれは若い人と踊るのが好きらしいのでね」

「いや、僕なんぞとても奥様のお相手になりません。――時に、例の有名なカシュガルのダイヤはアレですか?」

池野氏の肩にゆるやかに掛けた夫人の柔らかな指から、電燈に反射してきらめく光りの美事さに芦田は目をそばだてた。

「ああ、あれね」

林氏は満足そうに頷いて、

「いや、厄介な物を買ったものですよ……」

「奥様がお美しいので一層ダイヤも立派に見えますね」

「貴方は若いのにお世辞がうまい――しかし、実際のところ、ああした有名な代物《しろもの》は頭痛の種ですよ。盗賊が狙っている、という話だし、毎日指にさしていることも出来ず、まあ苦労を背負ったようなものですな」

「しかし、御婦人にとっては求めてもしたい苦労と云えますね」

「全く、あれが家内の楽しみでね――私ときたらこのパイプだけが慰めですよ」

林氏はマドロス・パイプを弄びながら笑った。

心をときめかす旋律は絶間なく、人々は疲れを知らぬ如く踊り続けている。その人波に見えつ隠れつ、林夫人の踊り振りはひときわ目立って鮮やかであった。

「どれ、私は帰って休もうかな」

小さい欠伸《あくび》を洩らして林氏は立ち上った。芦田は軽く会釈して、暫くボンヤリと動く人波を眺めていたが、ふと船長の姿を見かけてその方へ足を運ぼうとした。

と、不意に会場の電燈が一斉に消えた。ピタリと音楽は止み、踊っていた人々も足をとめて、一瞬総てのものが奈落に沈んだような静けさが甲板に流れたが、やがて、暗闇のそこかしこから不意の停電を非難する声がざわめき出した。その時、突然、「泥棒ッ」と裂くような女の叫び声に、立ちすくんでいた芦田はギョッとして、素早く懐中電燈を取り出すと声のした方向に馳けよった。

それは、停電してほんの二十秒たらずの間の出来事である。芦田のみならず、人々は意外な叫びに驚愕したが、次の瞬間には再び電燈が点いて、会場は元の明るさに戻った。殆ど同時に人の肩を分けて船長や事務長も緊張した面持で近寄って来た。そして、人々に囲まれて、蒼白な顔に恐怖の色を浮べている人が、林夫人であるのに気附くと、一同の驚きは更に大きいものとなった。

「ダイヤが……ダイヤが……」

夫人は失神せんばかりに僅かに叫んだ。一同の視線は期せずして夫人の左手にそそがれたが、あの、カシュガル王のダイヤは空しく消えて、僅かに指輪の痕が痛々しく残っているばかりであった。人々はここに至って、ダイヤを狙っていた盗賊が噂のみでなかったことを確認すると、慄然たるものを覚えた。

もはや楽団は演奏を続けようとはしないし、夫人を取り囲んでいた人たちは嫌疑を怖れて、じりじりと身をひいた。先刻からの華やかな雰囲気はどこへやら、漂うものは緊張と恐怖のみ――。

「皆さん、恐縮ですが暫くそのままで、部屋へお戻りにならないように……」さすがに船長は落ちついて一同に声をかけてから林夫人に向い「奥様、事情を聞かして頂きたいのですが……」

「はい……あの……妾《わたし》……」夫人は驚愕と恐怖に打ちひしがれたように語るさえ苦しげであったが、池野氏に優しく身を支えられて、ようやく言葉を続けた。「……電気が消えると同時に誰かが妾の手をグッと握ったのです、妾は暗いと思っての悪戯だ、と、その時は感じたのでしたが、次の瞬間に、それこそアッと叫ぶ暇もないほど素早く指輪がスルリと抜き取られたのです。それは、防ぎようもないぐらい驚くべき早業でした……妾は呆然として、叫んだのも殆ど夢中だったのです……」

夫人の語っている間に、事務長の知らせによって林氏が馳けつけて来た。夫人は林氏に縋りつき、身を震わせて嗚咽に崩れた。


船長は直ちにその職権を持って調査する、と言明した。犯行がせいぜい二十秒か三十秒たらずの内に疾風的に行われたので、夫人から離れた位置にあった人は一応取調べから除外された。さて、そうなると、夫人の周囲で踊っていた人は十人程度であったが、特に船長は、その内から、コロンボより乗船した三名の船客に諒解を求めて、自発的な身体検査を行った。この際一番の嫌疑者となったのが、夫人と踊っていた池野氏であることは云うまでもない。池野氏は船長の問に対して次のように説明した。

「停電と同時に私は夫人から身を離した。そうすることが夫ある婦人に対する礼儀であると思ったからである。しかし、夫人が叫び声を挙げられるまでの僅かな間に、私の近辺に人の動いた気配は感じられなかった……」

他の二人の船客は、M銀行の係長で内地へ転勤を命じられた花岡氏と、K物産の社員でやはり本社へ社用を帯びて帰国する井村氏の三名で、それぞれ立派な経歴のある人たちばかり、同時に共通して三名とも単身旅行であった。

三名の身体検査の結果が不満足であったので、船長は更に三十秒を限度として行動しうる範囲の人たちに潔白を証明することを要求した。一等運転士《チーフオフィサー》の山脇と芦田は協力してそれに当った。特に船長の希望で芦田は前記の三名に対しても再調査を行ったが、結果は依然として得るところがなかった。

「あの停電は偶然だったのでしょうか?」

林氏の発言で、事務長はすぐ電気室へ飛んで行った。しかし、電気室では全然停電を知らなかったと云うのだ。してみると、誰かが故意に散歩甲板《プロムナードデッキ》のスイッチ（これは上甲板《ボートデッキ》へ通ずる階段《タラップ》の側にあった）にさわったとしか考えられない。しかもこの位置は現場から往復十秒あればゆける近いところにあるのだ。

「停電が故意だとすると、二つの場合が考えられますね、つまり単純な悪戯か、犯罪のためのものか……?」

芦田は意見を述べて「……もし犯罪構成のためとすれば、犯人自身が消すことは時間的に不可能のようですから、共犯者があった、と云えますが……」

「ふむ……」船長はちょっと考えて「しかし犯人が敏速に行動すれば出来たかも知れん。それに共犯という事になるとあまりに時間が短かすぎて、むしろ危険性が多すぎるね」

「……と、云いますと?」

「つまりね、盗んで、これを隠すまでの間が三十秒という打合せは短かすぎる、合棒があったとすれば犯人が逃げるまで消しておいてもいいはずだ」

「それも一理ありますね」

と、山脇が口をはさんだ。

「むしろ、わしは停電は悪戯と考えたい、ちょっと消してすぐ点けた、と、いう点でな」

船長は、そう云ってから、林氏に向って、

「とんだ御災難ですが、御覧の通り今の我々としてはこれ以上の処置は出来兼ねますので、……つまり外人となりますと国際関係を考慮しなくてはなりませんから……」

「――真逆、こんなに手際よくやられるとは思いませんでした」

林夫妻は、さすがに愁色覆うべくもなく落胆の態は気の毒なぐらいであった。

「なにしろ衆人環視の中で、しかも、瞬間的な機会を摑んでの犯罪ですから大胆とも不敵とも、実に恐るべき奴です。それだけに我々の捜査では発見出来ないかも知れません」

「狙われている、ってのは覚悟していたが、……やはり本当だったのですね……」

船長もまたいたく困惑していたが、やがて皆に聞えるように大きく云った。

「いずれにしても、このまま乗客の方々の行動を束縛することは出来ませんから、ダイヤが現れない限り、シンガポール入港を待って同地の官憲の処置を仰いで頂くことにしましょう。従って誰方も上陸はお控え願いたいのです」

これで一応調査は打切りとなった。勿論パーティも自然散会の形で、船客は不安な面持で船室に引上げて行った。

ところが、シンガポールで官憲の手数を煩すまでもなく、ダイヤは現れたのであるが、それは飛んでもない場所から発見されたのだった。

一同が去ってガランとした甲板《デッキ》に、船長と山脇、芦田、それに事務長の四人が残って現場から何らかの痕跡を探そうと努力したが、結局徒労に終った。

「こりゃ盗賊のほうが我々より役者が上かも知れぬね」

船長は笑って煙草を取り出した。

「しかし、実に大胆なやり方ですね」

山脇は首を振って嘆息した。

「もし、あの時夫人がその手を摑みかえしていたら……僅かな時間ですからすぐ捕えられたのですがね」

「ところが、女はそんな時案外度胸がないものだよ、そこが泥棒の狙いだったかも知れないがね」

と、云いながら、マッチを探していた船長が急に変な顔をして、おや、と叫んだ。

「こりゃ何だ?」

その時の船長の顔は、いや、船長だけではない、他の三人も目をむいて驚いた。

船長が変な声と同時にポケットから取り出したのはなんと、カシユガル王のダイヤであったからだ。——

×　　×　　×

「——あの時ほど吃驚《びっくり》したことはありませんでした、まるで天勝の手品のような話ですからね……」

芦田はここで話を打って煙草に火を点けた。

「さて、これから佳境に入るって訳だね」

私たちは様々と想像を逞しゅうしながら、芦田を促して先を急いだ。

「——では、ラスト・シーンまで少し話を走らせましょう。——ハイッとばかりに現れましたるダイヤに、四人が啞然としたのは御想像に委せますが、勿論、船長が泥棒であるはずはありません。結局、身体検査に狼狽した賊がそっと船長のポケットに入れた、平凡な解釈ですが……そうより考えられないのです。が、いずれにしてもダイヤは返ったのだし、我々は警察官じゃないから犯人を探したって仕方がない、林夫妻さえ承知してくれれば、ダイヤを返してこの件は終りにしたい。これが船長の意向であり、我々も同感でした。そこで早速林夫妻を訪れて、事の次第を述べたのです、最初は夫妻とも信じないような対度でしたが、何と云ってもダイヤが戻ったのですから大喜びで、我々の希望する処置にも反対でなく、ただ、重ねてこうした事故の起らぬように、もう船内では絶対に身につけない。内地へ上陸するまで、今まで通り船長の手で保管してほしい、との申出があり船長も、それは当方からお願いしたいところだ、船内で不祥事件が起っては自分も困るから……、と云うので、ダイヤは立派なスプリングのついた皮のケースに納めて紙で包み、太いゴム紐で縛って船長室の金庫に厳重に保管する事になったのです――」

芦田はちょっと息を入れて、私たちを見廻し悪戯そうに笑った。

「これで話はおしまい、と、云ったのでは探偵小説の鬼である貴方たちは承知しないでしょうね……」

「勿論だ――」私たちは口を揃えて、

「さあ、続けて……」

「ところがです。――ちょっとお断りしておきますが、その船長室の金庫は、それ以来、神戸へ着くまでは一度も開けた事はなく、また、絶体に外部から手を触れられた事もないのです。――さてその後、船内にはさしたる変事もなく、従って、シンガポールでの上陸禁止も解除で、元より司直の手も煩わさずにすんで、船は、香港、上海、門司を経て瀬戸内海に入り、やがて十二月の、神戸の第一突堤に無事安着したのでした。気の早い船客たちは階段《タラップ》の下りるのを待って我れ勝に上陸を開始する、出迎えの人が船内に来る、例によっていつもながらの混雑と感激の中にあって、林氏が船長室にダイヤを受取りに来たのです。――船長は、どうやら無事に済みましたね、私もこれでやれやれです、と云いながら、金庫を開いた途端に、アッと顔色を変えたのです。それもそのはずです。厳重に縛ってあったゴム紐が切れていて、紙は解け、おまけにケースの蓋があいているではありませんか。――船長は手を震わせてケースを取り出してみると、またもや、カシュガル王のダイヤは影も形もなく消えてしまっているのでした――」

「なるほど、ちょっと面白いね」

私は謎を解こうとしながら芦田を眺めた。

「また、盗まれた、と、船長も林氏も暫くは言葉もなかったのです。――さて、皆さん、いかがです、この謎の解決は？　勿論これは、例のダンス・パーティ以後の単独事件ではなく、一聯した計画的犯罪だったのです。一つ考えて犯人を探してみませんか、――私の話は総てフェアで、データーも全部揃っているはずです。殊に金庫の問題は密室的興味がありますが……、実際、巧妙なやり方でした、船長自体が危く犯人の汚名を着るところだったのです」

語り終った芦田は、私たちを見廻して、興味深かそうに笑った。

挑戦しられた私たちは、楽しい推理に頭を捻った。観念的には犯人が誰であるか、が、成り立つのだけれど、さて、これを立証する段になると、案外容易でないものだ。殊に手を触れていない金庫の中で、ダイヤに異常の起った点が説明困難である。

——無精者揃いの私たちは、手っとり早く最後の頁《ページ》を捲くることを要求した。

「……では、申上げましょうか——」芦田は一同を見廻して口を開いた。

「——私が、あのダンス・パーティの夜の出来事の中で、最も重心を置いたのは停電の件です。これについての船長の意見は先に申上げた通りですが、私はやはり停電は悪戯ではなく、計画的に、それも共犯者の手でなされたものだ、と考えたのでした。しかし、ダイヤを狙っている人間が、何故わざわざあんな人の多い場所を選んで、しかも非常な危険を冒してやったか？　この点を充分検討する必要があります。なるほど、カシュガル王の宝石は、あの夜始めて公開の席上に現れたのです、なにも衆人環視の中でやらなくともよかったはずです。しかるに犯人は、さながらスタンド・プレイを演ずるように鮮やかにやってのけた。——この事実をどう考えられます？　——それは、犯人が、ダイヤを盗むことに絶対の自信を持っていた、そして、それを決行する場所には、ああした人の集っている処を必要としたからです——。云いかえれば、盗難の事実を多くの人に知って欲しかったのです——。私は、スタンド・プレイ、と云いましたが犯人は実際皆をアッと云わしたかったのです。

——何故、そんな必要が有ったのか？　ここで、ダイヤを狙っていた盗賊のことを考えてみたいのです。一体、林夫妻をつけ狙って乗船してきた盗賊とは誰でしょうか？　——そもそも、その話は、林夫妻が乗りこんで以来、船内の噂となったのです、誰がそんな話をふれ廻したのでしょうか？　いや、それより盗賊は存在していたのでしょうか——？　実在していたとすれば、それは、コロンボからの乗者であるべきです。しかし、あの時、コロンボから乗船した人たちは、林夫妻を除いて一人として身元のあいまいな人は居なかったのです。——してみると、ダイヤにつき纏う泥棒とは、単なる創作にすぎなかった、と考えるのは誤りでしょうか……。

——それにも拘らず、突発したあの事件、あれは、盗賊の実在性を裏付けるための一つの手段に過ぎなかった……それを最も端的に証拠づけるものは、馬鹿らしいほど簡単に強奪が行われた点です。考えても御覧なさい、僅々三十秒足らずの間に、いかに相手が女たりとも、あまり呆気なさすぎはしませんか……そして、指輪が抜かれたと殆ど同時に電燈が点いたのも、偶然とは云い難いものがあります。あの三十秒の間に、容易に指輪を抜き取る事が可能なただ一人の存在は、林夫人の外に誰がありましょう。――ここで、林氏が私から離れて部屋へ帰った事実が、勿論、スイッチをひねるためであった事は申すまでもないでしょう。そして、『泥棒ッ』と叫んだ夫人の声は『万事ＯＫ』の合図に外ならなかったのです。云うまでもなく、ダイヤは依然として林夫人から離れはしなかったのです。ただ、指から抜けたのに過ぎません。しかも夫人は捜査に対しては一番安全な立場にあることを予期していたのでしょう――。

――ところが、意外にも、ダイヤが船長のポケットから現れた。これは一体何の意味でしょうか？　嫌疑を掛けるべくやった、とするには、相手が船長ではミスキャストです、他に何らかの狙いどころがなければならない。しかも、夫人が船長に接近した事実が全然ないのです。――私は、ここで少なからず迷いました。自分の推理、犯人は被害者であった、という自信がぐらついてきました。――しかし、実際は馬鹿々々しいぐらい簡単な理由から、そんな芝居が企《たく》まれたのに過ぎません。それは、船長が、シンガポール入港と同時に官憲の調査を受ける、と言明したので、犯人は慌てて発見されてもすぐ返してもらえる人を撰んでダイヤを投げこんだのです、彼等にしてみれば、ダイヤを狙っている盗賊の実在を証明しただけで差当っての仕事は成功だったからです。それと、船長のポケットから出たのは、夫人の指にあったダイヤではなく、林氏が、用意していたイミテーションをそっと滑りこましたのでした。

――これで、パーティの夜に仕組まれたドラマは終ったのです。そして、御承知のように、ダイヤは元通り船長室の金庫に納まった……、しかし、私はこれで結末がついた、とは勿論考えなかったのです、内地へ着くまでに必ず再度の盗難事件が起ることを確信していました。というのは、あの夜の事件で、一応林夫妻の計画は実現したが、最後の目的は達成されていなかった。盗まれたダイヤが戻ってきただけでは何にもならない、これはプロロオグであって、エピロオグは別に用意されているはずだ――。しかし、現実には重ねて問題が起らなかったので、私は却って心配になってきた、門司を出て次は神戸、という航路にかかった時は、彼等にとって最後のチャンスたるべき残された時間だから……と、大いに期待し、警戒していたのだが、遂に何事もなく、船は突堤に横付けられた――。私は失望と共に、またもや自分の描いた構図が崩れてゆくのを感じました。あるいは、林夫妻は事が発覚する危険を予期して、計画を断念したのかも知れない。諦めたところで何ら損害のある訳じゃない――と、私は、まあそう考えて自分を納得させたのでした。

　だが、私の推察は結果において誤りであった。彼等は周到なる準備の下に、初期の目的を達成しよう、と、計っていたのです。――金庫の中に安全であるべきダイヤが紛失していた事実に対して、林氏は、船長の責任を鋭く追及してきました。船長は元より、立会った一等運転士《チーフオフィサー》も、事務長《パーサー》も、血の気を失って呆然とした、ただ一人、私のみが、むしろやれやれと安心したのです。やはり、私の睨んだ通りであった、と……。だが、いかにして彼等の奸計を暴くべきか、残念ながら私には物的証拠がないのです、といって、みすみす奴の思う壺にはまるなぞ、以ての外、私はじりじりと身をもだいて苦しんだ。当の林氏は悠悠と愛用のパイプを吹かしながら、船長に弁償を要求するのです。その太々しい面には薄い満足の笑が浮んでいるように感じられ、私は口惜しさに歯を喰いしばって彼を睨みつけたのでした。その時、ふと私はある点に気がついたのです、それは、全く、インスピレーションとでも云うより説明のしようがない、今でも、我ながら奇蹟としか考えられませんが、とにかく私は遂に彼等を摘発する確信を得たのでした――」

　――芦田は、そこで言葉を切って、当時を追憶するかのように眼を閉じた。

× × ×

「――要はダイヤが戻ればいいのでしょう」

　横手から割込んだ芦田の言葉に、林氏は振り返ったが、なんだ若僧が……と軽蔑したように、しかし、言葉だけは穏やかに云った。

「そうです。私たちにとってはそれが絶体に必要です。しかし、返してすむ、ということを日本の法律が認めるか、どうか、は、また別な問題です」

「と、おっしゃるのは、我々が盗んだ、との仮定の下に、でしょうね」

　妙に針を含んだ芦田の口調に、林氏はちょっと顔色を変えた。しかし、芦田は押さえるように話を続けた。

「貴方は少し慾が深かすぎる――。ねえ、そう御自分でもお考えになりませんか、それとも、本船に対して弁償を要求することも、貴方の計画の内に入っていたのでしょうか――?」

「なにを云うんだ、君の話は少しも判らない」

林氏の面にはさっと狼狽の色が走った。船長たちは意外な芦田の対度に唖然と立ちすくんだままだった。

「――貴方の計画は実に巧妙でした、そして、九分九厘まで成功した。貴方が、こんな慾心起さなければ、あるいは完全に事は終ったかも知れないのに……」

「ふん、下らない無駄話は止してもらおう」

俄然、林氏は威丈高に居直って船長に向い
「結局、どうして責任を果してくれるのです?」

船長は、困難なこの立場を芦田が解決してくれる事を悟った。

「芦田君……」

「失礼!」

一言云うと、芦田はツと手をのばして、林氏のマドロス・パイプをもぎ取った。

「なにをするかッ」

激怒した林氏の猛襲をひらりと避けた芦田は高らかに笑った。

「林さん、貴方のダイヤは随分風変りな気まぐれですね。船長のポケットから出たり、ほら、パイプの中からも出てきますよ……」

そう云って、芦田は手品師のような手付でパイプをコンコンと叩くと、バラリと灰と共に、やに染んだ紙玉が現れた。その中から、カシュガル王のダイヤが、再びあの妖しい姿を誇らしげに輝やかしたのだ。

×　×　×

「窮局、林夫妻は自分たちも所持品検査されることぐらいは覚悟していたのに違いありません。従って尋常の手段で対抗することは却って奴の策略に陥る結果となる畏れがあったのです。そこで、私は、私がダイヤを隠すとしたら……と、考えてみたのです。その時にふと、マドロス・パイプが眼についたって訳です。少し冒険でしたが、前にも云ったように、第六感、とでも申しましょうか、絶対の確信がヒントの中から生れたのが我々にとって幸運だったのです……」

「そうすると、林夫妻の計画していたのは……?」

「勿論、盗難保険ですよ、それと、税関での十割の関税、これも大きいですからね。ここでちょっと算盤《そろばん》を弾いてみると、保険が十万円で、ダイヤがただになり、脱税の十万円は現実の利益にはならぬまでも、ダイヤの価値が倍加して、結局二十万円の丸儲け、って訳です。その辺で満足すればいいものを、図々しくも、本船から更にいくらかでも弁償させよう、としたのですが、合憎《あいにく》――」

「ホームズならぬ芦田君が居た、って次第だね」

「しかし、芦田君、金庫の謎はどうなんだ?」

「あ、そうでしたね」芦田は頭をかいて「あれも、かなり考えた手ですよ。勿論最初からダイヤは入っていなかったのです。しかし、包装したままで紛失した、と云っては話にならない、でこで、ちょっとしたトリックを考えついたのですね。つまり、あれをしばったゴム紐は粗末な物で傷だらけだったのです。御承知のようにゴムは寒気に逢うと性質に異状を来たします、本船の内地入航時は十二月とてかなり冷えますから、自然に収縮して傷が割れて切れると、ケースは強いスプリングの蓋がついていて、それが包みこむ時に外してあったので、紙を押し分けて蓋があく。と、まあ、これも手品の一種のようなものですよ。――ここでもう一つ蛇足を加えると、カシュガル王愛妃のダイヤ、ってのも林夫妻の創作でしてね、実はせいぜい一万円ぐらいの代物だったそうです。もっとも、これは当人が白状したのですが、実に至りつくせりのからくりでした……」

近眼綺談

恋愛とはそもなんぞや。

一目見た刹那に魂を奪われた如き牽引力を感じて有頂天になる恋もあれば、半年も一年も交際していてやっと好きだった、と気のつくような恋もある。寝ても覚めても夢に幻に、と、忘れようとして能わず、冷静に、と焦るほど感情が理性の仮面をかぶって灼熱の激情をたぎらせ、狂乱の愛慾に生命すら捨てる恋もあれば、宵に風邪をひいたぐらいの、あるかなしの自分にも気づかぬ恋心に、アスピリンの一服も飲めば翌日はケロリとしている淡い恋もある――。

さて――、高田君の場合は、それが不幸にも前者の範疇《カテゴリー》に属したため、あたら惜しむべき青春を自ら絶つ悲劇となったのであったが……。

復員後六ケ月、未だ伸び揃わぬ山嵐のような頭を振りたてて、強度の近眼をロイド眼鏡に隠し、友人に誘われるままに、ダンスホールにのこのこと出掛けたのが、実に高田君の呪われた運命であった、といえよう。そして、ラモナ・ホールのベスト・2《ツウー》、トミイ、テルーの双生児姉妹に恋したのも、彼の不幸を招く要因《ファクター》でもあった。

ラモナ・ホールにはナンバーワンはない。というのは、この双児の姉妹がいずれ劣らぬ美貌と明朗さで集いくる若人の憧れの的であったからである。この姉妹は登美子、手璃子《てるこ》と云うのだが、支配人の好みで、アチャラ風の呼び方をしている――そんなことも常連の友人から早速に教わった高田君は、同時に友人の紹介で姉妹とかわるがわる踊る光栄に浴したが、トタンに好きになってしまったのである。

「き、きみい、ダンスは面白いねえ」

昂奮に顔を輝やかせての帰り道、高田君は友人の肩を叩いて、深い溜息をついた。猪の年かどうか知らぬが、思い込んだら一本調子、それが高田君の性格の美点でもあり欠点でもあった。ノーブルな白皙の面、魅惑的な黒い瞳、そして苺のような可憐な唇から覗く真珠の歯の妖しさ、想い浮べて胸をしめつけられるほど、姉妹の幻影《イメエヂ》は彼の記憶に灼きつけられた。だが、困ったことには高田君が一目で恋した相手は、登美子か手璃子か、判らないのである。友人に紹介された時、まるで複写した肖像のように並んだ二つの同じ顔に度胆を抜かれて、先に踊ったのが登美子であったのか、それとも、後のほうがそうだったのか、まるで区別がつかないのだ。だが、いずれにしても恋は芽生えて、そして、高田君のホールへの日参が生活の一部となるに及んで、それは更に成長し、次第に彼の心の総てを占めるようになってきた。彼はその姉妹のいずれかに、あるいは、欲深くも二人ともに、であったかも知れない。進んで退くを知らぬ激しい恋が、彼の青春をゆさぶり出したのであった。

「ねえ、登美ちゃん、こうして二人で踊っていると、まるで夢の国に遊んでいるようだね……僕の気持、判ってくれる?」

若い血潮を湧き立たさせる甘いメロデーに乗って、日毎夜毎の猛訓練の結果、高田君のステップは次第に軽く正確になってきたが、その心は逆的現象を呈して、次第に重く乱れてくるのは誠に止むを得ぬ恋の道の常であった。

「あら、あたし、手璃子よ。高田さん、登美ちゃんがお好き?」

「あっ、手璃ちゃんか、や、失礼々々」

近眼の悲しさが、いかに相似の双児とはいえ区別出来ぬものでもないのを、しばしばこの種の失策をやらかして、高田君は汗をかくのである。

「手璃ちゃん、お願いします」

「……」

微笑んで手を組んでくる彼女を抱くと高田君はもう夢中になってフロアを滑り出すのだ。

「ねえ、高田さん……」

「なんですか?」

「ホホ……、手璃ちゃんでなくてお気の毒ね……」

「えっ、また、違ったか……」

なんたることであるのか、高田君はかくして無意識に二兎を追うの愚を敢えてするに至ったのであった。

高田君はもともと慌てものでおっちょこちょいな性質が多分にある。ジャンと鐘が鳴れば、火事だ、と馳け出して、俺は一番だったよ、と喜んでいる男だ。それだけに純情さに愛すべきものがあった。この恋が叶わなかったら死んでしまうんだ、彼は、思いつめた一本気質で真剣に考えていた。始めて知った恋心にあまりに華麗な二つの花、高田君はもう有頂天だったと云える。

——クリスマス・イヴ。ラモナ・ホールは燦然と目もくらむばかりのデコレーションに輝き、いつに変らぬ艶やかな、トミイ、テルーの姉妹は、それが、人気を昂める原因でもある、寸分違わぬ服装、髪の形から、耳飾り、ネックレス、イヴニングドレスに至るまで、誠に近眼の高田君でなくとも見分け難い姿で、楽しい今宵を踊り明そうとするのだった。狂烈なジャズの絶間ないリズムに乗って、人々は肌に汗を覚えるほど昂奮と感激に酔っていたが、高田君の場合はまたそれ以外の理由でいつもより感情的に逆上していた。というのは、彼はこのよき一夜を択んで、愛しい人に心のたけを打明けようと考えていたからだ。

もう、このごろでは、さすがの高田君も姉妹の区別が出来るようになったし、どうやら自分の好きなのは妹の手璃子のほうである、との、少し不正確ながら目標も極ったようであった。

時計が十二時を報じると、「メリークリスマス」の声と共に場内の感激はひとしお昂まって、それからは思い思いの仮面《マスク》に面を包んで、夜を徹して踊りぬこうとするのだった。

高田君は手璃子を軽く抱きながら耳もとにささやいた。

「これ、後で読んで……返事が欲しいんだけれど……」

彼は、用意してきた手紙を彼女の手に握らせた。

彼女は何も答えず仮面《マスク》の下で美しく微笑んだが、高田君はもうそれだけで胸が破れんばかりの喜悦を味うのだった。

——狂気したような一夜が明けて、ガランとしたホールは、昨夜の賑やかさに比べて墓場のようなわびしさに満ちていた。

姉妹のダンサーは、一つの部屋火鉢を挟んで手紙を読んでいた。

〝日毎夜毎、こうしてホールを訪れる僕の真意が奈辺にあるかはもう御想像下さっていると思います。ただ、日夜戯れて遊ぶ以上に僕は貴女との将来に対してある希望を持っていいでしょうか?〟

「ねえ、登美ちゃん、これは貴女へのラヴ・レターでしょう?」

「あら、何故? 高田さんは手璃ちゃんが好きなんでしょう?」

「まあ、嫌だ、あんな山嵐――」

「あたしだってよ、近眼のおっちょこちょい……」

だが、人気商売はまた切なく辛いものだ。

二人は心にもない返事を書かねばならなかった。

〝御心のほど嬉しく身に染みます。でも、あたしの現在はただ踊ることにのみ倖を感じているのです。どうぞ今暫く、野の蓮華草としてお交際下さいませ
T〟

結局、姉妹は、どちらに宛てたか判らぬ恋文に、共通の頭文字《イニシアル》を持って答えた。しかし、この程度の柔らかな拒絶も、真剣な高田君には致命傷だった。あまりにも、単純、あまりにも、狭見。だが、絶望に総てを失った高田君は、新しき年を待たずしてその若い生命を自ら絶ってしまったのだ。Sビル八階からの投身自殺！　それが、哀れな高田君の末路だった。粉末塵に砕けた血まみれの死体の側に、眼鏡が転がっていたのもひとしお人々の胸を打った。

夜中に胸を押さえつけられるような苦しみを覚えて、登美子はふと目を覚した。枕頭に誰やら立っている。よく見ると、それは眼鏡こそかけていぬが正しく高田君である。

「幽霊！」

叫ぼうとしたが恐怖に声も出ない。しかし高田君の幽霊は悲しげに面をあげて、静かに云った。

「僕は死んでも貴女のことが忘れらないのです。身のほど知らぬ恋だったのでしょうが……ひとことだけ、愛していた、と云って頂けませんか、ねえ、手璃ちゃん」

彼女は、この幽霊が間違えている事実に気づくと軽い気持になった。

「まあ、高田さんは幽霊になっても相変らずね。あたし、登美子よ」

幽霊は恐縮して、頭を幾度となく下げて消えて行った。

その翌日の夜。更に、高田君は彼女の部屋を訪れた。

「呆れるわ、高田さん、貴方は手璃ちゃんが好きだったのでしょう。あたしんとこばかり来ては迷惑よ」

登美子の怒り声に高田君の幽霊は悲し気に答えた。

「僕は、生きている間もよく貴女たちを間違えました。でも、死んでからは一層なのです。なにしろ、ひどい近眼のところへ、死んだ時に眼鏡をなくしちまったので……」

真　珠

「明日はSちゃんの誕生日だね」

「アラ、よく御存じね」

「こと君に関する限り、は、だ」

「まあ……」

美しく朗らかで優しく、微笑めば可愛いい唇から覗く白い歯並の悩ましさ。入社して間もないS子だが、たちまち社内の人気を一身に集めて、誰云うとなく名附けたミス・真珠のペット・ネームは清楚な彼女に相応しい。

若い奇麗な娘が入ってくると、タチマチ我こそは、とばかりにコシタンタンと狙う男の子のあるのは、いずれの世界にも変りのない現象だが、一ケ月後の今日、どうやら栄ある勝利者はN君と定まったらしく、側の見る目にも羨ましい意気投合の形である。

とは云うものの、N君は、こと君に関する限り、と口で云っている割にS子のプライベートに対しての智識は乏しい。由来女の子なんてものは、少し親しみを感じるとヤタラに家庭の事情や親兄弟の噂話を始めるものであり、そうした誰にでも云うべきでない話が出てくるのはソモソモの馴れ染めの始まりとなるのだが、ミス・真珠が話や素振りに示す好意は充分に感じられるけれど、どうも今一息打ちとけてくれないのがN君にはもどかしいのだ。

こと恋人に関しては、些細なことでも知っていたいのが、恋する者の持つ共通の心理である。誰もが知っている範囲の智識だけでは、恋人としての特権にもとる、と、N君は考えて、機会ある毎に彼女と特別な話題を摑むべく努力している。従ってN君が彼女のバースデーを忘れるはずがない。

「僕と君とはいくらも日が違わないから特に覚えているのさ」

「Nさんも今月?」

「そう、君は二十四日、僕は二十七日。もちろん生れ年は違うけれどね」

　誕生日が同じ月でしかも接近している、って一見詰らない事象も、恋する身には特別の親しみを感じさす因子として重大である。

「何かお祝いをしなくちゃいけないな」

「まあ……そんなこと……」

「ミス・真珠、だから、真珠がいいね」

「……」

　ミス・真珠は白皙の頬をピンクに染めて楽しそうである。

　とかく男って奴は恋人に贈物をしたがるものでN君もそのカテゴリから洩れない。

　しかし――、N君は考える。S子はこうして一タイピストとして働いているけれど、日常の生活は相当な良家の子女を思わせる。と云うよりむしろ豪奢に近い。なにしろ、三日にあげず服装は替えてくるし、ハンド・バッグだの時計だのも必要以上に持っているらしく、N君の注意深い観察によれば、入社して以来すでに五回も変った時計をはめているのだ。いったいちょっとした金持程度では五個も時計を買ってやれるものではない。しかもこれが僅々一ケ月の間のことだから彼女の私生活はとてもN君の想像以上にたいしたものに違いない。

　さて、そうなると――N君は頭を悩ませるのだ。誕生日のお祝いには真珠がいいね、なんて云ってしまったが、まさか太刀魚の皮を張ったイミテーションって訳にはゆかぬ。いつか彼女がさしていた指輪に真珠があったが、彼女の平素から推してほんものであることは疑いもない。従ってチャチな品を贈っては物笑いの種になる。

　いけねえ。N君はふと気附いた。二十四日と云えば給料日前ではないか。これは困ったぞ。

　哀れしがないサラリー・マンにとって最も財布の軽いその日が誕生日とは、彼女はいかなる星の下に生れたのか……。

　N君は生れて初めて質屋の門をくぐった。タッタ一つのウォルサムの時計をボーナスまで預けるために――。そして、その収穫は三個の真珠をちりばめた奇麗なブローチと変った。

　これならミス・真珠の襟を飾っても恥しいものではない。自分の心をこめた品を恋人が身につけてくれる悦び、それ故にこそ質屋のおやじの因業さを初めて体験したまいましさも、敢えて恥辱と感じなかったのだ。

　黄昏《たそが》れて家路へ急ぐN君の足は軽く心はウキウキであ

った。明日、彼女はまたいつものようにチャーミングな羞いを見せつつ、この贈物を受取ってくれるであろう……。

「兄さん。ちょっと待ってくれ」

嗚呼《ああ》、人生量り難し。運と災難はどこにでもあり、その災難が、三人の男となって現れた。グルリと囲まれて、ポケットを改められ、

「ふん、安月給取か、いくらもねえや」

呟きながら強盗氏は、N君が必死と隠しているブローチのケースを発見した。

「おや、こりゃ相当なものだぞ。彼女への贈物って寸法だな。まあいいや貰っとくよ」

あなや、と思う暇もない。それればかりはと泣き言を並べる前に、怪漢は姿を消していた。

翌日、N君は悄然と会社に現れた。自分が云っただけでS子はプレゼントを期待していないかも知れないが、男子たるものがひとたび心に決したことを実行出来なかった恥しさに、彼はS子の面を見るさえ苦痛に感じられた。

「どうかなすったの、あたし、心配だわ」

いつに変らぬ優しさで、ミス・真珠はN君の肩に軽くふれた。

実はね、と彼は昨夜の災難を語ろうとして、アッと声を呑んだ。S子の胸に燦然と輝いているブローチは、まぎれもない彼が心尽しのそれではないか——。

それからのN君の混乱振りは、誠に悲惨の限りであった。

そうだったのか。あまりにも豪華な服装をしていると思ったら……。ふん、着替や身廻品に不自由しないはずだ。彼女はもとでなしで稼いでくるパトロンを持っていたのだ。

——災難は拡大して失恋を招いた。呆れているS子を振返ろうともしないでN君はヨロメキつつ逃げるように去ってしまった。

二日間、胸をかきむしらんばかりに悶えたN君は、それでもどうにか三日目には会社へ姿を見せた。

「あたし、とても心配してたのよ。何かあったのでしょうか……、何かあたし、いけないことをしたのかしら……」

愁いをふくんで彼を瞶めるミス・真珠は更に美しかった。N君は圧倒されて恨みごとの一言も発することが出

来ないのだ。

「ね。笑って……あたし、淋しいわ」

N君は世にも悲壮な面持で口先で笑ってみせた。

「まあ……」彼女は睨んだが、それでもいくらか満足したらしく「これね、お祝いよ今日はお誕生日でしょう」

小さな包を彼に握らせて、ミス・真珠は囁いた。

「お手紙書きましたの、怒っちゃいやよ」

云い残すと燕のように軽く身をひるがえした。

俺は何もやれなかった。それに彼女は祝いだと云った。これを当てつけがましいと考えるのは俺のヒガミか――。

N君は複雑な感情の内に包を開いて、アッと吃驚《びっくり》した。

慌てて手紙を開いてみると……

「御免なさいね。こんなことして……。

でも、これであたしが自分の私生活を貴方に話したがらなかった理由を判って下さると思います。だって、あたし恥しかったの、自分の家がこんな商売をしているなんてお話し出来ないんですもの……。お判りになったでしょう。あたしのお家が質屋だってことを……」

なあんだ、そうだったのか。N君は自分の考えが間違っていたことに気附くと、スッカリ嬉しくなって、こみ上げてくる笑いをとめられなかった。あの強盗の奴、何でもないんだ。質草に置いたブローチを、彼女はいつものように新しい物の珍らしさで、身につけたまでのことなんだ。時計も指輪も商売用の品だったのだ……。

N君は独りでクックツ笑いながら嬉しさにワクワクしてきた。

ミス・真珠が誕生日祝いとして贈ってくれた、ウォルサムの時計を眺めて、あの因業おやじとも仲よくしなければいけないと考えていた。

投書綺談

〝シャルマント〟は、最近雨後の筍よろしく、ワンサと現われたヘッポコ雑誌の一つであるが、エロとグロを手際よくモンタージュすれば、どんなものでも飛んで売れる。

所謂時流にうまく乗じたので、まずもって販売成績のいい雑誌ということになっている。前月号は桃色の度が過ぎて相当数を押収されたが、それがまた逆宣伝になって、今月号の売行は素晴らしい。

さて、その〝シャルマント〟の編輯室で、片目君は煙草の灰をまきちらしながら、大童《おおわらわ》となって原稿と取組んでいる。締切直前で埋め草に書く時局コントに悩まされているのだ。

〝シャルマント〟の編輯者である友人のNが、先月急性盲腸で入院して以来、手術後の経過が面白くなく今なお病院でグズグズしているので、ヘナチョコ作家の彼が臨時にNの代理を務めているのだが、平素売るアテのない原稿を落着いて書く習慣の片目君にとっては、締切に追われる仕事なぞ些か苦手である。

殊に元来が呑気で大雑把な彼の性質では、字数を綿密に計算して枠にハメ込むなんてのは、甚だ七面倒でいけない。その上新興雑誌の常として貧乏の極致にあるから、看板になる二三の作を除いては、編輯者がインキをハネ飛ばして書かなくちゃならない。

「さあて……」

片目君は消えた煙草に火を点けると走り書の原稿に目を通してみた。

〝妻にいじめられた男、慰藉《いしゃ》料を請求す。コラ、男女同権だぞオ〟

〝社長連盟の野球チーム結成。頗る四球多し。曰く、ストライクは嫌いじゃ〟

〝帝銀事件遂に迷宮に入る。テンモウカイカイソにして洩らす〟

〝シベリヤよりの復員始まる。帰ってみれば妻は転向。赤くなった連中青くなる〟

〝労働基準法にパンパン嬢大恐慌。女の子の夜間労働はいけないんだってさ〟

「もう少し書こうかな」

片目君はペンを取上げてちょっと考える。気の利いたピリッとしたものが欲しいな。

〝オハギ二つで古橋君八百に世界記録を出す。トンカツを喰ったらどうなるか？〟

〝お上の支払が遅れているので滞納しますのや、と商人は云う。納税せんから支払えぬのじゃ〟

「フン、あまり面白くないね……」

新聞の綴込をパラパラとめくってみたが、小説より奇なるべき事実に案外ネタになりそうなものが少ない。

「あぁッ――」

大きい欠伸《あくび》をひとつ、なにかないかなあ、と探しものをするように室内を見廻していた片目君は、部屋の隅にうず高く積まれた原稿の束にちょっと心を惹かれた。いずれも没の運命と顧みられぬものであろうが、哀れにもホコリに埋った無惨な姿を見ると、身につまされて他人ごととは思えない。

「惜しいものだなあ、随分あるじゃないか」

惜しい、と言うは作品ではなく、無駄になった原稿用紙のことである。

手にとって、一つ、二つ、走り読みしてみたが、さすがは没たるべき風格を備えていて、まるでなっちゃいない。

まさか、そんなものからヒントを摑もうとも考えなかったが、自分の心血をそそいだ作も、諸々方々でかかる悲運に遭遇しているか、と思うと、そぞろに懐かしく、五、六十はタップリあろう、原稿の題名を拾っていると、フト彼の興味をそそったものがある。

「十二人殺害事件、小野八郎か。フン、探偵小説だな……」

英国の女流作家の名作に、十二の刺傷、ってのがあるが、アレの焼直しかな――と、片目君は二、三枚読み出して、プッと吹き出した。

「なんだ、帝銀事件か――」

文中に書かれてある場所は架空のものだし、舞台も銀行ではなく、宝石店となっているが、当時、その周辺で発生した発疹チフスの予防だとの振込みで、市の防疫班の名刺を持った人物が現れ、巧な話術の下に、主人を始め店員、家族に至るまで十二名の者に水薬の服用を迫り、一人残らず毒殺して宝石を強奪する——といった筋を、幼稚な筆法で書いているのだ。

そして事件の解決は、当時宝石商の店頭に飼っていた九官鳥のおしゃべりから、探偵が現れて怪しげな推理の下に犯人を追求し、大活劇の果に逮捕することになっている。

「帝銀事件をソックリ使うなんて、相当な心臓のセンセイだな」

片目君は呆れて、ポイと放り出した。が、ふと、原稿の末尾に眼をとめると、

「オヤッ!」

と叫んで、ガゼン頬の筋肉をけいれんさせて、眼をむいた。

彼が、緊張した時の表情である。

片目君を驚ろかせたのは、末尾に記入してある脱稿の日附が二二、一一、五となっていたからだ。

「ハテナ?」

帝銀事件は今年の一月、それも下旬の出来事だったはずだ。そうなるとこの作は、帝銀事件の焼直しでも模倣でもない。立派な、独創的なアイデアなのだ。

現実の帝銀事件においても、十六名の人間が一様に薬を飲んだ偶然性が、随分問題になっていたが、この作者もその点はかなり苦労したとみえて、

「この水薬を飲むと、二、三時間後に、一種の発疹状態の病状が現われる。丁度種痘の善感、不善感のようなものである。その状態を他の係員が調査に来て、予防薬服用済の証を交附することになっているから、手数のかからぬように揃って飲んでもらいたい——」と、

こんなに云わしているのだ。

片目君は、改めて原稿を読み返して、思わず感嘆の呻きをあげた。

これがオリヂナルとすると、なかなか面白い作だ。ただ、N君がこれを採らなかったのは、筆力が拙ないからに違いない。しかし、手を入れれば充分探偵小説として、通用するアイデアの妙を持っている。

「惜しい作だなあ」

この作者の着眼点は、素晴しい。こんな多量の人を、一時に殺害する探偵小説なんて、恐らく始めてではあるまいか——。

けれど、今となっては、手遅れである。いくら名文に作りかえてみても、現実の帝銀事件から取材した、ケチ

な作品と片づけられてしまうことは、火を見るより明らかである。所謂、シーズン・オフという無価値な作になってしまったのだ。

「しかし、この作が出来た後に、同じ筆法で現実の犯罪が起ったのは、偶然の一致だか知らぬが、同じようなことを考える人間も居るんだなあ」

片目君は一応感心したが、ふと、ある事に気附いて、またもや緊張した。

「ヤッ——これは、大変だぞォ……」

帝銀事件は迷宮入りとなって、躍気となった警察は、全国的な犯人捜査を開始しようとしている現在だが、犯人は実に巧妙に姿を隠して、未だに完全な手掛りすらないのだ。

しかし、しかしである。いったい、こんな風変りな殺人方法を考え出す人間が、そう幾人もいるだろうか？

もしや、犯人は、かつて自分の書いた探偵小説のストリーを、現実に行ったのではあるまいか——？

「待てよ、慌てるなッ」

片目君はスッカリ自分の考えに昂奮してしまった。

これは大事件である。慌ててはいけない。彼はもう一度、原稿を開いてみた。と、第一頁《ページ》に作者の言葉が書いてあるのに気附いた。

〝自分は元来、田舎廻りの劇の脚本を書き、時には演出もやってきたのだが、今度始めて探偵小説を書いてみたので、御高覧願いたい〟

「うーむ」

片目君は呻ると、急しく頭を廻転させた。帝銀事件の犯人が、椎名橋支店を襲うまでに、予行演習を繰返していたことは、当局の調査によって明らかとなっている。

「芝居の作者なら——自分で脚本を書き、舞台稽古をして、晴れの舞台に臨むのは当然だ。

さてこそ、予行演習をした理由も頷けるではないか——」

かの惨忍鬼畜の如き犯人と、十二人殺害事件の作者とが、同一人物であるとの片目君の推理を、更に証拠づけたのは、原稿の最後に書いてある住所が実に帝銀椎名橋支店にほど遠からぬ場所であったことだ。

「何であろうと、これは一応調査しなければいけない」

どうせ、あれだけの大犯罪をやった人間だ。その附近にベンベンと納まっているはずはないだろうが、とにかく行って調べてみよう。その上で、警察へ報告したらいい。

到々、片目君は仕事を投出してしまった。こんな大事件の前に、時局コントなんてクン喰えだ。うん、そうだ。あるいは時局コントの内の帝銀事件迷宮入りの項は、訂正することになるかも知れんぞ。

翌朝、片目君は原稿の住所を便りに小野八郎氏を訪れてみたが、予想通りにとっくの昔に引越してしまった。と、近所の人の話であった。

「いつごろ転宅されたか御存じないでしょうか?」

「えッ、覚えていますよ。何しろ帝銀事件のあった日ですからね。あれは一月二十六日の夕方でしたわ」

近所のおかみさんは、自分の記憶のよさを誇るように教えてくれたが、片目君はいよいよ自己の推理が正しいとの確信を持つ結果となった。

「チキショウメ、転宅の準備までしていたとは、何と用意周到な奴だろうか――」

これで小野八郎なる人物が、真犯人でないとしても、重大な容疑者だということは、決して過言ではない。

さあ、いよいよ警察へ知らしてやろう。片目君は自分の見事な推理に、吃驚《びっくり》する警官の対度を考えて、スッカリ愉快になったことである。

さて、警察へ行くには、例の原稿を証拠物件として持っていく方がいい。と、考えた彼は、編輯室に戻ってみてギョッとした。いや、驚くはずだ。室内には二人の警官が、彼を待っていたから――。

「やあ、これは丁度いいところでした。これから、警察へお伺いしようと思っていたのです――」

吃驚したものの、こんな好都合なことはない。偶然の一致は、ここにもある。

片目君は、元気よく彼等に声をかけたが、警官たちはニコリともしない。

(ハテナ、奴さんたち、何の用件で来たのかしら?)

二人とも、あまり人に喜ばれそうな人相じゃない。どうやらロクでもない用件を持って来たらしい。

片目君は横眼で御両名を睨んで考えたが、うん、そうか。あの件だな。

――先月発禁になったエロ小説について、叱言を云いに来たのだろう――

「君がシャルマントの編輯者か?」

二人の内で、特に片目君の嫌いなカマキリに似た方の刑事が、太いバスで奴鳴るように云った。

「そうです。僕がその、片目珍作です」

チェッ、感じのよくない先生だな。こんな奴に云うのは止そう。と彼は決心した。

「編輯部員は君だけか？」

キウリのようにニキビだらけの顔をした若い方の男が念を押した。

「僕一人きりですが――」

片目君はちょっと不安になってきた。一体、何だって云うんだい？　善良なる市民を摑まえてさ。

「今日、お邪魔したのは外でもないが、実は帝銀事件に関した問題で、署まで御足労願いたいと思ってな」

カマキリはユックリした口調で、いやに落着いて云う。

「帝銀事件ですか」

片目君はアッと、重ねて吃驚した。さすがに警察は無能じゃない。もう知っているのか。

「いや、よく御存知ですね。感心しました。やはり、本職の方は違いますね――」

しゃべりかけて、片目君は相手の云ったことに気附いた。署まで御足労願いたいとは、少しおかしいぞ。

「何ですか、その、僕は忙しいのでここでお話ししたいんですが……そりゃ必要だと仰っしゃれば、総監のところへでも参りますがね」

「来てもらった方が、都合がいいんだ」

カマキリはニコリともしないで云った。（何を失敬な、罪人扱いにしていやがる）

片目君は些かムクレて、

「じゃあ、閑な時に参りましょう。今日は忙しくて駄目です。なにしろ締切前ですからね」

キウリとカマキリは顔を見合した。と、キウリはポケットから手錠を取出して、

「我々も忙しいのだから、手間を取らせないでくれ」

アッ、という間に、ヒヤリと冷たい感触がして、ガチャリと片目君の手は一対になった。

「なにするんだ。何の理由でこんなことを……」

「騒ぐんじゃない。正式の令状を持っているんだからな」

カマキリはうそぶいて、

「君を帝銀事件の容疑者として連行するのだ」

「容疑者？　この僕を……」

片目君はウンと呻った。何が何んだか判らないからである。

×　×　×

「なにしろ、帝銀事件といい出すとサッと顔色を変え

ましてね——」

「よく御存知ですね。ってふざけていますよ。コイツは——」

「丁度いいところでした。お伺いしようと思ってたんです——なんて、うまいことを云う男です。実にシャアシャアしたもので——」

捜査課長の前で、カマキリとキウリが、かわるがわるに、片目君をザンボウしている。

御本尊の片目君は、その横で呆気に取られて、物も云えねえや、といった形である。

「君の本職は何かね?」

捜査課長は髭だらけの赫ら顔をテカテカ光らして、片目君の方をむいた。まるで絵にあるダルマさんそっくりである。

「本職は探偵小説作家です。もっとも活字になったことはありませんがね——」

片目君はヤケクソで答えた。実際、ヤケクソにもなろうじゃないかい。クソッ面白くもない。

「ふうん」

ダルマさんは頷いて、

「探偵作家ってものは書くと同時に、実行するものかね」

「冗談じゃありませんや。探偵作家ほど善人はありません。ただ人間の誰もがもつ共通の弱点であるところの悪への魅力、それを文章に書くことによって満足させているだけで、実際、我々探偵作家くらい現実の犯罪と縁遠いものは珍らしいんですよ」

「なかなかうまいことを云うね」

ダルマさんは、からかうような眼付である。

「チェッ、やになるな——。一帯、どういう理由で、僕が帝銀の容疑者なんですか? 大体僕は、帝銀事件の犯人を教えてあげようと思っていた位なのに——」

「犯人を教える? こいつ、ますます図々しいじゃありませんか?」

キウリが横から口を出す。ダルマさんはそれに取合わず、

「ほほう、君は犯人を知っているのかね?」

「最近ある事実に基いて犯人と覚しき者を発見したのですがしかし、僕が容疑者なら何をか云わんやです」

「いやなにしろね事件発生以来、半年になるんだからね。大衆からはケンケンゴウゴウたる非難の声を聞くし、我々もこれでつらいところがあるんだ。だから、少しで

も怪しいと聞けば、一応調べる事にしているんだ」

「手錠を掛けて引致して、ですか?」

「なあに、そういう訳じゃないが、君の場合は挙動が変だし、出頭を拒んだりしたからさ」

「とにかくも、ですね。僕の嫌疑のよって来たるところを説明して頂きたいですな」

ダルマさんは卓上にあった一通の封書を取って、片目君に示した。

読んでみて、片目君はアッと吃驚、呆れ返ってしまったのである。

〝小生は帝銀事件の犯人について、若干の心当りがある。そもそも帝銀事件の大胆不敵な空前の大殺害計画のストリーは、小生の考案したものであって、犯人は小生のアイデアをヒョウセツしたのに相違ない。小生は昨年十一月に、この素晴しい犯罪をテーマとして一篇の名作を書きあげて、雑誌シャルマントに投稿した。

然るに、シャルマントの編輯者は、不遜にも小生が心血をそそいだ名作に対して、一片の感想すらよこすことなく没書となし、あまつさえ、そのアイデアを盗んで、かの憎むべき帝銀襲撃を悠々となしたのである――。

と考える次第である。

シャルマントの編輯者を取調べられたし。然らばそこに真犯人を見出すであろうことを確信する。

昭和二十三年七月
小野八郎〟

「コノヤロウ――。馬鹿にしてやがる」

片目君はほんとに腹を立ててしまった。

「それは君、おのはちろう、と読むんじゃろう」

洒落《しゃれ》の通じぬダルマさんが教えてくれる。

「いやはや、呆れた次第です。実は僕が犯人だというのも、此奴《こいつ》のことだったのです――」

片目君はここで原稿発見の顚末から転宅の事実を述べて、

「怪しいのはコイツですよ。帝銀事件の日に引越すなんて、全く奇怪極まる行動じゃありませんか?」

「じゃが、この男には完全なアリバイがあるんだ」

「アリバイ? そんなものはヘイチャラでさあ、大体完全なアリバイを持つ奴が、一番怪しいというのが探偵小説の定道ですからね」

「絶体的なアリバイだよ」

ダルマさんは譲歩しない。片目君は口惜しいやら、ミイラ取がミイラになった以上に憤慨して、ヤッキとなっ

「さあ、忙しいぞ、帝銀事件、ゼッタイ迷宮とでも書き直そうかな――」

ている。

「しかしですね。コイツはですね。去年の十一月に投稿しているんですよ。もっとも僕は現在臨時のエディターですから、その当時のことは詳しく知りませんがね。とにかく、そんな古い作品のことを、今頃に至ってヒョウセツだなんてチャンチャラおかしいじゃありませんか、何故事件の起った当時に云わなかったのでしょう――これが、そもそもおかしいです。コンヤロウこそ充分怪しんで然るべきだと思います」

「ところがね、その男は帝銀事件を最近まで知らなかったのさ」

「冗談でしょう。世界犯罪史未曾有の大事件として、日本中は愚か世界の隅々まで知れ渡った国際的大犯罪を、知らないなんて……」

「いやいやそういう場合も有り得るのだ。つまり小野八郎はね、一月二十日にヤミで検挙されたのだ。だからおかみさんが世間体を恥じて転宅したのだろう。そして四、五日前に出所したばかりなんだ。これは君、完全なアリバイにならんかね――」

泰山鳴動《たいざんめいどう》して何とやら、片目君は遂に迷探偵と化してションボリ警察から引揚げた。

金田君の悲劇

「ああ、二十万円！　二十万円！」

金田君は家に戻ると、途端に思い出して念仏のように呟くのである。

金田君は去年外地から復員してきた。家は戦災で跡かたもなくやられてしまったが、幸い恋女房の里枝は田舎の実家に疎開していて無事だった。応召前に勤務していた会社が、何々産業と今のはやりの看板をあげて活躍していたので早速恋女房を呼び戻して復職したのはよかったが、何がさての住宅難である。

さしあたっては元の大家さんが、半焼した家と倉を残していたので、昔のよしみをたてに、無理矢理に頼みこんで、倉の二階を借りて住居としてはいるものの、なにしろ、三年越の愛情がやっと実を結んで、里枝と結婚出来てヤレヤレとホッとした三日目に赤紙が飛びこんで来て、当時の日本流では泣くに泣かれず、生別か死別かも判らぬままに爾来三年と十ケ月。それでも烈しい敗戦の中にも拘らず、幸いと生残った喜びを、恋女房と返り咲きの新婚気分を味って大いに人生を意義あらしめんと、勇んで復員してきただけに、薄暗い陰気な倉の中の生活では、新婚どころの話じゃない。

金田君にしてみればまさか内地がこんなにまでメチャメチャになっているとは思わなかっただけに、南向きの陽当りのいい小じんまりとした家を借りて――と、そればっかりが三年十ケ月の苦しい生活の中の慰めであったが、還ってみて案に相違の実状に眼を廻してしまった。

家を借りる権利金が五千円の一万円の、なんてベラボウな話がヤッと嘘でない、と、判ると、どんな処でもいいから、と、慌てて探しだしたが、御多分に洩れず、それこそ日本中を金のわらじで探し歩いても借家なんて有るはずがないと悟って、ようやく考え出したのが今の大家さんのことである。

倖にも大家の老夫婦は好人物だったから、倉でよかったら、と、気持よく承諾してくれたし、金田君も、雨露さえ凌げたら、と引越した二、三日こそそう思って喜んでいたのだが、少し落ちついてみるとどうも感心しない。お染久松と洒落《しゃれ》るほどの精神的なゆとりも出て来ないし、第一、昼日中といえども薄暗くて、美しい里枝の顔だってハッキリ見えないのだから、誠に憂愁この上もないのである。おまけにカビ臭くて雨の日なぞムッと変な臭気で頭が痛くなりそうだし、その上、天井がないためいやにスウスウと通りがよく、加えてすすけた太い棟木の上をチュウ公が走り廻って、時々パラパラとヘンなものを落すので、たまったものじゃない。

不幸を並べれば限りがないが、なにより金田君にとって辛いのは、炊事場がないので、いちいち大家のお勝手まで行かねばならず、いとしい里枝の毎日の苦労のほどが忍ばれて、可哀想でたまらないのだ。殊に雨でも降った日には、傘をさして米を洗いにゆく恋女房の姿は、自分が苦労する以上に胸をしめつけるのだ。

「ああ、二十万円！　二十万円！」

ゴロリと寝転んだ金田君は、目を閉じて呻っている。

二十万円あれば家が買えるのだ。しかも、すぐ住める家が……と、言うのは、大家さんの親類筋にあたる老人夫婦が、ほど遠からぬところに住んでいるのだが、最近の患《わずら》わしい世相に愛想をつかして、田舎の息子のもとへ帰りたいと、言っているのだ。それで適当な買手が有れば譲りたい、との話を先日大家さんから聞いて以来、その譲渡価格の二十万円が金田君を呻らせているという訳である。

なにしろ、今の時世では売家はあっても、借家人が頑張って動かないのが常識だから、これはまたなんとうまい話ではないか。それに元来が隠居生活のために建てた家だけに、なかなか凝った造りだし、広くなし狭くなしそれこそ陽当りもよくて、いとしい里枝と楽しい愛の生活を営むには理想的なのだ。

「あなた、なに云ってんのよオ、サア御飯にしましょう」

里枝がドンドンと二階へ上って来て食卓を持出した。

「うん、飯か――」

金田君はムックリと起き上ったが、外はまだ暮れていないというのに、なんてここは暗いんだろうか――。窓は小さいのがタッタ一ツ、それも高いところに有って、御丁寧に金網まで張ってある。せっかく、恋女房が手作りの料理も視覚を奪れてはやりきれない。

「なあ、さあ公、二十万円有れば家が買えるんだぜ」

「アラ、まだ云ってるの、感心によく覚えてるわね」

日々の生活に困るほど金田君の腕は悪くない。会社の給料の外になんだかんだと、所謂サイド・ワークによる収入もあり、当今の物価高もさほど苦にはならないぐらいゆっくりとしている。しかし、そうかといって二十万円となると、オイソレと都合のつかぬ大金である。

「宝くじでも当ったら買えばいいじゃないの」

「うん、そうだ。明日買って来よう」

「ホホ……、この間三枚も買って来たじゃないの」

「そうだったかな、アレ、どこへやった?」

「あたしが、ちゃんとしまってるわ――。ハイ御飯――」

家だ、家だ。と、云っても、どうせすぐ忘れちゃうんだから、と、里枝はあまり気にもしていない。

実際、金田君の健忘症は少し酷いのである。帽子や傘を忘れる程度は、里枝に言わすれば健忘症の一年生であって、金田君ぐらい病こうもうとなるともう助からない。

日曜日だからと思ってユックリ寝ていると、慌てて飛び出して行く。暫くするとボンヤリ帰ってきて、今日は日曜かい、なんて、会社へ出掛けたらしい口調。そうかと思うと、時計や靴を修繕に出して、その店を忘れて大騒ぎする。たまに里枝が買物を頼んで、忘れないようにと指にコヨリを結んでおくと、何のためにコヨリが有ったのか、肝心な要件を忘れてしまう――殊に復員してからはますますその傾向が強い。

「よく、まあ、あたしのことを覚えていたわねえ」

と、いつもふたこと目には里枝にやりこめられるのだ。

そのくらい呑気に出来ているんだから、家のことも会社へ出てしまうと、スッカリ忘れているのだが、さすがに身に染めた苦労の種だけに、文字通り穴蔵へ戻ると、トタンに思い出す。外では忘れているとは云い条、百万円を当てこんで、宝くじを買ったりするところをみると、潜在意識としての記憶はあるらしい。

日曜日の午后、今日は感心に休みを間違えなかったらしく、金田君は二階で所在なさそうに転がっていた。

「二十万円！　二十万円！」

思えば思うほど溜息が出る。南向きの小じんまりした家！　ああ、家が欲しい！

「うん、そうだ！」

何思ったのか、金田君はガバッと起き上った。

「さあ公、さあ公――」

里枝は天気がいいので、大家さんの勝手元で洗濯をしている。蔵の中から奴鳴っても聞えるはずはないのだが、金田君は距離のことなんぞ忘れているのだ。

「はて、どこへやりやアがったかな?」

おおかた、宝くじのことでも思い出したのであろう。彼は本箱や机の引出をかき廻し始めた。

「金田さんは幸福だな――」

「アラ、どうして? ――あんな忘れん坊……」

「だって里枝さんのような綺麗な奥様を持ってるんだもの」

洗濯している里枝に話しかけているのは、大家の一人息子の武夫である。

某大学に籍を置いているが、探偵小説が好きで、以前はよく江戸川乱歩を気取って、蔵の中へ本を持ちこんだり、ヘンてこなメイ想にふけったりしたものだが、金田君が来てからは焼け残った主家《おもや》で父母と窮屈に暮している。

武夫は里枝が好きで、青年らしい純真さで美しい愛情を感じている。もとより、金田君夫妻はキンヒツ相和した仲であり、武夫も人道に反するような邪恋をどうしよう、と、思っているわけではない。だが、人妻であろうとなんであろうと、好きなものは好きなんだから仕方がない。従って、ときおり里枝と言葉を交すのを最大の喜びとしている。

「いやな武夫さん」

綺麗と賞められれば、女性は十人が十三人まで喜ぶものである。里枝は頰を染めて微笑んだ。

「偽らざる感想です」

武夫もそう言って赫くなった。些か危険の感じられる場面である。

二人が火遊びのようなスリルを楽しんでいる間に、蔵の二階では大変な事件が起っていた。と、いうのは、金田君がいつの間にか、無惨にも絞殺されていたのである。

洗濯を終った里枝が、変り果てた金田君を発見して、たちまち大騒動となったのは云うまでもない。

里枝の叫び声に武夫がまず馳けつけて、直ちに警察官が出動して来た。

現場の捜査だとか訊問なんてやつは怠屈の極みだから省略して、簡単に実状を述べると次のようなことになる。

室内はどうやら強盗でも侵入したらしく、タンスの引出から食器棚までかき乱されていて、金田君は首に新しい縄を巻きつけられて絶命していた。抵抗の形跡は殆ど見受けられなかったが奇妙なことには、金田君は左手にマッチの箱を握りしめていた。

ところで、蔵へ行くにはどうしても主家を通らなくてはならない。殊に蔵の入口はお勝手の正面にあるのだから誰かが通ったとすれば、当然、武夫と里枝が気づくはずであるにも拘らず二人は誰も見かけていない。

「ガゼン、密室殺人だな」

探偵小説マニアの武夫は大いに張切ったが、警察では二人を容疑者として引致した。愛慾のもつれを大袈裟に解釈して武夫に殺人の動機があり、里枝が共犯ではないか。と、睨んだのである。

しかし、厳重な捜査の結果、二人の潔白は証明されたが、そうなると犯人の手掛りが全く判らなくなってしまった。また、室内が荒されていたのにもかかわらず、盗難品がないというヘンなことになって、結局、事件はお定まりの迷宮に入ってしまった。

ここで哀れをとどめたのは、里枝である。

烈しい戦争にかすり傷ひとつ受けずに帰還してきた金田君。健忘症ではあったけれど、彼女を愛することだけは決して忘れなかった申し分のない夫。それが、通り魔に襲われたように怪死を遂げたのだから、諦めようとしても諦められない。

しかも、皮肉なことには金田君の死によって、二十万円の保険金が転がりこんで来たのだが、これがまた、里枝にとっては新しい涙の種となったのは云うまでもない。

「ああ、二十万円！　二十万円！」

在りし日の金田君の呟き声が聞えるようだ。でも、今となってそんなお金がなにになるのだろうか——。

武夫は里枝を慰めてやりたいのはやまやまであるが、若い後家さんに近寄るのじゃないよ、と、両親に固く戒められているので、心では限りない同情を抱いていても、それを形に表現出来ないのだ。

里枝は魂のぬけたような日を送っていたが、やがて幾月かが過ぎると、せめて故人の望んでいた通りにしたいから、と例の家を譲りうけて不幸な想い出に満ちた蔵の生活から引越してしまった。

武夫は絶ち難い愛着に悩みつつ、里枝を送ると、また、以前のように蔵の中で探偵小説を読みだした。

ある日。里枝が新しい家に移ってから数日後、突然武夫が彼女を訪れた。

「——実は、僕、蔵の中でヘンなものを発見したのです」

そう云って、取り出したのは短かい蠟燭のかけらと、両端の焦げた短かい縄の切れ端しであった。

「これは何ですの?」

里枝は訝しそうに、その二品を瞶めた。

「これが金田さんの死の真相を語る証拠物件です——」

と、武夫は前置して話し始めた。

「僕はこれを蔵の棟木の上で見つけたのです。あんな場所に何の必要があって蠟燭が置いてあったのか? ちょっと僕にも判らなかったのですが、すぐ側の太い釘に巻きつけてあったこの縄と、あの日、金田さんがマッチを握っていられた事実を想い出すと、蠟燭の謎がとけたのです。——吃驚《びっくり》なすっちゃいけません。金田さんは自殺されたのです!」

「えッ、自殺ですって! ——」

「そうです。金田さんは自分の首に縄を縛りつけて、つまり、首を吊られたのです。しかしこれにはトリックがあって、縄の端は更にこの短かい縄に通されて、その縄は輪になって釘で支えられるように仕組んであったのですよ。その横にはこの蠟燭が縄とスレスレに立ててあって、蠟燭が短かくなると縄に燃え移り、金田さんは下へ落ちる仕掛になっていたのです。警察が調べた時に気附かなかったのは、あんな薄暗い場所ですし、ことに高い棟木の上では見落したのも当然でしょう」

「でも、でも、どうしてそんなことをしたのでしょう?」

「それは、保険金が目的だったのです。御承知のように、あの保険は復員後に契約されたのですから、二ケ年以内に自殺した場合は保険金を支払ってくれません。そのためには、どうしても他殺を装う必要があったのです」

里枝は呆然と聞いていたが、

「でも、信じられませんわ。自殺だなんて……あの人が二十万円をいくら欲しがっていたとしても、それは、家を買ってあたしと楽しく住むためですもの——死んでしまっては何になりましょう……」

「そこですよ」

武夫は痛ましげに眼を伏せたが、

「貴女は金田さんの健忘症をよく御存知じゃありませんか。それが禍の原因だったのです。金田さんは貴女を愛するのあまり、二十万円に魅惑されて、それを得るために自分が死んでしまうという最も重大な事実を忘れてしまわれたのです――」

武夫は語り終ると、泣きくずれている里枝を慰めて、憮然とした。

もし、金田君の霊がそれを聞いたら、うん、そうだ。なんだかヘンだと思ったら、おれは確かにその点を忘れていたのだ――と、手を打ったことであろう。

島へ渡つた男

一、連絡船

「おーい、出るぞオ――」

賑やかに笑い興じながら、ゆっくりとした足取で桟橋にさしかかった、お内儀さんの一群れは、渡船場の爺さんの声に吃驚《びっくり》して、それでもキャッキャッと笑いながら駆け出した。下駄の音がやかましく桟橋を叩いてゆく。

暮れるにはまだ少し間があったが、短かい秋の陽は西の島影に隠れて、海上には忍びやかな黄昏《たそがれ》が迫っていた。向い島の小高い丘が魔物のように黒く浮び上り波は夕陽に映えて妖しいまでに美くしい。エンヂンが始動しはじめて、小型の連絡船はそれ自体が生あるもののように小刻みに震えている。たてつけの悪い船室の硝子《ガラス》窓はガタガタと音をたて、室内には十燭の裸電球が船客のくゆらす紫煙にボーッと曇って佗しい。

瀬戸内海の至るところに見受けられる、本土と島を継なぐ連絡船。そしてこれはO県のK町を発して、T島を経てS島に至る最終便である。もっともK町――S島間は、初発の終便の、と云っても一日に二往復より出ない。即ち、今出る午後四時半の定期船が六時にS島に着くと、そこで一夜を明かして早朝の六時に、通勤通学の人たちを運んでT島を経由して七時半にK町へ戻ってくる。それが十一時になるとK町初発となって、同じように二つの島を廻って午後二時に再びK町へ帰って次の四時半便まで待機している、といった甚だ不便な交通状態である。

町から島へ托送される郵便袋や僅かな荷物の積込みが終ると、草履をピシャピシャさせながら、若い船員が身軽に立ち廻ってもやを解く、船はブルブル震えて後退《ゴースタン》を始めるが、やがて船首を海上に向ける、と単調なエンヂンのリズムを伴って走り出す。

薄暗い船室はいつもながらかなりの船客で一杯になっていて、若い学生たちはそれが一つのエチケットであるように、船室で押し合うことを避けて甲板に立っているのが常である。たいていの人たちが、毎日顔馴染の勤人、学生、町へ買物の女連中で物価の話、配給の話と、いずこの世界も変らぬ話題が、海上一時間半の怠屈をまぎらわしてくれる。

夕方のヒヤリと頰に冷たい風も、馴れたこととて気にならぬ元気な女学生が五、六人、左舷の甲板で明るい笑い声を転がしていた。

「……」

ふと一人が何思ったのか、無言の素振りで皆の注意を集めると、眼顔で船尾の方を指した。一同はピタリと声を静めてそっと振向いた。

瀬戸内海の美しさは、それがいずこの場所であるとを問わず一歩海上に出れば緑の島、紺碧の海、誠に日本の公園たるに相応しい。それが四季のときどきに見られる景色の変化もさることながら、朝、昼、夕の時間の差にさえ、その眺めは見あきぬ魅力を持っている。海に生れ海に育った人ですら、うっとりと見とれることも珍らしくない、この変転極りない風光は、他国から訪れる旅行者にとっては、驚嘆につきると云っても決して過言ではない。薄暗に包まれて消ゆる如く幻と霞む島々、船尾に躍る金銀の飛沫。それらに心を奪われたように見とれているる旅人の姿が、目覚い女学生たちの注意を惹いたのに違いない。

「復員さんね」

「島へ帰る人かしら?」

好奇心にかられた娘たちは、小さい声で囁き合っていたが、ふいに振返った男の顔を見ると、一同はギョッとして声を呑んだ。

それもそのはずだ。若い女学生たちの対象となるには、その男の容貌はあまりにも醜くかったからだ。

古ぼけた戦闘帽の下から覗く眼の左方は白い眼帯に覆れて、しかも隠された眼尻から頰へかけて、サッと走っている一筋の傷痕。熱帯地方で労苦をなめてきたのであろう、顔全体は陽焼していて、頰骨が尖っているのも痛ましい。服も外套もお定りの復員姿であるが、更に痛々しいのは身を松葉杖に凭《もた》らかせていることだ。いずれは戦争の犠牲となったのに違いない左の足は、無残に曲りくねっている。かつては武勲の人、名誉の傷兵と呼んだ姿ではあるが、終戦以来三ケ年の月日は人々の感情に大きい変化を与えて、今見るこの復員者の姿も、彼女たちにとっては、無気味な戦慄を覚えさす以外のなにものもなかった。

「……」

女学生たちは無言で顔を見合せていたが一人が悪戯らしくソッと口を切った。

「足の悪い丹下左膳ね……」

おどけた口調で云ったので皆はドッと笑った。笑ってしまうと何だか軽い気持になり、今度は落着いてその男を観察し始めた。

荷物といっては僅かにうす汚れた、それも軽そうなリュック・サックだけだ。どこへゆくのだろうか？　T島か？　それともあたしたちの島かしら？

と、その男は手摺りに凭れていた身を起して、松葉杖をとりなおすと彼女たちに近寄って来た。

「S島へは幾時ごろに着きますか？」

本能的に女学生たちは身をすくませて警戒の色を見せたが、声をかけられて何となく安堵した。笑いかけた口許が、顔全体の無気味さに似合わぬ愛嬌を湛えていたのと、彼女たちが思っていたより、若々しい明るい声だったからである。

「六時ですわ」

と、元気に一人が答えた。

「ありがとう」

松葉杖の男は軽く頭を下げたが、

「六時ッてと、もう暗いなあ」

と、独り言のように呟いた。

醜いみすぼらしい風態の男だったが、困惑したようなその口振りに、若い娘たちはちょっと心を惹かれた。が、そうかと云って世間馴れぬ彼女たちは、進んで話かけるでもなく、まためいめいに顔を寄せて遠慮気味に語り始めた。

男はじっと海面を瞶めて、何事か考えにふけっている様子だった。

いつの間にやら陽はスッカリ落ちて、美しく輝いていた波が、どす黒く見えるころになると、急に風が冷たくなってきた。

「おお寒い」

誰かが肩をすくめて呟いた。

「貴女たちはS島の静波荘ってのを知ってますか？」

松葉杖の男は面をあげて声を掛けた。

「静波荘？」

「ああ、あすこだわ」

「ほら、最近都会から来たって人の別荘よ」

彼女たちは口々に頷きあって、

「静波荘は船着場から右へ坂を一丁ほど登った丘の上

の別荘ですわ」

「ひと筋道ですぐ判りますわ」

男は帽子に手をかけて礼を云うと、また海上に目を転じた。

船はT島へ近づいたらしく、速力を落すと海面への燈火を投げた。暗闇の中から伝馬船が現れて、下船者を乗せるとまた闇の中へ消えて行った。船は再び方向を転じて汽笛と共に走り出した。

約半数の人がT島へ上陸したので、船室は急に淋しくなった。うす暗い電燈の下で新聞を拡げている男。話に疲れて船上舟を漕いでいるお内儀さん。もうすっかり暮れ果てた海の静けさが、ひしひしと室内にまで忍びこんで来る。

「空いたわ、入りましょうか」

「もう寒いわね」

女学生たちが身を縮ませて船室に姿を消すと、甲板には松葉杖の男がただ一人。何を考えているのやら、身動きもしないで漆黒の海面を瞶めている。

「いよいよ来たか――」

男は感慨深そうに軽い溜息を洩した。

そっと周囲を見廻して、人気のないのを確めると、ポケットからなにやら摑み出した。逞しい力強そうな掌に、無気味に鋭く光るコルト。楽しむように拳銃を眺めている彼の口辺に、満足そうな笑が浮んでいた。

もし、彼のその姿を注視している人があったとしたら、その男の傷ついた面が、悪魔の如き凄まじさを帯び、鋭く輝く隻眼に烈しい憎悪と殺気が溢れているのに、驚いたことであろう。

「ふん」

肩をゆすると彼は、コルトをポケットに納めて、松葉杖を握りなおした。

杖をついている姿勢が、案外老人のような錯覚を起させるが、引締った筋肉や、節の高い手なぞを見ると、実際は若い復員後間もない青年と見受けられた。

だが、拳銃を秘めて島に渡ろうとする男の、訪れる先に何かしら異様な変事が予想される。事実それから数週間に亘って、S島を恐怖に包んだあの凄惨な殺人事件に、この松葉杖の男の果す役割は極めて重大なものがあったのだ。

S島が影の如く浮び出て、民家の燈火がキラキラと輝いてみえ始めた。

船室では眠っていた人も揺り起されて、荷物を纏めたりまたひとしきり話を始めたりそろそろ甲板に出て来る人たちも有った。

船はエンヂンを停止して、ゆるやかに惰力で滑ってゆく。

松葉杖の男はリュック・サックを肩に、近づいてくる村の姿を眺めていたが、動かぬ彼の姿勢とは反対に、心は烈しい昂奮の波に躍っているようであった。

サッと一揺れして船は桟橋についた。

人々が馴れた足取で身軽く下りてゆく後から、松葉杖の男はコツコツと、不自然な歩みを運ばせた。

少し遅れて船室を出た背広姿の青年が、松葉杖の後姿を眺めて、不審そうに首を傾けた。

桟橋の仄かな電燈に浮び上ったその青年は、敏腕を持って鳴るK署捜査課の警部補渥美俊策であった。

二十八歳の若さで捜査課長の席を占ている渥美警部補の過去には並々ならぬ功績があったのに違いない。太い眉と引締った唇は彼の意志の強固さを表徴しているが、全体から受ける感じは、誰もが、好感をもって迎えられる白せきの青年であった。

しかし、警察官としての渥美は、物に動じぬ胆力と一つの目的に全身を打ち込む熱意に満ちていて、そして若さという好条件と相俟って、それが彼の成功の大きい基因をなしていた。

今夜は非番のひとときをS島の知人宅に碁を楽しむべく訪れてきたのであるが見馴れぬ松葉杖の男が、何となく彼の職業的六感に訝しく映じたのだ。

船を下りた人々は、口々に遠慮のない大声で語り合いながら、桟橋を渡ると右左に思い思いに散って行って、急に周囲は淋れた。

松葉杖の男は桟橋を過ると足を留めた。先刻の女学生たちが軽く会釈して横を通りぬけてゆく。

船着場の前に小さな茶店が一軒、店先に秋の果物を申訳のように並べていた。松葉杖の男はその店を覗きこんで声を掛けた。

「静波荘へゆくんですが……、この道をゆけばいいのでしょうか?」

店の主人は外へ出てコックリ頷くと、

「坂を登り切った右側の門構えの家がそうです。坂道は暗いから足許が危いですよ」

と、答えながらまじまじと男の顔を瞶めた。なんて醜い顔をしているんだろう。――

松葉杖の男は片頬に笑を浮べて、手をあげると静かに身を返した。

「静波荘へゆくのか……」

渥美警部補は煙草に火を点けながら、立聞くともなく聞いてしまった。みすぼらしい復員姿の男が尋ねてゆくのにしては、立派な静波荘は相応しくないように思われる。

「おや、渥美さんでしたか」

茶店の主人は彼の姿を見ると、慌てて腰をかがめた。

渥美は軽く頭を下げたが、松葉杖の後姿を眼で追って、

「あれは島の人かね?」

「いいえ、ついぞ見掛けたことのない人ですが……」

「復員者だね」

「そうらしいですが、あの顔を御覧になりましたか、何だか薄気味の悪い男でしたよ」

「気の毒な戦争の犠牲者だよ」

怪しむように云う主人の言葉を押えて、渥美はそう呟くと茶店を離れた。

人を見たら泥棒と思うは、職業意識の浅猿《あさま》しさか――彼は苦笑したがふと足をとめて振り返って見た。

淡い街燈の光を背に受けて、コツコツと坂道を上ってゆく松葉杖の男に、気のせいか無気味な妖気が感じられる――。

二、盗まれた舟

街々が未だ眠っている間に、島の朝はいち早く訪れる。五色の彩光が水平線上に輝き初める頃、島の人たちのその日の活動が始まるのだ。

六時になると連絡船は、朝の静かな空気を震わせて、元気なエンヂンの響に町へ通う人たちを満載して出てゆく。

その頃になると、夜中の一時二時に沖へ出た漁船の一部が、ポンポンと海上に発動機の音も誇らしげに港へ戻ってくる。そして、浜へ出迎えた人々に大声で船上から呼びかけて、その日の収獲の喜びをわかつのだ。

だが、今朝は違う。渚に近づいた船からは、誰一人手を振ろうともしない。何となく不吉な色が、赫く汐に焼けた漁夫たちの面を覆っているのだ。

舳《へさき》が砂地に触れるのを待ち兼ねて、若者の一人が飛び下りると、

「駐在さんを呼んでくるぞ」

と、誰にともなく云うと、もう駆け出して行った。

「どうしたのかね、お客様かね」

浜の女が船に向って奴鳴った。

「お客様だが、飛んでもないお客様を拾ったのだ」

知らせを受けた駐在所の小西巡査が、若者と一緒に駆けつけた時には、浜はもう黒山の人だかりであった。

「その舟をこちらへ廻してくれ」

道々に話は聞いたのであろう。若い小西巡査は少し頬を紅潮させていた。


平和なこのN村では、喧嘩以上に血なまぐさい事件の起ることは極めて稀なのだ。半農半漁の村として、それぞれ新円に恵まれた景気のいい人たちで埋っているが、強盗とか人殺しとかには凡そ縁のない場所だ。元来が狭い土地であり、他から入りこむ人の少ないこの村で、悪事をやればすぐ露見してしまう。ことに島から離れようとしても、自分の持舟を利用する者は別として、日に二回の定期便以外には逃避の途はない。しかもS島は港となっているこの船着場の外には、たとえ秘かにでも船を寄せうるような条件の備った場所は絶対にない。つまり、港だけが唯一つの出入口となっている、袋のような島なのだ。

それだけに静穏であり、従って今日起った事件に遭遇する如きは、小西巡査にとってS島就任以来三ケ年の間に、始めてと云っていいぐらいの大事件なのである。

漁師たちは一隻の漁船が曳航《えいこう》してきた、小型の伝馬舟を波打際に引上げた。


人々の眼がいっせいにそれにそそがれた。それには、職工服に身を包んだ若い男が、頭部を血に染めて死んでいた。上半身はぐったりと船端に寄りかかって、頭も両手もダラリと海面にたれて、釣をしている姿勢であった。

「うーむ……」

恐怖と好奇心に駆られた群集の眼は、呻っている小西巡査と、舟上の死体を交々《こもごも》に眺めて、巡査の処置を期待していた。


死体は明らかに他殺である。夜釣に出て洋上で災厄に逢ったものと考えられる。

漁師たちの語るところによると、漁を終えて引揚げてくる途上、暗黒の海上でだしぬけにブッつかってきたのがこの伝馬舟だった。間抜め、気をつけろ、とか何とか怒鳴ったことであっただろうが、答がないのでよくある主なし舟か、と引寄せてみると応答のないはずだ、死体が乗っているという始末。吃驚したが捨てておく訳にもいかないので、やむなく曳航してきたのであった――。発見した時刻は一時間ばかり前、地点は一里ほど沖合とのことである。

「これを見つけた前後に、他の舟には逢わなかったかね?」

巡査の言葉に漁師たちは顔を見合せていたが、

「そいつは気がつきませんでした。あるいはその附近に誰かがいたかも知れませんが、それにしても夜が明けていない沖じゃ、誰がいたって解りませんや」

「ふん、それもそうだね」

小西巡査は苦笑した。

「ですが、駐在さん。この伝馬は櫓を持ってないいんです。落っことしたものか、それとも他の舟に曳かれていたか……」

その上、奇妙なことには舟内に、一揃えの釣道具の外は何も見当らないのだ。夜釣に出たとしても、燈火は勿論のこと食物の用意なぞ当然必要なのに……。

巡査は首を傾げた。どうも変だ。何だか曰くがありそうではないか――。

「おい、ちょっと手を貸してくれないか」

被害者の頭を起してみようとしたが、すでに死体は硬直していて手におえない。若い者たちの手を借りて顔を覗きこんでみると、なかなか端麗な容貌の青年であった。

「誰かこの男を知っている者はいないか?」

小西巡査は一同を見廻したが答える者はなかった。彼自身にとっても、それは全然未知の男だった。

「御苦労だね」

ふいに肩を叩かれて振返ってみると、私服姿の渥美警部補が立っていた。

「大変なものを拾ったじゃないか」

碁の夜更しに疲れた眼を細めて渥美は軽く笑ったが、

「この辺じゃ珍らしい事件だね」

「はあ……」小西は立上って「一応本署へ連れて行きましょうか?」

「そうだね、いずれにしてもここではどうにも仕様があるまい。だが、せめて身許だけでも判るといいんだが……」

小西巡査はのび上って、茶店の主人を呼んだ。茶店は連絡船の切符売場を兼ねているので、島に出入する人は一応茶店の主人と顔馴染になるのが常であった。いわばここはS島の関所であり、主人は関守の立場にあるのだ。

彼は無気味そうに死体を眺めたが、

「見たことのない顔ですね、他所《よそ》の島の人じゃないでしょうか……」

そうかも知れぬ、と、渥美は呟いた。

「海上のことだから、どこから流れてきたのか判ったものじゃない——、しかし、そうだとするとかなり捜査が厄介なことになるね」

小西巡査も些か当惑した顔付である。だが、その考え方は、群集を押しわけて現れた男の言葉によって、訂正されねばならなかった。その男はこの近くに住んでいる小宮源吉という、やはり半農半漁を業《なりわい》としている四十がらみの人で、小西巡査とも顔馴染であったが、彼は舟を一眼みるや、アッと叫び声をあげた。

「小宮さん、あんたはこの男を知っているのかね?」

巡査は驚いて尋ねた。小宮はちょっと変な顔をしたが、

「いいえ、駐在さん、この人は知りませんが、この伝馬は私のです……」

「ほう、あんたの舟か……」

「今朝起きてみたら失くなっているので、ほうぼうを探していたのですが、どうしてこんなことになったのでしょうか?」

小宮の言葉に渥美警部補は興味を感じたらしく、

「小西君、伝馬がこの人の物だとすると、他島の事件とは云えなくなったね」と、緊張した面持で「もう少し調べてみようじゃないか」

源さんの伝馬じゃと——新しい事実に群集のそこかしこで囁きが起った。

舟に足を入れた渥美は、死体の足下に落ちていた白いものを拾いあげた。

それは白いガーゼで作った眼帯であった。

眼帯!

チラリと彼の脳裡をかすめたのは、昨夜見かけた松葉杖の男のことである。あの男も眼帯をかけていたが……。

(何を詰らない……)

眼帯を掛けているのは、何もあの松葉杖の男に限らないじゃないか。あるいはこの被害者のものかも知れないのだ。

「おやっ!」

彼は軽い叫びをあげて、眼帯をとりなおして眺めた。ガーゼのそこかしこに微かではあるが色がついている。ドーランらしい。

「小西君、見たまえ、この眼帯は女が使っていたんじ

ゃないかしら？」

「なるほど……、事件の裏に女あり、ですな」

「そう断定するのは早計かも知れぬが、しかし、被害者が若い男だけに、女の関係する可能性が多いと云えるね」

小西巡査は忙しく頭の中で、眼を患っている村の女を探してみた。

「村の女には眼の悪いのはいないようですが……」

「村の女と限るのは狭見だよ」

渥美は笑いながら、死体をじっと瞶めていた。
二十三、四歳の色の白い好男子だ。背の高さは普通程度だが、骨格も立派で健康そうな青年である。一見したところ傷は脳天にあるだけで、殆ど苦悶の色が見受られないのは、不意の一撃でやられたものと思える。
職工服に身を包んでいるが、労働に携っていたとは考えられないほど、どことなく垢ぬけのした感じの若者であった。

（何をしていた男だろうか？）

彼は小首をひねった。

服のポケットを探ってみたが、妙なことには紙一枚入っていない。

「変だね。まるで洗濯から届いたばかりの服を着て来ました、って風じゃないか」

そういえばその服は、着古したものではあるが、小ザッパリと洗いのゆきとどいたものだった。

渥美は死体の指を調べて、

「相当煙草を吸っている男なのに、煙草はおろか、マッチも持っていないとはどういう訳だろうか？」

「どうも妙な話ですね、舟の中にだって釣道具以外には、この通り何もないです」

渥美は改めて舟内を見廻してみた。変だといえば血痕すら見当らないのだ。

釣をしているところを、すれちがいさまに一撃加えられた――そう考えることは正しいように思えるが、ハンカチ一枚持っていないのは何故であろうか？

「こりゃ相当難物ですね」

早くも悲鳴をあげる小西巡査に答えず、渥美は服のボタンを外してみたが、途端に呻き声をあげて巡査を振返った。

「おやっ、それは何です？」

服の内側に、巾二寸、長さ五寸位の白い布が虫ピンでとめてあって、墨黒々と、「ペイチュウの復讐」と書かれてあった。

「どういう意味だろうか?」

二人は顔を見合せた。

ペイチュウの復讐！　俄然この事件の背後には深い陰影がひそんでいた。

その言葉の表現する意味が何であろうとこの殺人が報復のための計画的な犯行であることはもはや疑いもない。

「とにかく、本署へ曳いてゆこう。調査はその上のことだ」

渥美はこと重大とみて立上った。彼等を取巻く群集の面にも、並々ならぬ事件だ、と感じる緊張の色が見えた。

「君たち御苦労だが、ついでにK町まで曳っぱって行ってくれないか」

巡査は漁夫たちに声を掛けた。好奇心にかられた漁夫は二つ返事で引受けて、直ちにエンヂンの始動を始めた。

「ペイチュウ?　って何のことでしょうか?」

渥美に話しかけた巡査の言葉を、側で聞いていた若い男がふいに口をはさんで、

「駐在さん、今何と云われました?」

それは、先に小西巡査へ報告に走った、峰松という漁夫だった。


「ペイチュウだよ、君、判るかい?」

「ペイチュウ！」峰松は鸚鵡《おうむ》返しに云って、

「それがこの死人と何か関係があるのですか?」

「うん、大いにありそうだ」

若い漁夫はちょっと考えていたが、

「私の云う意味が合っているか、どうかは判りませんが……私は戦争の初めにビルマへ行ってましたので、ビルマの土民語にやはりそのペイチュウって言葉があるのを知っています。それは『白い布』の意味です」

「白い布?」

渥美は横から引取って、小西に向い、

「少し事情が判りかけたようじゃないか」

「と、仰っしゃいますと?」

「どうやらこの殺人事件の原因は、遠くビルマに起ったものらしい。白い布の復讐、では何のことだか理解出来ぬが、恐らく当事者間にのみ通じる特定の言葉に違いない」

ビルマ！　渥美はそれに連想して、あの復員姿の松葉杖の男を頭に描いていた。眼帯、という共通点もある、あの男をこの事件に織込もうとするのは、俺の職業的偏見だろうか——。

「駐在さん、舟を出しましょうか?」

伝馬舟のもやを取って漁夫が云った。

「うん、気の毒だなあ」小西巡査は如才なく云って渥美に向い「お乗りになりますか?」

「そうだね、僕も一応帰ろうか」

今まで二人の様子を見守っていた、伝馬舟の持主が慌てて叫んだ。

「旦那さん、わたしの舟はどうなります?」

「おお、そうだったね」渥美は小宮を眺めて「なあに、死体をあげてちょっと舟を調べたらすぐ返しますから、迷惑でしょうが暫く貸して下さい」

「返して頂ければお使いになるのはかまいませんが……けれど、何だってわたしの舟を盗みだしたのでしょうか? 薄気味の悪い……」

「全く飛んだ災難でしたね。舟は後刻小西君に届けさせましょう。貴方の家は?」

小宮は浜の右手を指して、

「あすこです。ホラ、大きい建物が見えますね、静波荘というのですが……あのすぐ下に見えるのがわたしの家です」

静波荘の下と聞いて渥美の眼がキラリと光った。

「小宮と云いましたね……」

「へい、小宮源吉で……」

「舟はどこに置いてあったのですか?」

「家の裏がすぐ浜なんです。いつもそこへ繋いでおきますので……へい」

「では、誰でも貴方の家に知れぬように盗んでいける訳ですね」

「そういうことです。しかし、櫓はいつも外しておきますから……」

「なるほど。——ところで、いつ盗まれたのか判りませんか?」

小宮は困ったように首を振って、

「見当がつきません。今朝起きて失くなったのに気がついたのですから……しかし、これだけはハッキリ云えます。昨夜ラヂオのニュースを聞いてから、櫓を外しに出たのです。勿論その時はチャンと有ったのですから、盗まれたのはそれ以後に違いありません」

「七時半以後ですね」

渥美は何か考えていたが、小西巡査を振返って、

「僕は後から帰ることにしよう。少し調べてみたいからね。解剖する時に眼を忘れぬように検査してもらって

ほしいね」

「承知しました」

哀れな犠牲者を乗せた舟は漁船に曳かれて静かに出て行った。

朝日に映えて、島の松も白砂も、切り立った崖さえこよなく美しく迎えるのに、明るい海と島の姿に似合しからぬ、何という忌わしい事件が起ったのであろうか――。

渥美は出てゆく船を見送りながら、いつになく感傷に溺れている自分がおかしかった。

「……実は今夜H島へ出掛ける用事があるんですが、それまでに返して頂けましょうか?」

小宮は遠慮しながら云った。

「H島ってのは?」

「あの島です」

と、彼は海上を指した。ほど遠くない沖合に、小さなお椀を伏せたような島が浮んでいる。

「ほう、夜に渡るんですか?」

「へい、あすこへは潮の加減で夕暮ごろから出掛けると、一時間ぐらいで楽に行けるんです」

「ほほう……」

「その代り帰るのは朝の潮の変りまで待たないと、普通に漕いでは二時間近くかかるんです」

「なるほどね、いや午後には多分小西君が持って帰って来ることでしょう」

小宮はペコペコ頭を下げて、安心したような顔で帰って行った。

浜の群集は一人減り二人減って、渚はもとの静さに返り、砂を嚙む波が夢のようなリズムを繰りかえしている。

三、静波荘

渥美警部補は茶店へ入って茶を啜っていた。

ペイチュウの復讐! 白い布! それは一体何を意味するのであろうか?

白い布に書いてあることに、言外の意味が含んでいるのかも知れない。白い布と云えばあのガーゼの眼帯もそうだが、あるいは何かの関連があるのではなかろうか?

彼は思い出したように、湯呑を置くと茶店の主人に話しかけた。

「おやじさん、昨夜の松葉杖をついた復員風の人は今朝の船に乗ったかしら?」

「いいえ、帰った様子はありません」

「そうかい」彼は軽く呟いたが「静波荘へ行くと云ってたね」

「へい」

「静波荘ってのは誰が住んでいるのかね」

「あれですか、島へ来られて間もないので委しいことは知りませんが、峰村さんとか云って、神戸か大阪でかなり大きく商売をしてられた方と聞いています。あの別荘はもともとH島の甲田さんの所有でしたが、一ケ月ほど前に峰村さんに十三万円とかで譲られたのです。どうやらよくあるヤミ成金らしい様子ですが、なかなか御本人は立派な方です。未だ独身で、さあ、三十歳前後と云ったところでしょうか」

「独身って一人住居かね」

「ええ、すぐ近所に住んでいるお安婆さんが、通いで用を達しています。婆さんの話によると、近々に国許の――四国だそうですが――お母様を迎えられるとかで、それに弟さんも近く復員して来られるので、今は邸内の手入に忙しい様子です」

どこへ行っても床屋のおやじは物識り、と定ったものだが、床屋のないこの村では専らここの主人が、村内のニュース係を務めている。

「いや、有難う」

渥美は立上って外に出た。

静波荘。松葉杖の男。小宮源吉の伝馬舟。何かしらそれらに一連した繋りがあるように思える。松葉杖の男は恐らく未だ静波荘に滞在しているのであろう。いずれにしても一応調べてみる必要がある――。

渥美は右へ折れると、ゆっくりと坂道に足を進めた。約一丁ほど上るともうそこはかなりの高台でそこから見下す海辺の眺望は、また趣を異にして美しい。ふと見ると崖下に小さな家がポツンと建っている。あれが伝馬を盗まれた小宮源吉の住居であろう。

坂を上りつめると静波荘の門が見えた。この島には珍らしい立派な建物である。純日本風の二階建だが、庭もゆっくり取ってあるらしく、定めて海岸への見晴しは素晴しいに違いない。

彼は門のくぐりを押して入った。玄関に至る間の道は大小さまざまの石で敷きつめられている。

玄関の戸に手を掛けたが締っている様子に勝手口に廻ってみると、六十近い老婆が洗濯の手を止めて立上って来た。お安婆さんだ。

「旦那様はお留守じゃが……」

「ほう、早くからお出掛けだね」渥美は軽い調子で「どこへゆかれたのかね?」

「さあ——伝馬がないから多分甲田さんとこじゃろう」

「H島の?」

「そうです。もうお帰りになるじゃろうが」

「それじゃ、朝出掛けられたのじゃないんだね」

「あすこへ渡るのは、皆夜の潮で行きますがな。……また、麻雀じゃろう」

「ほう、麻雀かね、それは楽しみだな」彼は言葉を替えて「時に、昨夜来客が有ったはずだが、どうされたかしら?」

「……貴方は誰方《どなた》かね?」

お安婆さんは訝しそうに警戒の色を見せた。

渥美は笑って、

「やあ、失礼。僕は警察の者だがね」

「あれ、警察の旦那ですか」婆さんは慌ててペコリと頭を下げたが「——お客様だなんて誰も来られません」

「昨夜は珍らしい客が来たはずだ。兵隊風の松葉杖をついた人さ」

お安婆さんの顔色がサッと変った。

「いいえ、そんな人は来ません。誰も見えませんでした」

渥美は訝し気に老婆を瞶めた。何か普通でないものが感じられるからだ。

「婆さん通いだそうだが、昨夜は何時に帰ったんだ?」

「へい」婆さんはオドオドしながら「六時前でした。お食事の用意をしてからいつも帰りますので……その、松葉杖の人がどうかしましたのでしょうか?」

「なあに、見馴れぬ人が島へ渡って来た。というだけのことだが……婆さん、心当りでもあるのかい?」

「いいえ、飛んでもない。わたしは何も存じません」

慌てて打消す態度が、あまりにも見えすいた嘘を云っているのがアリアリと判る。渥美は苦笑したが、こんな年寄は追究しても知らぬ存ぜぬと云いだしたら、テコでも動かぬ強情さを持っているので始末に悪い。

その時、裏木戸が開いて、三十がらみの立派な男が入って来た。地味な和服姿であるが、どことなく人を圧する不敵な顔付であった。

(これが主人だな)

その男を見ると、お安婆さんは慌てて、お帰りなさいませ、と腰をかがめた。

「旦那様、警察の方がお見えです」

「ほほう、警察から……」主人は軽く会釈をして「留守をして失礼しました。私が峰村徹です」

「やあ、早朝からお邪魔しています。K署の渥美です」

「何の御用事か存じませんが、どうぞお上り下さい。取り乱しておりますが……」

通された応接間は、茶店の主人が云ったように飾付が未完成で、立派なカーペットは敷いてあるが、ソファや卓子は荷造姿のまま、一隅に積んであった。

「やっといくらか家具は揃ったのですが、引越して間もないので、御覧の通りです」

峰村は恐縮したように云って座布団を勧めた。

「H島へお出掛けだったそうで……」

「え、元のこの家の持主で甲田って人ですが、時々麻雀に誘われましてね」

「いいお楽しみです。――ところで、昨夜こちらを訪問した人がありましたが――」

「私の方へ?」峰村は首を振って「誰方も来ないはずです。第一、私は当地へ来て日も浅いのですから、知人といえば今云った甲田さんぐらいで、滅多に来客なんぞありません」

渥美は峰村をじっと瞶めて、

「……松葉杖の復員風の男が来たようですが……」

「ああの人ですか」彼は軽く云って「あれは飛んだ人違いでしてね。峰松って家を探していたらしいのです。何でも、船着場から反対の方向に行ったところに、その家があるように聞いていますが、多分そことの間違いだったのでしょう」

「そうでしたか」警部は失望したが「それでその男は引返しましたか?」

「ええ、私はH島へ渡ろうとしていたので道順だけ教えて上げましたが……」

お茶を運んできたお安婆さんが、二人の会話を聞いて、ホッとしたように安堵を浮べたのを渥美は見逃さなかった。

「何か御不審の筋ですか?」

峰村は老婆の態度には気づかぬ様子であった。

「いや不審と云うほどでもないのですが、ちょっとしたことを気にかけるのが我々の癖でしてね」

渥美は口先で笑ったが、心中割切れぬ感じであった。あの男は確に静波荘と名指して道を聞いていた。峰村とか峰松とかは云わなかったはずだ。あるいは静波荘の内にいるお安婆さんを尋ねて来たのかも知れない。

いや、それも違う。お安婆さんを尋ねるとしたら、家も近くにあることだからそちらへ行くはずだ。第一、峰村の峰松のって間違いが起るはずはない。

さっきのお安婆さんの態度は充分怪しいが、案外峰村も嘘を云っているのではあるまいか？

「時に貴方が昨夜H島へ出掛けられたのは何時ごろでした？」

「そうですね。甲田さんに着いた時に、ラヂオが八時を報じていました。もう皆揃っていて遅い遅いとやられましたが……ですから、海上一時間は充分かかりますから家を出たのは七時前後だと思いますが……」

渥美は盗まれた伝馬舟のことを考えていたのだが、少し的外れのようだった。

「実は今朝、変死者が発見されましてね」

「ほほう、どこでですか？」

「この沖でです。伝馬舟の上で死んでいるのを漁船が拾ってきたのです」

「そうですか、そんな騒ぎが有ったのですか、この附近は都会と異って静かな所ですのにね」

「全くこの辺では珍らしい事件です」

それから二人は雑談に暫く時を過した。峰村の素性については、茶店の主人の話と大差がなかった。

神戸で手広く鉄工業を営んでいたこと、四国にいる老母を近々呼びよせること、満洲から弟が帰ってくるのを楽しんでいる、なぞ、至極平凡な家庭状況であった。

「母親が来れば、どうせ嫁をもらえ、ってことになりますが、どうも独身の方が呑気でね。弟でも帰ればまた都会へ出掛ける積です」

峰村の話振りは明るく、初対面の渥美にはかなりいい印象を与えた。

「時に峰村さんは戦争中はどちらにいらっしゃいましたか？」

「私はビルマに行ってました」

「ビルマに？」

平然と答える峰村の対度に渥美はむしろ圧迫された形であった。

「私は終戦の半年ほど前に内地へ還っていたので復員は楽でしたが、残った連中は随分苦労をしたことでしょう」

峰村は虚心坦懐《きょしんたんかい》に語っているが、この事実を偶然と考えるべきかに、渥美は少なからず迷った。

「ビルマのことなんですが……ペイチュウッてのを御存じでしょうか?」

「ペイチュウ? 聞いたように思いますが、どの辺でしょうか?」

「いや、土民語だそうですが……」

「ほう――」峰村はちょっと考えていたが「どうも言葉のほうは不得手でして、よく判りません」

渥美はその語原の説明を聞くより、むしろその言葉が峰村に何らかの衝動を与えはしないか、と、秘かに期待していたのだが峰村は何の反応も示さなかった。

渥美は失望して暇を告げた。

峰村の応待振りはテキパキとしていて、些かも不審を抱かせなかったけれど、松葉杖の男が静波荘に無関係であったことは、意外と云うより信じ難い。殊にお安婆さんの奇怪な態度なぞ、更に追究の余地があるし、松葉杖に関する限り峰村の説明も怪しいように思える。

ふと渥美はこんなことを考えてみた。静波荘を目指してあの復員風の男が行ったまでは、疑いもない事実であるが、あるいは道しるべの一つとして静波荘を訊いたのではあるまいか? 彼はそうした錯覚をトリックに使ってある小説の一章を思い出したのだ。静波荘という別荘を目印にして、それからどちらかへ行けばよい――と、我々はこんな風に道順を教えられることがあるではないか。

もし、そうだとすれば松葉杖の目的とする訪問先はどこだろうか?

案外お安婆さんあたりが、その目的先であったかも知れない。婆さんの家は静波荘の近くだと茶店の主人が云っていた。あるいは小宮源吉、あの伝馬を盗まれた男とも思える。

だが、そう考えると峰村の云った、峰松との間違いでした、という言葉の意味が判らなくなる。

いずれにしても一応松葉杖の男を探し出してみるのが先決問題だ。彼がこの事件にどれだけの関連をもっているかは別として、ここまで来ればその男に逢うことが、絶対必要と考えられる。捜査方針はその後に定めたらいいのだ。

渥美が松葉杖の男にこだわるのは、事件が南方に関係があり、陽焼したあの男の容貌が南方帰りと思わす故に、その中に何かの繋りを見出そうとしているのに違いないけれど、単にそれだけではなく、警察官としての第六感に響いたあの男への印象が、渥美を支配しているのでもあった。

坂を下って再び船着場に出た渥美は茶店を覗いてみた。

「おやじさん峰松ッてのはどこだい？」

茶店の主人は飛んで出て来た。

「峰松はさっきの若い男です。ホラ、駐在さんを呼びに走った漁夫ですよ」

「ああ、あの男か……」

ビルマへ行っていたといった若者、いずれにしても、ビルマというものが、この事件の背後にあることは、もう動かせない事実と思っていい。

「あの男なら今の伝馬を曳いてK町へ行ったはずだね？」

「そうです。すぐ引返してくるとしても昼を過ぎましょうね。あの船は足がのろいから……」

渥美はあーッと大きく欠伸《あくび》をして立上った。

「それじゃ、小西君が帰ってきたら、その男を連れて駐在所へ来るように云ってくれないか。僕はそれまでひと眠りしよう。昨夜は遅くまで碁を打っていたので眠いんだ――」

四、捜査

昼すぎになると、静かな海上の空気を揺るがせて、警察のランチと漁船が戻って来た。

小西巡査が峰松青年を連れて駐在所に入ると、渥美警部補は見晴しのいい奥の部屋でゴロリと寝転んでいた。

「やあ、御苦労だったね。どうだった？」

「午後に解剖すると云ってましたから、お帰りになる頃にはその結果が判るはずです。本署で調べた結果、いろいろな事実が判明しましたが、全体を通じてますます妙な事件になってきました」

「ふうん、ま、後で、委しく聞くとして――」

と、彼は若者のほうを向いて、

「峰松君と云ったね。御苦労でした」

「はア……」

「昨夜、君を尋ねて松葉杖をついた復員風の人が行ったはずだが……」

峰松は変な顔をして
「僕の家へですか？」

「そう。君の戦友じゃなかったかい?」

「いいえ、昨夜は誰も来ませんでしたが……」

「来なかった?」

「ええ。もっとも僕たちは朝二時には沖へ出かけますから、日が暮れると寝てしまいますので、その後に来た人があったかも知れませんが、僕は逢っていません」

「家の人も知らなかったのかね」

「家族と云っても母だけですが、別に来客が有ったように云ってませんでした」

「ふうん、ところで、そんな男に心当りはないか?」

「そうですね」彼はちょっと考えていたが「元の戦友はかなり沢山ありますが、足に負傷したような人はなかったと思います。それにわざわざ島まで来てくれるほどの友人はないはずです」

青年らしい真摯な態度で語る峰松を、渥美はじっと瞶めていたが、嘘を云っているとは思えなかった。

「じゃあ何かの間違いだったのかも知れない。御苦労でした」

出てゆく青年の後姿を見送った小西巡査は、

「何かお見込が立ちましたか?」

「立たなくて困っているのだ」と、渥美は苦笑して
「また、身元の判らぬ奴が一人出来たぞ」

峰松の家にも行っていない、と、なると峰村の話の真実性が稀薄になってくる。それにしても、いったいあの松葉杖の男はどこへ行ったのであろうか?

宿屋とてない小さなこの村だ。野宿するにはもう寒すぎる。尋ねる先が不明だとすれば、当然駐在所にでも訊くべきだのに、そうした形跡もなく、静波荘から煙のように消えてしまった――。

「先刻おっしゃった松葉杖の男というのは何者ですか?」

「うん、その男は昨夜の連絡船で渡って来たのだが、静波荘へゆくと云ったきり、足取りが不明なんだ。――事件に関係があるとは断言出来ないが、何となく僕は第六感に支配されて捨て難いようにも思うのだ。一応調べてもらいたいのだ」

「承知しました。なあに、戸毎に廻ったたッて、五、六百戸の村ですから、調査は困難じゃありません」

「時に、あの死体だが……」

渥美は促すように云って、煙草を取出した。

「例の白い布と眼帯の外には、手掛りになるようなものは見当りませんでしたが、妙な点があるのです。とい

うのは、被害者は職工服もズック靴も中古品ですけれど、こざっぱりしたものを身につけているくせに靴下だけは随分汚れたものを覆いているのです」

「ふうん――」

「また、そのズック靴ですが、一度洗ったものらしく、底は奇麗で泥も砂もついていないのです。ずっと日和続きですから、汚れていないのは当然としても、舟に乗るとなれば砂ぐらいついていそうなものですがね」

「それは変だね」

「ええ、この辺に何かが覆在しているようです。――結局、身元の手掛になるような材料は全然ありません」

「困ったね、身元が判らぬとなれば、手の附けようがない。――あの眼帯についていたのは判ったかしら?」

「ああ、あれはやはり女の使うドーランでした。それから被害者の眼ですが、委しいことは解剖しなければ何とも云えないけれど、外見では眼帯を用いるような状態ではないと思う、と云ってました」

「そうだとすれば、犯人の所持品、ってことになるが……おかしいね、他の品と違って眼帯なぞ落してゆくなんて、腑に落ちぬじゃないか――ときに死亡推定時刻は?」

「大体、昨夜の七時から八時ぐらいの間らしいです」

というと、それは松葉杖の男が上陸してから、一、二時間後であり、伝馬が盗まれた時刻も七時以後だから、兇行は七時半から八時までの僅かな時間に限定される。

渥美はふと峰村のことを思い浮べてみたが、その頃には彼はH島へ向けての途上に在ったことになる。

「兇器は?」

「拳銃のようです。しかもかなり近距離から射っています」

「ふうん――」

渥美はスッカリ考え込んでしまった。報告を終った小西巡査は、ヤレヤレとばかりに一服点けたが、

「そうそうランチを待せているんですが……」

「そうか、では一応帰ろうか」

渥美は立上った。

「小西君。お安婆さんの素性はどんなものだ?」

「あの婆さんですか。あれは真面目な働きものです。早くに主人と死別れて、あちらこちらと女中代りに働いていたのですが、最近あの静波荘へ家政婦といった形で通っています」

「一人暮しかね?」

「何でも年ごろの息子があるらしいんですが、なかなか手におえぬ親不孝の不良で、今はどこにいるのやら行衛も知れぬ状態らしいです」

「その息子ッてのは、足が悪いんじゃないかね？」

小西は不審そうに渥美を見て、

「僕も逢ったことがないのでよく知りません……そいつが例の松葉杖の男だ、とのお見込ですか？」

「そうじゃないか、とも思うんだ。――とにかく、その松葉杖の行衛を調べてもらいたい。島に居ることだけは確実らしいからね」

「はい」

「それから、静波荘の峰村、お安婆さん、小宮源吉、の三名については充分注意して変ったことがあれば知らしてほしいね」

「承知しました。――ところで、小宮の伝馬は返してもいいでしょうか？」

「うん、返してやってくれ」

渥美は小西に万事を依頼して浜に出た。軽快な白塗のランチが彼を待っている。

彼は乗るとH島へ舳を向けた。白波を蹴って海上十五分。警察のランチは素晴しく足が軽い。

H島に甲田を訪れてみたが、峰村の言葉に相違はなかった。麻雀好きが三人揃って峰村の到着を遅い遅いと待ちかねていたのだから、彼の着いた時間が八時であったことは間違いない、と云うのだ。

渥美は些か落胆した。八時に行くためには峰村が七時ごろS島を出ているのは疑いもない事実だ。とすると、小宮の伝馬が盗まれた時間から云っても、峰村はやはり無関係であったのだ。

（いったい伝馬を盗んだ奴は誰だろうか？）

今の場合当然頭に浮んでくるのは、あの松葉杖の姿であるが、しかし、櫓のない伝馬を動かすには、更にもう一隻の舟が必要だ。しからばその舟はどうなったのだろうか？

K町へランチを向けた渥美は至極憂鬱だった。

翌日、解剖の結果が判明した。その報告は大要次のようなものであった。

――殺害方法は旧陸軍型コルト拳銃による射殺で、極めて近距離から脳天を殆ど垂直に射たれており、一発で完全に即死している。弾丸は口径七ミリで体内から摘出された。

他には全然加害の様子はなく、狙撃は被害者の予期しない内に行われたものらしく抵抗した形跡は見受けられない。

被害者の推定年齢は二十四、五歳。普通人としての健康体だが、肉体労働に従事していたとは殆ど考えられない。頗る好男子で眼は完全、その他肉体的に不完全な処はない。

以上の程度で、渥美の期待は空しく外れて、何らうるところがなかった。

(身元が判らないとなれば、失踪者の届出を待つより仕方がない)

渥美は暗雲低迷の中に漂泊《さまよ》っている形だった。

新聞は、「謎の怪死体」として簡単に数行の記事で片づけてしまった。

その翌日の午後に、小西巡査からの報告があったが、依然として新しい事実は見当らない。

松葉杖の男の消息は全然不明なるも、当村に在留していないものと認める。

峰村は連夜H島甲田家へ麻雀に出掛ける外には不審の行動なし。

お安婆さんについても、目下怪しむべき事実を発見せず。

小宮源吉は実直な人間にして、犯行当夜に完全なアリバイがあり、疑がわしき点些かも感じられず。

なお、眼帯に関する女は、該当者村内に発見せず。

渥美は報告書を眺めている内にふと思いついて、更に小西巡査に照会を発した。

「引続き調査されたし。なお、静波荘内に松葉杖の男が潜伏しておらざるや」

事件から五日目の朝である。

小西巡査がK町の本署に渥美警部補を訪れて来た。それは手に一対の松葉杖を抱えているが、ひどく元気のない顔付である。

「おや、変なものを持って来たじゃないか」

渥美はニコニコしながら彼を迎えた。

「遺失品です」巡査は元気なく云って「大変なヘマをやったらしいんです。松葉杖の男を逃してしまいました」

「逃がした?」渥美はちょっと顔色を変えたが「委しく話してくれたまえ」

「どうも申訳のない次第です……」

打萎れた小西巡査は椅子に掛けると語り始めた――、

渥美の命によって、静波荘に探りをいれたが、松葉杖の男が隠れているような気配は感じられなかった。しかし、彼はなおも捜査の手をゆるめなかった。

昨日の朝のことであった。お安婆さんの家を訪れてみると、丁度婆さんはこれから静波荘へ出掛けようとしているところだった。

「婆さん、峰村さんの家にお客が来ているんじゃないか?」

小西巡査は何気ない口振りでカマを掛けてみた。ところが婆さんは意外にも頷いて、

「お客様じゃありませんよ。弟さんが帰って来られましたのじゃ」

「ほう、弟さんかね――」

兼ねてから弟の復員してくるのを待っている、との噂は小西巡査の耳にも入っていた。

「いつ帰ったのだい?」

「ええと、あれはね、三、四日前、そうそう浜で死人騒ぎのあった日の翌日でした」

彼の目は怪しく躍った。あるいはそれが松葉杖の男かも知れない。

「どんな人かね?」

「それがねえ駐在さん、少しおかしいんですよ。満洲から戻って来られたんだそうですが、何の通知もなく突然に帰って来られましてね、合憎《あいに》くその日は旦那様は町へお出掛けで、お留守でしたが、まあ、それは旦那様によく似たお方で、まるで双児のように、ほんとの瓜二つ、わたしは旦那様のお帰りかと思ったほどでした――」

「ふうん……」

「お年は一つ違いだそうですが、兄弟といってもあんなに似た方は珍らしい、笑い声までそっくりで、わたしのように眼が霞んできた者には、どちらが旦那様やら弟さんやら、見当がつかなくて困りますわ」

「ほう、そんなに似ているのかい」

巡査はすっかり失望した。

「それで、その弟は静波荘にずっと居るんだね?」

「はい、それがまた妙なことには、お二人ともよくお出歩きになりましてな、旦那様が家にいらっしゃる時は、弟さんは町へござらっしゃるし、弟さんが戻られると、いれちがいに旦那様がお出掛け、とチグハグばかりで、せっかく兵隊から帰ってこられたというのに、ついぞ一緒に御飯を召上ったこともない有様でな――」

「それは変だね。仲が悪いんかい？」

「そうでもないのですよ。旦那様は、弟が帰って安心だ、と喜んでおられるし、弟さんは、兄さんは昔のままのいい人だ、と云ってられますし……」

「ふうん──、時に婆さん、その弟ッてのは足が悪いんじゃないか？」

婆さんは厭な顔をして、

「いいえ、旦那様同様に立派なお身体でございます」

「その外には誰も客は居ないか？」

「はい、誰方も……」

「そうかい、邪魔をしたね」

小西巡査は怠屈して立上ったが、ふと土間の隅を眺めてギクリとした。薪や枯枝を積重ねた中に混って松葉杖がチラリと見えたからである。

彼はつかつかと歩みよってそれを取上げると、

「婆さん、これはどうしたのだ？」

サッと老婆の顔色が変った。

「それは、駐在さん──」

「誰のだ？」

「──実は拾いましたので……」

「拾った？　どこで？」

「はい、昨日山へ柴を取りに行った道に捨ててあったのです。たきつけにしようと思って持って帰りましたのじゃ」

苦しい弁解である。

「婆さん、嘘を云うと承知しないぞ」

「いいえ、飛んでもない。駐在さんに嘘なぞ云うものですか……」

しかし婆さんの対度は、まるで子供だましのように、見えすいた嘘を押しとおそうとしているように思える。そんなものが道端に落ちている訳がない。

小西巡査はためつすかしつ、婆さんを問いつめたが、頑として、拾いました、の一点張りで前言を翻えそうとしないのだった。

「──そうかと云って、相手は年寄のことですから、手荒な真似も出来ず、結果は不得要領のまま、松葉杖だけを押収してきましたが、帰り道に船着場へ寄って、それとなく聞いてみますと、昨日の朝の船で、ステッキを突いた酷いびッこの男が、島を出て行ったというのです。疑いもなく松葉杖の男が変装して逃げ出したものに相違ありません。恐らくあの婆さんが匿っていたものと思われますので、いっそ引致して泥を吐かそうか、とも考えてみましたが、年寄の頑固な奴は手がつけられません。必ず知らぬ存ぜぬ、で押通すことと思えますのでその点は一応御相談してからと、胸を押さえて来ました。

いずれにしても、松葉杖そのままの姿にこだわりすぎていたので、うかうかと看過して申訳なく思っています」

面目なさそうに小西巡査は頭をたれた。

「なに、仕方がないさ、それが我々の探していた男かどうかも疑問だし……また、婆さんを引っ張ってみても、肝心の松葉杖が居なくては何にもならん。とにかく、その男の行衛だけは捜査する必要があるね」

渥美は部下を慰めて、松葉杖を手にとってみた。それは巷間によく見うける、木製の粗末な品で、格別資料となるような点は見られなかった。

「それより、君、婆さんの話に出た、峰村の弟のほうが面白そうじゃないか――」

渥美は意味ありげにニヤリと笑った。

五、ペイチュウの復讐

それから二日後の嵐の夜だった。

午後七時をかなり過ぎていて、平常ならとっくにS島に着いているはずの連絡船は、難航を続けてやっとT島を通過したばかりであった。

烈しい東風が横なぐりに雨を叩きつける船室の窓硝子には滝のようにしぶきが流れ小柄な船体は暗黒の海上に、玩具のように奔弄されている。

昨日からの雨が、今日は北東の季節風を伴って、酷い嵐となったのだ。

風が呻るたびごとに、船はギシギシと無気味に揺れる。舷側を叩く波が猛烈なローリングを与える。手探りで歩く盲人のように、無暗と汽笛を鳴しながら、心細い歩みを続けているのだ。

さすがに今夜は乗船者もなく、薄暗い船室には十名足らずの人がいるだけである。時折、やけに吹きますね、と窓外を覗く外は誰もが無駄話をする心の余裕を失なっていた。

船室の片隅、電燈の光の届かない窓際に松葉杖を抱いた男が坐っていた。汚れた戦闘帽、ズブ濡れの復員服、引揚者らしい疲れた姿であるが、左眼を覆っている白い眼帯だけが、不釣合なぐらい新しく光って見える。けれど、眼帯の下から頬に走っている無惨な後痕が、この男を一層に凄く感じさせる。

それは、一週間前にこの船でS島に渡ったあの松葉杖の男に違いない。この嵐の夜に、再びS島を訪れようとしているのだ。

狂ったように風は力一杯雨を叩きつけてくる。そのたびに船は悲しい叫びをあげて揺れる。

松葉杖の男は窓越しに暗夜の海上を眺めていた。

小宮源吉はふと眼覚めた。海上の交通には馴れているだけに、酷い嵐の中だというのに、いつの間にやらトロトロと眠ったとみえる。

(何時かな?)

時計はもう七時半を廻っている。透すように外を眺めたが、S島の鼻は未だ姿を現さない。

(二時間も遅れている)

呟きながら煙草を取り出した時、彼は始めてその男に気附いた。

「いやな晩ですね」

小宮は火を点けながら声をかけた。

「……」

隻眼の男は無言のまま、帽子に手をかけて会釈した。

小宮は煙の間からその男を眺めた。松葉杖を持っている、復員者だな。

幸か不幸か小宮は、先日の殺人事件に松葉杖の男が関連していることを知らなかった。従って警察がその行衛を探し廻っていることも勿論知るはずがない。

「静波荘ッてのを御存じでしょうか?」

ふいにその男は口を開いて問うてきた。

「静波荘へお出になるのですか?」

松葉杖の男は黙って頷いた。

「船着場から直ぐ一本道です。丁度私もそちらへ帰るのですから、御一緒に参りましょう」

「お願いします」

男はブッキラ棒に云って頭を下げた。

「峰村さんの御友人ですか?」

小宮は所在なささに訊いてみた。

峰村、という名を聞くと、松葉杖の男は唇を歪めて、ニッと笑を洩らした。陽焼した面に頬の傷がひきつって、小宮はゾッと背筋を走るものを覚えた。

「古い戦友です」

「ほう、では、峰村さんも戦争に行ッてられたのですか?」

「ビルマで一緒でした」

「そうですか。いや、昔の友達に逢えるのは楽しいことですね」

「……」

彼は答える代りに、あの無気味な笑を浮べた。

それッきり話の継穂が途切れた。あまりこの男は話すのを好まぬらしい。復員者に有り勝ちの偏狭な気持の人に違いない。

小宮は眼を閉じて眠ろうとした。が、妙に神経が昂っている。何故だろう? 瞼の裏に、その松葉杖の顔が異様に拡がって、烈しい恐怖を覚えるのだ。

(どうしたのだろうか?)

眼を開いてみると、男は窓の外を眺めている。小宮は自分の神経を笑いたくなってきた。

雨。風。絶え間なく揺れる船。

(時化《しけ》のせいだな)

彼は先日の事件の内容については何も知らなかった。ただ、自分の伝馬が盗まれた飛んだ災難を呪っているだけだ。気味の悪い死体なぞ乗せやがッて……。舟は返してもらったからいいようなものだが一度清めにお掃いをしてもらわねばならん。――それだけが頭に残っている総てだった。

――やっとS島の灯が見えてきた。風雨は依然として烈しい。

船員が何か叫びながら走ってゆく。

桟橋についても船はまだ波と風に揺れていた。

「やっと着きましたよ」

小宮は立上った。その男も松葉杖を取りなおして、リュック・サックを肩にかけた。

一歩外に出ると横なぐりの雨が足をさらいそうである。もう茶店は表戸を閉ざしていた。

坂の下まで来て小宮は男に別れた。

「この上の道を約一丁ほど行けば右側ですからすぐ判ります――傘がなくてはお困りですね」

「なあに有っても杖をついていては無用の長物です。濡れるぐらい何でもありません」

そう云ってカラカラと笑う顔に、凄まじいものを感じて、思わず小宮はゾッと一足下った途端に、松葉杖の男はクルリと背を見せて、正面から叩きつける雨の中を、コツコツと闇の道へ消えて行った。

明方近くなって、松葉杖の男はふと眼覚めた。いつの間にやら風はおちて雨も止んだらしい。硝子越しに覗くと、未だ明けやらぬ空の、雲の切れ間には星が光っていた。

時計を見ると五時三十分。

「そろそろ出掛けるかな」

彼は呟いて起き上った。

ここは静波荘の海辺に面した奥座敷である。彼はこの部屋で仮寝の夢をむさぼったのであるが、次に筆者が語る情景を知られたら、彼がいかに大胆不敵であり、惨忍冷酷な性格の持主であるかに、読者は驚嘆されるであろう。

松葉杖の男は煙草に火を点けると、部屋の中央を眺めてニヤリと例の無気味な笑を浮べた。

そこには血にまみれた二つの死体が転っていた。あたりは一面にどす黒い血の海となって、面をそむけさす惨状である。

彼が一夜を明かしたのは、実にこうした惨劇の部屋だったのだ。

だが、彼の眼には二つの死体も単なる室内調度品同様に映じているのかも知れない。

煙を吹かしながら死体を眺めている彼の面は、さながら悪鬼の如く隻眼は気狂い染みた輝きを見せていたが、その表情のどこにも、恐怖とか悔恨とかは些かも見出せなかった。

いやそれのみではない。彼の唇からは満足そうな悪魔の微笑さえ浮んでくるのだ。

「ペイチュウの復讐遂に終る――か」

フンと鼻先で嘲けるように呟くと、彼は悠々と欠伸を洩らした。

「そろそろ御出発と相成るかな」

もう一度死体に視線を投げてから、周囲を見廻して、よし、とばかりに部屋を出た。

玄関を出て門の側まで来ると、そっと耳をすました。あたりに人気はない様子だ。彼は静かにくぐりを開いて外に出た。

暁の明星が東の空に美しく輝いている。

一夜を渚で波にもまれ通していた連絡船も今朝はどう

やら予定通りに出帆出来そうだ。

昨日の嵐で出足を阻まれた人も有ったとみえて、初発の船室は超満員であった。

コツコツと桟橋を響かせて、松葉杖の男が渡って来る。後から笑い興じて馳けて来た女学生の一群は、彼の姿を見ると袖をひきあって囁いた。

「いつかの復員さんだわ」

桟橋で切符を売っていた、茶店の主人もその姿に気づいていていた。

「あの男はどこに泊っていたのかしら?」

だが、彼もまた、松葉杖の男が捜査の目標になっていることを知らなかったのだ。

東の空に紅《くれな》いがさしてきた。船はエンヂンを始動しだした。

「出るぞオ――」

茶店の主人の声が浜に響いて、船は汽笛を爽やかな朝の空気にこだまさせて、静かに桟橋を離れてゆく。

空は拭ぐわれたように晴れて、秋特有の冷切った果しない蒼空に、千切れ雲が浮んでいる。前夜の雨に洗われて、海辺の松は眼も覚めるほど美しい。

海上には未だ白波が立ち騒いでいるけれど、和やかな朝の太陽は白砂に映えて、身も心も清々とする秋日和であった。

その朝の八時すぎ、こんな、素晴しい日だと云うのに、駐在所の小西巡査は電話器にかじりついて、恐しく昂奮していた。

「もしもし、渥美警部補殿ですか? ……大事件が起りました。すぐに御出張願いたいのです……えッ? ……静波荘です。主人が昨夜殺されました。他にも一人被害者があるのです……それより連絡船はもう着いたでしょうか? 二十分ほど前にですッて――しまった! えっ? ……松葉杖です、松葉杖の男が今の船に乗っていたらしいのです。残念だな……とにかくすぐ来て頂けますか? ――どうぞ……」

電話器を掛けると小西巡査は汗を拭いた。その側ではお安婆さんが蒼くなって震えている。

白堊《はくあ》のランチは物凄いスピードを出していた。艫《へさき》を殆ど海面に浮かして、まるで宙を飛んでいるようだ。

呻るエンヂン。砕ける飛沫。

渥美は制帽の顎紐をしっかり締めて、じッと前方を睨んでいた。

もう三十分通報が早やかったなら……それが何にもまして痛恨の極みであった。小西巡査から電話の有った八時には、すでに連絡船はK町に着いて乗客は四散した後だった。勿論直ちに松葉杖の男に対する手配は発せられたが、取返せぬ時間の差は恐らく彼を逸するであろう。

(仕方がない)

今直ちに松葉杖の男を捕えることは一応諦らめねばならない。しかし、今度こそはその正体を暴いてやる！前の殺人事件と後との関係を、その証拠をきっと摑んでやる！

渥美の頭には、過ぎし日あの坂道を登って行った松葉杖の男の後姿が浮んでいた。彼を殺人犯人と考えるのは早計かも知れない。だが、渥美の第六感は狂っていなかった。松葉杖は明らかに事件に重大な関係を持っていたのだ。

(今度こそは！)

叡智に満ちた眼が昂奮に輝く。

ランチの中には、司法主任を始めとして鑑識、捜査の精鋭がS島遅しと緊張しているのだ。

浜を目指して一直線に突込んだランチが渚にピッタリと止まると、一行は素早く飛び降りて駆け出してゆく。

浜にいた村人は吃驚したが、どこにもある野次馬がその後を追って走り出した。

一行は静波荘に着くと、ピッタリと門を閉ざしてしまった。

野次馬連中は呆気にとられたが、それでも立去ろうとせず表でガヤガヤと騒いでいた。

渥美は小西巡査を見ると声をかけた。

「やあ、御苦労」

「現場は奥の座敷です」

海上に面した見晴しのいい階下の八畳の間であった。

室内には二人の男が倒れている。二人を囲む血の海はもうどす黒く固まっていた。

和服姿の男は見覚えのある峰村徹だ。今一人の男は黒いジャンパーを着た青年である。勿論二人とも完全に息絶えていた。

その顔を覗きこんで渥美は首を傾げた。

「小西君。この男の顔は見たことがあるようだが……」

「はあ、僕もそう思っているんです。これは、例の……」

二人は顔を見合せて微笑んだ。

「そうだよ、伝馬舟の被害者。アレによく似ているね。

兄弟かも知れないぞ――」

渥美は二つの死体の間に落ちていた紙片を取りあげた。有りふれたレター・ペーパーだったが、それにはペンで、**ペイチュウの復讐**と、一行だけ、そして左の隅に、松葉杖の絵が署名代りに書いてあった。

「いよいよ松葉杖が表面へ出てきたね」

彼は満足そうにニッコリと笑った。

「今朝彼奴を逃したことが返す返すも残念です」

「仕方がないさ。万全の手配はしてあるんだから吉報を待つんだね」

歯を嚙んで口惜しがる小西巡査を、渥美は慰めて、

「――ところで、このレター・ペーパーの入っていた封筒があると思うんだが――」

「封筒ですって?」

「そうさ、こんなに綺麗に折目がついていて、角も摺れていないところを見ると、郵便で送ってきたのか、それとも誰かが持って来たものか、いずれにしてもここで書いたものではあるまい」

「なるほど――」

渥美は紙片をポケットに納めると、膝まずいて死体を調べてみた。

二人とも全く無雑作に殺されたらしく、殆ど抵抗した様子は見受けられない。前回の事件と同様の手口だ。ただ、渥美の注意を惹いたのは、峰村徹は全然死を予期しなかったように、あわれな死顔を見せていたがジャンパーの男の形相は、恐怖と苦悶に歪んでいることだった。

(おかしいぞ)

前の被害者も峰村と同じように、苦痛も恐怖も感じぬ状態で殺されていたが、今ここに見る二つの死体の形相はあまりにも対蹠的ではないか。

(一体これはどういう意味だろうか?)

ジャンパーの男はしっかと空を摑んでいたが、右の手に何か白いものが見える。渥美はそっと手をのばしてそれを取りあげた。

(やっぱり、そうだ)

予期していた通り、それは例の白い布であった。同じように「ペイチュウの復讐」の文字が記されてある。

ペイチュウの復讐、とはそも一体いかなる原因に出発したものかは判らないけれど既に三名の人がその者に殺害されている。犯人は執拗に機会を狙って、遂に目的を達成したのだ。

復讐の意義が何であろうと、残忍なこの行為は天人ともに許さざるところである。

奇怪な伝馬舟の怪死事件は、単なる前奏曲に過ぎなかった。けれど今やこの事件との関連性が、松葉杖の男を中心として、釈然として浮び上った。

しかしながら、ようやく判明したのは僅かに犯人が松葉杖の男である、との一事だけであって、事件の全貌については、未だ未だ謎は深い。肝心の被害者の身許についても、峰村を除いては名前すら判っていないのだ。またこの三名の相互間の関係も不明だ。

渥美はそう考えると、進むべき道の遠くかつ難渋であるのを覚悟せねばならなかった。


鑑識、捜査の連中は、室内は元より邸内の総《すべて》に亘って調査を開始し、警察医は綿密な死体の検屍を始めていた。

その間に小西巡査が、今朝の状況を渥美に報告したところによると――

八時ごろフラリと駐在所の表を通りかかった茶店の主人が、小西巡査の顔を見ると別に用事もないけれど……と坐りこんで四方山《よもやま》の世間話を始めていたが、その話の末に、そうそう駐在さん、いつか島へ渡って来た松葉杖の男がね、今朝の船で帰りましたよ、と、軽く云ったものである。小西巡査はハッと顔色を変えた。お安婆さんの拾った松葉杖と、酷いびっこの若い男の逃亡で、既に松葉杖の男は島から脱出したもの、と、思っていただけに彼の驚きは大きかった。何にッ、それはほんとうかッ、と、彼が大きい声で叫んだので、今度は茶店の主人が吃驚してしまった。無理もないのだ。このおやじさんは松葉杖の男が捜査の目標である、なぞ夢にも知らないのだから――。

へえッ、あの男がどうかしたのですか？　と呑気そうに云うのを、耳にも入れず慌てて小西巡査が電話器に手をかけた時、真蒼になったお安婆さんが転がるようにして飛込んで来た。旦那様が旦那様が、と、ロクに口も聞けない有様である。婆さんはいつもの通り七時ごろに静波荘に行き、食事の仕度を整えてから、峰村に知らせに座敷へ入って、始めて惨事に気づいたのであった。折悪しく弟の栄は二日前から神戸へ行って留守であり、婆さんは驚愕のあまり暫く動けなかった――。

以上が事件発見の顚末であった。

「茶店のおやじにしろ、お安婆さんにしろせめてもう三十分早く知らしてくれれば、松葉杖を捕えられたのですが……」

小西巡査はそれが自分の手落であるかのように、繰返し繰返し口惜しがった。

「じゃあ、一応婆さんを呼んでみてくれないか」

小西巡査が出てゆくと、警察医が検屍の結果を簡単に説明した。

――死亡時刻は昨夜の九時から十時までの間と推定された。両名とも殆ど時を同じゅうしてやられている。死因は前回同様拳銃による射殺、いずれもただの一発で即死している点から考えて、犯人は相当拳銃を使いなれた者と思える。ジャンパーの男は前から右肺を射抜かれており、峰村徹は背後から腹部へかけての貫通銃創である。二人の死相の疑問は、この射撃状態に原因していると云えよう。ジャンパーの男の推定年齢は二十三、四歳位で、身体つきが前回の被害者に似た点が多い――。

「あるいは兄弟じゃないかと思えるが……」

警察医の言葉に渥美は頷いて、

「多分そうだろう――だが、何故二人は反対の立場から射たれたのだろうか?」

と、呟くように云って、じっと考えこんでいた。

六、お安婆さん

小西巡査に伴われて、お安婆さんは幽霊のような顔付で入ってきた。意外な惨劇に気も心も転倒しているらしく、ソワソワと落ちつきがない。

「婆さん、驚いただろう」渥美は優しく云って「この男は誰だい?」

指されたジャンパーの男を眺めた婆さんは首を振って、

「存じません。ついぞ見たことのないお方です」

「ふーん、――昨夜誰か来たのは知っているか?」

「いいえ、わたしが帰るまでは誰方もお出になりませんでした」

渥美はじっとその顔を瞶めていたが、急に話をかえて、

「婆さんは、この前、浜で死人騒ぎがあったのを知っているだろう」

「はい、話は聞きましたが――」

「あの日、僕がここへ来て松葉杖の男のことを訊いた時、何故、婆さんはあんなに驚いたのだ?」

「……」

「それから、小西君が、婆さんの家から松葉杖を発見した時、どうして拾ったなぞ、見えすいた嘘を云ったのだ?」

「……嘘では御座いません。ほんとうに拾いましたので——」

婆さんは慌てて云ったが、その声は力なく弱かった。

「婆さんの息子は足が悪いんじゃないか?」

渥美の言葉に婆さんはサッと顔色を変えた。

「人が三人も殺されているんだ。今日は隠さずに話さないと、却って迷惑がかかるぞ」

彼の言葉は柔しかったが、断乎たるものを含んでいた。

「その息子は松葉杖を使っているね?」

「……」

「いつ島へ来たんだ?」

「……」

婆さんはそれに答えず、憐れみを乞うように渥美を見上げた。

「旦那様、あれは悪い子ですけれど、人様を殺すような、だいそれたことの出来る人間では御座いません——」

「いつ島へ来たんだ?」

婆さんは諦らめたように、

「……浜で死人が見付かった日の前日でした」

「前日?」

「はい、それは間違い御座いません。町で悪いことをしたらしく、追われているんだと申しておりました。それで先日、お調べがあった時、もしや、それが判ったのではないか、と吃驚したのです。でも、どうやら別のお方の話らしいので安心致しました。けれど、元々あの子も大手を振って歩ける立場でないので、暫く家に匿しておりましたが、いつまでも居ては狭い土地のことゆえ人眼についてはと思いまして、先日追いたてるようにして帰らせたので御座います。松葉杖をつくことは目立っていけないからと考えて、後で焼き捨てるつもりで普通の杖を持たしてやりました……」

「昨夜、松葉杖の男がまた島へ渡って来たのだ」

渥美は探るような眼で云った。

「昨夜?」婆さんは狼狽したが必死となって「あれが来るはずは御座いません。当分帰るなと堅く申しておきました。それは、それは多分別な人に違いありません」

「息子は戦争に行ったのかね?」

「いいえ、あの子は小さい時に小児麻痺で足を悪くしましたので――」

「そうか――」

それを聞いて渥美はスッカリ失望した。

「時に、婆さん。峰村にはよく似た弟が居るって話じゃないか？」

「はい、最近お帰りになりましたので――それはそれはまるで双児のように似ておられます。わたしはよく間違えては笑われるぐらいで――」

婆さんは話題が変ったので、ホッとした顔で急に元気になった。

「そんなに似ているかね。それじゃ、どうして見分けるんだ？」

「それは、お兄様はいつも和服をお召しですし、弟さんは洋服ばかりですから……」

「二人並べてみれば、いくらか違うところがあるんだろう？」

「それがいつもどちらかがお留守なのでして……もっともわたしの居ない夜なぞは、御一緒かも知れませんが……」

「じゃ、ここで死んでいるのはどちらだ？」

婆さんはチラと振返って、

「これはお兄様のほうです」

「間違いないかね？」

「はい、それに弟さんは一昨日から神戸へいらっしゃいまして、未だお帰りになってません」

「ふうん」

渥美は何か考えていたが、

「最近手紙が来なかったか？」

「はい、一昨日の朝、封筒で一通来ておりました」

「誰から来たか覚えていないか？」

「差出人の名前は書いてなかったようでした」

それだな、と、渥美は頷いて、

「その封筒を探してもらいたいな」

「はい――」

婆さんはヤレヤレとばかりに頭を下げて出て行った。

邸内捜査の結果は期待空しく、僅かに松葉杖の出入した足跡を確認した程度であった。

また、ジャンパーの男については、以前の職工服の死体と同様、何一品として身につけていないことが判ったが、それだけに身許調査の資料となるべきものは、一切見当らなかった。

静波荘の周辺を捜査していた小西巡査が慌しく戻って

きた。

「松葉杖の男の足取りがやっと判りました。いつか伝馬を盗まれた小宮、あの男が昨夜の船で一緒だったそうです。静波荘はどこだ、と訊かれたので、坂の下まで案内してやったと云っていました――」

「道を教えてやった?」渥美は変な顔をした。

「それは少しおかしいな」

小西巡査はその意味を計りかねて、

「……と云いますと?」

「だって、君。松葉杖の男は始めて静波荘へ来るんじゃなし、今更訊くのは変だよ。殊に船着場からは一筋道だ。忘れたり迷ったりするほどの道でもないじゃないか」

「なるほど」

「何かそれにも意味がありそうだね。人相など訊いてみたかね?」

「はい、以前の男と同じ人物と思われます。眼帯をかけた眼尻から頬へ傷のある……」

「うん、そいつだ」

「小宮が道々その男と少し話したところによると、峰村とはビルマで一緒だったらしいのですが、小宮が峰村の名を口にした時松葉杖の男はゾッとするような、烈しい憎悪を面に浮べたそうです」

「ふうむ――」

その点はいっそう渥美を混乱に陥入れた。ますます判らなくなってきた。松葉杖の男が峰村を狙って島へ来たのは首肯できる。だがそれなら、何故以前にここへ来た時に峰村と峰松の間違いであった――なぞと云って引返して行ったのであろうか? いや、あれは峰村の作り言だったのかも知れぬ。然らば峰村は何のためにそんな嘘を云ったのか? その峰村も今は空しい骸《むくろ》となって、ことの真疑を確めかるべくもない。

待てよ、と、渥美は更に考える――

松葉杖の男が峰村に対して、ビルマに起因した、所謂「ペイチュウの復讐」を遂行したのは明らかであるが、このジャンパーの男は何故殺されたのだ? また、あの伝馬舟の被害者は……?

この両人も同様に「ペイチュウの復讐」の布片を附されていたからには、松葉杖の男の呪いを受けていたものに相違はない。けれどこの両人は、かつて島で見掛けたことのない人物でないか。勿論彼等が峰村と運命を共にしている限り、彼等が島へ渡る手引をしたのは峰村だ、とも考えられる。しかし、他国からの訪問者である松葉杖の男は、峰村以外の目標をこのS島に期待していたのであろうか？

「判らない――」

渥美は頭をかかえて呻った。

「ねえ小西君。前の男にしろ、このジャンパーの男にしろ、どうして島へ渡って来たのだろうか？　その足取を調べてみたいね」

「たしかにその点が変ですね」

「連絡船で来たものなら、村の人が一人ぐらいは見覚えているはずなのに、前の男の場合は誰も知らなかったじゃないか。恐らくこのジャンパーの男についても、同じ結果になるじゃないか、と思えるね」

「島の人に知られないで、コッソリ渡ってくるとすれば、小舟でくるより方法はないのですがね」

「そうとしか考えられぬね。その方面を極力あたってみてもらいたい」

「もしそうだとすれば、今日の場合はこの家の下に、伝馬でも繋いであれば説明出来るんですが、さっき見たところでは、峰村家の伝馬が有るだけでした」

「ふむ。あるいは峰村が連れて帰ったのかも知れぬね。しかし、小舟で来たとすると、近くの島の人間だ、ってことになるが……」

「案外身許は容易に判るかも知れませんね」

「さあ、簡単には判らないだろう。前の被害者が現れてから一週間経過しているが未だに捜査依頼もこないじゃないか」

既に三名の犠牲者が現れていながら、事件は幾多の謎に包れて、捜査すべき方向さえ発見出来ない。

一体どこから手をつければいいのか？　渥美の面は暗かった。

正午近くになって、検察庁の朽岡検事の一行が到着した。

「やあ、渥美君、御苦労だね」

太いロイド眼鏡を掛けた銀髪童顔の検事が血色のいい頬を光らせて這入ってきた。

「どうだね、調査の結果は――？」

渥美は困惑の色を浮べて、

「どうも妙な事件です。犯行の原因とか動機は凡そ見当がついているんですが、被害者の身許の判らぬのがありましてね。犯人と覚しき男については、早速手配はしたのですけれど、どうやら時期を逸した形ですし、相当厄介な事件になりそうです」

「ふむ」検事は頷いて「検屍は済んだのか?」

「はい――しかし、捜査上手掛りとなるような期待はかけられないと思います。殺害方法は至極簡単なんです」

「動機は判っている、と云ったね」

「これです。報復の殺人と考えられます」

渥美はポケットから、例の紙片と白い布を取出した。

「ペイチュウの復讐か。――渥美君、この意味が判るかね?」

「それは、ビルマの土民語で『白い布』の意味だと聞いていますが――」

「白い布! そうだ。しかし、恐らくこの場合は別な意味を表現してやせんかね。ペイチュウと云うのは、ビルマのマルタバン――ここはラングーンの要衝に当るところだがそのマルタバンの町外れに、ペイチュウ塔というのがある。この塔にはちょっと面白いエピソードがあるんだ。こんなことは、この事件の参考にならぬかも知れんがね」

若い頃には海外に活躍した経験を持つ朽岡検事は柔らかい調子で話しだした。


昔、このマルタバンと、サルウイーン河の対岸にあるモールメン(当時はシャム領であった)の間に戦争が起った。双方善戦してなかなか果てしがない。そこで双方から使者を出して協議の末に、お互いに塔を作ろうじゃないか、それを早く完成した方がこの戦争の勝利者ときめよう。と、昔は戦争も呑気なもので、話が決定すると戦争は中止して、塔の工事にとりかかったのである。ところが、どうもビルマ側の旗色が悪い。このままではシャムに先を越されそうだ、と、首脳部が大いに苦慮していると、頭のいい木下藤吉郎のようなのが現れて、一夜で塔を作りあげてしまった。これは竹を組んで塔の形を作り白い布を張り巡らして、とにかくも外見だけは塔らしいものをでっちあげて、美事に勝利を獲得したのである。


「――だから、ペイチュウは白い布、の代名詞となっているが、この字句の場合はペイチュウ塔の地名を意味してるんじゃないか? ペイチュウで起った事件に対する復讐。と考えるほうが正しいと思うね」

「なるほどねえ、そんな話が有ったのですか、これで一つ利巧になりましたよ」渥美は笑ったが「勿論犯人が書いた意味は、おっしゃるように地名に違いありません」

さて、白い布の謎は解けたけれど、それが事件の核心にふれたのでも何でもないのだ。依然として四方厚い壁に囲まれている現状には変りはなかった。

検事の指揮によって、二人の死体は本署へ運れることになり、ランチが静波荘の裏へ廻って来た。

静波荘の裏は石段で海岸へ下りられるようになってて、石段の下部は常に海水に叩かれている。そこが峰村家の伝馬の繋船場となっていた。

死体が運び出される段になって、渥美はふと気附いたことがある。それはジャンパーの男の靴下と靴だ。調べてみると、この死体もまた、泥泥に汚れた靴下をはいているのだ。そのくせ靴は、同じような安物のズックのゴム底であるが、これまた泥一つ附着していない。

(この共通点はどうした訳か?)

昨夜の土砂降りの中を歩いているはずのこの靴にハネ一つ飛んだ跡がないのは――?

渥美は首を振って溜息をついた。

「渥美君。総て物の表裏をよく観察しなくちゃ駄目だ。表だけ見て判断すると飛んでもない錯覚を起すことになるからね――慌てないで落着いてやるんだね。これはかなり骨の有る事件だよ」

朽岡検事は彼を激励して、ランチに移った。他の連中も一応本署に引揚げることになり、後には渥美警部補と小西巡査の二人だけが残った。

七、栄の出現

「峰村の弟は帰って来るだろうか?」

煙草に火を点けながら渥美は呟いた。

「さあ、――第一、その弟ってのは実在しているんでしょうか?」

と、小西巡査は妙なことを云い出した。

「ハハハハハ、君もそう考えているのか」

「だって変じゃありませんか。双児のようによく似た兄弟はあるとしても、二人揃って居たことがない、のは、何故でしょう?」

「つまり、一人二役じゃないか、って観方だね。だが、朽岡検事殿の言葉を借りて云えば、その裏の二人一役って考え方も出来る」

「とおっしゃりますと?」

「現実には二人の人間が実在していながら一人だけが表面に現れて、一人二役と思わすやり方だね」

「だが、どんな理由でそんな変な真似をするんです？」

「さあ、その理由だよ。一人二役か二人一役か、それは我々が想像するだけのことだが、峰村がそうした不審な態度をとる理由がハッキリすれば、案外事件の謎も解けるかも知れない。――しかし、実際は、お安婆さんの眼にふれなかっただけで、当の峰村兄弟は何でもない普通の人間に過ぎぬ、とも云えるさ」

「どうですか、僕は怪しいと思いますね。弟なんてキッと架空の存在ですよ」

「何とも云えぬが、そうだと決めてしまうのは早計だね」

そんな会話が繰返されている時、お安婆さんのクドクドした話声と共に廊下に足音が聞えた。二人はオヤッと顔を見合せたが部屋に這入ってきた男を一眼見るやアッと驚いた。

（よく似ている！）

二人は同時に呻き声をあげた。洋服姿のスラリとした男だが、今までこの部屋に倒れていた峰村徹が生き返ってきた、そんな錯覚を起したぐらい生写しだった。


「私、峰村栄です」男はユックリとした口調で――「今、婆さんから凡その話は聞きました。兄が殺されたそうですが――」

小西巡査は呆然と栄を瞶めたままである。渥美にしても一応その存在の有無に迷っていただけに、彼の出現は意外の感であり、眼前に奇蹟を見たように思えた。

「どうも大変なことになって、全くお気の毒な次第です」

「それで、犯人は捕えられたのでしょうか？」

「残念ながらそこまで進んでおりません。色色と不明の点が多いので、何かと御援助願わねばならぬと考えています」

「松葉杖の男、が犯人だとか、ちょっと今聞きましたが……」

「それも決定的とは云えないんです。第一松葉杖の男が何者であるか、が判らなくて困っているんですが、御存じの点を聞かして頂きたい」

「勿論、それは私から進んでお願いすべきですが、実のところ、復員後間もありませんし、それに永らく兄とも離れていましたので、兄弟とは云い条、御参考になるほどのお話は出来ないかも知れませんが……」

と、栄が前置して語ったのは大略次のようなことであった。

峰村兄弟は徹が三十歳、栄が二十九歳で俗に云う年子であった。二人とも戦争中応召して、殆ど兄弟らしく一緒の生活を楽しむことがなかった。出征したのは栄のほうが早く、昭和十五年に現役として中国に渡ってから、一度も召集解除にならず、各地を転々として終戦にはソ満国境に居た。その後シベリヤに抑留されて、ようやく一週間ほど前に帰ったばかりであって、徹が昭和十七年に応召したことは、当時通知を受けて知っていたが、ビルマへ行っていたとは、帰ってから始めて聞いたのである。徹は終戦直前に少尉に昇格して、内地勤務となっていたため、終戦同時に復員して、神戸に居をかまえ、ちょっとした機会から始めた鉄工業が案外とんとん拍子に成功してかなりの財を積んだ。最近に至って国許の母を迎えるために、この別荘を買入れて目下手入中であり栄は家具を求めに二、三日前から神戸方面へ旅行していたのだった。

こんな事情で、栄は徹のビルマにおける当時の事情については何も知らない。従って松葉杖の男とか、徹と一緒に殺されていた青年についても、全然説明のしようがないのである。

「——兄の殺された動機が復讐のためだ、とすると凡そ事情は推察出来ます。しかし、兄の性質から考えて、人に恨みを受けるような振舞があったとは思えません。有ったとしてもそれは軍隊生活に当然起りうる、階級的感情のもつれであって、復讐なぞという性質のものではないと考えたいのです」

「恐らくそうした将と兵との単純なあつれきだったのでしょうね」

渥美は栄の話に大体満足したらしく頷いて、

「以前なら公に生じた感情を私憤とするが如きは、反逆罪を成立する結果となったのでしょうが、今の時代ともなると考え方が変っていますからね。——ところで、これは貴方が帰ってこられる前日だったと思いますが、やはりこの松葉杖の男がここへ来たことがあるのです。それについて兄さんは何か云ってられなかったでしょうか?」

「そんな話は初耳です。兄は元来無口で、それに仲々豪胆な性質でしたから、気にもとめていなかったのでしょう」

「すると、こういった不幸な事態を予測していられた様子は……？」

「全然私には感じられませんでした。——もう少し私がいろいろ話を聞いていたら、何かと手掛りになるものが有ったのかも知れません」

と、栄は残念そうに云った。

「なにしろ私も帰って間もありませんし、兄とも落付いて話合う機会が少なかったので、こんな場合に捜査のお役に立つことが出来なくて……まさか、こうした事になるとは思いませんから——」

「ごもっともです。だが、我々としては全力をあげて事件解決に努力しますから御安心下さい」

渥美は栄を慰めて静波荘を辞した。

外に出るや小西巡査と顔を見合せて苦笑した。

「どうだい、驚いたじゃないか」

「全くですね。やっぱり弟ってのは実在していたのですね」

「こうなると、君の一人二役も落第だな」

「違いない。——しかし、よく似たものですね、あれじゃ婆さんでなくったって間違えますよ」

「うん、本人よりよく似てる、ッてあれのことだね」

と、渥美はカラカラと笑ったが、ふと何かを考えたらしく急に黙りこんでしまった。

「どうかなさいましたか？」

小西巡査は訝しげに顔を覗きこんだ。

「いや、なんでもないんだ……」

と、渥美は言葉を渋らせたが、その眼が異様に輝いていた。

駐在所まで戻った時、渥美は小西の肩をポンと叩いて、

「僕は今、変なことを考えているんだ……」

八、すみれ座の明星

「S島の惨劇！　謎の松葉杖の怪人！」

新聞はセンセショナルな標題で事件を大きく取上げた。

——静波荘主人と身許不明の二死体。事件の背後に出没する奇怪な松葉杖の男——

前には殆ど問題にされなかった、第一の殺人事件をも併せて、近来の怪事件として華々しい書き振りであったが、事件の真相については、各紙ともその憶測を最少限度に止《と》めていた。

松葉杖の男に関しては、当局の万全の処置にも拘らず、

第二の惨劇の朝、K町に上陸したまでの事実は突きとめられたが、それっきり煙のように消えてしまって、その消息は全く判らないのだ。

一日、二日、と、時は徒らに流れてゆく――。

渥美警部補は事件発生以来殆ど家へ帰っていない。K署の一室に閉じこもって、事件の核心を摑もうと焦っていた。

依然として松葉杖の行衛は判らない。鉄道、船舶の発着点はもとより、近接府県にまで照会してあるのだが、集ってくる回答はいずれも申合せたように、当管内に照会の該当者発見せず。となっているのだ。

渥美は松葉杖の男の逃亡については、それほど落胆していなかった。どこに隠れようとも、それは今ひとときの自由を与えているのに過ぎない。やがては彼の手で捕えずにはおかないからだ。それより大切な問題は、彼を逮捕するまでに、彼に対する傍証を固めておくことである。松葉杖の男が犯人である、と断定すべき材料は今のところ一つもない。峰村徹に送られたレターペーパーの署名代りに書かれた松葉杖の絵が彼とこの事件の関連を示すただ一つの物的証拠であるけれど、しかし、それは単に松葉杖を表示しているだけで、殺人に対する直接の証拠とはなりえない。彼がたびたび静波荘を訪れていても、それだけで彼を断頭台に送るわけにはいかぬ。

渥美は今朝届いた小西巡査からの報告書を取上げてみた。

「その後の調査によれば、第一の死体が発見された日の前夜、終便の船中で数名の女学生が、松葉杖の男に静波荘への道順を訊かれた事実あり――」

「ふむ、これは面白い」

彼は独りで呟いた。

峰村に関しては調査の結果、松葉杖とは何等の関係なきものと認められる。

小宮についても全く事件の局外者と思惟す。

峰村徹に送られたレターペーパーの封筒はついに発見せず。

お安婆さんの息子はその後消息不明なるも、婆さんの挙動には不審なるものを認めず。

峰村栄は事件が解決せば静波荘を引揚げ四国在の母の許に帰るとの意志を洩らせり。

報告書を放り出すと次の書類を手に取ってみる。解剖の結果の報告だが、渥美の注意を惹いたのは僅かに次の二点であった。

『二つの死体は同一の兇器、旧陸軍コルト拳銃口径七粍《ミリメートル》、で射殺されたものであって前回の被害者の場合と同じ兇器である』

『身許不明の死体は総ての共通点より推して前回の被害者の兄弟と考察される』

いずれも渥美に曙光を与えるような報告ではなかった。

渥美は眼を閉じて椅子に軀を埋め、じっと考えこむ。

彼の脳裡には松葉杖の男が大きくクローズアップされる——。

戦闘帽の下から覗く白い眼帯。眼尻に走る傷痕。陽焼した顔に浮ぶ無気味な笑い。それらが幾重にもダブって、彼の苦悩を嘲け笑うのだ。そして、コツコツと松葉杖の足音までが聞えるような幻聴すら感じる——

「待てよ、俺はあまりにも松葉杖の男に捉れすぎてはいないか？」

「総て物の表裏をよく観察しなくちゃ駄目だ。表だけ見て判断すると飛んでもない錯覚を起すぞ」

朽岡検事の注告が聞えてくる。

「表と裏——松葉杖の男にも当然裏がある——」

だが、その正体は何だ？

判らない！　渥美は立上ると気分を転換する意味で、室内の一隅に置いてある証拠物件を眺めた。

眼帯。ズック靴。靴下。職工服。ジャンパー。峰村の着物。そして松葉杖。白い布等々——。

彼はその一つ一つを今更の如く注視する。

何故眼帯にドーランがついているのか？

何故、二つの服と靴は奇麗で、靴下だけが汚れているのか？

そして、ペイチュウの復讐と書いた、二枚の布とレターペーパーを比べてみる。

白い布に書かれた文字は明らかに筆跡が違う。そして後の白い布の字体はレターペーパーの文字と一致する。ということは二人の人によって書かれたことを意味しているが何故だろうか？

三人の男が殺されたのに、白い布は二枚より無かった。となると、足りぬ一枚はレターペーパーが代用となっているのか？

渥美は更に考える——。

松葉杖の男は何故最初に峰村を殺さなかったのだ？

第一の被害者はどこで松葉杖の男に逢ったのか？

第二のジャンパーの男はいつ静波荘に来たのだ？

峰村兄弟が一人二役を装ったのは、故意か？　偶然か？

峰村徹は実際に松葉杖の男を知らなかったのか？

峰村の峰松の間違いを信ずるべきか？　否か？

「これだけの証拠物件があり、これだけのさまざまの事象が判っていながら、なお、完全な推理がなり立たないのは、どこかに総てをつなぐ鍵が隠れているのに違いない。その鍵はどこにあるのだ？」

渥美は烈しい焦燥に苦しむ。

彼は静波荘からの帰途に思いついた、ある考えを今なお捨ててはいない。しかし、彼はその考えを組立ててはすぐ砕くのだった。

「――あまりに奇怪な考え方だ。もちろん仮定の上に成立する――だが、現実にそんなことが有りうるだろうか？」

その翌日。渥美を訪れてきた若い女性があった。彼は未知の女性を一眼見て、アッと心の中で叫んだ。

美しい近代的な感覚に溢れた、スタイルのいい洋服の娘であった。渥美はパッと室内が明るくなったように感じた。

「あたし、志村哲子で御座います――」

理智的な瞳と形のいい唇から覗く奇麗な歯並が彼の心を躍らせた。だが、彼を驚かせたのは哲子の美しさではない。その白皙の面から直感的に、あの不幸な被害者との共通点を感じたからだ。

（妹だな！）

突差に悟ると彼は優しく椅子を勧めた。

「――実は、兄が二人行衛不明になりまして……」

「ほほう、兄さんが――」渥美は軀をのりだして「委しくお話を伺いましょう」

哲子はハンカチを膝で弄びながら伏眼勝に語り始めた。

「――あたしたち三人の兄妹は、すみれ座という劇団に加って地方巡業を致しておりました。上の兄は志村道雄、下の兄は勝郎と申しまして、二十五と二十四の一つちがいです。兄たちは芸もさほど悪くなし、それに音楽には一通りの経験を持っていて、たいていの楽器は消化しますので、劇団でも大切にされておりました。あたしも唄だけなら少しは自信があるものですから、いつも三人で舞台に立って、自分の口からなんですが、すみれ座の兄妹トリオとして、かなり人気があったのです。

ところがH市で公演中のことでした。道雄兄さんを尋ねて、昔の戦友の方がいらっしゃいました。申し遅れましたが、兄たちは二人揃ってビルマに出征しておりまして復員の時も一緒で昭和二十一年の夏に帰って来たのです。――お友達がどういう用件で来られたのかは少しも存じませんが、何か重大な問題だったのに違いありません。というのは、お友達が帰られた後で、兄たちは額を集めて永い間何事かを相談していたからです。その様子がなんとなく普通でないので、あたしも心配なものですから、どうしたの、何か変ったことでもあったのと近よりますと、女の知ったことじゃない、あちらへ行け――と、それは大変な権幕なのです。その時の兄たちの顔は、異様に昂奮していて恐しいほどでした。それが今から十二、三日前のことなのです。

その夜、公演が終えて宿へ戻ってからも二人は真剣な顔付でひそひそと話し合っていました。あたしは気になるものですからなんとかして話の内容を聞こうと思ったのですが、ほんの断片的なことより聞けませんでした――」

「それはどんな話でしたか?」

と、渥美は興味深く口を挟んだ。

「なんでも兄たちは、どこかへ出掛けるらしく、それを、俺が行く、いや、僕に委してくれ、と、二人で争っていました。そして、松葉杖の男が現れたら……と云ったのは聞えましたけれど、その後がよく判らなかったのです――」

「松葉杖の男、ですッて――?」

彼は緊張した。

「――結局道雄兄さんが行くことに決ったらしく、翌朝、座長さんに、急用で二、三日旅行してくるから代役をお願いします、と、出掛けたのですが、四日たっても五日たっても帰って来ません。その間、勝郎兄さんはそわそわと落着きがなく、舞台でもよくヘマをやるほどでしたが、一週間目の朝に、兄さんを探しにゆく、と云って慌しく出てしまいました。

それっきり二人とも帰って来ないし、その内にH市の公演も済んで、次の予定のO市へ参りましたが、二人も欠けてはプログラムに差支えるので、座長さんは怒ってしまいますし、あたしもどうしていいのやら困ってしまいました。ところが一昨日新聞にS島の殺人事件が出ており、身許の知れない二人の被害者というのが、あるいは兄たちではないかと思われ、それに、あの時二人が話していた松葉杖の男のことも書いてあるので、もしや、と、座長さんに相談してみました。すると、座長さんは、とにかく警察へ行って訊いてみたらどうか、それが人違いなら安心だから……と云いますしあたしも何となく気になりますので、今朝お伺いした訳で御座います」

「――そうでしたか」

哲子の話を聞いた渥美は大きな溜息を洩らした。この娘が、あの二人の妹であることは最早疑うべくもない。

「お兄さんたちはどんな服装で出掛けられたのでしょうか？」

「それがおかしいのです。道雄兄さんはわざわざ職工服を古着屋から買ってきて、靴も粗末なズック製のを履いて参りましたし勝郎兄さんも普通着のジャンパーのままなんです。二人とも商売柄服装については、なかなかお洒落《しゃれ》で凝性なくせに、どうしてあんな妙な格好で旅行するのか、と、不思議に思っていたのですが……」

「――これですね」

渥美は立上ると片隅の机上から二着の服を取って彼女の前に置いた。哲子は一眼みるやサッと顔色を変えた。

「これですわ。兄たちのです。では、兄さんは……？」

「お気の毒です」

不安そうに見上げる哲子の瞳を、痛ましげに渥美は眉を曇らせて、

「貴女の予感は不幸にも適中していたのです。新聞に出ていたのは、お兄さんたちでした」

哲子の顔はみるみる歪んでどっと涙が溢れでた。

「兄さんが……兄さんが殺された――何故でしょう、何故でしょう――」

烈しい嵐が彼女を襲った。泣き崩れるその姿を眺めて渥美は暗然とした。

ややあって哲子は面をあげた。ハンカチで涙を拭くと、

「すみません。泣いたりして――」

「いやいや無理もありません。――しかし今は泣くより、お兄さんたちを殺した憎むべき犯人を捕えねばならないのです。尊い三人もの命を奪った鬼畜に等しい奴を……」

「その犯人は、あの松葉杖の男なのでしょうか？」

「少くともそうだと信じられます」

「松葉杖、松葉杖――」哲子は呟いていたが急に眼を輝かせた。「あたし、どうしてあれを思い出せなかったのかしら――眼帯を掛けた松葉杖の兵隊さん――ずっと以前にそんな話を聞いたことがあるのです。――それは、あたしたちの腹違いの兄でした……」

志村哲子が渥美に送られて警察を辞したのは、それか

ら一時間ほど経ってからであった。哲子と別れた渥美の面は、昂奮と感激に輝いてみえた。

彼は慌しく長距離電話を掛けていたが、それが済むと、ランチを出すように命じた。そして、疾風の如く水しぶきを立てて、S島にH島にと海上を駆け巡った。

数時間後本署に戻った渥美は、検察庁の朽岡検事に電話した。

「――やっと謎が解けました。犯人ですか？　やはりS島から逃げた松葉杖の男でした――ええ、今度は大大夫、逃がすものですか、完全包囲の鉄壁の構えです――」

電話器にかじりついた彼の面には、たまらぬある快心の笑が浮んでいた。

九、松葉杖の男

翌日の正午近く――。

連絡船はS島に向って例の単調なエンヂンの響を繰返していた。

今日も気持のいい秋晴れだ。さすがに深む秋に潮風は肌に冷たいけれど、仰げば蒼空は果しなく澄み渡って一片の雲もなく、俯せばとつこつと聳ゆる奇巌、碧ガラスの海面、切り立つ断崖に砕ける白波。瀬戸内海の島々が秋の衣に装いをこらした風景は、さながら天下の名勝たる誇に相応しい。

舵を水夫に委して船橋《せんきょう》を出た船長は、うまそうに煙草を吹かしていたが、ふと、船尾の方を眺めるとギョッとした。

「あれは……」

船長は自分の眼を疑がった。だが、幻覚でもなんでもない。

来たりては過ぎてゆく島々の、変転極りない姿にうっとりと見とれている、松葉杖の男！

（何という大胆な奴だ）

彼は驚くと同時に呆れてしまった。

S島の惨劇以来、この船で通う人々の口の端にのぼるのは、その犯人と目されている松葉杖の男の噂だ。今、警察当局が血眼の捜査を続けているというのに、大胆といおうか無謀といおうか、再びS島に渡ろうとしている。しかも、今度は白昼に堂々と――。

船長はそっと船室の蔭からその姿を観察した。

間違いはない。この男だ。白い眼帯、頬の傷、汚れた復員服——。蔭で窺う人ありと知らぬのか、松葉杖の男はじっと海上を眺めている。

（どうしてやろう……）

勿論、警察へ知らせねばならない。だが無線電信の設備があるほどの船じゃなし、S島に着くまではいかんとも致しようがない。

そうだ、S島へ着いたら自分だけ下りて船を後退させよう。そしてその間に巡査を呼んでくればいい。

船長はそう考えつくとやっと安心して、その後姿から眼を離すまいと決心した。

だが、警察は彼が乗船するのに気附かなかったのであろうか？

否！　もし船長が後方を振り返ったら、ワッと歓声をあげたに違いない。白堊のランチが白波を蹴たてて追従してくる。そして船首に立って睨んでいる渥美警部補の姿が見える。——

S島が見えて船のエンヂンが停止すると船長は操舵室に飛びこんだ。

「いいか、わしが下りたら後退をかけるのだ。わしが戻ってくるまで着けるんじゃないぞ」

云い終ると彼は船首へ駆け出した。

船は静かに桟橋に近づく、と、船長はポンと飛び下りた。

「ゴースタン」

彼が大声で奴鳴ると、船は急にエンヂンをかけて後退し始めた。吃驚した乗客たちは口々に騒ぎ出したが、船長はその叫び声を後に懸命に走り出した。

息を切らせて来てみれば、何という間の悪さだ、駐在所はガランとして猫の子一匹いない静けさである。

（巡回に出たのか）

舌打した船長は泣き出したくなってきた。

（どうしよう？）

しかし、巡査の帰るまで船を停めておく訳にはいかない。彼はしおしおと桟橋に戻った。

「どうしたんだっ」

「船を着けろ」

「下さんつもりかっ」

怒声が雨と降って来る。船長は世にも哀れな顔をして操舵室に合図した。

「着けてもいいよ」

船客は口々に罵りながら下りてゆく。遅れて松葉杖の男がコツコツと桟橋を叩いて通る。

（畜生！）

船長は歯を噛んだ。だが、どうすることも出来ない。しかも相手は兇暴な殺人鬼だ、ズドンと一発やられたらそれでおしまいだ。

船長は茶店に飛び込んだ。茶店の主人も吃驚した。

「あいつだろう？」

「うん、違いない、駐在さんに知らせよう」

「ところが合憎く留守なんだ」

えっ、居ないのか、二人は口惜しそうにその後姿を睨みつけた。村人の二、三もそれと気づいて、指さして囁き合っているが、いずれも徒らに傍観するのみである。

悠々と松葉杖の男は坂道を上ってゆく。今日も静波荘へゆくのであろうか？

切歯扼腕《せっしやくわん》のする二人の肩を叩いて通りすぎた農夫があった。

「アッ、小西さん！」

変装した小西巡査はシッと口を押さえてゆっくりと坂道に向って行く。

「やはり知っていたんだな」

二人は頼もしげに巡査を見送った。


坂道が苦痛なのか松葉杖の男は、途中で二、三度息を入れて杖を取りなおした。小西巡査は一定の間隔を置いて追けてゆく。

静波荘の門に立った男は、ハンカチを取出して額を押さえた。その手が微かに震えている——。

暫くためらった後、彼は思い切った風に門を押して内に這入った。敷石を叩く杖の音が、小西巡査の耳に響いてくる。巡査はそっと門の蔭に身を忍ばせた。

今日はお安婆さんは居ない。昨夜から急病で寝ているのを小西巡査は知っていた。

男は玄関の戸を開けて中へ姿を消した。

峰村栄は庭に作ってある菜園で土をいじっていたが、ふと、人の気配を感じて振返った。奥座敷に誰かうごめいているのが見える。

（誰だろう？）

彼は手を払って立上ると座敷に這入ったが、愕然として棒のように立ちすくんだ。

松葉杖に身を凭らかせて無言のまま立っている男を彼は夢ではないかとまばたきもせずに瞶めた。

海辺に面したその部屋、かつて数日前そこには無惨な二つの死骸が倒れていたのだ。そこに向い合う二人の男——。

「貴様ア誰だ?」

重苦しい沈黙を破って、怒ったような栄の声が響いた。

「……」

松葉杖の男は大きく隻眼をみひらいて皮肉な笑を片頰に浮べたまま答えない。

「帽子を取れ、顔を見せろ! 松葉杖の男が何人いるんだっ。そんな茶番に驚く峰村じゃないぞっ」

だが、男は依然として身動きもしない。栄は獲物を狙う犬のように、相手をじっと睨んだ。二人の間に狂ったような兇暴さと殺気がみなぎっていた。

「命知らず奴!」栄は吐き出すように云った。

「貴様も志村の弟か? いったい志村にゃ幾人兄弟があるんだ」

「……」

「フン、貴様等に歯の立つ峰村だと思うのかっ」

栄は身を揺がせて傲然とうそぶいた。

小西巡査は足音を盗んで、庭園を廻ると座敷の窓下へ近づいた。そして、全神経を耳に集めて室内の様子を窺っている——。


と、ソッと肩を押さえる者がある。振返ってみると渥美警部補だ。

「這入ってゆきましたよ」

巡査は声を殺して囁いた。

「うん、よしっ」

渥美も低声で頷く。

「どうして逮捕しないのです?」

明らかに小西巡査は不満そうである。

「誰を?」

「勿論、松葉杖です」

「証拠がないじゃないか?」

「なるほど、現場を押さえようって訳ですね」

小西はやっと納得したが、

「しかし、危い仕事ですね。ズドンと一発やったら手遅れです」

渥美はシッと手真似で制して、

「千番に一番のかね合い、って処だ」

「だが、よく彼奴のくるのが判りましたね」

「君は本署の偉大な捜査網を忘れたのか」

渥美はそういって忍び笑った。

相対峙すること数分。

栄の面にドス黒い残忍な色が浮んできた。

「貴様も地獄へ行きたいのかっ!」

一声叫ぶとみるや彼は相手に飛びかかった。パッと体をかわした男は素早くポケットから拳銃を取り出す。すかさず栄はその手を摑んだ。

ズドン! 弾丸は空しく外れる。

「畜生!」

体当りでぶっつかる、手がもつれ合う! それも一瞬、案外もろく松葉杖の男は捻じ伏せられた。もがく男の手が伸びて、また一発、空を撃つ。

「無駄使いするな」

組伏せた勢いで余裕を取り戻した栄はセセラ笑ったが、押さえた相手の感触にハッとした。

「貴様は?」

帽子を取ろうとする。男は取らせまいともがく。

その時、栄の予期しない意外な事態が起った。

突然荒々しい物音をたてて、庭に面した廊下から、渥美警部補と小西巡査が、海辺の硝子戸を開いて捜査課の刑事たちと、それぞれ拳銃を擬して侵入して来たのだ。

「アッ!」

栄はサッと顔色を変えて思わず立上ったが、突差に組伏せた相手を指して、

「松葉杖の男です。大胆にもまたやって来たのです。危く撃たれるところでしたが、やっと取押えたところです」

松葉杖の男はグッタリと倒れたまま身動きもしない。

渥美はニッコリ笑って栄に近寄った。

「御苦労でした。これでどうやらこの事件も終りです」

と、手錠を取り出した。

栄はホッと安心して額の汗を拭ったが、その手を下した瞬間、ヒヤリと冷たいものが触れてガチャリと音がした。

「何をするんです。馬鹿なっ」

狂気したように栄は、結ばれた両手を振りあげて警部に迫った。

「本島における殺人事件の犯人として峰村徹を逮捕するのだ」

渥美の勝誇った声音が高く響いた。

「何だって? 私は峰村栄ですぞ」

「おい、峰村、お前も男じゃないか、最後は奇麗にするものだ。君が徹でなかったら誰が徹を殺したんだ?」

「それはどうゆう意味ですか?」栄はなおも詰めよせ

た。「兄貴は松葉杖の男に殺されたのだ！」

「冗談云うなっ」渥美の語気は烈しかった。「峰村徹にいつ弟が出来たのだ。死んだ母親がいつ生き返ったのだ！」

その言葉に栄は観念したように手をたれると、猛悪な笑を浮べて、

「そこまで調べてあるのか、こんどは俺の負だったな」

と、不敵な一言を吐いたが、

「あの松葉杖は誰だ？　あいつの面が見たい」

渥美は答えずに刑事たちに合図をした。刑事は両側から徹を囲んで部屋から連れ出した。

小西巡査は呆然として立ちすくんでいたが、

「峰村が犯人だったのですか？」

と、半信半疑の顔付である。渥美は満足そうに頷いて、

「そうだ。今ようやくその証拠を摑んだのだ」

「それじゃ、あの松葉杖の男は？」

巡査はなお不審らしく倒れている男を眺めた。

「おお――」

渥美はつかつかと近寄って、松葉杖の男を抱き起した。

「志村さん――」

囁くように耳もとへ口をよせて、

「大丈夫ですか？　怪我はありませんか？」

眼尻の傷痕に歪んだその男の口から、意外にもやさしい声が洩れた。

「ええ、何ともありませんわ――でも、あたし、うまくやれましたかしら……」

小西巡査は眼を丸くして吃驚した。

「大成功でした。だが、危険な目に合してすみません。こうするより方法がなかったのですから……」

「いいえ、あたしこそ……兄さんのためですもの――」

彼女はようやく起上ろうとして顔をしかめた。

「どうかしましたか？」

「手が……さっき捻じられた時に……」

それは全く奇妙な場面であった。奇怪な容貌の男が甘い声で語り、それにやさしく答えている渥美の姿。小西巡査は思わずプッと吹き出した。

それに気附いた哲子は、

「あたし、顔だけ直してきますわ」

と、駆け出した。その後姿を見送った巡査は、

「なあんだ。女でしたのか」

「済まなかった。君に詳しく話している時間がなかったのでね」

二人は顔を見合せて笑った。なにもかもが終った安堵の笑いであった。

ソッと忍び足で哲子が戻ってきた。すっかり扮装を落して、戦闘帽の下から房々としたパーマネントの髪を覗かせている姿はうす汚い復員服さえが舞台衣裳のような効果をそえて、この上もなくあどけない美しさを呈していた。

「やあ、奇麗になりましたね。小西君、紹介しよう。劇団すみれ座の明星、志村哲子さんだ」

十、真相

晩秋。だが、今日もよく晴れて海上は小波一つ見えぬ静けさだ。

一日の公暇を得た渥美は哲子を誘って、S島行の連絡船に乗っていた。甲板に立った二人を秋の陽が柔らかく包んでいる。

「お誘いして御迷惑じゃなかったでしょうか?」

渥美の言葉に海上を眺めていた哲子は振返って明るく微笑んだ。

「迷惑だなんて――あたしこそ……」

「いや、実は小西君に事件解決への経路を話す約束になってるんですが、それには殊勲者の貴女に来て頂いたほうがいいと思って……」

「殊勲者は勿論渥美さんですわ。――お話はあたしからお願いしてでも伺いたいと思ってましたの」

「今度の事件は何と云っても小西君のお膝元で起ったことですから、先生とても一生懸命でしてね。ところが、時間と距離の関係で知らしていない点が多いものですからちょっと不満なんです。譬えば貴女のことだって、単に松葉杖の男がS島に向ったから尾行せよ、ただし命令するまで一切行動してはならぬ――と指示しただけですから、先生はテッキリほんものの松葉杖だ、と思いこんでいたらしいのです。後で貴女だと判ってから、プンプン怒って困りました」

「ホホ……、それだけ熱心で真面目なんでしょうね。でも、いい方ですわ。小西さんだけでなく、警察の人って思っていたより皆いい方ばかりですのね」

「おやおや、それじゃ今までは敬遠されていたんですか?」

「あら、御免なさい。こんなこと云って」

若い人たちの感情が接近するのは早い。もう二人の間には他人染みた垣がすっかり取り除かれていた。

やがて船は思い出も新なS島に着いた。

「この前は困りましたわ。松葉杖をついたまま桟橋を下りるのが怖くって……」

「そう云えばあの坂道大変だったでしょう。小西君が云ってましたよ。たびたび立止まられるので尾行してるのを気づかれないかひやひやした、って……」

前もって知らしてあったので、小西巡査は桟橋まで出迎えに来ていた。

「わざわざお出で下さって恐縮です」

「なあに、どうせ休みだし、それに今度は哲子さんにゆっくり見物してもらおうと思ってさ」

敵は本能寺に在り。小西巡査はうまくダシに使われているのに気づかない。

駐在所といえば殺風景に聞えるが、さすがに風光明媚のS島、奥の部屋は海上を一望に眺めうる好位置にある。

「まあ、素敵。こんな場所で暮せるってお巡りさんも倖せね」

「ところが、松葉杖なんてのが現れるとあまり倖せでもないのです」

小西巡査は茶を汲みながら笑った。

「全く苦労させられたね。あの松葉杖の男には……さて、と。では一つ始めようかな。渥美俊策捕物帖ってのを……」

彼はのんびりと煙を吐いて語り出した。

「峰村徹が犯人だ、とすると、いったい松葉杖の男は誰だったのでしょうか？」

これは小西巡査でなくとも誰もが持つ最大の疑問である。

「それだよ。この事件の変っている点は……峰村は逮捕されたが彼が松葉杖の男であった、とは云えないのだ。だが、松葉杖の男は峰村でもあった、とは云い得るね」

「と、云いますと？」

「厳密に云えば、我々が犯人だ、と考えていた松葉杖の男は存在しなかったのだ」

「どうも判りませんね。松葉杖が現れて殺人が起った——それでいて松葉杖は存在しないとは変じゃありませんか？」

「全く変てこだ。僕も自分の考えをまとめた時には信じられなかった。一度ならず推理の結果を放棄したものだ。だが、結局はその妙な考え方以外には説明出来ないこの事件の異常さがやっと判ったのだ。そしてその想像も出来ない異常さを峰村は巧に利用したのだった。勿論峰村にしても最初から計画的な殺人をやったわけじゃない。むしろ第一の殺人は突発的に起ったのだ。その証拠に彼はヘマをやっている。それは、尋ねて来た松葉杖の男が人違いをしていたと云ったことだ。

ところが、松葉杖の男は、船中で女学生に、下りてから茶店で、二度も静波荘への道順を訊いていたじゃないか。彼の目的が静波荘であったことは絶体に間違いない。従って峰村の話は嘘だったってことになる——しかし、現実の問題として松葉杖の男は、静波荘に居ない。島のどこにも居ない、といって船で島から出た様子はない。さあ松葉杖の男はどこへ行ったのだ？　お安婆さんの家に隠れたのか？　その後松葉杖を捨てて逃げ出したビッコの男がそうだったのか？——違う。お安婆さんの息子は小児麻痺による不具で、我々の求めるビルマからの帰還者ではないのだ。

——ところが、ポツンと伝馬舟に乗った死体が現れて事件の発生となった。この男はどこから、いつ来たのか？　懐に持っていた『ペイチュウの復讐』と書いた白い布は、殺害の動機を暗示し、落ちていた眼帯と共に、復員風の松葉杖の男を連想させた——ここなんだ。ここで僕はどうしてもう一歩深く掘り下げて考えなかったのだろうか？　僕はその連想からすぐに松葉杖の男を容疑者と考えて、死体から発見した幾つかの疑問を、解けない謎として片づけてしまったのだ。

何故、この死体は汚れていない服と靴を身につけていたか？　何故、靴下だけが汚れていたか？　シャーロック・ホウムズならこれだけで立派に謎を解決しただろうが、僕は遺憾ながら平凡な一警部補に過ぎなかった。煙の如く消えた松葉杖の男と、こつぜんと現れた身許不明の死体！　それだけで単純な僕の頭は混乱してしまったのだ。眼帯についていたドーランを眺めて、事件の裏に女あり、とは、なんと素人染みた推理だっただろうか——。

その直後、峰村の弟が復員して来た。この弟のことについても峰村はちょっとした失敗をしている。それは、近日弟が復員してくる、と婆さんに語っていたようだったが、シベリヤからの復員者は帰る時期が予測出来ないはずだ。この点で僕は曰くがあるな、と睨んだ。さて帰ってきた弟が瓜二つに酷似している。ここにも怪しいものが感じられるのだ。——いつか小西君と話した一人二役は我々の思いすぎだったのか？　いや、そうじゃない。

事実峰村は徹と栄の役をたびたび一人で演じたことがあるのだ。何のためか判るかね？

栄とは何者だ？　これは勿論弟でもなんでもない。峰村が探し出してきた臨時雇に過ぎないのだ。彼は自分が狙われていることを悟って影武者の必要を感じたからだ。しかし、いくら荒んだ現代とはいえ、命を的に雇われる人間はない。そこで峰村はうまい理屈を考え出した。自分の老母は弟の復員を待ち侘びているが、実は弟はとっくに戦死してしまったのだ。けれど弟が生きて帰ることを信じている母に、自分としては真実を告げてその嘆きを見ることは堪えられない。殊に母は老衰で余命いくばくもない状態だから、嘘でもいい、弟が帰ったといって喜ばしてやりたい――そんな名目で、君は弟にそっくりだから、と、相当な報酬を出して連れて来たのだ。だが、後で判ったことだけれど、峰村の戸籍を調査したところ、両親とも早くに死亡していて、その上一人子なんだ。――とにかく、そうして栄が現れたのだけれど、峰村として栄に知られたくない事項がかなり有る訳だ。だから、時として栄の役も演じる必要があった。そこで絶えず栄には外出させていたのだ。

――さて、ここで話はちょっと前後するが、嵐の夜の事件について説明しよう。この夜島へ渡って来た松葉杖の男が、小宮に静波荘の所在を聞いたのを覚えてるかい？　これは注目すべき事実だ。彼が静波荘への道を忘れるはずはないのだから、僕はその点をこう考えてみた。つまり松葉杖の男は特に静波荘へ行くことを人に知ってもらいたかったのだ。と。ところが真相はそうじゃなかった。物事をあまり考えすぎると正鵠を欠く、とはこのことだ、実際は単純なものだった。要するに松葉杖の男は静波荘を知らなかったのだ――。

しかし、峰村は遠からずして松葉杖の男が訪問してくることを予期していた。その理由は、いうまでもなく最初の夜に松葉杖が尋ねて来たことと、その後に例の警告状が送られてきたからだ。――あの夜、二人の男が殺されて、ペイチュウの復讐の白い布とレターペーパーが落ちていたが、レターペーパーのほうはその前に手紙としてきたものだから、当夜の殺人の証票として用いられるべきものではなかったのだ。復讐者の狙った相手は一人だった。それだからこそ、白い布は一枚で充分だったのだ。しからば、松葉杖の目指す敵はどちらの人間であったのか？　――ここで当然起る疑問は、もし松葉杖が峰村を目標としていたのなら何故最初の訪問の夜に殺さなかったか？　という点だ。また、松葉杖の求める相手が第一の被害者だとしたら、彼は静波荘で人違いだと云われた戻り道で、その男に会って目的を達したのか？　これはあまりにも話がウマすぎてバカげているではないか？　――この疑問の生じる原因は、我々が松葉杖の男を犯人だ、と決めている大きい誤解に基くのだ。

あの翌日、静波荘からの帰り道で、僕がふと考えこんだだろう。あの時、僕は、栄と徹の容貌の酷似に吃驚して『本人よりよく似ている』と冗談を云ったが、僕は自分の言葉で変なことを考え出したのだ。あの栄が本人である徹だとしたら……そうすれば殺されたのは当然栄ということになる。そして犯人の松葉杖は逃走したけれど、その松葉杖は果して松葉杖の本人であっただろうか？　杤岡検事殿の仰っしゃった表と裏の意味をこの場合に適用してみたら……この時に始めて僕は事件の真相にふれたのだった。けれど、あまり突飛な考えなのですぐとその観方に溶けこむことが出来なかった。僕は幾たびとなく多くの証拠物件の前で首をひねった。これだけの材料がありながら、一つ欠けたものがあるために鎖の環がつなげないのだ。その欠けたものを求めて物云わぬ証人を瞶めて溜息をついたものだった。だが、ついに隠れた一点を僕は見出した。一つの環を発見すればそれは総てに通じる。――僕はつくづくと峰村の頭のよさに驚嘆した。彼奴がビルマに居たことを平然と云ったのも、この謎の強力さを信じていたからとも云えよう。

要するに我々はあまり松葉杖の男に拘泥しすぎたのだ。なるほど松葉杖の男は実在していた。しかし、それは決して一人の人物ではなかったのだ。松葉杖の男が現れると必ず身許不明の死体が出てくる――ということは、松葉杖の男がその死体となって発見せられたのだ。こう考えれば第一の事件は訳なく解決出来る。被害者、即ち容疑者の松葉杖の男であったのだ。となると第二の事件のジャンパーの男もその夜の松葉杖であったことが判る。彼が静波荘を知らなかったのもむしろ当然だった。つまり松葉杖の男は復讐者であったけれど、不幸にも来るたびごとに返り討にされていたのだ。この悲惨な事実が事件をこの上なく複雑に導いた。

ここで事件の表面に現れなかった事実について述べよう。――昭和十八年の末ごろビルマ戦線で眼と足に負傷した志村上等兵がペイチュウ塔の野戦病院に居た。当時その上官だった峰村少尉は、勇猛果敢な男として称賛されていたが、実は惨忍鬼畜の如き性格であった。彼は僅かな理由を因に志村上等兵を軍規の美名の下に銃殺してしまった。そのころのことだからこうした乱暴な行為も平然として行われたのだろう。内地では戦病死との通知を真にうけていたがペイチュウの対岸、モールメンに居た、志村上等兵の腹ちがいの弟である、道雄、勝郎の兄弟は真相を知って峰村少尉への復讐を誓ったのだった――この話は哲子さんの出現で解ったのだが、しかし、哲子さんは兄さんたちが復讐を企ていたことは知らなかったらしい。

さて、その復讐は峰村の帰還と共に内地に持ち越されたが、ようやく最近に至って一戦友から峰村の消足が判り道雄氏が先発した。ところが兄弟は峰村をハッキリ覚えていないので、彼の記憶を呼び起し同時に恐怖感を与えるために、志村上等兵が銃殺された当時の扮装を利用することにした。これは半面において復讐達成の後に本来の姿に還って島を脱出するという安全性をも兼ねていた。しかも兄弟は劇団員として扮装はお手のものだった。――なんと素晴しいアイデアではないか。結局我々は影なき松葉杖を求めていたのに過ぎぬ。――こうして松葉杖の男が出来上り、道雄氏は着替えの服と靴をリュックサックに秘めてS島に渡った。だが峰村は兄弟より遥かに役者が上であった。彼は一眼見てそれが扮装であることを悟った。峰村は自分が殺した男が生き返ってくる怪談を信じるような男ではなかったのだ。彼は悠然と道雄氏を迎えた。あまりに落着いた態度を見て道雄氏はそれが目指す峰村であるかどうかに迷ったらしい。で、丁重に挨拶までしたのだが、頭を下げたところを不意の一撃に倒れたのだった。

峰村は些かもうろたえずに死体の処理をした。応接室に流れた血糊は折よく買い求めてあったカーペットで隠した。死体の顔を拭いてみると果して端麗な素顔が現れた。被害者の所持品を調べてみると着替えの服も靴もある。彼にとってはお誂えむきだ。着替えさしてみれば松葉杖としての存在は消えて、正体の判らぬ死体が出来上った。ついでに、『ペイチュウの復讐』の布をつけたのは彼として皮肉のつもりだったのに違いない。死体の処理については、H島へ行く予定であったから、途中で海へ投げこむつもりだったが、ふと、小宮源吉の伝馬を見ると悪戯気が起って、これに死体を乗せていい加減な場所で離した。この時、すでに七時半を過ぎていたはずだ。と、偶然にも発動機船が通りかかった。忽ち彼の頭の中に巧妙なアリバイが考案された。これに曳いてもらえば一時間の海上を二十分程度でH島に着くからだ。

第二の殺人の場合は、栄と松葉杖——即ち勝郎氏を会見させて、彼自身はまず最初に背後から栄を射殺した。何故ならば、彼は志村の弟が二名だということを知っている。だから復讐劇はその夜でフィナーレだ。栄にはもう何の用事もなくなってしまった。——確かに彼奴は冷酷な悪魔だったのだ。勝郎氏は眼前の惨劇に驚愕した。猫が鼠を捕えたように峰村は残忍な笑を浮べて勝郎氏に迫った——。さあ、総ては終った。今度は死体の始末は要らない。自分も被害者となったのだから……ただ、彼自身逃げ出す必要がある。これに対して、松葉杖の扮装はあたかも隠れ蓑に等しかった。彼は松葉杖に嫌疑のかかっているのを知っているから、名案々々とばかりに喜んだ。かくして第三の松葉杖は悠々と島を脱出したのだった。警察は泡を喰って松葉杖の男を捜査する。その間に彼は弟として帰ればいいのだ。そして汐時を見て島から移転する心算だったのだ。

僕は松葉杖の存在を否定することによって峰村を犯人と睨んだ。しかし、証拠がない。アリバイはH島を調査して、発動機船の事実を確めたが、肝心の曳いてやった人が、相手の顔を覚えていないと云うのだ。これでは峰村を押さえられない。彼が母や弟の存在を作りあげていたことは犯罪に無関係だ。証拠、証拠、証拠。これがどれだけ僕を苦しめたか。——その時、ふと考えたのが第四の松葉杖だ。峰村は二人の弟を殺《や》っつけたのですっかり安心している。その虚をつけば案外ボロを出すかも知れない。ここにおいて、冒険ではあったが非常手段に訴えるの止むなきに至った訳だ。しかし、哲子さんはよくやって下さった。峰村はついにワナに陥ちたのだ——」

渥美の長い説明が終ると、小西巡査は深い満足の吐息を洩らした。

「そうでしたか——全く奇妙な犯罪でしたね。——そうなると、哲子さんはさしずめ本件の功一級と云うところですね」

「全くだ。哲子さんの決死的協力が有ったからこの解決を見られたのだ。——哲子さんは、婦人警官となりうる素質がありますよ」

渥美のやさしい視線に、哲子は顔を染めて答えた。

「そうだわ、兄さんたちは皆死んでしまって独りポッチのあたし……」と眼を伏せたが、

「劇団も独りでは詰らないわ。いっそ警官になろうかしら。——指導して下さいます?」

化け猫奇談――片目君の捕物帳

「おい、起きろよ、事件だぜ」

「ううん――なんだい、お客に来た時ぐらいユックリ寝かせろよ」

ちょっとした田舎であるこの町へ、旧友のN君を訪れて二、三日のんびりしようと楽しんでいた片目君、午前七時だというに叩き起されて些か不平らしい様子である。

「何事だ？　事件だから起きろ、だって、僕は警官でも探偵でもないぜ」

「判ってるよ、どうせ君は探偵作家と云っても、そのほうの実力はせいぜい目明しの先ッ走りぐらいなものだからな」

「よせやい、眠いのを起して悪口かい」

「うん、実はその目明しの先ッ走りぐらいなところに、丁度お誂えむきの事件なんだ」

「バカにしてやがらあ」

それでも片目君はムックリと起き上った。肝胆相照《かんたんあいてら》す友人同志のこととて、口は悪いが意自ら通ずるところがある。

片目珍作君。世に云う三文作家だが、自分では知られざる傑作を書くんだと威張っている。彼に云わすと書かぬ作家もあるんだから自分が作家と称するのに不思議はない、とのことだが、それぐらい断わらぬと作家として通用しないのだから、まあまあ目明しの手下程度の作家と云われても仕方がない。

「ヘンな話なんだ。この横町の駅前にある山上という老人夫婦の家へ昨夜強盗が這入ったのだがね……君、ちょっと行ってみないか」

「強盗なら警察へ知らせるさ」

「ところが、ちょいと変ってるんだ。山上老人もあまりヘンな事件なので、いったいこれは警察へ知らしていいのか、どうか、迷っているらしい。なにしろ君、化け猫が出たんだからね」

「化け猫?」

「面白いだろう」N君はニヤリと笑って「アナクロニズムだけれど……」


昨夜の十一時すぎ。静かな夜気を震わせて最終の上り列車が出てゆくと、硝子《ガラス》戸越しに駅の出入口を眺めていた山上老人は諦めたようにソッと溜息を洩らした。

「ばあさんや、もう表を閉めなさい」

そうは云ったものの老人の心中は穏やかでない。いったい伜の奴はどうしたのかしら?

「吾郎は帰って来ませんね」

おとしは老眼鏡を外して針箱の蓋を閉めると独り言のように呟いた。

「親の云うことを聞かぬ奴は帰らなくてもかまわん」

「でも……昔とちがって今は本人次第ですからねえ、あまり気のすすまぬものを無理に云ったたって……それにあの子は人一倍内気なたちですから……」

「いくら時代が変っても親は親じゃ、だいたいお前が甘やかしすぎる」

「あなたはすぐソレを仰しゃるけれど……」


いつの日にもどこにでも有り勝ちの、息子可愛いや親バカチャンリンの会話である。老人は口先ほどでもないらしく、帰ってこない息子のことが心配でたまらないのだ。

こうした話の原因は、お定まりの親が押しつけた縁談を嫌った息子の家出、というやつだが、この息子の吾郎が、また男には珍らしい気の弱い性質で、二十四にもなっているんだから、嫌なら嫌とハッキリすればいいものを、なんだかんだと態度を鮮明にしない。ってのは親父に叱られるのが恐しいものだから断りたくてたまらぬのをグズリグズリと延ばしていたのだ。老人にしてみれば自分の眼鏡に叶った娘だから早く結婚させて安心したい、と思うのも無理からぬ親の身勝手な考え。間に立ってくれている人への手前もあり、今日は息子を摑まえて膝詰め談判に及んだところが、プイと座を立って出たっきり帰って来ない。もっとも母親には、隣り町の友人と約束があるから、と云って午後の汽車で行った様子だが、今まではどんなに遅くなっても泊ってくることは滅多になく必ず最終の上りで帰って来たものだが、今日はチト勝手が違うらしく未だに帰って来ない。

「あなたや、もしや短気なことでも……」

おとしは不安らしく老人の顔を見た。

「バカ云いなさい。これが女の子なら、思いつめて死ぬこともあろうが、いくら弱虫でも吾郎は男の子じゃ。死んだりする訳がない」

「そりゃそうですけれどねえ……」

おとしは仕方なく立上って表戸を掛けようとしたが、それでも未練らしく駅のほうを眺めた。駅は明日の一番列車まで用事がないので消燈してヒッソリと静まっている。

「おや、お月夜だよ」

ちょっと空を仰いだが、とうとう諦らめて錠を下そうとした時、

「ごめん下さい」

と、若い女の声がした。ギョッとしたおとしが外を覗いてみると洋装の奇麗な娘が立っている。月光を浴びた横顔は女のおとしでさえウットリとするほど美しいが、なにかしら思いつめた様子が窺われる。

「これが、なんと化け猫なのさ」

N君は声を忍ばせて云った。

「バカ云え。化け猫って奴は文金高島田の振袖姿、と相場が極ってらあ」

「しかし君、猫だって時代の変遷は心得ているだろうさ」

「ヘンなロジックはよせよ。それで、その化け猫娘はどうしたのだ?」

見たことのない娘さんだ。おとしはちょっと怪しんだが事情を聞いてみると、山奥の村の実家へ帰っていたのだが、今夜東京へ帰るつもりで出て来たところ汽車に乗り遅れて困っている。宿屋もない町のこととて途方に暮れているが一晩泊めてもらえぬか、との話である。

息子が戻らぬ矢先であるから、老人夫婦はもしや伜もこんな風に困っているのではあるまいか、と思うとひとごととは考えられなくなった。家の中へ入れてみると、服装の派手なのに似合わぬ淑やかないい娘で、言葉つきもしっかりしていて、スッカリ二人の気にいってしまった。

「今夜は伜が居ないから、むさくるしいけれどよかったらその部屋で休んで下さい」

「ほんに、吾郎も帰らないけれどタマもどうしたのでしょうね」

おとしは思い出したように云って、

「あなたや、吾郎はタマが好きだったが、アレが居なくなったので悲観してるんじゃないでしょうか」

「なにをバカなことを——、タマと何の関係がある——」

老人が吐き出すように云うと、娘は吃驚《びっくり》したらしく、

「タマって仰しゃるのは?」

「伜の可愛いがっていた猫ですよ。それがいつの間にやら居なくなりましてね」

年寄なんて案外呑気なもので、息子も猫も同格扱いだ。

時計が十二時を報じたのに驚いて、おとしは吾郎の部屋に夜具をのべると娘を寝かせて、自分たちも床に入った。


山上家は駅前と云っても、田舎のこととて家が立てこんでいるのではなく、裏は広々とした畑になっている。

その垣根を乗り越えて泥棒が忍びこんで来た。

寝入りばなのこととて、眼覚《めざと》い老人たちも起されるまで気がつかなかったらしい。

「オイオイ」

と揺り起されてみると、手拭で顔を包んだ奴がキラリと光ったのを突きつけて、

「静かにしろ、騒ぐとためにならぬぞ!」

とお定まりの文句よろしく二人を後手に縛りあげて、部屋の中を物色し始めたが、ふと二人を振り向いて、

「あちらで寝ているのは娘かい、孫かい?」

卑しい眼許が笑っているのに二人はゾッとした。どこの誰か知らぬ娘さんだけれどヘンなことにならねばいいが、と不安そうに泥棒を眺めていると、

「どれ、ひと休みしてこようかな」

ニヤリと笑うと、騒ぐなッ、と凄味のある言葉を残して部屋を出て行った。さあ、飛んでもないことになった。二人は顔を見合せて蒼くなったが、身動きもならぬこととて致し方もない。

と——、

「ギャアッ」

なんと云えぬ叫び声がしたかと思うと、激しく廊下を馳け出す音がした。……老人たちは思わず首を縮めて念仏を唱えたが、奇妙なことにはそれっきり元の静けさに返って、時計の振子が無気味に聞えるばかり。

「ここでいよいよ化け猫の出現だ」

N君は得意そうにまた注釈を入れる。片目君は少し興味を感じたらしく、

「どうやら判りそうだな、さあ、話を続けて……」

それから二時の時計を聞いて、どうやら泥棒が退散したらしい様子に、老夫婦は助けあってどうにか縛《いましめ》を解くと、ソッと廊下に出た。

誰もいない。娘の部屋の障子は開いたままだ。

「殺されたのじゃないでしょうね」

おとしはブルブル震えながら老人にしがみついている。

「……」

老人も同じ考えにおっかなビックリだ。抜き足さし足、まるで泥棒のように娘の部屋を覗いてみたが、窓から差しこむ月明りに何かを見出したらしく、

「ワアッ」

と叫ぶと、おとしもキャッと逃げ腰になった。

「ばあさんや、あれを見ろ、タマじゃ」

「えッ、タマ?」

おとしが指さされて寝床の中を覗き込むと、床の中で寝ているのは娘にあらで行方の知れなかった飼猫のタマである。

「死んでいる!」

二人は顔を見合せてブルブルと震えた。

「——という話なんだがね」

N君が語り終ると片目君はニヤリと笑って、

「猫が娘に化けるなんて、こりゃ君、半七捕物帳だね」

「ところが、その泥棒はどうしたのか何一つ盗んでいないんだ」

「そりゃ妙だね」

「僕も話を聞いた時は、てっきり娘と泥棒はグルで、娘が手引をしたのだ、と思ったが、被害がないとなると少しヘンじゃないか」

「ふうん」片目君は考えていたが、

「警察へ届けていないんだね」

「それが、泥棒が這入ったとは云うものの、何も盗まれていないし猫の死体が床の中に残ったりしているものだから、届けていいやらどうしよう、と今朝老人が相談に来たのだ」

「ちょっと面白いね。行ってみようか」

ヘボなりと云えど探偵作家をもって任じる片目君である。こうした事件に興味の湧かぬはずがない。

「目明しの先ッ走りと云ったが、化け猫となると十手が要るね」

「この人は片目君と云って探偵をやる人です」

N君の紹介に、山上夫婦は叮重に腰をかがめたが片目君の顔を見てヘンな面持である。N君はソレと気づいて、

「アハ……、いや、片目君と云っても名前だけですよ、この通り両眼とも健在なんです。ヘンな姓ですが、これだけが唯一の親の残したものでね」

「余計なこと云うな」片目君は苦笑したが、

「いろいろと拝見したいんですが……」

老人たちの部屋は取り乱されているが、さほど変った点も見当らない。娘の部屋に入ると、なるほど寝床の中に奇麗な毛並の三毛猫が長くなってのびている。

「絞め殺されてるじゃないか」

片目君はN君を振り返った。

「そうなんでございますよ」とおとしが口をはさんで

「タマは昨夜あたし達の身代りになってやられたのに違いありません」

山上老人も真面目な顔で、

「バカげた話ですが、そうとより考えられませんのじゃ、猫も年を取ると先を見通しで、わしらの災難が判っていたのでしょう」

「つまり神通力ですな」片目君は苦笑して「こりゃいよいよ半七親分の仕事だよ」

彼は猫の死体をかなり念入りに眺めていたが、やがて裏に出て泥棒の侵入した経路を調べてみた。畑の垣根が毀れているけれど、生憎の天気続きで足跡なぞ鮮明でない。ただ一つ、垣根から少し離れたところに少し水溜りがあって、そこに一つ靴跡が残っているが、家の裏口とは関係のない場所である。それに老人の話では泥棒は草履をはいていたそうだ。

「どうだい、判りそうかい?」

N君に訊かれて、

「相手が化け猫じゃちょっと困るね」

と笑っているが、どうやら片目君にはホボ見当がついているらしい。

表口へ誰かが来た様子におとしが走って行ったが、すぐ戻って来て、

「あなた、駐在所から見えてますよ、泥棒がつかまったんですって……」

「なに泥棒が……」

慌てて老人は表へ馳け出した。勿論片目君も続いてゆく。

「山上さん、困りますなあ、泥棒が這入ったら知らしてもらわんと……」

人のよさそうな巡査が顔を見るや云った。

「へい、どうも……実は今からお届けしようと思っていましたので……」

「届けより泥棒のほうが早く捕えられてるんだからいいようなものだけれど……」巡査は苦笑したが「――実は泥棒の奴ヘンなことを云うのでね。今朝早く駅の裏で挙動が怪しいので捕えてみると案の定、昨夜ここへ這入ったと白状したのですが、旦那、猫の祟《たた》りは恐しいものですね、と妙なことを云い出すので聞いてみますと……」

泥棒は忍び込もうとして裏の戸に手を掛けた時、闇の中から睨んでいる二つの眼に気附いてギクリとした。よく見ると猫である。

「畜生、脅しやがって……」

犬は苦手だが猫なら恐ろしくもない。それでも一応はドキリとさせられたので腹立ちまぎれに首ッ玉を摑んでギュッとしめつけるとモロイものでたちまちグンナリとなってしまった。ポイと死体を投げ出して、さて中へ忍び入って最初の部屋を覗くと美しい娘がスヤスヤと寝ている。ふッとヘンな気になったが、どれだけ家の中に人がいるか判らないので部屋をズッと調べてみると、後は老人夫婦だけと判ったので、まず二人を縛りあげて獲物を物色していたが、ふと娘のことを思い出すとイタズラをする気になって、ソッと部屋の障子を開いた。と、今まで寝ていたはずの娘が見えない。ハテナ、と蒲団をめくってみると、驚くまいことか、外でしめころした猫の奴が娘の代りに寝ているではないか。

「化けたア」

背中から水を浴びせられたようにぞッとすると、思わず恐怖の叫びをあげて夢中で逃げ出した。

「まさか、と思って、デタラメ云うな、と叱ったのですが、旦那、嘘は云いません、その家を調べて下されば判ります。と真面目に云うものですから……」

「そうでございましたか、それはそれは」老人は恐縮したが急に真顔に反って「それは、ほんとうなんでございますよ」

片目君はその会話を楽しそうに訊いていた。

「それに、その娘がタマの化けた証拠には、あたしがタマの話をした時に顔色を変えましてね」

おとしはさも感慨深そうに云った。

「それじゃ満更のでまかせでもないんですな、しかし化け猫の話を聴取書に書くのはちょっと困ったな」

巡査は笑いながら帰って行った。

片目君もニヤニヤと笑っていたが、

「僕たちも帰ろうか?」

「帰るって……この結果はどうするんだ」

N君は不服そうである。

「要するに化け猫は……」と云いかけて、ふいに老人に向い「時に息子さんは未だ帰られませんか」

「ハイ、どうしましたのやら……今日は帰りましょうが……」

「なに心配されることはないでしょう。しかし若い人のことは自由意志に委せたほうがいいですね」

自分も若いくせに片目君は分別臭く云うと、

「タマを葬ってやって下さい。また恩返しに娘さんになって戻って来ますよ」

意味ありげな言葉に、山上夫婦はヘンな顔で片目君を見送った。


「おい、いったい、あの騒ぎはどうしたってんだい?」

家に帰るとN君は詰めよせるように云った。

「泰山鳴動《たいざんめいどう》猫一匹、さ」

片目君は笑っている。

「コイツ、名探偵のように焦らすなよ」

「何でもない事件さ。強盗が這入った以外はね」

「化け猫はどうなるんだ。そしてあの娘ってのはなんだろう?」

「化け猫なぞは存在する訳がないじゃないか。あの洋装の素晴しい娘が山上家を訪れた理由が判れば問題は解決さ」

「汽車に乗り遅れたと云うのは……」

「嘘ッパチさ。あの言葉が事実としても、若い娘が見ず知らずの家に泊めてくれ、なぞ云うものか、娘は始めから山上家を尋ねて来たのさ」

「何の目的で? ……」

「目的が云えないから、行き暮れて難渋致しております、とやったまでだよ」

N君は首を傾けて考え込んだ。

「あの婆さんが云ったことを覚えてるかよ。吾郎はタマが居なくなって悲観しているんじゃないでしょうか、と云ったら、娘が、タマってのは……と訊いただろう。婆さんの今日の説明では、娘が猫で図星を指されて吃驚したのだ、とのことだったが一応もっともな考え方だ。しかし、あくまで年寄らしい考えようじゃないか」

「じゃあ、何故娘は訊いたのだ」

「娘はタマを女だと解釈したのだね。この娘の対度で訪問の目的が判ったのさ」

「判らないなあ」

「ヤレヤレ」片目君は困った奴だとばかりに、

「では僕の推理を説明しよう。——吾郎君が隣り町へ行ったのは、友人との約束があったと云うが、友人は友人でも愛人に属する相手だったのだ。気の弱い男だから勿論両親には秘密の存在に違いない。ところが何かの行き違いで二人は逢えなかった。相手の娘は心配なものだから上りの終列車でやって来たが、さすがに正面から山上家を訪れることも出来ず、多分吾郎君が出て来ないかしら、と空頼みに家の前をうろついていた。そこへ婆さんが表戸をあけて、顔を出したので思い切って声をかけたのさ。女って奴はギリギリまで来ると度胸が坐るからね。そこで出まかせの嘘を云って家に入ったがどうやら吾郎君は帰っていない様子。色々と話をしているとタマなんて名が出たので、もしや自分以外の女のことで吾郎君が悩んでいるんじゃないか、と、女にあり勝ちの嫉妬を起して聞いてみたら、なんだ猫の話だ。


さて、腹を決めて泊り込んでしまうと、例の泥棒が裏口から御来訪になった。ところが、吾郎君のほうはやはり愛人に逢えないのでトボトボと隣り町から歩いて帰って来る。幸いの月夜だからね。裏口から家に這入ろうとしてふと見ると、水溜りの中にタマが倒れている。側へよってみると哀れ無惨にも息絶えているという始末さ。可愛い猫のことだから捨てておくに忍びず、ブラ下げてソッと親たちに知れぬように自分の部屋に戻って見ると、意外にも探し求めていた娘が悠々と寝ているじゃないか。ここで吾郎君と娘の奇蹟的な対面は仲々楽しいものであっただろうが、吾郎君にしてみれば両親に隠している恋人のこととて、明朝になってバレては困る、とばかりに申合せて二人で家を抜け出すことになった。そこで猫の始末だが、母親が見たら畑へでも埋めてくれるだろう、と床の中へおいて出てゆく。そのころ泥棒君は老人たちを縛りあげてニヤニヤ笑いながら部屋に這入ってきたのだろう。豈計らんや娘にあらで猫の死体、しかも、自分が、つい今しがた殺して放り出しておいた奴がチャンと蒲団の中に居るんだから、誰だって一応は驚くさ。ウワワ、化けたア、と胆をつぶして逃げ出した――と、これで終りさ」

「なるほどね、筋道は立っているね。だが、どうして息子が帰って来たのが判るんだ」

「それは猫の死体さ。仮りに娘が泥棒の侵入を知って逃げ出した、としたら猫の説明がつかない。僕は最初、猫を見た時に、もう乾いてはいたが泥まみれなのに気づいて、これは外で殺されたのだな、と悟ったが、果せるかな泥棒の話でそれが立証された。しからば誰が持って入ったか？　考えても判るじゃないか、汚らしい猫の死体にさわるのはよほどその猫に愛着を持っている者でなければ出来ないことだ。そうなると老人夫婦以外に吾郎君より居ない。だから吾郎君が帰って来たことが想像出来る。例の水溜りの足跡がその事実を証明しているのさ」

片目君の説明が終った時、山上吾郎君が訪れて来た。見るからに内気そうな優しい男だ。片目君は恥しそうにいろいろ御世話になりましたそうで、と礼を云っているのを半分聞いて、

「吾郎君。男はもっと元気を出すものだよ。あの娘さんは御両親の気にいっているから安心して打明け給え」

吾郎君は真赤になって、それでも嬉しそうに帰って行った。

「なあんだ、これでメデタシメデタシか、つまらないね」

N君は期待外れの顔付である。片目君は煙草の煙りをフッと吐いて、

「片目屋珍七の手柄話、由来捕物帳なんて詰らないものさ」

カロリン海盆

（一）

「オヤッ、おかしいぞ――」

当直《ワッチ》を交替して船尾《とも》の日覆《オーニング》の影で寝転んでいた、一等運転士《チーフメイト》の芦田は口の中で呟いてムックリと起き上った。

サイパンを出港してから、パラオへ向けて南々西のコースを取っていた本船が、急に針路を左舷に変えて船首を東へ向けたからだ。

（ハテ、模様替ときたかな？）

芦田は汗を拭うと大きい欠伸を洩らして、ユックリした足取りで船橋《ブリッヂ》へ上って行った。

内地では厳寒の二月だが、内南洋の太陽は来る日も来る日も灼熱の炎を容赦なく浴せて、甲板も手摺《ハンドレール》も階段《タラップ》も、総ての金属はひとつ残らず溶ろけんばかりに焼けついていた。午後になってからは風がスッカリ落ちて、海面は青い油を流したようにドロリと淀んでいる。その中を海軍徴用船みつき丸は、九浬《カイリ》のノロイ足で、苦しそうにあえぎながら波を蹴っていた。

船橋《ブリッチ》に入ると舵手《コーターマスター》は眠むそうに舵輪《ギア》を摑んでいた。

「船長《キャプテン》は？」

「さあ――サロンでしょう」

羅針盤《コンパス》を覗いてみると針路は正しく東を指している。海図机《チャートテーブル》にはパラオに替って東カロリン群島の海図が置いてあった。

「トラック島かな？」

芦田は首をかしげつつ船長室へ下りて行った。

「方向転換ですね――」

入口から声を掛けた芦田は、原島下士官に気づくと軽く会釈した。

原島下士官は、本船中のただ一人の軍人である。もともとみつき丸は千噸《トン》型の貨物船だから、監督官も一名より乗船していないが、本船の乗組員にとっては、彼の存在は百名の兵隊よりもうるさかった。

年老いた杉沼船長は老眼鏡を外して芦田を振返った。

「船長、トラックですか?」

「いや、ポナペだ。今、無電で指令が有ってな。半日ばかり損をしたよ」

船長は黄色い歯を見せて人の好い笑を洩らした。

芦田は納得したように頷くと外に出た。

どうせ、どこへ行こうとたいした変りはない。待っている運命は同じだ。

ミッドウエイの敗戦に始まって、北ではアッツ、キスカの両島の放棄。南ではガダルカナルの退却から、タラワ、マキン島の玉砕となり、ラヴァルが孤立にひんしている。ようやく敗北の兆が濃厚になりつつある頃だった。

船は消耗品だ! と、軍部の連中はそろそろ無茶を云い出してきた。内地の沿岸より離れたことのない百噸二百噸の機帆船までが狩出されて、ブーゲンビル方面へ何十隻かの船団を組んで追いやられた。その内の幾割が目的地に着くか? ——と、大きい策戦の前に小さな犠牲など問題でなかった。

船は消耗品でも船員は消耗品じゃないぞ! 曾つて芦田はそれを聞いた時に、憤慨して誰にともなく叫んだ。けれど、そんな抗議が何になろう——特攻隊を平然として戦場に送った当時の日本にとっては、船員の命なぞ物の数ではなかった。勝つためだ! と、絶対の一言は総てのものを容易に沈黙させるに充分であった。

どのみち船乗りは船で死ぬのさ。芦田はもう深く考えなかった。日々の悪いニュースが彼だけでなく、多くの人間を無気力に陥入れた。彼等が働いているのは、船乗りは船でより暮せない、という後天的な観念と、勝った勝ったとの過去の華やかな幻想に支配されていたと云えよう。

「一雨来ないかなア」

スラリとした長身の芦田は、ベットリとうるさく額にまといつく髪をかきあげて、空を眺めた。三十を越したばかりの好感のもてる青年だった。しかし、この人たちの前途は希望のない暗澹たるものより望めない——。彼は、明日の命よりも今日の暑さが堪え難かった。

空には憎々しい入道雲が、眩しく輝いているばかりで、スコールの訪れそうな気配はない。

思い返したように芦田は肩をゆすって、中甲板へ下りようとした時、事務長《パーサー》の松岸が落ちつかぬ素振りでやって来た。

「一等運転士《チーフオフィサー》、コースが変ってるじゃないか?」

「うん、ポナペ島だ」

芦田は物憂げに答えた。

「ポナペ？」松岸は慌てて問い返した「コロニかい？」

「ポナペにはコロニより外に港はないさ」

何をこの男は泡を喰っているのだろうか？　確かに、パラオよりポナペの方が危険率は多い。だからといって慌てたところで仕方がない。命令を出すオエラ方にとってはそんなことは実に何でもなかったのだ。

「ヤッ、そいつは困ったな」

松岸は明らかに当惑の色を浮べた。

「どうした？　コロニに、借金でもあるのかい？」

「冗、冗談じゃない――」

「じゃあ、何を困るんだ？」

「ううん、――実はパラオに用事があったのだ」

「さては酋長《しゅうちょう》の娘が待ってるね」と、芦田は笑ったが、急に唇を歪めて「命令の前には何ものもなし、さ」

こんな小型の貨物船では事務長《パーサー》の職柄は有っても無くてもいい存在だった。従って船内では一番の閑職だったが、松岸は利巧な男で船員に似合わぬ温和な質が、乗組員の中では評判がよかった。彼の主な仕事といえば、港港でカスめた軍需品の売買交換で私腹を肥すことだったが、公然の秘密として誰もが黙認していた。もっとも原島下士官は何も知らない。彼に見つかればそれこそ大変、非国民扱いにされるのは云うまでもない話である。

「……」

松岸は大きい溜息を洩らして、何かを考えている様子だった。

多分、パラオで当にしていた取引でも有ったのだろう。こんな戦争だ、というのに儲ける道は格別だとみえる――芦田は哀れむように彼を瞶めた。松岸のような目的を持った者は別として、開戦当初から内南洋を駆け廻っている船員たちにとっては、パラオがポナペに変更されても、それは単に西と東の距離の相違に過ぎなかったからである。

夜になるとさすがに涼しい風が海面に流れて手の空いている船員たちは申合せたように、甲板《デッキ》のそこかしこで涼をとっていた。

しかし、身辺に迫っている敵の出現に備えて燈火管制はもとより、厳重な海上監視が昼夜の別なく続けられていた。若い水夫《セーラー》たちは夜の見張を喜んだ。それは、見張場所が船橋《ブリッジ》の屋上に設けてあって、そこは高所だけに涼味満点であったからだ。

（二）

船首《おもて》の水夫長《ボースン》の部屋では、事務長《パーサー》の松岸、火夫長《ナンバン》の黒沢、賄長《シチュウジュ》の村川らが、部屋の主の石田と共に円座を作って花札に興じていた。

こういうことにかけては、松岸と石田が平均強くて、遊び仲間である黒沢や村川は、いつの場合にもネギを背負った鴨であったが、今夜は、珍らしく松岸が一人で負け続けていた。

「事務長《パーサー》は今夜は変だぜ」

「無敵艦隊が負けるようじゃ日本も危ねえかな」

いつになく勝っているので黒沢や村川は上気嫌で余裕綽々《しゃくしゃく》としていた。

「どうも今夜は目が出ない」

松岸は憎らしそうに花札を叩きつけて呟いた。

「なにか考えごとをしてるんじゃないか？　バクチに考えごとは禁物だぜ」

と、石田が慰めるように云った。

「なあに、勝負は時の運さ」

松岸は空元気を出して笑って見せた。

「そうだそうだ、無敵皇軍たりとも負ける時は負けるんだからなあ」

黒沢は大袈裟に云って皆を笑わせた。

暫く勝負が続けられたが、松岸の負は大きくなるばかりで、その大半は石田の前にかき集められていた。

「よそう——」

最後の札を投げて松岸は少しイラ立った声で云った。

「うん、目の出ぬ時はよしたほうがいい」村川は気の毒そうに云って「——どうだい、一杯飲もうか——」

この四人は年恰好が殆ど同じで、村川が一番若くて三十七才、年長者は黒沢で四十一才、松岸と石田は三十九才の同じ年であった。遊び仲間であると同時に、職務上の地位もホボ適しているので、呑むにしても打つにしても常に四人は一緒だった。

海上生活者の常としていずれもラフな性格の持主であるだけに、時には口争いの一つぐらいは起ることもあったが、気が合うというのか、この四人は比較的仲のいいほうであった。

特に火夫長《ナンバン》の黒沢は短気ではあったけれどこの仲間では一番のお人よしだった。他の三人も気前のいい性質だけれど、職務柄といおうか、どちらかと云うとあまり腹の中は白いほうではなかった。

　事務長《パーサー》は前に云ったように金儲けに抜目がなかったし、賄長《シチュウジュ》の村川は食料の頭をハネるのは当り前ぐらいに考えている。時には松岸と共同で荒かせぎをすることもある。どんなに皆が困っている時でも、事務長《パーサー》や賄長《シチュウジュ》という役目は決して物に不自由のない得な立場であった。

　その点水夫長《ボースン》の職には所謂役得はなかったが、石田は松岸や村川が儲けると巧にその上前をハネるのに妙を得ていた。

　こうして長い航海が続くと、船内では三人五人とツレヅレ気の合う連中が、ひとつひとつのグループを作って、怠屈な生活を慰めるのはどの船も同じである。本船で独りポッチの男といえば、それは一等運転士《チーフメイト》の芦田ぐらいのものだ。それは、彼が船内切ってのインテリであり、閑さえ有れば本を読んでいるので、そうした種類の人間を船員たちはムツカシイ男として敬遠するからだ。しかし、そうかといって、芦田は高慢な素振りをするでなし、いつもニコニコと快活に振舞っているので、皆からは好感を持たれ誰一人彼を嫌っている者はない。ただ、怠屈まぎれの話相手には芦田の性格はチト手に負えなかったのであろう。

　村川が、そこはお手のもので、高級船員用の中からゴマ化したビールを持出してきたので、四人はスッカリいい気持になってしまった。

　飲むということにかけては誰もが人後に落ちなかったが、特に石田は強かった。彼の飲み振りはどちらかと云うと暴飲に近く、そのせいか最近は心臓を弱らせていて、内地を発つときに、命が惜しかったら酒を慎め、と、医者に脅されたが、ハイ、と温和しく禁酒出来るはずがない。殊に平時でも板子一枚下は地獄、の生活。まして、戦時の現在ではいつドカンとやられるか判らないのに、好きなものを我慢してまで大切にするほどの命でもあるまい、と、タカをくくっている。

　松岸は石田とよく似た頑丈な軀つきで、少々は飲めん、と口癖にいうぐらいの酒豪である。

　飲むとうるさくなるのは黒沢で、元来がお人よしだけに酔うと平素のウップン晴しをやるので、この時ばかりは皆が持てあますのだった。

　それに比べると村川はすぐ眠くなるたちで至って楽な男である。

　一通り廻るだけ廻って皆の眼がトロンと怪しくなった

ころ、松岸が石田の肩を摑んで変なことを云い出した。

「おい、水夫長《ボースン》、お前、なんだってあんなヘンてこな面をブラ下げておくんだ?」

その言葉に他の二人は松岸の指すほうに視線を走らせた。寝台《ベッド》の枕元には南洋の原住民の間でよく見かける、あくどい色彩の木彫の面が吊されてあった。

「あれかい、あれは子供の土産にサイパンの古道具屋で買ったのさ」

「飛んでもないものを買ったな。あの面を何だと思ってるんだ?」

「なんだって、面は面さ」

「子供の土産にならもう少し気の利いたものを買ってやれよ。ありゃ、お前、悪魔の面だぜ」

「悪魔? ふん、悪魔だってお化けだって構うものか」

石田はうるさそうに云ったが、松岸は案外酔っていないのか真面目だった。

「いや、ありゃいけねえ、あいつだけは止せよ。あれは土人たちが祭の時にだけ使うもので、あの面を冠った悪魔を皆でやっつけて、悪魔除けの儀式にしているのだ。だけど、奴等でも祭の時以外は見るのも恐ろしがっている面だ。だいたい町なぞで売っているのがおかしい――あんなものを持っているとロクなことはないぞ」

そう云われてよく見ると、どことなく無気味な不吉を思わせる面であった。

「面白いじゃないか。町で売らない品物なら尚更のこと、土産には珍らしくていいさ」

「だけど……」

「いいよ、たかが木彫の面じゃないか。そんじょそこいらの土人には祟《たた》っても、ヘン、おいらは日本人だぜ。ロクなことがなけりゃ余計面白いというものさ」

酒のせいも手伝ってか石田は強情に突張った。

「うるせえな。面もクソも有るか。――さあ飲まねえかったら……」

黒沢がビール壜を取上げて割りこんできたので、一応面の話はお流れとなった。

しかし松岸の注告が不幸な事実となって現れたのはそれから数時間の後であった。

（三）

暁方近くになって、烈しい雷鳴を伴ったスコールが海上を掠めた。

焼けただれていたみつき丸は、この天恵の慈雨に蘇ったようであった。

当直《ワッチ》に当っていた水夫長《ボースン》が、四時の交替時間になっても船橋《ブリッヂ》に顔を見せないので、二等運転士《セコンドメイト》の伊東はブツブツこぼしながら船首《おもて》の部屋へ行って見た。

室内にはビール壜が林立していて、寝台《ベッド》の上には賄長《シチュウジュ》の村川がふんぞり返って大鼾《おおいびき》をかいている。

（さては、水夫長《ボースン》の奴、また酔っぱらってどこかで転がっているな）

珍らしくもないことだが、眠気に襲われている伊東は少し腹を立てて舌打しながら甲板《デッキ》に出た。

スコールは通り魔のように一瞬にして去ったが、稲光は時々船上を昼間のように明るく照していた。

「アッ、あんな所で寝ていやがる」

稲光の瞬間に伊東は船首甲板《フォックスル・デッキ》の揚錨機《ウインドラス》の横に寝転んでいる人の姿を見出した。

「スコールが通ったというのに呑気な奴だ」

彼は苦笑しながら鉄梯子を上ってその側へ近寄った。未だ夜明までには少し間があるらしく、周囲は闇の中に包まれていた。

「おい、起きろよ、ビショ濡れじゃないか――」

揺り起そうとして伊東はハッとした。何となく手ざわりに普通でないものを感じたからだ。

周囲に光が洩れぬように注意しながら、懐中電燈を点けて彼は愕然とした。

水夫長《ボースン》じゃないのか？

いや、誰だか判らない。寝ている男は顔を奇怪な面で覆っていた。そして、恐ろしいことには、その男の胸にシーナイフがグサリと突き刺してあった――。

（死んでいる！）

伊東は真蒼になって立上った。

こんな場合に彼としては直ちに船長に報告すべきだったが、彼は芦田の部屋に走った。杉沼船長はもう老人だし、下士官の原島は本船の監督官の立場にあるけれど、戦争の外は何も判らない男だ。従ってこんな事故には芦田の緻密な頭脳が一番頼もしく思われた。それに伊東は芦田がトランクにギッシリと探偵小説の本を詰めているのを知っている。一等運転士《チーフオフィサー》の仕事だ、と、彼が考えたのは夥しい探偵小説のせいであったかも知れない。

知らせを受けた芦田は急いで船首甲板《フォックスル・デッキ》へ駆け上った。

「こう暗くては仕様がないね」

芦田は懐中電燈で一応屍体を照してみた。ソッと面に触れるとそれは単に乗っけてあったものらしく、カラリと顔から外れて甲板《デッキ》に転がり落ちた。

（やはり水夫長《ボースン》だ！）

二人は顔を見合せた。

「誰が殺《や》ったのでしょうか？」

伊東は声を上ずらせて云った。

「さあ――？」

芦田は首をひねった。

喧嘩沙汰は珍らしくなかったが、人殺しとなるといくら気性の荒い船員仲間でも、そうザラに起る事件ではない。

石田はとかく人に非難される点は有ったとしても、もともとが評判のいいほうだし、従って殺されるほどの原因はちょっと考えられなかった。

しかし、いずれにしても犯人は三十七名の乗組員の内に居ることは間違いないし、陸上と違って逃げだす心配はないのだから、案外事件は簡単に解決するだろう、と、芦田は軽く考えていた。

水平線に仄かな光が感じられると見る内に真紅の太陽が荘麗な姿を現して、カーテンを開いたように急に四囲は明るくなった。

芦田は膝まずいて水夫長《ボースン》の亡骸を眺めた。その顔は眠っているように安らかで苦悶の跡はぜんぜん見受けられない。ズボンだけの半裸体で真赤に陽焼した逞しい胸に、無惨にもシーナイフが垂直に立っていた。暁方のスコールに洗れたらしく、スッカリ血潮は流れてしまって、僅かにシーナイフの刺さっている傷口に少量のドス黒い血が固まっている程度で、屍体から受ける感じはむごたらしいものはなく、むしろ、ナイフさえなければ静かに眠っているとしか思えない姿であった。

芦田は転っている面を取上げた。それは、木彫の無細工な仕上で、どぎつい原色で彩ったものだったが、何となく悪魔染みた形相にゾッとさせるような怪奇味が感じられる。

「それは何の意味でしょうか？」

伊東は不審そうに覗きこんだ。

「判らないね。こんなものさえなければ単純な殺人に過ぎない、と、思えるが、もし、この面が犯罪に何かの意味を持っている、と、すると、あるいは妙な事件になるかも知れないね」

と、芦田も訝しそうにジッと面を瞶めた。

みつき丸は何事もなかったように、依然として東に針路をとっていた。敵の潜水艦を警戒して、本来ならば、東南東に進むべきコースを、北緯十三度三十分の線に副って迂廻しているのだった。このまま一直線に東経一五七度の地点まで行って、そこから一路ポナペを目指して直角に南下する予定であった。

海面は無気味なぐらい、ドス黒く淀んでいた。今本船はエムデン海淵に次ぐ世界第二の深海マリアナ海溝を横切りつつあるのだ。

船長室では突発した不祥事件について、士官（高級船員の意）連中の間で協議が開かれていた。

そこへノッソリと入ってきた原島下士官が重大なる輸送任務にある本船において人殺しとは何事だ、と、呶鳴り出した。

「――そもそもこうした事件が起るというのは、乗組員に気合が入っとらん証拠である。聖戦完遂のために国家は一人たりとも多くの人間を必要としている折からに、私情による殺人行為なぞ以っての外である。一人減れば当然それだけ輸送能力が減退するではないか――」

彼がいきみ出すと果しがないので老船長はスッカリ当惑した形である。

要するに原島下士官には水夫長《ボースン》の死よりも輸送能力への影響のほうが問題なんだ。それは、つまり彼の責任に関聯するからである。――芦田は聞いていていてバカらしくなった。

「とにかく、人間一人が殺されたのですからこのまま捨てておく訳にはいかないでしょう」

「勿論だよ」と船長は頷いて「――それじゃ一等運転士《チーフオフィサー》、君よろしく調査を頼む。出来ればポナペへ着くまでに片づけてもらいたい。――どうも、こんな仕事はわしには不向きでな……」

「承知しました。ところで水葬はいつやります？」

「そうだね。今夜、夕暮れごろがいいだろう。それまでは仏の部屋へ入れておきたまえ。なんだったら袋に納めておいてもいい」

老船長が無関心を装って事務的にことを処理しようと

しているのは、原島下士官への気がねだ、と、芦田にはよく判っていたので、命令だけを受けるとサッサと部屋を出た。

（四）

こんな場合に船の上では陸上と違って総ての手続が簡単であった。殊にみつき丸のような小型船には船医なぞ乗っていないので、検屍の面倒さもなかった。要は本人さえ確実に死んでいるとさえ判ったら、帆布《キャンバス》で作った袋に入れて、然るべき時期にドブンと放込めばいいのだ。

芦田はもう一度屍体を念入りに調べて、死亡を確認すると袋に納めて石田の部屋へ運ばせた。

「この面はどうしましょう？」

伊東に云われて芦田はちょっと迷ったが、

「仏の枕もとへ置いておくさ」

船内では専ら石田の死が話題の中心となったのは云うまでもない。特別に彼の死を悼むものもいないが、そうかといって喜ぶ者もない。ただ、空と水との単調な生活に倦屈している船員たちには、何か変った出来事が必要だったのに過ぎない。

芦田はサロンへ昨夜水夫長《ボースン》と飲んでいた三人を呼び集めた。

敢えて名探偵を気取る気持は毛頭なかったが、彼とても変化のない航海に飽き飽きしていたのだからこうした刺激はむしろ有難かった。元来が探偵小説好きのことと て、このチャンスはまたと得難いものと思えたし、一つにはあの冷酷な原島下士官の態度が癪だったので、何としてでも事件の内容を鮮明にしたいとの感情もかなり強かった。同時に石田の死に関しては、彼自身としても解いてみたい幾つかの疑問を抱いていたのである。

「水夫長《ボースン》が殺されたのについて、君たちに何か心当りはないだろうか？」

黒沢、村川、松岸の三名を並べて芦田は口を開いた。三人は顔を見合せてモジモジしていた。それぞれの顔には不安の色が浮んでいる。

「要するにね、君たちは水夫長《ボースン》と最後まで一緒に居たのだから、三人とも一応怪しいってことになるのだがね――」

芦田はそう云って心の中で苦笑した。探偵なんてこんな口の利きようをするものかしら——。

「——やはりあの面の話は本当だったのか——」

村川はホッと溜息を洩らした。

「面？　それはどんな話だ？」

芦田は異様な興味を感じて訊いた。

「そいつはわしが説明しよう……」

と、松岸は昨夜の話を繰返して語った。

「ふうん、それが悪魔の面だというのは本当かね？」

「本当だとも、誰が嘘なぞ云うものか。わしはこの前の航海にテニヤン島で聞いたのだ。事実土人たちはあの面を持つことを極度に恐れている」

松岸はいつにない真剣な顔だった。

「と、すると、水夫長《ボースン》は面の祟りで殺されたのかね？　それにしたって当然殺した人間が存在しなくちゃならない」

「勿論だよ、まさか面がシーナイフで刺すはずはないからな」

黒沢が皮肉そうに云った。

「今の事務長《パーサー》の話では一番ひどく酔っていたのは水夫長《ボースン》で、酔っていなかったのは事務長《パーサー》のようだが……」

「そ、そうなんだ。実際昨夜は相当飲んだのに、どうしたのか少しも酔わなかった」

と、芦田に云われて松岸はアッサリと事実を認めた。

「わしも相当酔っていたらしい。なにしろ眼を覚したら水夫長《ボースン》の寝台《ベッド》だったので吃驚《びっくり》したぐらいだ」

と、村川は弁解するように云った。

「うん、君が水夫長《ボースン》の部屋で寝ていたのは二等運転士《セコンドメイト》も知っている。だが、そうかと云ってそれが君の無罪の証明にはならない」

「な、なぜだ？」

「だって君、水夫長《ボースン》を殺してから寝たのかも知れないじゃないか」

「よしてくれ、わしに水夫長《ボースン》を殺す理由がないじゃないか」

「少くとも表面はね。そういえば本船の誰にしても、殺さなけりゃならないほど水夫長《ボースン》を憎んだり恨んだりしちゃいないさ」

「じゃあ、君はわしが殺ったと云うのか？」

村川は、顔色を変えて芦田に喰ってかかった。

「待ちたまえ。君が犯人だなんて云ってないさ。ただ、殺すだけのチャンスは有る、と云ったまでのことだよ——ところで昨夜は何時ごろまで飲んでいたのかね？」

「そうだな、水夫長《ボースン》が風に当ってこよう、と部屋を出たのがもう二時を廻っていたかな」

と、黒沢が答えた。

「うん、そんな時間だったな」と、松岸が頷いて「それから火夫長《ナンバン》がゴタゴタとクダを巻き出したので、わしもうるさくなって部屋を出たのだが、その時、水夫長《ボースン》が船首甲板《フォックスル・デッキ》のほうへフラフラ行くのを見送ってから、自分の室に戻ったのさ」

「ふん、それから——?」

「そのまま寝台に転がって前後不覚さ」

「火夫長《ナンバン》はどうしていたのかね?」

黒沢はちょっと考えるように首をかしげて、

「事務長《パーサー》が出てから少し寝たようにも思うがハッキリ覚えていない。とにかく暫くしてから外へ出たらスコールがやって来たので、慌てて部屋へ帰って寝てしまった——」

芦田はフンフンと頷いていたが、

「そうすると君たち三人には確実なアリバイがない訳だね。云いかえると君たちの内の誰にしたって、船首甲板《フォックスル・デッキ》まで走って行って水夫長《ボースン》を殺すだけの時間を持っていたことになる——」

「わしは絶対に殺した覚えはない」

と、松岸は怒ったように云った。

「勿論君だとは云わないさ。僕としては誰が犯人だ、とも考えたくない。——しかし、水夫長《ボースン》が殺されたのは事実だからなあ」

三人はいちように黙りこんでしまった。

「ところで、このナイフは誰のかしら?」

芦田が取出したシーナイフを一眼見て松岸は呻き声をあげた。

「そ、それは、わしのナイフだ!」

「ほう、君のか——」

芦田は意外に感じた。他の二人も吃驚した様子であった。

「ど、どうして、わしのナイフが……」

松岸は額に油汗を滲ませて喘いだ。

「昨夜、持っていたのかね?」

「いいや、滅多に使わないから持って歩いたことはない。いつも部屋においていたのだが……おかしい……」

彼は狼狽して救いを求めるように黒沢や村川の顔を眺めた。

「……」

恐ろしい沈黙が座を覆って皆は変に気まずいものを感じた。

「どうも面白くない情況だね」芦田は独り言のように呟いた。「総てが事務長《パーサー》に不利な事態にある。四人の内で一番正気だったし、水夫長《ボースン》の後からすぐ甲板《デッキ》に出て行った。バクチでは大負けしている。面の話をして不幸を暗示したのも君だ。しかも、兇器が君のものだった――」

「……」

松岸は弁解しようとはしなかったが、烈しい苦悶がアリアリと見える。

「――だが、あまり条件が揃いすぎて気にいらないのだ。何だか作為的に感じられる」

芦田はじっと考えこんでいた。

（五）

「どうだった？」

杉沼船長は芦田の姿を見ると待ち兼たように問いかけた。

「まだ判りませんが」と、芦田は汗をぬぐって椅子を引寄せた。「どうも、事務長《パーサー》、火夫長《ナンバン》、賄長《シチュウジュ》の三人の内の誰かが犯人のように思えるのですけれど……」

「あの連中は平常仲がよかったはずだが……」

「ええ、そうなんです。なんかと云えば四人集っていたのですから、殺人を犯すような動機が考えられないのですが……」

「案外、他の奴じゃないのかね」

「ところが、あの三人の内に犯人がいると推定しうる材料があるんです――」

と、芦田は例の面について説明した。

「――その面が冠せてあったということは、面の話を知っている三人が関係している、と考えていいと思います。何の意味であの変な面を使ったのか、それが判らなくて困っているんです」

「うーむ、そいつは困ったことになったね」

船長は額にしわを寄せて云った。

二人は煙草を吹かしながら、てんでに違ったことを考えていた。

船長が困ったと云うのは、水夫長《ボースン》が殺されたことでもなければ、犯人の目星がつかぬ点でもない。彼は原島下士官に呶鳴られるのが恐ろしいのだ。

原島は軍国主義の権化のような男だった。彼は二言目には天皇陛下を担ぎ出すので船長は困ってしまうのだった。

「船も船員もこれ悉く陛下のものである。君等は常に陛下の有難いお気持を奉戴して行動しなければいけない。この原島は陛下の命により本船に派遣されたのである。原島の命令は陛下の命令と直結しているのだ」

こんな風にやられると弁解することは不敬となるのでグウとも云えない。それが船長には嫌でたまらないのだ。勿論、陛下の命令に背く気持は毛頭ないけれど、同じ言葉でも原島の口から出ると無暗に反抗したくなる。だが温和しい老船長には心の中で何と思ってもそれを態度に現したり口答えしたり出来ないのだ。

今度の事件にしても原島のことだから、水夫長《ボースン》が殺されようと船長が死のうと、虫ケラ一匹が死んだほどにも感じないだろうが、後始末をハッキリしておかないと、どんな無茶を云い出さぬとも限らぬ——。

芦田にはそうした船長の当惑がよく判っていた。年老いた船長が最後の御奉公を無事に果したい、と、念願している気持は察しられる。しかし、彼は、船長とは違った意味で、原島の鼻を明かしてやりたいと考えているのだ。その半面にはあくまでこの事件を探偵して、自分の推理力がどれだけ事実を追求しうるか、との子供染みた好気心も多分にあった。

「名探偵、犯人は判ったかね?」

原島下士官が意地の悪そうな笑を浮べて入って来た。

「五里夢中です」

芦田はさしさわりのないように答えた。こんな奴に正直に話そうものなら、忽ち三人とも犯人にしてしまうに違いない。

「フン」原島は鼻で笑って「コソコソと刑事のような真似をするより、たかが四十名足らずの人間だ。海軍式の気合を入れてやれば訳なく犯人は出てくるさ」

なんて嫌なことを云いやがる。芦田はスッカリ不愉快になってしまった。彼の云う海軍式の気合がいかに惨忍なものであるかはよく判っている。なんかと云えばそんな野蛮なことより考えない原島を、軽蔑するというよりむしろ哀れんだ。もっとも犯人を手っ取り早く探すのには、彼の云うような方法は効果的かも知れない。しかし、そんな暴力が許されるなら、シャーロック・ホウムズもフワイロ・ヴァンスも必要ないことになる。

芦田はふと戦争前に日本の一警官が、ヴァン・ダインの「ベンソン殺人事件」を批評したのを思い出した。

「へえ――この作者は犯人であるアンソニイ・ベンスンを捕えるためにこれだけの本を書いたのですか。日本の警察なら一晩で泥を吐かせますがね――」

彼はその警官が洩らした惨忍な微笑を原島に感じた。

だが、倖せなことには原島はそれ以上この問題に触れようとせず、輸送任務について船長と話し出したので、芦田はホッとして部屋を逃げて出た。

（六）

今日もまた、朱色の太陽が甲板《デッキ》を焼いていた。相変らず風はあるかなしかの状態で蒸せかえるように暑い。

芦田は日覆《オーニング》の下で二等運転士《セコンドメイト》の伊東と並んで腰を下していた。

「三人の内に犯人が居るとすれば、やはり事務長《パーサー》でしょうか?」

伊東は海を眺めながら話かけた。

「うん。なんといっても事務長《パーサー》の立場が一番悪い。しかし、あの男には人を殺すだけの度胸がない。悪党だとしてもせいぜいコソ泥をやる程度の人間だね。むしろ、火夫長《ナンバン》や賄長《シチュウジュ》のほうが思い切ったことをやれる性質《たち》だ。――僕としては事務長《パーサー》の場合、あまりにも不利な条件が揃いすぎているので却って疑えないのだ」

「――と、云うと、誰かが事務長《パーサー》に嫌疑をかけるために企らんだ仕事だと仰っしゃるのですか?」

「そうも考えられるね。だが、この事件が計画された犯罪だ、とすると、火夫長《ナンバン》や賄長《シチュウジュ》の頭でそれほど技巧的な企みが出来るかどうかむつかしいと思う。あれらは一時の昂奮にかられて人殺しはやっても、トリックを弄する柄じゃない。それが出来るのはむしろ事務長《パーサー》だね。あの男はかなりいい頭脳を持っているから……」

「一等運転士《チーフオフィサー》のお見込はどうなんです?」

芦田は困ったように首を振って苦笑した。

「正直なところまるで見当がつかないんだ。やはり探偵なんて仕事は我々の柄じゃないね。――だいたい、僕なんか視野が狭すぎるかも知れないが、どうしても、あの三人以外に犯人があるとは思えないんだ。しかも、その三人の誰もが犯人らしくない――これは要するに僕の捜査方針が間違っているのに外ならない。犯人を探す前にまず解くべき謎がある。それを無視しては事件の解決なぞ到底望めないのだ」

「それは例の面のことですね」

「うん、あの面も謎のひとつだ。あれには必ず犯行の動機が絡んでいると思う。だが、僕の云う謎はそれだけじゃないのだ――」

と、芦田はちょっと言葉を切って前方を瞶めていたが、

「ねえ、伊東君、君だったらあの場合屍体をどうする？」

「どうすると云いますと？」

「船首甲板《フォックスル・デッキ》で水夫長《ボースン》が殺された。君がその犯人だ、と仮定する。その場合、君は屍体をそのまま置いておくかね？」

「ああ、なるほど、判りました。貴方の仰っしゃるのは、何故屍体を海へ投込《レッコ》しなかったか？　という点ですね」

「そうなんだ」芦田は大きく頷いて「あれが部屋で行われた殺人なら、屍体を運び出すのは面倒かも知れないが、船首甲板《フォックスル・デッキ》ならちょいと、一、二米《メートル》引きずって、ドブンとやれば至極簡単じゃないか。少くとも人を殺すぐらいの人間なら、当然犯行を晦《くらま》すために屍体を隠すことを考えそうなものだ。これが陸上ならなかなか困難な仕事だけれど、我々の場合には海という結構なものが有るんだ。機関部《エンジン》で殺ればボイラー、甲板部《デッキ》なら海、と、昔から犯行インメツに絶好の場所がチャンと準備されている。それなのに、どうして犯人はワザワザ屍体を残しておいたのだろうか？」

「ふうん、全くですね。屍体さえなければ、水夫長《ボースン》行衛不明となる――で、ケリがつきますからね」

「それだよ。そんな都合のいい方法が手近にあるのに、何故不利を忍んで屍体を処理しなかったか？　――この理由が僕には判らないんだ」

「では、やはり誰かが事務長《パーサー》に嫌疑のかかるようにと狙ってワザと屍体を残したのでしょうか？」

「この問題をつきつめると結局はそこへ戻ってくるのだ。しかし、それには水夫長《ボースン》と事務長《パーサー》の両方に恨みを抱いている人間が居なければならぬ。ところが、火夫長《ナンバン》や賄長《シチュウジュ》にはそんな動機が有ると思えない――」

「事務長《パーサー》は仕事の上で賄長《シチュウジュ》と何かもつれが有ったのじゃないでしょうか？」

「さあ、それは判らんね。船用品や食料をゴマ化すのは奴さんたちの役徳だから、分前が原因で多少のイザゴ

ザは有ったかも知れぬ。だが、仮りに賄長《シチュウジュ》が事務長《パーサー》を恨んでいたとすれば、何も人殺しをして罪をなすりつけるなんて手数のかかることはやらないさ。船員なんて凡そ気が短いのだから、そんな廻りくどいことを考える閑があったら、その間にアッサリ海へ投込《レッコ》するさ」

「これはなかなか厄介な事件ですね」

と、伊東は眉をひそめた。

「あるいは僕があまり物事をむつかしく考え過ぎているのかも知れないが……」

「屍体から手掛りはないのですか?」

「ぜんぜん駄目だね。これが名探偵なら現場を睨んだだけで真相を看破するだろうが、所詮船乗りは船乗りに過ぎぬ。——指紋とか足跡とかは一応注意して調べたが、スコールの奴が一切合財洗い流して、甲板洗《ワシデッキ》の後のように、何一つ残っていない。勿論、ナイフや面には指紋がある道理だけど、陸上《おか》で警察力の完備している場所ならいざ知らず、こんな小船の上では鑑識も分析も有ったものじゃない。結局、僕等は非科学的な感に頼るより方法がないのさ。つまり、ちょんまげ時代の目明しといったところだね。せいぜい判った点と云えば、ナイフが垂直に立っていたのから考えて水夫長《ボースン》が眠っていたのを刺したこと。犯罪時刻が二時以後スコールの通過した三時半ごろまでの間に行われたこと。ぐらいだね」

と、芦田は憂鬱そうに語ったが、

「ときにあの三人はどうしているかね?」

伊東はそれとなく三人の行動を監視するよう命じられていたのだ。

「火夫長《ナンバン》も賄長《シチュウジュ》もそれぞれ仕事をしていますが二人とも少し元気がないようです。事務長《パーサー》のほうは仕事がないからでしょうが、今朝からズッと水夫長《ボースン》の部屋に居て、花を飾ったりブツブツとお経のような文句を呟いたりしています。——なんだか事務長《パーサー》は気の抜けたようで変ですよ」

「ふうん、——当分の間続いて注意してもらいたいな」

芦田は立上って空を仰いだが、

「やれやれ、今日もスコール来たらずか——うん、そうだ。伊東君、大分方々が汚なくなってるね。一度ペン塗り(ペンキ塗り)をやろうじゃないか」

「はあ」

「夕方から、さしずめボート甲板《デッキ》からでも塗らしてくれないか」

（七）

部屋へ戻ろうとした芦田はふと思い返して水夫長《ボースン》の室へ足を運んだ。

既に屍体は帆布《キャンバス》の袋に納められて、その上にはサロンから取ってきたのであろう、南方特有の花が毒々しい色と、高い香を放っていた。事務長《パーサー》は片隅の椅子に凭れて、魂のない人形のようにじっと亡骸を瞶めたまま身動きもしない。

「おい、元気を出せよ」

芦田は彼の肩を軽く叩いた。

「……」

松岸は空ろな眼を向けたが、ふいに狂ったように叫んだ。

「わしが水夫長《ボースン》を殺したと思ってるかね？」

「誰が犯人だとも未だ判らないさ」

「いや、皆はわしを疑っている。わしにはそれが判ってるんだ……仕方がない、わしのナイフが刺してあったのだから……」

彼は独り言のように弱々しく呟くと両手で顔を覆った。

「くよくよすることはないさ。その内に総てがハッキリするだろう」

芦田はスッカリしょげている松岸の姿を見るとさすがに哀れを催してきた。

「ハッキリする、って——」キッと頭をあげた松岸の眼は異常にギラギラと輝いていた。

「だが、一等運転士《チーフオフィサー》。わしは誓う。わしは絶対に水夫長《ボースン》を殺さない！」

「判ったよ」

大分脅えているな。芦田はソッと立去ろうとして、ふと、水夫長《ボースン》の枕もとの面に気を惹かれた。異様な形相の悪魔の面は、何もかも知っているぞ、と、無気味に笑っているように見えた。

「今夜は何の御馳走だ？」

当直《ワッチ》を終ったらしく、黒沢が汗を拭きながらノッソリと賄場へ入って来た。村川は夕食の用意も済んだとみえて煙草をくゆらせていたが、彼を見上げるとブッキラ棒に、

「精進料理だよ」

「フン、水夫長《ボースン》の葬式だからなあ」黒沢はニヤリとし

たが声をひそめて「おい、賄長《シチュウジュ》、お前が殺ったんじゃねえか?」

村川はギョッとして顔色を変えた。

「バカを云うな。わしがなんだって……」

「アハハハ冗談だよ。お前が妙に沈んでいるので、ちょいと戯《からか》ってみたのさ」

「変なことを云うのは止せ。そんなに云うお前のほうが怪しいぞ」

「わしが? まさか、ねえ」

黒沢は並んで腰を下すと、煙草に火を点けた。

「だが、おかしいじゃないか、事務長《パーサー》が人殺しをやるなんて……あいつときたら鶏一羽締めるのだって、気味が悪いと云うぐらいだからなあ」

と、村川はしみじみ云った。

「まったくだ。あいつは悪党だが人殺しは柄じゃない。

——だが、事務長《パーサー》でもない、わしらでもない、とすると、誰の仕業だろうか?」

「判らないな」

「やっぱり、面の祟りかな」

黒沢はそう云ってクスリと笑った。

「面——」

村川は独り言のように云ったが、急に何事かを思い出したらしく、アッと叫んだ。

「おお、わしはどうしてあれを忘れていたのだろうか——」

「どうしたのだ?」

黒沢は吃驚して村川の顔を見た。

「思い出したのだ。昨夜、面を持って行った奴があったのを……」村川は眼を輝やかせて黒沢の手をじっと眺めた。「いや、お前の手じゃない。あれは確に事務長《パーサー》だった——」

芦田は机に向ってしきりに考えながらペンを走らせていた。事件に関する因子《ファクター》を書き並べることによって、乱れている思索をまとめてみたかったからだ。

一、昨日の十六時、本船はパラオへの航路をポナペに変更した。

二、事務長《パーサー》はコースの変更に当惑の態度を見せた。

三、事務長《パーサー》、水夫長《ボースン》、火夫長《ナンバン》、賄長《シチュウジュ》の四名が、二十時ごろから二時ごろまで花札遊びをしながら飲んでいた。花札遊びでは事務長《パーサー》が大負けした。

四、二時過ぎ、水夫長《ボースン》は部屋を出た。続いて事務長《パーサー》が、それから火夫長《ナンバン》もほどなく出て、晒長《シチュウジュ》だけが残って寝ていた。
五、三時ごろスコールが通過した。
六、四時過ぎ、二等運転士《セコンドメイト》が船首甲板《フォックスル・デッキ》で水夫長《ボースン》の屍体を発見した。
七、木彫の面が屍体の頭にのせてあった。
八、面の話をしたのは事務長《バーサー》だ。
九、シーナイフは事務長《バーサー》のものである。
十、三人ともアリバイはない。
それから芦田は疑問符を附して次の事項を書き足した。
1、犯行は何故今朝行われたか？
2、何故屍体を投棄しなかったか？
3、屍体に何故面を冠せたか？
「さて――」

彼はペンを置いてジッと紙面を睨んだ。

本船は今年始めに横須賀を出帆して、サイパンに向い、更に現在パラオ行を変更してポナペに進んでいる。この殺人が必然的な避け難いものであったとすれば、何故今までに行われなかったか？

この理由が本船の予定変更に因を発していることは殆ど疑うべくもない。犯人は何らかの原因でポナペに着くまでに水夫長《ボースン》を殺す必要が生じたのだ。予定通りにパラオへ向っていたら、あるいは事件は起らなかったかも知れない。そして、事務長《バーサー》の困惑した態度が当然考えられるではないか。

面の問題はどうにも解釈が出来ない。単に不吉の象徴として置いてあった、との観方はあまりにも根拠が薄弱である。

屍体処理の件はいっそうに理解し難い。犯行を隠蔽するために屍体の捨て場所に苦心する話は珍らしくない。穴を掘って埋めたり、バラバラにしてトランク詰にする。それほどまでに犯罪者は最大の証拠物件である屍体の処分には頭を使うのが普通なのに、この事件の犯人は何と変った奴であろうか。犯行の直後に誰かが通りかかったのでチャンスを逸したと考えられぬではないが、本船では伊東以外には犯行を発見したものはいない。監視哨の者だって全然気がつかなかったと云っているのだ。従って至極簡単に海へ捨てる時間の余裕はいくらも有ったはずだ。

「うん、そうか！」

芦田はハタと額を叩いた。

面なのだ。この疑問と面の謎は不可欠の関係に有る。

面を表示するためには屍体がなければならない。

だが、結局それ以上には一歩も進めない。何の理由で面と屍体を結びつけたのか？　ここまで考えると、厚い壁に突当ってしまうのだ。

あらゆる材料《データー》は事務長《パーサー》が犯人であることを物語っている。原島下士官ならこれだけで躊躇せず断を下すことであろう。だが、芦田にはそれらの材料《データー》があまりにもハッキリと事務長《パーサー》を指しているのが気に喰わないのだ。

実際は単純な殺人事件で事務長《パーサー》が犯人かも知れない。それを俺は無理に複雑に考えているのじゃないだろうか？

疑惑は更に次の疑惑を生んで落ちつくところを知らない。

芦田はゴロリと寝台に転がって吐き出すように呟いた。

「どう考えても俺は探偵なんて柄じゃないさ――」

（八）

夕暮近くになって少し風が出てきた。

規則に従って水夫長《ボースン》の亡骸は水葬されることになった。

僧侶も居なければ読経の声も聞えない。故郷を遥かに離れた南海の涯に沈められる運命は、海上生活者として平素の覚悟ではあっただろうが、あまりにも侘しい、儚ない終末だった。

舷側には船長始め全員が並んで、原島下士官もさすがに今は憎まれ口を叩こうとはしなかった。

事務長《パーサー》が上半身を、賄長《シチュウジュ》が足を抱いて、二人は静かに船尾に足を進めた。

みつき丸はびょうぼうと果しないカロリン海盆に差しかかっていた。

夕陽が海面に映えて五色の光が輝く荘厳な瞬間、水夫長《ボースン》を包んだ帆布《キャンバス》の袋は二人の手を離れて、スクリューが捲き起す白波の泡沫に消えた。

「南無阿弥陀仏――」

誰かが低い声で呟いた。

皆がそれぞれの持場に戻った後、芦田はただ一人で暮れてゆく海上を眺めていた。風が出たせいか船はゆるやかな横揺れ《ローリング》を繰返している。

そっと誰かが近づいて来た。振返ると村川だった。

「一等運転士《チーフオフィサー》、わしは思い出したのだ。昨夜あの面をソッと持って行った奴があったことを……わしはそれをボンヤリと覚えている――」

「誰だ？　それは――」

村川は自信のない態度で、

「わしが見たのは手だけなんだ。ひと寝入してふと気がついた時だった。時間も何時ごろだったか覚えない。夢のようでもあり現実のようにも思える――ただ、その手は火夫長《ナンバン》じゃなかった」

「じゃあ、事務長《パーサー》か？」

「断言は出来ないけれど……」

村川は当惑したように低い声で云った。

芦田は部屋に帰ると、深く考え込んだ。村川の言葉を信ずべきか。彼の話が真実だとすれば、もはや松岸をこれ以上放任すべきではない。

とにかく松岸に逢ってみることだ。


その夜は月が美しかった。

みつき丸は広大なカロリン海盆を一路東へ進みつつあった。

東へ、南へ――次第に本船は危険区域に近づいてゆく。その前面では連日果しない激戦が繰返されていた。

あの可哀想な水夫長《ボースン》の運命が明日の自分たちを暗示している――淡い月光を浴びて甲板《デッキ》に涼を求めていた船員たちは、いちように佗しい哀愁に胸を打たれていた。

伊東は芦田の命《めい》により、松岸を探していたが、部屋にも機関部《エンジン》にも賄部にも居ない。彼は甲板《デッキ》を透してそれらしい姿を求め廻った。

と、ボート甲板《デッキ》に足音が聞える。

（事務長《パーサー》かしら？　ペンが塗りたてだというのに……）

伊東は鉄梯子の下から奴鳴った。

「オーイ、下りてこいよオ、ペンがつくぞ」

足音はピタリと止んだが返事はない。

「誰だ、そこに居るのは？」

彼はツカツカと上って行った。救命艇《ボート》の蔭に、海上を眺めて立っている男の姿が見える。

「事務長《パーサー》かね？」

伊東は声を掛けたがその男は手摺《ハンドレール》に凭れたまま振向こうともしない。

変な奴だ、と、近寄ってその横顔を覗きこんだ伊東はギョッとして身をすくませた。

月光に照されたその男は、あの奇怪な面を冠っていた。

と、ふいに男は低い呻き声を立てたかと思うと、突然頭を下げたと見るや真逆様に海中へ飛込んだ。

それは全く瞬間の出来事であった。

伊東は呆然としていたが我に返ると慌てて下へ駈け下りた。

急報を受けた船内は戦場のような活気を呈した。船長は直ちに最速後退《フルゴースタン》を命じ、船員たちは身軽にボート甲板《デッキ》に飛上った。機関《エンジン》の停止を待ってボートは海面に下ろされる。どうしたのか三隻の内一隻が吊手《ダビット》から離れない。下りた二隻はオールを揃えて、飛込現場と覚しき附近の海面捜査を始めた。

燈火管制中であるから照海燈は点けられないが幸いの月夜である。ビール壜の浮いたような潜水艦の潜望鏡を発見するよりは楽な仕事だった。

だが、実際には投身者の姿はいずこにも発見することが出来なかったのであった。

約三十分近く附近一帯に亘る捜査が続けられたが、遂に断念してボートは引揚げるように命じられた。二隻のボートが方向を変えようとした時、横波にあおられたのか一隻のボートが転覆した。他の一隻は慌てて乗組員を拾いあげるのに努力したが、その間に転覆したボートは潮に流されて遠ざかってゆく。

「よしっ、そいつは放棄しろ」

本船から船長が奴鳴った。やがて、ボートは再び船上に吊上げられて、船は機関《エンジン》を始動してゆるやかに走り出した。

相続く事故に一同はスッカリ脅えてしまった。不吉な暗い影が本船を覆っているように思える。原島下士官は、気合が足らぬのだ、と喚き、船長は憂鬱そのもののように額にしわを寄せてむっつりとしていた。

（九）

芦田もまた憂鬱だった。

水夫長《ボースン》殺しの犯人と目する事務長《パーサー》が自殺してしまったので、一応事件は解決したかの感があった。人々は彼の謎の自殺をもって、彼が犯行を是認し良心の苛責に堪え兼ねて自決したのだ、と、平凡に片づけてしまった。

果してそれが真相であっただろうか？

芦田は今なお事務長《パーサー》が犯人であったとは信じられなかった。あれほど総ての条件が彼を犯人だと指摘しているのに、それを頑強に否定するのは甚だ無識見のようであったが、彼は自分の第六感を信頼したかったのだ。

彼の脳裡には事務長《パーサー》の悲痛な叫びが焼けつくように記憶されている。

「わしは誓う！　わしは絶対に水夫長《ボースン》を殺さない！」

けれど、彼の潔白を信じる半面、芦田の良心を鋭く責めるものがあった。もし、事務長《パーサー》が罪なくして死んだのなら、それは一体誰の責任か！

やっぱり芦田は水夫長《ボースン》殺しについて、更に調査しなければならない。少くとも可能なる範囲において最善を尽さなければ彼自身の感情が許さないのだ。

カロリン海盆の真唯中に飛込んだ事務長《パーサー》の運命については多く語る必要はない。彼は有名な泳手ではあったが、周囲一千浬には珊瑚礁ひとつない大海洋だ。ほどなく水夫長《ボースン》の後を追うことは明白であった。

翌朝、芦田は伊東と共にボート甲板《デッキ》に上って見た。

両舷に三隻ずつ並んでいるボートの右舷の一隻は昨夜の事故に流失して、吊手《ダビット》が侘しく立っている姿は歯が抜けた感じだった。

「これだね、昨夜下りにくかったのは……」

右舷船首寄りの一隻に近づいて吊手《ダビット》を調べていた芦田は、

「これじゃ下りないはずだ。誰かが悪戯をしている――」

と、木製滑車《ブロック》の溝から旗紐《フラグライン》の切れ端をつまみ出した。

「そんなものが挟まっていたのですか。詰らない真似をする奴もあるんですね」

「原島に見附かってみろ。悪戯じゃすまないぜ」

「全く、全員気合をいれてやる、って、ところですな」

二人は顔を見合せて首をすくめた。

「事務長《パーサー》はここに立っていたのです」

伊東はそのボートの横の手摺《ハンドレール》を指した。それと覚しき個所のペンキは無惨にもはげていた。

「なるほど、これに凭れていたのだね」

「ええ、声をかけても返事をしないし、覗いて見れば面を冠っている――いや、驚きましたよ」

それを聞いた芦田の眼は妖しく光った。

「そ、そうだった、面を冠っていたのだね」

伊東は呆れたように彼を瞶めて、

「ええ、そうなんですが……」

「ねえ、君。何だって事務長《パーサー》は面を冠っていたのだろう？」

芦田は明らかに昂奮していた。

またしてもここに面の謎がある。自殺する身に何故面が必要だったのか？　所謂面の呪いというのか？　バカなッ、事務長《パーサー》はそんな形而上学的な妄想に捉われる男じゃない。

何か有る！　自分に判らない隠れた秘密があるのだ。ジッと考えて一点を凝視していた芦田は、更に驚くべき事実を見出した。

「二等運転士《セコンドメイト》、こ、これを見給え！」

彼の声は怪しく上ずっていた。指さす手が烈しい感情の乱れを現すように震えている。

「どうしたのです？」

伊東には判らなかった。芦田の指したのはペンキのはげた手摺《ハンドレール》の一部だったからである。

「これは事務長《パーサー》の凭れた痕ですが……」

「そうだ。事務長《パーサー》が凭れたのだ。だが、こんな凭れようってあるかい？——君は事務長《パーサー》が海を眺めていたと云ったね。しかし、この手摺《ハンドレール》は下の甲板《デッキ》のとは違って腰より低いんだ。こいつに凭れるには両手をついて支えないと海へのめり込んでしまうじゃないか。いくら自殺する人間だって、一応は両手で身体を支えて凭れるのが自然の姿勢だ。それなのに、この手摺《ハンドレール》には手の跡が残っていない——これは何故だろう？」

「なるほど——」

「どうやら事務長《パーサー》の投身も普通の状態ではなかったようだね。——たとえば、君が下から声を掛けた時に、投身する気ならサッサと飛込めばいいのに、君が上って来て面を見るまで待っていた——そうとより思えないじゃないか——この辺も何か曰くがあるんじゃないだろうか？」

「うーむ」伊東は何か思い当るらしく「そう云えば未だ変なことがあるんです。というのは事務長《パーサー》が飛び込む時の恰好が、頭を下にしてまるで丸太棒を倒したような形でした。あんな妙な飛び込みようって見たことがありません」

「丸太棒だって？」

「ええ、ホラ、よく百貨店なぞにマネキン人形が有りますね。あれを倒した時のようだ、と云えば一番適切でしょう」

「ふうん——」

この言葉は芦田に異常な衝動を与えたようだった。

総てが正常じゃない。明らかに異常だ。水夫長《ボースン》の殺害も事務長《パーサー》の自殺も何かカラクリがあるのだ。得体の知れぬ企みが存在している。

芦田は恐しいほど眼を据えて身動きもしなかった。推理と論理の糸を結びつけようとする苦悶が、狂気したように光る瞳の中にハッキリと感じられる。

（十）

朝、ボート甲板《デッキ》を下りてから、ズッと自室に閉籠って深い思索にふけっていた芦田は夕方近くになって、ようやく甲板《デッキ》に姿を現した。

依然として彼の面は昂奮に燃えていたが、その眼からは苦悶の色が消えて、却って清々とした感激が眺められた。

賄部へ下りようとした芦田は、日覆《オーニング》の影に一人で寝転んでいる村川の姿を見出すと足を返して近づいた。

「賄長《シチュウジュ》、ちょっと訊きたいのだが、君は何故事務長《パーサー》がポナペへ行くのを嫌っていたか、その理由を知らないかね」

「……」

答えずに彼を見上げる村川の眼には、狡そうな探るような閃きが感じられた。

「隠さずに打明けてくれたまえ」と、芦田はニコニコ笑いながら「君や事務長《パーサー》が役徳で何をやっているかぐらいはチャンと知ってるさ。しかし、今はそんなことを責めるんじゃない。——ねえ、事務長《パーサー》はコロニに不義理なことが有ったのじゃないかね？」

村川は暫く考え込んでいたが思い切ったように口を開いた。

「あいつも死んだのだから話してもいいだろう。——詳しい事情は知らないが、前の航海でコロニへ寄港した時に、事務長《パーサー》は阿片の密輸入をやったのだ。金額は知らぬが相当な儲けだったらしい。ところが、相手の男が憲兵隊に捕った。なにしろ、軍部では戦時政策として麻薬禁止を告示しているんだから、これは立派な軍法会議ものだ。幸い本船は出帆間際だったので憲兵隊の手が廻らぬ内に出航して事務長《パーサー》は危く虎口を脱したのだが、今度入港すれば待ってましたとばかりにやられることは確実だ。最近軍部は機嫌が悪いから、捕えられたらまず命はないと思わにゃいかん。——だから、あいつがポナペと聞いて蒼くなったのは無理もないのだ」

「そうだったのか。それでスッカリ判ったよ」

芦田は、大きく満足の溜息をついて立上った。

「何が判ったのだい？」

村川は不審そうに彼を見上げた。だがその答は遂に永久に聞くことが出来なかった。

「敵潜だッ！」

悲鳴に近い叫び声が、監視哨から降ってきた。それと殆ど同時であった。芦田は凄まじい大音響と共に眼前に巨大な火柱を感じた。

次の瞬間、彼が気附いた時は夢中で海上を泳いでいた。頭上にはさまざまな船の破片が落ちてくる。彼が慌てて水中にもぐって次に頭を出した時、みつき丸はゆるやかに船首を下げたと見るや、アッと云う一瞬、悲しい最後の汽笛を響かせて、静かに海中に姿を消してしまった。

あの年老いた杉沼船長も、憎らしい原島下士官も、そして芦田のよき部下であった多くの船員も、総ては泡沫の彼方に去った。

精鋭な米国潜水艦の一撃は実に見事な轟沈だった――。

芦田は流れてきた本船の艙口蓋《ハッチボート》に縋りついてホッと一息ついた時、前方に人影を見つけて思わず手をあげて奴鳴った。それは二等運転士《セコンドメイト》の伊東であり、そして、彼等二名が幸運なみつき丸の生存者であったのだ。

それから海上に漂うこと二日余。漸く通りかかった日本の駆逐艦に拾いあげられて、トラック島に送られたが、間もなく内地向けの貨物船に便乗して送還されることになった。

以下の物語は帰国の途上、芦田が伊東に語ったものである。

（十一）

「――本船も沈んで関係者も死んでしまった現在、甚だニュース・ヴァリュのない話だけれど、僕としてはそうした不幸ゆえに、あの事件はひとしお感銘が深いのだ。

あの二つの事件の解決――今となっては僕の推理を立証する材料は何一つ残っていないのだから、僕の解釈が正しいかどうかは判らない。しかし、僕としてはこれが事件の真相だと確信している。もし、君に気附いた点があったら補足してほしい。

一言にして云うならば僕は全く事務長《パーサー》を見損なっていた。かねて、頭のいい男だ、とは知っていたが、実際の彼奴は僕たちが考えていたよりも、遥かに優れた頭脳を持っていたのだ。僕は事務長《パーサー》が僅々一時間足らずの間に組立てた筋書を、数日に亘って解くのに苦しんだ。いや、はや、お恥しい次第だ。

パラオ向けの予定がポナペに変更された時何故、彼奴はあんなに当惑したのか？　僕がもっと早くにこの理由を確めていたら、あるいは僕たりといえども事前に真相を摑んでいたかも知れない。だが悲しいことには僕はやはり一介の船員に過ぎなかったのだ。利巧振ってはいても、殺人だ自殺だ、と、眼前の事象に拘泥して、根本へ眼を配ることを怠っていた。

事務長《パーサー》が、花札で珍らしく大敗を喫したのも、いくら飲んでも酔わなかったのも、迫ってくるポナペの恐怖に原因していたのだ。それほど彼奴にとって重大なポナペ寄港を、僕はスッカリ軽視しすぎた。単なる金銭上の損失位に考えていたのが大変な間違いだった。

あの夜、事務長《パーサー》が奇怪な面の話をしたのは単なる偶然にすぎなかったのだ。何故ならあの時には彼奴自身、こうした事件を予想していなかったからだ。従って僅かな時間の後に自分が水夫長《ボースン》を刺すという運命に出会うなぞ恐らく夢にも考えていなかったに違いない。

事務長《パーサー》が僕の質問に対して、答えた言葉は悉く事実であった。それが、あまりにも天衣無縫と云おうか、正直すぎたために却って僕自身が彼奴を疑う結果となったのだ。全く事務長《パーサー》は一言半句として偽りを云わなかった。

さて水夫長《ボースン》の屍体を何故海中に放り込まなかったか？　これが僕を悩ました最大の疑問だったね。僕たちはそれを、事務長《パーサー》に嫌疑を掛けるためだ、と、解釈していたが、それも理由の一つには違いなかった。だが、屍体は更にもう一つの意味から必要だったのである。その理由は後から述べるが、とにかくこの事件の性質上、屍体の存在は絶対に不可欠な要素であった。しかし、僕は、その謎に気附かなかったことを敢えて恥しいとは思わない。何故ならあんなベラボウな――いや、この説明は後の楽しみに伏せておくことにしよう。

この事件には色々な偶然が協力して頗る完全なものが出来上った。その一つは、スコールが通ったという事実だ。これは事務長《パーサー》にとっては予期しなかったことだが、僕にしては総てのものが洗い流されたので大変な錯覚を起す原因となった。例の面にしても偶然にあんな話が出たために、頭のいい彼奴は早速これを利用したのに過ぎない。確にあの面の存在は僕の思考力を混乱させてしまったが、今考えてみれば無理もないのだ。あの面の意味は水夫長《ボースン》の死には直接の繫りは持っていなかった。あれは第二の事件のために準備された小道具だったのである。

また、本船に医者が乗っていなかったことも彼奴の仕事を容易ならしめた原因の一つだ。医者が居るとしたら恐らく事務長《バーサー》もこんなバカげた道化芝居をやらなかったであろう。

——少し話がくどすぎるようだが、探偵小説に現れてくる探偵という奴は、最後まで事件の真相を伏せておきたがるものでね。——しかし、君は、さっきからの話で、あの当時あれほど僕が否定していた事務長《バーサー》が犯人らしいのでガッカリしたかも知れない。だが、あの時、僕の云った言葉を覚えているかね。事務長《バーサー》は人殺しは出来ないが、トリックを弄する頭をもっている——と。そうなんだ。それが事実だったのだ。

事務長《バーサー》は繰返して云った。わしは絶対に水夫長《ボースン》を殺さない——あの言葉には些かの嘘偽も含まれていなかった。

彼奴は確にシーナイフで水夫長《ボースン》を刺した。しかし、それは殺人を意味しない。何故なら、その時、すでに水夫長《ボースン》は死んでいたからだ！

君は知っているかい！　水夫長《ボースン》が心臓病で医者から禁酒を申し渡されていたのを——」

（十二）

「——あの夜。飲みすぎた水夫長《ボースン》は涼をとろうとして船首甲板《フォックスル・デッキ》に上ってゴロリと寝てしまった。ところが、恐らくスコールに依る急激な温度の変化が原因したのだろう、遂に彼の心臓は停止してしまったのだ。事務長《バーサー》が発見した時の水夫長《ボースン》は、もう一個の屍体にすぎなかった。

ポナペに待ちかまえている運命に脅えていた事務長《バーサー》にとっては、安らかに永眠した水夫長《ボースン》がどんなに羨しかったであろうか。やがて彼の屍体は袋に納められて、底知れぬ海原で誰にも妨げられずに終るのだ——彼奴はキットそんなに考えたに違いない。

しかし、彼奴は人も殺せぬかわりに、自分をも殺し得ぬ人間だった。けれど、そうかと云って、明らかに捕われる身をポナペに運ぶことは堪えられない。彼奴が苦しんでいたのは、いかにして本船から逃亡すべきか、の一事であった。

そして、今、目前に水夫長《ボースン》の死体を眺めた時、悪魔のような企みが忽ちの内に彼奴の脳裡に閃いたのだ。それは、当然海中に投棄《レッコ》される水夫長《ボースン》の屍体に代って、自分が逃亡する事を発見したのであった。

だが、彼奴の考えついたのは、モンテ・クリストのように袋の中の屍体と身代りになるような危険な手段ではなかった。僕はつくづくと事務長《パーサー》を甘く見ていたことを後悔しているのだが、彼奴の智恵の鋭さはただ驚くばかりであった。その方法は少し廻りくどい嫌いはあったが、彼奴としては最も安全な計画を組立てたのだ。

事務長《パーサー》がまず最初になすべきことは、屍体に自分のシーナイフを刺すことであった。この場合殆ど血潮は流れなかったはずだが、幸運にもスコールの訪れがその不備を補ってくれたのだ。そして、次にはあの面を取ってきて屍体の顔にのせて置く――これだけで彼奴は充分自分に嫌疑の掛ることを確信していた。彼奴としては自分が犯人だ、と、思わすことが計画の重大な要素であったから――。だからこそ、彼奴は、僕の質問にも隠す必要がなかったのだ。却って進んでまで自己の不利をさらけ出した。彼奴としてはせいぜい疑って欲しかったのだ。どうせ次の港へ着くまでは自由を拘束されることのないのを計算に入れていたのだろうし、それも永い間ではない、たった一日だけで彼奴のお芝居は終る予定だったたから……。

さて、計画は図にあたった。万事支障なく進んで水夫長《ボースン》の水葬も済み、次は彼奴自身が脱船する重大な場面となった。

僕は考えるのだが、彼奴が周囲に島影一つないあの大海洋カロリン海盆を舞台に撰んだのは、完全に自分が抹殺されたことを強調するためではなかったろうか。

いよいよ、その夜が来た。

事務長《パーサー》はボート甲板《デッキ》に上ってチャンスを待っていた。彼奴の計画は、殺人の嫌疑を受けたが身の潔白を証明するために自殺するという筋書だったのであろう。それをより以上効果づけるためには投身現場の目撃者が入用だった。そして、その役目を仰せつかったのが君さ。

君はボート甲板《デッキ》に上って来た。チラリと横顔を眺めて面を冠っているのに驚く。時はよし。ハイッとばかりに真逆様にドンブリ――

どうだい、驚いたかね。君が見た面の人物は、実は水夫長《ボースン》の屍体だったのさ。

アハハハハ、吃驚しているね。どうして、どうして、あの用意周到な事務長《パーサー》が危険な飛込み《ダイビング》なぞやらかすものか――。

彼奴の行動は一見何でもないように見えたが、その実頗る有効に無駄なく働いていた。閑の多い事務長《パーサー》が水夫長《ボースン》の室に居たとて、人々は怪しむどころか、却って罪亡しをやってるなぐらいに考えたことであろうが、彼奴は屍体の入れ替えという大切な用件があったのだ。あの袋に何を詰めたかは知らないが、水葬の時には彼奴が上半身を抱いていたのだから、下半身だけを気づかれぬように細工すればよかったのだ。こんな細い点も彼奴にしてみれば予定の一つだったに違いない。

彼奴が屍体を必要とした第二の理由はつまりボート甲板《デッキ》に有ったのさ。しかも、彼奴は憎らしいほど緻密に筋書を作っている。屍体が独りで立って、しかも、海へ飛込むなんて、凡そベラボウな話だ。しかも、その困難な仕事を彼奴は見事にやってのけた。

彼奴は屍体の死後硬直という事実を勘定に入れていた。硬直した屍体はちょっとした支えがあれば立派に立っていられる。あの手摺《ハンドレール》に手の跡がなかった理由はこれで明らかになった。――君が話しかけたのは物云わぬ屍体だったのさ。

水夫長《ボースン》の屍体はかくして有効に二度のお勤めを果した。面の謎もここに至って解ける。つまり、水夫長《ボースン》の顔を隠すためだった。

だが、屍体が動いたトリックの正体は？　云うまでもなく、例の下りなかったボートの木製滑車《ブロック》だ。あの滑車《ブロック》を通った旗紐《フラグライン》が屍体を支えていたのだ。勿論、事務長《パーサー》自身もボートの蔭に隠れていて、時を見計って低い叫声を聞かせ旗紐《フラグライン》をゆるめる。トタンに屍体は丸太棒の如くマネキン人形の如く海中へ転落さ。

しかし、未だ事務長《パーサー》には最も大切な仕事が残っている。彼奴はボートの一員として混れこまねばならなかった。これが、彼奴の計画中の最難関だった、と思う。だが、いつの場合にも、彼奴のやっていることは露見したところで何でもないのだ。どれ一つ取上げてみても、せいぜい屍体毀損以上の罪名に抵触するものはない。そうした容易感が彼奴の計画を楽に運ばせた、とも云えよう。

さて、いよいよ最後の土壇場となった。彼奴は捜査中のボートからソッと海中に滑り下りて、そのボートを転覆させた。ボートが潮に乗って流れたのか、彼奴自身が引張って逃げたのか、それはどちらでもいい。

ただ、彼奴が事前にボートに常備してある非常食糧が流れないだけの手段を講じていたであろうことは想像に難くない。あれだけの食糧が有れば悠に一ケ月は過ごせるはずだ。

――さて、これで事件の説明はスッカリ終った訳だが、ついでに僕の推理過程を蛇足として附け加えてみよう。

僕は以前から手品という奴が好きで、自分でもかなり研究したことが有るがなかなか興味の深いものだ。手品にはタネの有るのと手先の器用でやる、所謂ハンド・マヂックの二つが主流をなしているが、タネの有る手品は一見摩訶不思議に見えても少し考えればすぐ判るものだ。僕はそれを見破る方法として、いつも結果から逆算してゆくんだが、今度の事件も一種の手品であったため、僕の推理もそれに従ってやればよかった。

僕は先に事務長《パーサー》の計画は偶然が協力した、と云ったが、僕もまた偶然に恵まれたと云えよう。ボート甲板《デッキ》のペン塗りという偶然がなかったら、屍体のトリックも判らなかっただろうし、面の謎も解けなかったに違いない。実際、僕はペンのはげように疑問を抱いたために屍体を発見し同時にトリックも看破出来て、一つ一つ逆に考えてゆくと、その筋書が鮮明になったのだ。そして、最初に戻り事務長《パーサー》のポナペに対する不安の原因を知った時に、一切は明白となった。

事務長《パーサー》は素晴しい智能を持っていたが、同時に感嘆すべき名優でもあった。事件発生から脱出に至るまでの名演技には全くしてやられたではないか。

また、この事件を顧りみて、我々の生活母体である船の特異性を遺憾なく利用している点も敬服に価する。事実、これが陸上だったらせっかくの名脚本も殆ど役に立たなかったことであろう。

――カロリン海盆はびょうぼうとして果しがない。しかし、事務長《パーサー》は確固たる脱出の見通しをつけて決行したものと考える。僕は彼奴が必ずやいずこかの島に安全に逃れえたことを信じている。

僕は一度彼奴に逢いたい。そして彼奴の明晳な頭脳と優れた演技に讃辞を呈して、同時に僕の推理がどれだけ事実に接近しているかを確めたいのだ」

推理ごっこ

1

探偵小説には、読者が何気なく読みすごしてしまう一見平凡なつまらない会話や説明のなかに、実はその小説に重大な関係をもっている、言いかえれば小説の中に起ってくる事件を解決する大切な手がかりがかくされていることが珍らしくありません。

探偵小説とは、つまり作者と読者との知恵比べなのです。作者は問題を出して、その問題を解くカギを、読者に気づかれぬように、そっと文のなかに何気なく現しておく。それが気づかれぬようにうまく書けていれば、いるほど、読者がナゾを追いかけて頭をひねり回し、最後に至って、なあんだ、そうだったのか、と、感心することになり、その探偵小説は成功だった、ということになるのです。

これから申上げるお話は、だれでもよく御存じのある事件から取材したものですが、さて、読者の皆様はこれを読んで、作者のねらっている、つまり、作者がうまくかくそうとしている事柄を、最後の章を読むまでに発見されるでしょうか？　もちろん、作者である私は、この小説のナゾを解くだけの材料を、少しもかくしはしません。堂々と読者の眼にふれるところに並べておきますがただ、それらのカギは、霞につつまれた春の空のように、ボンヤリと正体を秘めていますから、うっかりすると見すごして、後になって、しまった！　と、いうようなことになるかも知れません。

話は二人の探偵小説好きの男の会話から始まります。

×

片目珍作君は下手な探偵小説ばかり書いている、俗にいう三文作家です。片目とは変な姓ですが、これは親譲りの苗字であって、決して丹下左膳のようなメッカチではありません。それどころか、両眼とも一・二の優秀な視力を持っています。これは小説の筋には関係のない事ですが、片目君はよくメッカチと間違えられるので、いつも、そのことを気にしていますから、片目君に代って申上げておく次第です。

この片目君の住んでいるアパートへ、これも同じように、売れない探偵小説を書いて喜んでいる、やはり三文作家の荒井八太君が押しかけて来ました。それは、初夏の風がすがすがしいある日の夕暮どき、正確にいうと五時半ごろでした。

この二人は顔を合せると、口角泡を飛ばして、探偵小説論をまくしたてるのが常で、おたがいに考えついた探偵小説の筋を語ったりまた、そのナゾの当てっこをやったりして、楽しんでいるのでした。

なにしろ二人合しても、せいぜい六文程度の作家ですから、タイして感心するような名論が出てくるはずはないのですがしかし、三文と三文には、それ相応の抱負識見があるもので、二人は向い合っておしゃべりに時を過ごすのが何よりの楽しみでした。

二人とも自分では探偵作家だ、と自称しているけれど、小説を書くことはトテモ下手くそなんです。第一、皆様は、片目珍作だの荒井八太なんて人の小説は御存知ないでしょう。おそらく二人ともまだ活字になったことはないはずです。それほど、いわば詰らぬ作家ですけれど、仲のいい二人は、二人の間でだけ作家としていばっており、顔を合わせると、ナゾだの推理だのと、変な話を持ち出して、相手を困らしては喜んでいるのです。

ところで、荒井君は前日に片目君から、むつかしいナゾを提出されてサンザン悩まされたので、今日はその仇うち、というわけで次のような話を始めたのでした。

「どうだい、ひとつ、これから聞かす変てこな事件について、適切な解決をつけてもらいたいものだが……問題はこの物語に一番ふさわしい題をつけること、その題をつけた理由を説明すること――この二つだ」

「よしよし、じゃあ話せよ」片目君は楽しそうにうなずいて、さてと耳をかたむけました。

さあ、ここで、作者の私も、読者の皆様に片目君に課された問題について、負けないように、答えて頂きたい、と、お願いしておきましょう。

荒井八太君はオモムロに口を開いて話しだしました。

×

終戦後、といっても、もうずい分の年月が経過したが、この話は大体終戦一ケ年後ぐらいの秋のころと思っていただきたい。

祖父江《そぶえ》君は最近南方から復員したばかりで、まだこれといった定職は持っていませんでした。幸福なことには家は無事に残っていたので、生活に困るようなことはなかったのですが、食糧事情が大分きゅうくつになってきたので、ひとつ買出しに行って来ようかな、と、リュックサックを肩に家を出かけました。

2

その頃は御承知のように乗物といえば、まるでけんか腰でないと乗りそこなう、例の殺人列車時代でした。祖父江君は神戸から姫路へ出て、姫新線《きしんせん》に死物狂いでブラ下ってやっと目的地のN駅に着きました。もっとも目的地といっても、N村に知人があるのではなく、近所の人があすこへ行けば米でも野菜でも安く買える、と話していたので何となくN村へ行くことにきめただけで、生れつきのんき気な性質に出来ている祖父江君は、とにかくそこまで行けば何とかなるだろうぐらいの考えでやって来たのでした。


しかし、さて汽車を下りてみると、どちらの方面へ足を向けていいのやら、のん気な祖父江君もちょっと困ったけれど、まあ行きあたりばったりさ、と、人の歩いてゆく後をゾロゾロついてゆくことにきめました。

「おや、祖父江さんじゃありませんか？」

ふいに名を呼ばれて、祖父江君はびっくりして振り返ると、なつかしそうに眼を細めている青年が近寄って来ました。

「やあ——」

といったけれど、ハテだれだったかな？　見たような顔だけれど……

「お忘れになりましたか、武井です、武井進です、ホラ、姫路の連隊でお世話になりました……」

「あっ、武井君か、いや失礼々々」

うんうんとうなずいて祖父江君はやっと思い出した。随分以前の話だった。あれは昭和十八年ぐらいだったかな、祖父江君が伍長時代に自分の部下として勤務していた男がこの武井君なのです。

「これは、久しぶりだったなあ」

「祖父江さんも御無事でよかったですね」

「うん、どうやら生残ったよ、君も元気で何よりだね」

祖父江君はお人よしだったから軍隊生活においても部下に評判がよかったが、特にこの武井君はおとなしい真面目な男なので可愛がっていたものでした。聞いてみると武井君はこの村でかなりの田畑を持っている農家だとのことに祖父江君はスッカリ喜んでしまいました。

「それは好都合だ、実はねえ君、買出しに来たのだが、アテがなくて弱っていたのだ」

「そんなことならお安い御用ですよ」

二人は肩を並べて歩き出しましたが、武井君は思い出したように、

「時に馬場さんはどうされたでしょうか?」

「馬場君か、アイツもぼくと一しょに復員してきて元気でやってるよ」

祖父江君はそういってちょっと顔を曇らせました。というのは、馬場君に関してはいやな思い出があったからです。姫路に勤務していたころ、馬場君は上等兵で、鬼がわらと噂《うわさ》された意地悪のいわば典型的な古参型だったのです。軍隊で〝気合を入れる〟と称して、無意味に兵隊をなぐったりすることは上長の特権のように振舞われていましたが、馬場君はそれがはなはだしく、彼のためにどれだけの兵隊が苦しめられてきたか、兵隊たちは屋根の鬼がわらをみただけで、馬場君を連想してちぢみ上ったぐらいでした。殊に武井君は、祖父江君が可愛がっていたので、反動的に馬場君からはいつもにらまれていたのですが、ある日、こんな事故が起ったのです。

武井君が炊事当番をやっていた時に、つまみ食いをしたのを運悪く馬場君に発見されたのです。馬場君はコイツとばかりにどなりちらしたあげくに、手近にあった肉切ぼうちょうを振まわしておどしたのが、どうしたはずみにか武井君の右手の人指し指を第一関節から切り落してしまったのでした。馬場君としても故意にやった訳ではなかったのですが、武井君はとうとうそのために不具者として召集解除となってしまいました――。

「しかし、考えてみると何が幸せになるやら……結局私はそのためにこうして命を永らえていますし、戦友たちは南方へ行ってほとんど戦死したのですからね!」

武井君は丸くなった指をながめて感慨深そうに言いました。

「その意味でむしろ今では馬場さんに感謝しているんです」

祖父江君は明るい武井君の言葉に胸を打たれた想いで

した。

　武井君の家は駅から一里ばかり離れた、周囲を竹藪に取巻かれたさびしい場所でしたが、なかなかに立派な家で、昔お世話になった恩返しとばかりに、下にもおかぬ歓待ぶり、その上米だの野菜だのと、背負い切れぬほど目の前に並べられて祖父江君は目を円くして喜びました。

　さて祖父江君は思いがけぬ幸運に恵まれて神戸に帰ってくると、家の近くで思いがけぬ人に出合いました。

3

「お前、馬場君じゃないか」

「やあ、祖父江さん、買出しですか」

「うん、いや、今日は珍らしい人によく逢う日だ」

　噂をすれば何とやら、今日馬場君に逢うのは偶然とはいえ因縁ただならぬといえましょう。

「馬場君、どこへ買出しに行ったと思う？」

　祖父江君はリュックサックを揺すって、

「武井の家へ行ったのだ。君にも来てくれといってたぞ」

と、今日の奇遇を語りました。

「ほほう、そうかい、それはうらやましいな。しかし、私はちょっと武井に逢いにくいや」

「なあに、心配するな。今日もあの時の話が出たのだが、今じゃかえって君のおかげで命拾いをしたと、喜んでいるぐらいだよ」

「そうかなあ」

「そんなことを気にしないで行ってみたまえ。久しぶりだし、きっと喜んでくれるぜ」

「ふうむ、行ってみようかなあ――」

　馬場君は重そうなリュックサックを見ると心が動いてきました。

　この馬場君という男は、意地悪のくせに気の小さい性質でした。武井君の一件はあの当時の軍隊生活ではありがちのことですから、さほど気にすることはないのですが、そうかといってノコノコと出かけるのは良心がとがめてならない。けれど、馬場君は半面非常に欲の深い男でもあったのです。祖父江君が肩に食いこむほどの荷物を持って帰ったのを見るとうらやましくてたまらない。殊に食糧不足の折柄です。いろいろと迷ったがどうも人間は欲の方が強いらしくその翌日には思い切って汽車に乗っていました。

教えられた道をたどって武井君の家に着いた時はさすがに面恥《おもはずか》しかったが、思いのほか武井君は愛想よく彼を迎えてくれました。

「よく来て下さいました。昨日も祖父江さんとお噂していたばかりですよ」

座敷に通されて、祖父江君の話にあったような御馳走が並べられると、馬場君は有頂天になってしまいました。少し図々しいかな、と思いつつ出したリュックサックと二つのふろ敷には純白の米や芋なぞがハチ切れるほど包まれました。

「幾らにしてもらえるだろうか?」

それでも馬場君は一応財布を出してみましたが、

「御冗談でしょう。およろしければ、またいつでもおいで下さい」

武井君の言葉に送られて、家を出たのはもう足許が暗くなったころでした。

(二斗は充分あるな)

肩にメリこむ重さ、両手に提げた包みのかさの高さこれだけあれば当分は安心だ、と思うと、少々重いぐらいは何でもなかった。

(我が物と思えば軽し、か)

馬場君はホクホクして道を急ぎましたが、何といっても少し荷物が多過ぎたのでしょう、二町余りも歩くと早くも疲れが出てきました。竹藪を過ぎたあたりで馬場君はリュックサックを下して一服することに決めました。なあに、夜道に日は暮れぬ、終列車に間に合えばいいのだ。

汗をぬぐって煙草に火をつけた時、だれやら近づいて来る足音に胆玉の小さい馬場君はギョッとして身をすくませました。暗やみにすかしてみると、一人の男が近づいて来ます。どうやら農夫らしく手ぬぐいでほおかむりをしていたが、彼の前まで来ると急に顔をあげてにらみつけました。

「あッ!」

馬場君は真蒼になって動けなくなりました。その男の顔は、口が耳まで裂けていて、恐しい歯をむき出しているではありませんか。

「鬼だアッ!」

一声叫んで逃げ出そうとすると後から肩を押さえる者があります。振返ってみると、これもまた、ランランと眼を光らせた鬼の顔をしています。

「ワアッ！」

夢中になって馳け出そうとする途端に、グワと眼から火が出たかと思うと、そのまま何もかも判らなくなってしまいました。

それからどのくらい時間が経ったのか、馬場君がふと我に返った時には、月が出て周囲は昼のように明るくなっていました。

ようやく起き上ってみると頭がズキズキと痛む。荷物は？ と見まわしてみると、リュックサックは残っているが、ふろ敷包みは二つとも見えません。

（強盗だったのか？）

馬場君はホッとため息をつきました。しかしリュックサックだけ盗られなかったことはせめてものもうけもの、と、思ったのですが実は、災難はそれだけではすまなかったのです。

4

幾分荷物が減ったのと、恐しさも手伝って、馬場君は痛む身体を急がせると、ともかくも終列車の間に合って神戸へ帰って来ました。

だが、家へ戻ってリュックサックを開いた後、馬場君はうーんとうなり声をあげました。大切な米はいつの間にやら砂と入れかわっているではありませんか。あの泥坊め、何とひどい悪戯をしやがるのだ――馬場君は口惜しさのあまりにポロポロと涙をこぼすのでした。

「――これで話は終りだがね」

荒井八太君は煙草に火をつけてどうだいとばかりに片目珍作君をみつめました。

「ヘンな話だね、チッとも面白くないじゃないか」

「うん、まあ、つまらないに違いないさ。しかし、これを少しでも面白くなるように説明するのが君の仕事さ」

「題をつけろ、と、いったね」

片目君はちょっと考えました。荒井君は何をたくらんでいるんだろうか。

「ところで、もう何時ごろかなあ」

と、荒井君に聞かれて、

「時計なんぞあるものか」

片目君がブッキラぼうに答えると、荒井君は苦笑しながら、ふと思いついたように、ラジオのスイッチをひねりました。

片目君はじっと考えています。この二人は前にいったように、いつもこうして自分の作った推理小説めいたものを語り合いながら、相手に解答を求めて、勝ったとか負けたとか言って楽しんでいるのです。従って、荒井君の話は片目君への挑戦というわけです。妙な下らぬ話でも、うまく最後に解決を与えると、その話が生きてきます。それを荒井君が求めているのですから、片目君たるものはウカウカと変な解釈をしては、ザマアみろ、と、笑われることになるのですから油断は出来ません。

「おやおや、もう六時を過ぎているよ」

荒井君は大きくあくびをしました。ラジオはおなじみの英会話の時間で〝シンギン、スパローチルドレン、ウー……〟と、あの歌が聞えてきます。

「うるさい」

片目君は手を延ばして、パチリとスイッチを切りましたが、どうしたのか急にニヤリと笑みを浮べて、

「なあんだ、そうだったのか」

と、首を振ってうなずきました。

さて、どうやら片目君は、荒井君の話に対する結末を考えついたようです。

「どうだい、いい解決がつきそうかい？」

荒井君は悪戯っぽい眼で言いました。

「うん、判ったよ。妙なことを考えたものだねえ」

片目君は頭の毛をモジャモジャといじりながら、ニヤニヤと語り始めました。

「題はあとまわしにして、話の内容について説明してゆこう。まずあの強盗はだれか、というのなら、武井君の悪戯、と、答えよう。一度進呈したものを、妙な手数をかけてとりかえすなんて少し筋の通らぬ話だけれど、それだけの理由があるんだから仕方がないさ。第一、この話に出てくる三人の人物の名前がそもそも人をなめているよ」

「バレたかな」

と、荒井君はテレ臭さそうに笑いました。

「どうも聞いたような話だ、と思ったら、やっぱりそうだったのさ。祖父江の江を取ると、祖父、つまりおじいさんだ。馬場は従ってお婆さん。そこへ武井進はちょっともじって、たけにすずめ、と、いうわけだね。おじいさん、お婆さん、すずめ、そして舞台は竹やぶ付近……欲深婆さんの重いつづらに鬼が現れて、お土産の米が砂に変ってしまうとは舌切雀の昔話さ。舌を切られた

というとハハーンとすぐ判るから、指にしたところが君の細工だったのだね。ラジオの〝雀の学校〟の歌まで聞かされればだれだってピンと来るさ。そこで題は〝モダン舌切雀〟とでもするかね」

「ハハ……、また、片目君に負けたらしいな」

と、荒井君は愉快そうに腹をかかえて笑い転げていました。

さて、読者の皆様には、これが〝舌切雀〟だった、と、片目君より先にお判りになっていたでしょうか?

二つの真相

（一）

駅を出るヒヤリとした夜気が身を包んだ。

健三は改札口を出ながら、自分と同じ方面に帰る人は居ないかしら、と、電車から降りた十人ばかりの人たちの動きにチラッと眼を配った。が、その人たちが思い思いの方向に散ってしまって、有吉町に帰るのは自分だけと判ると、諦らめて足を速めた。

駅を出る時に見ると九時五十分だった。遅くなったな、と、思った。

若いのだから、ダンスや映画で遊んでくるのは仕方がないと、母親はあまりやかましく云わなかったが、物騒な夜道を心配した。

どこの戦災地も同じように、この辺り一帯も、芦屋駅附近こそどうにか家が建ち並んだけれど、健三の住んでいる有吉町——その辺は約五十戸ばかりが幸運にも焼け残っていた——その一画に至る道筋の、鉄道線路を挟さんだ約一丁余は焼跡のまま、瓦礫とペンペン草の広ッ場になっていて、時々、強盗や痴漢が現れるとの噂だった。

瀬木健三は、神戸のＳ鋼管製作工場の事務所に勤めている、二十七歳の真面目な青年である。彼ぐらいの年輩では、大部分の若者が復員者で、急変した運命に虚無的な思想を持っており、社会を見る眼が妙に歪み、荒々しい振舞や自堕落な生活に、頽廃的な魅力を感じたり、間違ったヒロイズムを振廻したりするのが普通で通っている現代の風潮から考えると、健三の温厚な性質は今の時代に珍らしい、と、近所の人たちが褒めるのも、あながち大袈裟なお世辞とは云えない。

学生時代に患った肋膜が原因で、倖せにも兵役は免れた。それでも、戦争中は学徒動員の渦に巻きこまれて、兵器工場に追いやられたけれど、惨虐な戦場の生活を味わなかったことが、生れながらの優しい性格を曲げずにすんだのであろう。

もうそろそろ結婚してもいい年齢だが、母親は何も云わなかった。というのは、健三には適当な対象となる人があり、お互いに結婚を前提として、楽しい交際を続けているのを知っているからである。

二十二歳になるその娘は水口澄子といって、健三の近所に住んでいる。彼の家からタラタラと坂を上ったところが住居で、K大学部の数学教室に助手を勤めている兄の正信と二人きりの生活だった。従って澄子は母と主婦の二役を兼ねていた。

「兄さんが、お嫁さんを貰うまでは、あたし、家を離れられないわ」

と、澄子は云い、健三もそれを諒として、その時期を待っていることも、母親のみつ子は知っていた。

みつ子にしてみれば、父親のない一人息子のことでもあり、澄子の話を聞くと心配になって、どんな娘さんかしら、と、秘かに近所で問合せたことがあった。澄子が健三に相応しい、気だてのやさしい可愛らしい娘だと判ると、みつ子は安心して、もう息子の嫁と決めてしまった。けれど、兄の正信の評判はあまり香ばしくなく変人だとの噂だった。そう云えば、健三も、澄子と相当なところまで話の進んだ間柄になっているにも拘らず、正信には少しも親しめなかった。健三にしてみれば別に毛嫌いする理由はなく、むしろ進んで近寄たいのだが、正信は至って無関心で、殆ど口を利いたこともないぐらいであった。ときおり道で逢うことがあるが、そんな時、健三は愛人の兄として、特別な敬愛の情をこめて挨拶をするのだけれど、軽く頷くだけでムッツリと笑顔一つ見せたことがなかった。

「兄さんは、あんな性質なの、気にしないでね……」

澄子はいつも兄の代りに弁解して、

「でも、ほんとはなかなか思いやりのある親切な人間なのよ。あたしたちのことだって、よく知ってるわ。お前の行く道に僕は反対しないさ、と、云ってくれてるぐらいだもの……」

健三も始めの内はなんとなくなじみ難い怖い人と思わぬでもなかったが、澄子にそう云われてからはスッカリ安心して、却って正信の無愛想な振舞は、学究の徒に有り勝ちなものだと、尊敬の念さえ抱くようになった。

焼跡にさしかかった時、前方からバタバタと駆けて来る足音に、健三はギクリとして立止った。先方でも健三に気附いたらしく、急に歩調をゆるめて摺れちがうと、また、足を速めた。振返ると小走りに闇の中へ消えてゆく後姿が見えた。

変な奴だ、と、思ったが、自分に危害を加える者でないと判ると、ホーッとした。

健三は臆病者ではなかったが、暴力を嫌悪する気持が、いつの間にか彼を小心にしていた。いざとなれば、学生時代に習った柔道で一人ぐらいの敵なら戦える自信は有ったけれど、狂犬のような人種を相手に喧嘩するなぞ考えても厭だった。

曇ってはいたが月が出ているらしく、焼跡の道がボウッと浮び上っていた。

健三は足を急がせながら、ふと、今、摺れちがった男の後姿に、見覚えがあるように思った。もちろん顔は判らなかったけれど若い男だった。

（誰だったかしら？）

近所の人をあれやこれやと思い浮べてみたが心当りはない。

（ハテナ？）

その男は、健三とほぼ同じぐらいの背丈だった。

「思い出せない」

健三は独り言を云って苦笑した。そして、テレ隠しに、最近ホールでよく演奏される、新しいアメリカンジャズを口笛で吹いてみた。突然、

「おいッ」

低い声が聞えると同時に、後からグッと身体を抱きすくめられた。全く、不意打だった。

アッと叫んだが、次の瞬間、この男を背負投げで投げられるかしらと、健三の頭は忙しく働いた。

男は無言で両腕に力を加えた。駄目だ、と悟ると、彼は、両腕を可能な限り伸ばして、ウンとばかり凄まじい力をこめて、肱で後の敵の胸部を激しく突いた。

健三はこの手が相当有効で、時としては敵に致命的な打撃を与えることを知っており、澄子に護身術として教えたぐらいだった。

彼の一撃は効果があった。男は低く呻くと手をゆるめた。

その隙を狙って、健三は夢中で駆け出した。振返って敵に勝負をいどむなぞ彼には及びもつかぬことだった。

久しく走らないので、激しく息切れがするのを感じながら、彼は懸命に走った。後を振向く余裕なぞぜんぜんなかった。

鉄道線路を越えて十間《けん》ばかり行くと有吉町だった。町筋の電燈の光が彼には救いの手のように思えた。

家の近くまでくると、始めて彼は足を止めて、ハアハ

アと肩で呼吸をした。

前にも一度、酔っぱらいに絡みつかれた時、息を切らして家に駆けこんだので、母親のみつ子が顔色を変えて大騒ぎをしたことが有った。健三は重ねて心配させるまいと動悸の納まるのを待って家に足を向けた。

家の前まで来ると話声が聞えた。近寄ってみると、母親と隣家の小諸さんの奥さんだった。

「唯今――」健三はどちらにともなく声を掛けて「どうかしたんですか?」

二人の話振りが普通でないのを感じたからである。

「あ、お前――」みつ子は彼の姿を見ると大袈裟に溜息をついて「遅いので心配していたんだよ。お前、どうもなかったかい?」

「いえ、別に……」

健三はちょっと狼狽した。

「小諸さんが強盗に遭われたんだよ」

「強盗に……」彼はドキリとして「それはいつのことです?」

小諸の奥さんは蒼い顔をしていた。

「つい先のことなんです。焼跡で襲われましたの」

「お前とはひと電車早くお帰りになったんだけどね」

小諸はM百貨店の六階主任で、今夜は新しい催物の打合せがあり遅くなっての帰途、災難に遭ったのである。強盗は駅から尾行して来たらしく、焼跡の鉄道線路附近まで来るといつの間に拾ったのか、鉄のパイプを振上げて脅迫し、財布と腕時計を強奪して、駅の方向へ走り去ったとのことである。

「――暗いのでよく判らなかったが、若い男だったと云ってます」

「ほんに、今ごろの若い者はねえ」

と、みつ子が嘆じるように云った。

「今、弟と一緒に交番へ届けに行きましたの」

「そうですか。そりゃ飛んだ災難でしたね」

健三は、そう云いながら、先刻擂れちがった若い男が、その強盗だったのか、と、ゾッとした。同時に自分を襲ったのも、やはりあの男に違いない。通り過ぎてからまた後戻りをして尾行て来たのだ。僅かな時間に二度も襲うなんて、全く図々しい奴だ。だが、よく鉄管で殴られずに済んだものだ、と、首を縮めずにはいられなかった。

僕もその強盗にやられかけたのです、と、思わず口から出かけたが母親の顔を見ると、無事に済んだものを余計なことを云うまい、と、彼は口をつぐんでしまった。

（二）

ほんとにお前も気をつけておくれよ。遊ぶのもいいけれど、せめて九時には家へ帰るようにしてくれないと、わたしは待っていても気が気じゃないんだよ。と、みつ子がくどくど云うのを、フンフンと頷いて床に入った健三は、トロトロとしかけた頃、表戸を叩く音にハッとして眼覚めた。十二時前だった。

（誰だ？　今ごろに）

首をひねりながら起上ると、みつ子も気附いていたらしく、

「健三、気をおつけよ、泥棒じゃないかね？」

と低い声で云った。

「誰方《どなた》ですか？」

健三は内部から大声で、とがめるように奴鳴った。

「あ、健三さん――」

その声は澄子だった。健三は吃驚《びっくり》して、

「どうしたんです、今ごろ――」

急いで錠を外して戸を開くと、澄子が不安な面持で立っていた。

「こんな時間に、すみません――実は兄さんが十時前に出掛けたきりまだ帰って来ないんです――」

澄子はオロオロ声で口早やに事情を説明した。

今夜、従弟の裕治が来ることになっていた。裕治は、澄子の亡くなった父の弟で、雑貨商を営んでいる水口竹造の次男である。男二人女三人の五人兄弟だったが、長男は南方で戦死したので、裕治が後継者になっていた。今年二十歳で、去年高校を卒業したが、成績不良のため進学も出来ず、家にブラブラしている。本人は勉強が嫌いだから、大学へ入れないのをもっけの幸と、高校時代の不良仲間で気の合った連中と、毎日ロクでない遊びに日を送っていたが、次第に性質が荒んで酒は呑む、女は買う、喧嘩沙汰は日常の茶飯事で、近頃はボクシングクラブのバッチなぞ着けて、盛り場を練り歩き、どうやらタカリなぞ平気でやっている様子。

長男を失くした父の竹造が、甘やかしすぎたのがいけなかった。今では父の云うことなどテンで耳に入れない。持て余した竹造は、以前から裕治を可愛がっていた正信に時々意見してくれ、と、頼むのだった。終戦前までは年も若かったし、正信や澄子を兄姉のように慕っていた

ので、二人も真実の弟と思って可愛がってきた。それだけに、正信の云うことは、比較的よく聞いて、竹造がやたらに奴鳴つけるよりよほど効果があった。

今夜そちらへ行かせるから、また、お説教してやってほしい、と、竹造が学校へ電話してくると、正信は苦笑しながらも快く引受けた。正信は平素の厭人癖にも似ず、気が合うというのか、裕治にはよく冗談も云いふざけ合ったりして、むしろ彼に逢うのを喜んだ。澄子もクリクリ坊主時代の裕治の姿が今なお記憶に残っているので、子供扱いにしながらも、心から彼を愛していた。だから二人とも温かい愛情をもって、裕治を真面目な道へ引戻してやろうと幾度となく努力してきた。裕治も正信や澄子から、忠告された時は真剣な顔付で更生を誓うのだけれど、暫くするとまたぞろ逆戻りして、その度毎に悪化して行った。そして、最近では、懸命な二人の愛情にも拘らず、お説教はもう沢山だ、と云うような素振が見え、時には逆に反抗的な態度すら示すようになってきた。

ところが今朝のことである。竹造が顔色を変えて、正信の学校へ飛んで来た。なんでも昨夜、裕治の友達がタカリの現場を押えられて引致されたとのこと。幸にもその夜裕治は不良仲間と離れて麻雀をやっていたので、危いところを助かったけれど、竹造は次に来たるべきものを極度に恐れていた。今夜、是非差向けるから、うんと手厳しく叱ってもらいたい。もし、裕治が警察問題など起すようなことがあったら、わしは世間に顔向け出来ぬ、と、当惑し切った風に頼んできた。正信も今ではもう自分の力の及ばぬことを悟ったが、しかし、彼を愛している気持に変りはなかった。よろしい、ではもう一度、最後だと思って極力心を入替えるように説得してみましょう。と云うと、竹造は、頼みます頼みます、と、いくらか安心した風に帰って行った。

いつもそんなにして竹造が頼んで帰った時は、たいてい八時ごろには、テレ臭そうに頭をかきながら訪ねてくるのに、今夜に限って八時が九時を廻っても裕治の姿は見えなかった。遅いなあ、と、二人は時計を眺めては首をひねっていたが、到々正信は駅まで行ってみる、と云い出した。それはもう十時に近いごろだった。今ごろになって来なければ今夜は駄目だわ、あの子もたびたびのお叱言で来るのが厭になったのじゃないかしら？　と澄子が云うと、いや、来ることは間違いない。叔父さんだってやかましく云ったろうし、第一、うちへ来るのを厭がるほど、あいつの心は腐ってないと思う、とにかく、ちょっと行ってみる。でも、こんなに遅く、道が危険だわ。なあに、あいつ独りで来るほうがよっぽど危険だ、あいつ自身でなく他人様が、だ。と、正信は珍らしく冗談を云って家を出た——

「——あまり遅いので心配なものですから、探しに行こうか、と、思ってるんですけれど……」

探しに行く、とは云っても男ですら危い夜道である。途方にくれた澄子が、こんな時の頼りに出来るのは健三をおいて外に居なかった。

「どうも変ですな。終電車はとっくに通ったはずですからね」

健三は先刻の強盗を思い出して不安になった。

「どこをうろついてるんでしょうか、寄り道するような心当りもありませんし……」

「裕治さんは結局来られなかったのですか？」

「ええ、たびたびのことですから、兄さんもつい手厳しくお叱言を云うでしょう。だから、あまり来たくなかったのだろうと思うんです」

健三はいつだったか、正信や澄子と連れだって歩いていた裕治の姿を思い浮べた。若いくせに大人振って、妙に気取った見るからに不良らしい青年だった。

「とにかく行ってみましょう」

彼には澄子が心配する以上に、危険の可能性が切実に感じられた。手早く服を着替えると母親に声をかけて外に出た。

もう、うすら寒くなった晩秋の夜道を、二人は暗い気持を抱いて足を運ばせた。

人通りの絶えた道筋を駅に来てみると、終電車の通過した後とて、森閑として人気はなく、電燈も殆ど消されていた。

いよいよ正信の姿が見当らない、と、判ると新しい不安が湧いてきた。その内に澄子はふと思いついて、叔父の家へ行ったのでなかろうか、と云い出した。

「だって、それ以外に行くところが有りませんもの。きっと裕治さんが遅いので、自分から出掛けたのだと思いますわ」

そうした澄子の解釈は、自分の不安に対する慰めに過ぎない、と、健三は思った。彼の頭からはあの強盗の姿が去らなかった。正信と強盗を結びつけるような考え方は厭だったけれど、今の場合それが一番真相に近いと思えるのだ。時間的に云っても、正信が家を出た時と、強盗がこの近辺をうろついていたのと、殆ど同じではないか。正信はきっと強盗に襲われたのだ。

けれど、それからどうなったのか、となると、健三にも判らない。不慮の災厄に遭ったものとしても、まさか殺されたなぞとは考えたくなかった。それに澄子を慰める立場にある彼としては、軽々しく自分の想像を口に出すのは差控えなければならない。二人の異った観測はいずれも否定すべき材料もなければ、肯定すべきものもないのだから彼としては、澄子を安心させるために、彼女の意見に同意を示すより仕方がなかった。

「明朝になれば、心配しただろう、って、帰って来ますわ」

澄子は反対に健三を元気づけるように微笑んで見せた。だが、それは、ほんの僅かな間の小さな気休めにすぎなかった。

翌朝正信は鉄道線路附近で無惨な轢死体となって発見せられた。

線路は焼跡の中心地を走っており、死体は焼跡の道路から僅かに離れた地点の草に埋れていた。もし、その夜が月夜であったら、二人が見出していたのであろう。

（三）

不幸な知らせは駐在所を経て澄子の家に齎《もた》らされた。真蒼になって現場に馳けつけた彼女は、昨夜来の睡眠不足による疲労と、激しい衝動に堪えかねて、死体を一眼見ると失心してしまった。

遅れて来た健三や近所の人たちによって、家に連れ戻された澄子はそれから二三日の間、一種の精神錯乱に陥って、うわ言を口走り続けた。

警察の調査に対しては、健三が代ってその夜の事情を説明した。しかし、健三はあの強盗については、一言も触れなかった。それは摺れちがったあの男の後姿が、何となく裕治に似ていることを思出したからである。

現場は見通しのよく利く焼跡であり、誤って汽車に触れたとは考えられなかった。だが自殺する原因は皆無だし、解剖の結果、死後轢断の疑も起ったが、これは下山事件の例にもあったように、甚だ認定が困難なため殆ど問題にされなかった。結局警察はあやふやな内に過失死と認定してしまった。

正信の葬儀は澄子が漸く冷静を取戻した、三日目の午後に行なわれた。

通知を受けて、裕治と共に馳けつけた竹造は、間接の原因が自分たちにあるだけに、何と云って詫びていいのか、と、それのみ繰返して澄子を困らせた。

「お前が素直に来ていたら、こんなことにならずに済んだのだ。お前は親に心配をかけるばかりか、とうとう正信さんまで殺してしまったのだぞ」

平素は温和しい竹造が、顔色を変えて奴鳴りつけるのを見ると、澄子はたまらなく心苦しかった。

「叔父さん、あまり裕治さんを叱らないで下さい。何もかも運命ですわ」

新しい位牌を眺めて、悲し気に眼を伏せる澄子の姿に、竹造は尚更胸をかきむしられる思いだった。

「正信さんが迎えに来てくれていたのに、こいつは、こいつは呑気に麻雀なぞしていたのだ、――お前のような奴は死んでしまえ」

「そんなことを云ってはいけませんわ。裕治さんもこれからは心を入替えて、真面目になってくれたら、それで兄さんもきっと満足しますわ」

さすがに裕治は一言もなく、膝に手をついてうなだれていたが、眼には一杯の涙を溜めていた。

裕治とても心の底から悪人になり切ってはいなかった。いや、それのみか、正信の死が彼に与えた精神的な打撃は、想像以上に大きかった。感じ易い若い心は、少しの衝動にも影響される。それ故にこそ彼は誘われるままに悪の道にも走ったのである。しかし、こうした悲痛な現実に直面すると、青年の感情は激しく波打った。自分を心から愛してくれた正信の死に対する責任、いかにしてその責任を果すべきか――これが今の彼の心を締める総てであった。思いつめた若い人の心は、鋼鉄のような強靱さはあっても、柔軟性に乏しかった。自分の素行を改めることが、故人に対する唯一の餞《はなむ》けだ、と、考える前に、彼は直情的な行動を選ぼうとした。裕治は父の叱責に対して、遂に弁解しようとしなかった。その代り身をもって正信の霊に詫びた。

不幸は更に次の不幸を招いた。

その夜。通夜に疲れた人々の隙を狙って、そっと家を抜け出した裕治は、正信の最後の場所に身を横えた――。

×　　×　　×

それから数ケ月の後。一月も終りに近いある日、会社を退出しようとしていた健三は、久し振りに澄子からの電話を受けた。帰りに逢いたいとのことであった。

あれ以来、澄子はずっと神戸の叔父竹造の家に身を寄せていた。

愛する人の死。兄であり従弟である二人を失った打撃は、小さな彼女の心にはあまりにも負担が大きすぎた。澄子が殆ど病人のような日を過ごしているのを健三は痛ましい眼で眺めるのだった。時折見舞に立寄ることはあっても、落ちついて語り合う時はなかった。こうした痛手の恢復はただ時の流れのみがなしうるのだ、と、健三はその日の早からんことを、ひたすら祈っていた。

Oデパートの前で待合せた二人は、ゆるやかなトオアロォードの坂道を上って行った。幾分やつれてはいたが、澄子は以前の明るさを取戻していた。しかしながらさすがに淋しい影が感じられるのは、むしろ当然であった。

「今日始めて外出する気になりましたの。お逢いしたいとは思いながらも、明るい世間を眺めるのがなんとなく切ない思いだったので」

「無理もありません。だが、よく出て来てくれましたね」

健三はしみじみと云った。

「永い間、ほんとに永い間、世の中というものから離れていました。いっそ永久に世間と別れてしまおうか、とも、思いましたけれど……」

「若い貴女には不幸が大きすぎたのです」

「あたし、気が狂わなかったのを自分でも不思議に思っていますわ。運命を惨酷だ、と、どんなに呪ったか知れません」

「誰だってそんな気になるでしょう。だが、貴女がよく堪えて下さったことを嬉しいと思います」

「もう一度あんなことが有ったら、今度はあたしが死んでしまいますわ」

澄子は淋しく微笑んで見せた。

「もうこれ以上不幸があってたまるものですか。これからは、埋合せにうんと幸福にならなくちゃ――」

「ええ、あたしもそう思っていますの。貴方が、その幸福を齎らして下さる、と、それだけを希望にして、堪えてきたのですわ」

坂道を上りきると静かな山手に出た。夕陽が二人を包んだ。澄子の長い睫毛にキラリと露が光っていた。

二人はしっかり手を組んで、ゆるやかな歩みを続けた。悪夢だった不幸の渦を乗り切って、明るい希望を求めようとする姿だった。

「貴女が身心ともに健康を恢復する日を、母もどんなにか待ち佗びているのです」

「まあ――もう、もう、大丈夫ですわ、あたし――」

澄子の頬に涙の筋が流れた。

「泣いているんですか?」

健三の眼が柔しく笑った。

「女って幸福な時にも泣きますのよ」

澄子はうっとりと健三の肩に凭れた。健三はこみあげる喜悦を口笛にまぎらわした。澄子はじっと耳を傾けていた。

「その唄、よく裕治さんも口笛で吹いてましたわ。兄さんが口笛嫌いで、いつも叱られてたのを思い出しますわ」

健三はハッとして、

「御免なさい。せっかく忘れようとしているのに思い出させたりして……」

「いいんですわ。今はもう平気なのよ。却って懐かしく思うぐらいですの」

「それだったらいいけれど……」

「幸福になれるからって、あの人たちのことを忘れちゃ、すまないと思いますわ――あたしね、家に居る時、よく考えましたのよ、でも、どうしても判らないことがありますの」

「何がです?」

「兄さんと裕治さんが何故死んだのか、その原因が兄さんが過失死だなんて信じられませんわ。あれで兄さんはなかなか細心なほうだったんですもの、汽車にハネられたとは思えませんの」

健三は面を曇らせた。

「――それに裕治さんだって、自分が来なかったことを死ぬほどすまないと考えるなんて何だか、どちらの場合にも他に原因が有るんじゃないか、と、思うんですけど……健三さんはそんな疑問をお持ちになったことありません?」

「僕も考えてみました。そして、これが真相だ、と、信じうる結論を得ました――」

「聞かせて下さらない?」

健三は首を振って、

「死者の魂を揺すぶるようなことは止めたほうがいいと思います」

「そうかしら――むしろ、あたしは疑問を解決するのが、亡き人への義務だと思いますけれど」

「貴女の立場としては、そう考えられるのも当然かも知れませんね。だが、僕は、そんな話がまた貴女を苦しめはしないか、と、畏れるんです」

「大丈夫ですわ。どんな話だって、二人が死んだ以上に、あたしを驚かすはずはありませんもの」

健三はじっと考えていたが、

「明日まで待って下さい。明日の帰りにもう一度逢ってからにしましょう」

「ええ、いいわ、よく考えて下さいね。でも、あたしへのお心遣いなら、もう心配ありませんわ」

澄子は元気よく笑って見せた。二人は並木道を電車通りに出ると、手を握り合って別れを告げた。

少し歩いて健三が振返ると、澄子はジッとこちらを眺めて立っていた。

「どうしたのです?」

澄子は手を振って、

「なんでもないの。ただ、貴方の後姿が、裕治さんに似てるなあ、と思って見ていましたの」

「なあんだ。では、気をつけて」

「ええ、さようなら」

(四)

その翌日もよく晴れた、春を思わすような暖かい日であった。

重ねて逢える喜びに澄子の心は楽しさで一杯だった。電話口に立って健三を呼んでいる間も、胸がドキドキと波打っていた。

「もしもし、健三さん? 澄子ですわ、昨日はどうも……」

声をはずませて澄子は送話器の彼方に明るい健三の笑顔を描いた。

「もしもし、健三さんでしょう? 聞えます?」

だが、受話器を通じて流れてきた彼の声は、地獄の底から呻めいてるような、陰鬱さに覆われていた。

「もうすぐ出掛けます。元町シャドウで待っていて下さい」

たったそれだけ云うと、冷たく受話器を掛ける音が聞えた。

澄子は暫く空を瞶めたまま、立ちすくんでしまった。

（どうしたのかしら？　いやに沈んだ声だったわ）

不吉な予感がヒシヒシと彼女を取囲んだ。

一体何があったのだろうか？

愛し合う者は敏感である。些細なほんのちょっとした出来事でも、この上なく重大に響く。約束の場所で彼を待っている間、澄子は美しい眉をひそめて、じっと考えこんでいた。

茶房は静かだった。電蓄はショパンの〝シャンソン・ド・ラアディユウ〟を低音で奏でている。

また、不幸が来るのではあるまいか。もう、沢山なのに――澄子は身をすくませて、怯えおののいた。

だが、もう、その時には、恐ろしい運命が大きく口を開いて、彼女を呑もうと背後に迫っていたのだ。

四時を少し廻った頃、入って来た健三を一眼見て、澄子は自分の予感が当っていたことを悟った。だった一夜の間に、かくも人は変るものであろうか。

健三はあるかなきかの声で、お待たせしました、と云って椅子に腰を下ろした。

澄子は憂いと畏れをこめて彼を瞶めた。

昨日の希望と感激に満ちた健三の姿はどこへ行ったのであろうか。黙然としてあらぬ一点を凝視している彼は、一口に云えばあの世から帰ってきた死人のようであった。眼はくぼみ頬はこけ落ちて、皮膚は屍の如く蒼ざめていた。ムッツリと結んだ唇はまるで生色がなく、ただ、瞳だけが狂った人のように妖しい情熱に輝いて見えた。誰と向い合っているのか、と疑いたくなるほど、激しい変りようであった。

「御気分でもお悪いんじゃありません？」

澄子はおずおずと訊いた。

「なんでもないんです」

健三は口だけで笑ってみせた。話の継ぎ穂が切れて、二人は運ばれたお茶にも手をつけないまま、黙って面を伏せてしまった。

健三は眼を閉じて、乱れた思索と闘かっていた。心の中に渦巻いている嵐が、烈しい苦悶となって彼の面上に現れた。眼を開くと憂いに曇った澄子の顔が見えた。

「澄子さん――」かすれた声が呼んだ。「――兄さんと裕治さんの死の真相をお話ししようと思います」

それがこの人を苦しめていたのか。澄子は慌ててさえぎった。

「あたし、もう、そのお話伺いませんわ。聞きたく御座いません」

陰鬱な空気に堪えかねて彼女は悲鳴に近い声で叫んだ。

「――僕も話したくなかったのです。どんなに問われても申上げるまいと、思っていました――だが、どうしても黙っていられないことが起ったのです」

健三はポケットから、二通の封筒を取出して、テーブルに置いた。

「一晩中かかって、これを書きました。ここには、真相と信じられる二つの見解が書いてあります。そのいずれが真実であるのか、僕には判断が出来ないのです。しかし、いずれにしても、兄さんの死は明らかな他殺であったことに間違いはありません。僕はこれを貴女に選んでもらおうと思います。どうぞ、一通だけお持ち下さい」

健三は烈しい昂奮を押えるのに、懸命の努力をしているようだった。

「いいえ、あたし、どちらも欲しくありません。どうぞ――どうぞ、これはお納めになって下さい」

澄子は泣き出しそうに云った。

「僕もそうしたいのです。しかし、今となっては出来ない相談となりました――さあ、どちらかを取って下さい」

健三は自分の云っている矛盾に説明を与えようとしないで、弾圧的に澄子の前に二通の封筒を押しつけた。

それはもう避けられない運命と思われた。澄子にはその封筒を掴むことが、同時に新らしい不幸を掴む結果となることが判っていた。けれど、彼女は白い手を震わせてさしのべた。

「ああ――」

深い溜息と共に眼をつぶって、その一つを取上げた。

健三はくずおちる彼女を、悲痛な面持で暫く瞶めていたが、残った一通をポケットに納めると、そのまま立上って、酔っぱらった人のような足取でフラフラと出て行ってしまった。

その夜澄子は長い逡巡の後、封筒を開いた。未開封のまま健三に返却するのがいいように思われたが、恐らく彼は拒むにちがいなかった。澄子はどのような記録が書き綴られてあっても、決して驚くまいと心に誓って封を切った。これが運命なら甘んじて受けようという諦観と一つには謎を探求する好奇心も強かったとも云えよう。

封書の内容は次の通りである。

「私はこのメモを第一の真相と呼ぶことにする。昨日まで私は、これから書き綴ろうとする、あの不幸な事件に対する見解が、絶対に正しいものと信じていた。けれど、昨夜、貴女と別れて家に帰ってから、ペンを取上げて覚書の要点を書き抜いている内に、必らずしも私の考えていた処が正確だ、とは云い切れぬように感じ始めた。信念の裏附があってこそ、一つの理論は成立するけれどひとたび信念にひびが入ると、全く自信のないものになってしまう。その結果、私はふたとおりの解釈を持つことになり、そして、そのいずれにも真実性が含まれているために、自分としては果してどちらが正鵠か、との判断を下せぬようになってしまった。そこで、私は、ずるい方法を考えた。二つの真相を書いて、それを貴女の手で選んでもらう、つまり五〇％の可能性に真相を賭けようというのだ。貴女が甲を取るか乙を摑むか、は、運命に委すのみである。その結果に対しては、与えられた道に従順でありたいと考えている。従って貴女も選び残したもう一つの真相については、その内容を臆測する権利を放棄して、これのみが唯一の真相であると信じてもらいたい。

正信さんと裕治君の死は、当然不可欠の関連性を持っている。しかし、裕治君が、あの夜約束を破ったために、正信さんが不慮の死を遂げられ、それに対して裕治君が責任を感じて、自殺したことは、あまりにも事の真相としては、弱々しいように思える。つまり、死んで詫びをするほどの、迫真性が感じられない。だから、表面に現れた事実だけでは、貴女が疑惑を抱くのは当然である。

貴女が正信さんを愛していたように、裕治君をも愛していた事実を知っている私としては、誠に云うに忍びぬものがある。それ故に一度は私の見解を発表することを思い止まろうとさえしたのだ。けれど、最初に述べた通り二様の実相に直面したために、止むなく私は、貴女を苦しめる結果を承知の上で、それに触れなければならなくなったのである。

あの夜、裕治君が麻雀をしていたために来られなかったことは、友人の証明もあり一応真実だと、お父様の竹造氏も貴女も信じていた。

しかし、三人の友人の証明した所謂アリバイが偽りであったことを後日に至って私は確認した。裕治君はある理由の下に、友人たちに頼んで証言してもらったのだった。

あの夜、私が帰宅の途上で強盗に襲われたことは、正信さんが行方不明の折からとて、余計な心配を掛けるまい、と、貴女には話さなかった。だから私は、あの夜すでに正信さんが不慮の災厄に遭われたのではないか、との想像を描いていた。そして、それが不幸にも適中したのである。

私は帰り道焼跡で怪しい挙動の男に出会った。後で判ったのだが、この男が小諸氏を脅して財布と時計を奪った強盗だったのだ。私が摺れちがったのは、彼が強盗を働いて逃走しようとする途中だったのである。

その強盗は更に私を追いかけて来て、不意に襲撃しようとしたが、幸い私は無事に逃れることが出来た。

正信さんも当然時間的に云って、どこかでこの強盗に出会っていられたはずである。

さて、もう申上げなくとも御想像のことと思うが、強盗の正体は実に裕治君だったのである。これは、裕治君が例のアリバイを作るために友人たちに真実を打明けていたので、疑いもなく事実と云えよう。友人の一人は裕治君が預けて行った財布の中に、小諸氏の名刺が有ったことまで話してくれた。

ここまでの話は動かす余地のない事実だと確信している。これから先は、お二人とも亡くなられた今として、調べようもないけれど、事実に立脚して、当時の事情を想像することはさほど困難ではないと思う。

あの夜、少し遅くはなったけれど、裕治君が貴女の家を訪れるべくやって来たことは疑いもない。けれど、正信さんの叱責を畏れて足が鈍ったのであろう。どうしようか、と、躊躇している道すがら、小諸氏に出会ったのでいけなかった。裕治君だけでなく友人たちも告白していたが、もう、あの頃は皆すっかり悪くなってしまって、タカリと強盗の区別がつかなくなっていたらしい。誰もが相当な家庭の子だから、物質的よりむしろスリルを狙う面白半分が動機であったようだ。

強盗を働いてしまうと、尚更のこと家へ尋ねて行く気にはなれなかった。帰ろうとする途中で私に会うと、やけも手伝ってコイツもやってしまえ、と、思ったのであろう。あるいは怪しいと見られたので、殺してしまおうとまで決心していたかも知れぬ。こうした裕治君が正信さんと会ったら、どんな結果を招いたであろうか?

私はこれ以上書きたくない」

「ああ、恐ろしい――」

手紙を読み終った澄子はワナワナと震えた。愛し合っている肉親同士が争そっている凄惨な場面が浮んでくる――恐怖と戦慄に澄子は泣くことも忘れて身をすくませた。

(五)

いかなる事態にも驚くまいと、覚悟していたものの、健三の覚書が澄子に与えた打撃が、どれほど惨酷なものであったかは、もはやくどくどと述べるまでもない。

だが、ひとたび逆転した運命は、飽くところを知らぬ残忍さをもって、澄子の上に覆いかぶさって行く。

茶房シャドウで健三の差出した封筒を摑んだ瞬間、彼女の感じた不吉の予感は、更に惨ましい現実となって現れた。

その翌日、澄子は健三からの速達を受取った。手にドッシリと重い部厚い封筒は彼女を一層不安に陥れた。慌しく封を切って見ると、一通の手紙と共に見覚えのある、あの封筒が入っていた。それには〝第二の真相〟と書き入れてあった。

〝澄子さん。

今日の私の対度が、どんなに貴女を苦しめたかは、よく判っています。だが私はあれで精一杯だったのです。気の弱い私がよくあの激動に堪えられたと思っているぐらいです。

私は貴女を残して外に出ると、残された封筒を調べて――封筒には一、二と目印がつけてあります――正直なところ救われた、と思いました。運命が二人の歩む道を指示したのだ、と、喜び、それに従って行けばいい、と、思ったのです。少くとも、二通の封筒を作った動機は、生と死を半々のチャンスに分けて、出た目に運命を賭する決心でした。そして、結果は、吉と出たのです。

けれど、喜びは淡い一瞬に過ぎなかったのです。良心がそうした乱暴な手段を許しそうもありません。私の取った行為をアン・フェアだ、と、罵しるのです。これからの長い生涯を、お前は仮面を冠って過ごしてゆく積なのか、と――。

やはり、私は最初から二つの真相を貴女に告げるべきでした。こんな小細工を弄した、自分の卑劣な心が恥かしい。不倖だったけれど、これが本来の運命なのでしょう。

私は総てを諦らめて、貴女に第二の真相を送ります。

一月×日　　　　瀬木健三〟

手紙の字句は抽象的で、健三の云わんとするところが理解出来なかった。その欠けた点は、恐らく第二の真相が補なっているのであろうと、思うと、澄子は次の封筒を開くのが堪えられなく恐ろしかった。けれど、今となって開封を拒んだとて何になるだろうか。澄子の顔は蒼白となって、眼は狂った人のように釣り上がっていた。

彼女は静かに封を切った。

「第一の真相を書き終えた私は、残された義務として、第二の真相を書かねばならない。だが、現実の問題として、一つの事件に二つの真相がありうるはずはない。従って、私が、真相と叫んでいる二つの内、いずれかが真相を装った虚偽であらねばならない。いったい私は何を思って、このような煩しい策を弄するのだろうか。私はその疑問に対して、愛情のために、と、ためらいなく答える。私がどんなに貴女を愛しているか、貴女にはよく判っている。けれど、私は貴女の想ってくれている百倍も千倍も、深く深く命を賭けて愛しているのだ。愛情が私に第一の真相を書かした。多分、私は明日貴女に二つの真相を並べて貴女の選択に委すであろう。もし、貴女が第一の真相を選んでくれたら――私は、第二の真相を永遠に秘めて、貴女の愛に生きていこう――私は卑怯だった。けれど、貴女のために卑怯になりたかった。大きな不幸に傷ついた貴女を、優しい愛の手でいたわって行こうと思った。

少くとも私はそう考えていたのだ。けれど世の中には許されるべき虚偽と許されぬものがある。私の場合は正しく後者であった。単に秘密を隠してゆくだけならばまだ許されよう。しかし、死者に犯す誣告《ぶこく》の罪は誰が許しえよう。私は一つの目的を完徹するために、二つの罪悪を重ねねばならなかった。かほどまでして生きることが、果して清き愛の名に相応しいであろうか。貴女の愛情に生きるとは、却って貴女の純潔を侮辱することになるのではないか。

貴女は私の告白が、どんな性質のものであっても、必ず許すと云うであろう。貴女の愛はそれほどにまで、強く豊かなものであると私は信じている。だが、譬え貴女が許してくれても、私は良心の存する限り、貴女の慈悲に甘んじられない。

やはり、私は自らの行くべき道へ、独りで歩むより仕方がないのだ。

第一の真相！　私は裕治君を正信さんの殺害者だ、と云った。事実、昨日までそれが正しいと信じていた。その意味では私の第一の真相は故ないものでもなかったのだ。

だが、昨日、貴女が何気なく語った言葉の中から、はしなくも私は第二の真相を悟ったのである。

あの夜私は強盗に襲われた。そしてその強盗が裕治君だ、とばかり思っていた。勿論、私は、私の後から組みついてきた男を、裕治君だと決める前に、色々と考えてはみた。一図にその男を強盗だ、と、思いこんでいるが、果して強盗に違いなかったか、との点をよく検討してみた。しかし、あの場合、裕治君でないとしたら、正信さんの他には誰も居なかったのだ。では、正信さんだったのか？　もしや、と思わぬでもなかった。だが、正信さんがそんな行為をする理由がない。そうでなくとも変人の正信さんが、口ひとつ利いたことのない私に、あのような突飛な真似をするなぞ、全く考えられないではないか。

結局、私は二引く一はイコール裕治君、との簡単な消却法で答を算出してしまったのである。その後私は裕治君の友人たちに問合せて得た回答によって、ますます自分の推理の正しいことを確信したのだった。

けれど、ただ一つだけ、ちょっとした理由で正信さんたりとも、私にそんな態度に出ることのありうる可能性を、私は見逃していた。

そして昨日、その可能性が貴女の言葉によって証明せられたのだ。

貴女は何気なく云ったのだし、私もその時は殆ど気にとめなかった言葉。

「その唄、よく裕治さんが口笛で吹いてましたわ。兄さんが口笛嫌いで、いつも叱られてたのを思い出しますわ」

「なんでもないの、ただ、貴方の後姿が、裕治さんに似てるなあ、と思って見ていましたの」

私は思い出した。あの夜、口笛で同じ唄を吹きながら歩いていたことを。……

正信さんが私の後から組みついてくる、唯一の可能性は、私を裕治君だと思い違いした場合にのみ起りうる。

正信さんは探していた裕治君を見附け出して、そっと背後から驚ろかしてやろうとしたのであろう。今思えば、オイッ、と呼んだ声に何となく親しみがこもっていたではないか。それにも拘らず、私の激しい力一杯の逆襲は、正信さんに致命的な打撃を与えたのではあるまいか。

私にはまざまざとその悲惨な情況が眼に見えるようだ――倒れた正信さんは気息えんえんと喘ぎつつ、一寸、一寸と這いながら、家に辿りつこうと努力して、鉄道線路まで来た時、その精魂の総てを費い果してしまったのだ。十時十六分に通過する貨物列車が、黒い魔物のように襲いかかって来る——ああ……。

裕治君ですら間接の責任に対して、立派に身を処したではないか。

今夜の十時十六分。私の行くべき場所は既に決っているのだ。

許して下さい。澄子さん——」

四重奏曲ニ短調

——私の話を聞いているのかいないのか、伯父の剛造は碁譜を眺めては碁盤に石を並べて、隅の定石に夢中のように見えた。

「——伯父さんとしては、亡くなられた達雄叔父さんの意志を尊重されるのは当然でしょうけれど、あの頃とは時代が変っています。ますみさんも年齢から云っても廿一才、立派な成年ですし、達雄叔父さんの希望が何であったとしても、今は各人の自由が認められる世の中じゃありませんか——」

パチリ、と石をおろして剛造は感嘆したように呻った。

客間からはベートヴェンの〝熱情奏鳴曲〟が流れてくる。もう皆集っているらしい。

私は伯父の無関心な態度に少し焦ら焦らしてくる自分を覚えた。

「ますみさんが草間君と結婚するについては、伯父さんがいくら反対されても法的価値がないことは、よく御存じでしょう。ただ、ますみさんとしては、永年御世話になっている伯父さんと争ってまで、結婚をすべきか否かに、迷っているんです。殊に達雄叔父さんが兄である貴方に預けておかれた、ますみさんへの遺産。これが兄弟の間柄でもあり、ますみさんも子供であった関係上、養育費の意味も含んでいて、いくらかますみさんにわたしてくれればいいと、漠然と貴方に渡された物だけに、ますみさんがそれを受取るには、貴方の完全な諒解の下になされる結婚でないと、その請求がしにくい——この点もますみさんとしてはかなり真剣に考えねばならぬ問題でしょう。ですから、ますみさんの立場から云えば、自分の望む結婚を遂行しようとすれば、当然得られるべき財産を放棄しなければならぬジレンマにある訳です」

碁盤を睨んでいた剛造は頭をあげて、

「判っとる」

と低く呟いた。

「わしはますみの金など問題にしていない」

「そりゃよく判っています。達雄叔父さんがいくら遺しておいたかは知りませんが」

事実ますみへの遺産は少ない額のものではないが、剛造の財政状態からいえば殆ど取るに足らぬ金額、といっていいくらい伯父は富豪であった。従ってそのためにトラブルが起ることとは考えられないけれど、しかし、仲の良かった弟の意志として、ますみを実業家に嫁つがしたい、との気持は強かった。それだけに亡父や伯父の希望に副わぬ結婚をすることは、感情的な破綻を招く結果となり、ますみとしては貧しい給料生活者の草間哲哉のために必要な当然の権利を捨てねばならないのだ。勿論そんな場合に伯父が、ますみの財産を渡さぬとしても、法律上の制約はないのだし、意地が手伝って起りうる問題となれば、あながち伯父を責めることも出来ない。

「わしはますみの結婚の相手が、絶対に実業家でなければいかん、とは云わぬ。しかし、草間の場合はどうしても賛成できぬ。それは今日昼にますみにもハッキリ云っておいた。いくら時代が新憲法の、何のと云っても父親の希望を考慮せぬようなやりかたは許せぬ」

「しかし」

「だいたいますみが成人してからは、家の中がごたごたしすぎる。吾郎の奴もますみと結婚したい、と云っていたが、断じてそんなことはならん、と叱ってやった！」

吾郎というのは剛造の後妻しま子夫人の連子でT大の文科生である。従兄妹同士とはいえ血のつながりはない間柄だ。私も彼がますみを愛していることは察していた。

「君は君でこんなことを云ってくる。君も実際はますみが好きなんじゃろう？」

私は遠慮のない伯父の言葉に赫くなった。しかし敢えて否定はしない。いやますみを愛していればこそ、彼女の幸福のために頼まれもせぬお節介を焼いているのではないか。

私の父は伯父の先妻、つまり亡くなった伯母の兄にあたるのだから、伯母が死んでしま子夫人が居る現在、本来ならば出入を遠慮すべき立場にあるのだが、近くで医師を開業している関係上、患家としての交際まで断つ必要はないと思っているし、しま子夫人もそうした点には案外恬淡として気にしないので、私も詰らぬ神経を使わないでゆききしているのだ。

しかし、私が今日剛造に対して云っている問題は、どちらかといえば私の坂口家に対する関係から見れば、全く余計なおせっかいに違いない。伯父の図星のように、ますみへの愛情があればこそ口を出したくなるのだ。

剛造は私の顔を眺めてニヤリと笑った。

「好きなら好きで、何故ハッキリますみに求婚しないのだ。蔭ながらの幸福を祈るなど、変なヒロイズムは止したがいい」

云い切ると彼はまた碁譜を取り上げて石を摑んだ。

「しかし、伯父さん、僕のことは何でもないのですが、女にとって満ち足りた愛情に恵まれた結婚は何にも増して最大の幸福ではないでしょうか。亡くなった叔父さんの意志も結局はますみさんの倖を希う以外の何物もないはずだと思いますが」

「いくら云ってもわしは反対するだけのことさ」

剛造は碁の本を机の上に置くと、椅子の背に顔を凭《もた》らかせて眼を閉じた。

私の真意は彼女のためにする努力の中から、彼女に認めてもらいたい愛情の強さを、そしてその後愛情のすこしでも傾くことを秘かに希って、こんなお芝居をしているのではないか。伯父はヒロイズムと云うが、実際の私の気持はむしろ将を射るために伯父を口説いているのかも知れない。

私は尚もくどくどと同じ意味の事を繰り返したが、剛造はもう答えようとはしない。いや答えないはずだ。いつの間にやら彼は快よい転寝《うたたね》の鼾さえ洩らしているのではないか。

私はさすがにカッとなって、逆上する感情を覚えた。人が真面目に話しているのに――その寝顔を眺めている内に烈しい憎悪が湧いてくるのだ。

私はゾッとした。何て恐しいことを考えているのだ。この伯父さえ居なければ、ますみはその自由な意志によってどんな結婚でも出来るのだ――。

客間からは新しい旋律が聞えてくる。ああ、あれはベートヴェンの愛唱曲第九番イ調だ。音楽愛好者の人たちは静かに名曲のかもす雰囲気を楽しんでいる。

私は剛造との会話を諦めて、立ち上がると窓際に寄ってカーテンを開いた。月光を浴びた庭園に色とりどりの洋花が咲き乱れている。私はしばらくうっとりと美しい屋外の景色に見とれていたが、招かれた客間へ行こうと身を返した時、扉がソッと開いたのに気づくと慌ててカーテンの蔭に身をひそめた。何故私はそんな怪しい行動をとったのか。たいした理由はないのだ。今夜レコードを聴きながらお茶でもいれるからと、しま子夫人に誘われていたのを、すぐ客間へ通らずに剛造の部屋を訪れたので、他の人に見られるのが何となく厭だったからだ。私は剛造と二人だけで話せるチャンスを狙ったのだが、話が終れば今来たばかりだ、と客間へ通る意味だったのである。

這入って来たのは誰か、剛造が寝入っているので足音を静かにしている。初夏の夜とてカーテンに包まれているのは蒸し暑かったが今更出るに出られない。

何をしているのだろうか、静かに人の動く気配が感じられるだけ。

ふいに私はくしゃみが出そうになったので慌てて鼻を押えた。飛んだポロニアスだ。

と、電燈のスイッチを押したらしく、急に暗くなると扉が閉って人は出て行った様子だ。

私はカーテンから出ると暗闇の中を見廻した。剛造はまだ眠っているのであろう。

静かに窓の取手を外して開けると、爽やかな夜の空気が肌に快よく触れる。私は興奮した感情を静めるように深い呼吸をくり返して、ソッと屋外に出た。そして花園のカーネーションに鼻を近づけて、泌々とその香りを楽しんだ……

「やあ、遅くなりました」

私は帽子を片手に、さあらぬ態で客間に入った。

「遅刻ね。いけない健二さん」

紅茶を運んで来たますみが、悪戯っ子らしい眼付で綺麗に微笑した。

(美しい――)

我にもあらず私は瞬間心を奪われた。今夜は艶やかな和服に身を包んで、快よい音楽に心持上気しているその姿は、たまらなく私の心をときめかす。けれどもその美しさは私のためにあるのではない。彼女は草間哲哉との愛情に廿一才の青春の総てをぶちこんでいるのだ。

私は慌てて顔をそらした。

「吾郎君は?」

てれかくしに室内を見廻して聞いた。そこにはしま子夫人と、三、四度見知りの近所に住んでいる片目珍作という風変りな名前の作家が居ただけである。

「今まで居たんですけれど……お部屋へ煙草を取りに行ったのでしょう」

夫人は席を開いてソファを勧めた。片目君は人懐っこい笑を浮べて軽く会釈した。好感の持てる青年だ。ついぞ書いたものが活字になった話は聞かないけれど、専門は探偵小説らしい。だが、片目君の本領は書くよりもむしろ実際的な探偵手腕にあるのだ。と、いつか吾郎が云っていたが、いったいニヤニヤとした頼りなさそうなこの男のどこに、そんな鋭い才能がひそんでいるのか、と、私はいつも疑わしく思っている。

「ハイ、お紅茶」

ますみは皆のテーブルにカップを並べた。

「今、クロイツェル・ソナタが済んだので、休憩したばかりなの」

夫人は煙草に火を点けて艶やかに笑った。

暑さのせいでもあろうが、彼女は黒いツーピースに身を包んでいた。四十を少し越えているが、随分若く見える。

「さあ、今度は何をかけましょう?」

しま子夫人はレコード・ケースから、あれこれと選びながら云った。

その時である。吾郎が客間に姿を現したが、その面は異様なほど蒼かった。

「お父様が死んでいる!」

一瞬、恐ろしい沈黙が部屋を覆った。一同は化石のように身動きもせず、息をのんで吾郎を瞶めていたが、信ずべからざる言葉が事実であることを悟ると、ハジかれたように駆け出した。

室内の様子は私が居た時と少しも変っていなかった。剛造は碁盤を前にソファに凭れたまま眠っていたが、その左胸部にグサリと細身の鋭い短剣が突きささっていた。

私は驚愕の内にも医者としての職分を忘れなかった。しかし結局は彼の死が疑いもなく確実であることを認めた以外、もはや何らの手の施しようもなかったのだ。

片目君は皆を制しながら、静かに死体を眺めていたが、

「御主人は眠っていて殺されたものと考えられますね」

と、呟いた。

私は危くその時に彼の言葉に釣られて、伯父はさっきから居眠っていたのです、と云うところだったが、辛じて自制しえた。私が伯父に逢ったことは誰も知らないのだ。この際徒らに嫌疑を受けるような言動は慎まねばならない。

「御主人はいつもこの部屋で碁をお打ちになられるん

ですか?」

片目君が訊くのも無理はない。洋室に碁盤は相応しくないからだ。しかし剛造は特別に低い卓子を作らせて碁盤の台として使用していた。それは剛造が足が悪くて坐れないからなのだ。

夫人の説明を聞いて片目君は頷いたが、ふと私を振返って、

「窓の戸締りは大丈夫でしょうか」

私はツカツカと進みよって、窓硝子の取手を捻ってみた。

「内部から掛っていますが……」

片目君は近寄って取手にふれたが、

「これなら外から侵入できませんね」

と微笑を洩した。事実この施錠は堅くて人為的な細工で開閉することは困難であった。

さて、どうしていいのやら、我々は途方に暮れた。ますみの結婚問題で皆の神経が尖っている折柄この事件だ。外部からの侵入者でもあったのならともかく、そうでなければお互いの立場が奇妙なものになってしまう。

片目君はうすうす坂口家の空気を感づいていたらしく、一同にますみを中心とした感情の縺れについて、差支えなければ実状を聞かしてほしい、と申出た。

私はその会話をくどくどと書き並べる弊を避けるが、要するに最初に私が語った以上の新しい事実はなかった。とだけ申上げておこう。

片目君はひととおり話を聞くと困ったように眉をひそめて一同を見廻した。

しま子夫人は辛うじて立っているが、蒼白な面には不安と恐怖が渦巻いている。ますみはうなだれて着物の袖をいじっているし、吾郎はガッシリと逞しい腕を組んで怒ったような顔付だ。

私としてはこの殺人の動機が、ますみを取巻く結婚問題に原因している、と考えたくない。もしそうしたトラブルがこの事件を惹起したとすれば、犯人は我々の周囲にあらねばならない。

「困った事件ですね」

片目君は私の耳に囁いた。彼が警察へ届出るべき問題を届けようともしないで困惑しているのは、私の持つ不安を彼もまた殺人の動機として考えているのに違いない。

「この殺人事件が、単なる強盗などによる突発的なものでないことは、現場の様子が少しも荒されていない点で判ります。明らかにこれはこの家庭を知る人によって

行われた犯罪――それが計画的なものであったか否かは別として――要するに非常に不幸な犯行なのです……」

片目君は皆に語ったが言葉を続けて、

「いかがでしょう。本来ならばすぐ警察へ報告して、警官の調査を煩すべきなんですが、僕にちょっとした考えがあるので三十分程、僕の思考が正しいかどうかを探究するまで延ばしてみたいと思いますが……」

誰も答えなかった。が、沈黙裡に片目君の申出を承認していた。それはこうした事態に直面して誰もがそのなすべきところを知らぬためでもあった。

片目君の提議によって、私を除いた他の三人は元の客間へ戻った。

「健二さん、貴方は碁のほうはいかがですか」

彼は伯父が並べていた碁盤を眺めて云った。

「多少は知っています。伯父とは相先《あいせん》ぐらいでした」

「吾郎君はどうでしょう」

「私よりも少し弱いけれど、でも伯父、私、吾郎君はまずいい相手です」

「夫人やますみさんは知っていますか」

「女連中は全然興味を持っていません。せいぜい五目並べをするくらいでしょう。しかし、草間君はかなり強いです」

何故片目君がそんな話を持出したのか、私にはまるで見当がつかない。しかし、彼はすでにこの事件の中にある、犯罪に関する何物かを摑んだのであろうか。

「伯父さんは隅の定石をやっていたのですね……だが、どうしてこんな並べようをしたのでしょう」

云われて盤面を注意してみると、なるほど私が居た時と違って石の位置が甚しく乱れている。まるで形になっていない目茶々々の状態――と云うよりもむしろ石をかきよせたようになっているのだ。

「どうしたのでしょう。止めようとして崩したのでしょうか、それとも犯人が碁盤に触れたのでしょうか?」

「多分、後のほうの御意見が正しいのでしょうね」

片目君は軽く頷いたが、

「さてあちらへ参りましょう。僕もすぐ行きますから……」

私は少し不安になってきた。この白面の青年は何を知っているのだろうか。

私が客間に戻って暫くすると、片目君は懐中電燈を提げて部屋に這入って来た。

「何か判りまして?」

夫人は心配そうに声をかけた。私を始め他の者はじっと片目君の云う言葉を待った。彼の態度に何かしら圧されるものを感じたからだ。私は直感的に彼が新しい事実を発見したことを悟った。私にはそれがハッキリと判るのだ。

片目君は静かに口を開いた。

「先刻申上げたように、この事件の殺人動機については局外者の介在は考えられません。従って甚だお気の毒ですが、当家に関係のある人々に一応の嫌疑を持つ必要があるのです。犯行時間は僕がお伺いしてから後、健二さんがお出でになるまでの僅々二十分以内に、しかも直接犯罪のために使用せられた時間は、恐らく瞬間的な短いものであったと考えられます。御主人は転寝をしておられた。そこを狙ってグサリと一突に殺ったのですから、電撃的な殺人です。

さて、僕が無遠慮に申上げる言葉をお許し下さい。ますみさんの結婚問題に絡んでここに居られる皆様は、多かれ少かれ御主人に対して感情的に複雑なものを持っていらっしゃる。吾郎さんはますみさんを愛していられるが、お父様は全然取上げられない。奥様は可愛いい息子の希望を容れてやりたいと考えていらっしゃられる。健二さんはますみさんと草間君の結婚について蔭ながら声援していられるようだが、或はこれはますみさんへの愛情の変形したものかも知れない。草間君の立場にあっては云うまでもない。同時にますみさん自身は勿論当面した自分を囲む色々の問題で苦しんでおられる。そうして、皆様の一聯した観念の結ばれるところに坂口剛造氏がある。坂口氏の存在が誰もの希望を頑として押えている。ここに僕は動機を感じるのです。同時に皆様の誰をも疑いたいのです。

ところが、現実の問題として、僕が御当家へお邪魔してから、皆様もますみさんも吾郎君も、それぞれ時間的に自由なものを持っておられた。云いかえればアリバイがあやふやなんです。そこで誰れもが御主人の部屋に這入りうる可能性がある。ここで大切なのは正確な犯行時間を知ることです。それによって嫌疑の範囲がウンと縮少される――そして僕はその時間を知っているのです」

片目君は言葉を切って一同を見廻した。平素は柔和な彼の眼が、恐ろしいぐらい冷酷に厳粛に感じられる。私はソッと視線を外した。

「それは健二さんが、この部屋に来られる直前の数分間と、僕はある事実によって申し上げられるのです。その時刻に皆様は僕とこの位置に居られましたが、吾郎君はお部屋へ、ますみさんは紅茶を入れに、それぞれ席を外して居られました。勿論、健二さんは我々の視野の外にあった——」

私は彼の云い廻しの巧妙なのに感心する。彼は徐々に環を縮めてくるのだ。

「健二さん」

ふいに彼は私の名を呼んだ。

「貴方はこの部屋へ来られる前に、御主人に会っていられますね」

皆が動揺した。いったい彼はどうして知ったのであろうか。私は詰らない理由のために隠した事実が、自分を甚だ変な立場に追込んだ事を後悔した。

「それは事実です。ただ私は却って変に誤解されるのを恐れてお話ししなかったのですが……」

「貴方は間違っていらっしゃる。隠すことが余計嫌疑を招く結果になるのです」

私はそこで総てを語らざるを得なかった。ただある一つの事実を除いて……。

片目君はじっと耳を傾けていたが、カーテンの蔭に隠れた点を特に興味深く感じたらしい。

「ほう、その時くしゃみが出そうになったのですか、面白いですね。勿論侵入して来たのは犯人だったのでしょうが、まさか貴方が居たとは気附かなかったでしょう。そこでハクションとひとつやったら……どんなことになっていたでしょうか」

彼は愉快そうに笑った。

「それで僕には貴方が窓から出て、花園に足を入れられた理由が判りました」

何という妙な男だろうか。私は飛躍する彼の心理的観察に全く啞然とした。だが驚きはそれだけに止どまらなかった。

「貴方は総てを話して下さらない。しかし僕は聞かなくても説明出来るだけの因子を貴方の話の中から摑んだから、聞かして頂いたも同様です」

私は頰が紅潮するのを覚えた。たかがへぼ作家だと思ったのは私の大きい誤算であったのだ。今や彼は事件の全貌を知悉している——。

片目君は立ち上ると、レコード・ケースから一枚を撰んでスイッチを捻った。カペエのクヮルテットによるシューベルトの「四重奏曲ニ短調」が流れて出る。

その旋律の中にあって彼は語り始めた。

「今、僕の推理による結果を申上げたいと思います。推理は一種の空想に過ぎません。けれど想像が時としては眼前に見る事象で判断したものより、真相に近いことはしばしば我々の経験するところです。しかし僕は警察官でありませんから、推理の結果を現実に行動しようとは思いません。ただ作家としての意欲を満足させたいと希うだけです。

さて、健二さんが坂口氏に会われた事実については、勿論僕とて最初は知らなかったのですが、健二さんが行動の内にそれを教えてくれたのです。御主人の部屋に這入った時、僕は窓の取手が下に向いているのに気づいて、鍵が掛っていないと思ったのです。ところが健二さんが調べて、しっかり掛っている、と云うので変だな、と自分で確めてみると、いつの間にやら取手の位置は水平に、つまり内部から掛けた状態になっているじゃありませんか。そこで当然健二さんの行動に不審を抱いた訳です。だが、何故そんな必要があったのか、窓が開いていた、それを閉める――そこに何か秘密にされるべき行為が存したのに違いない。僕は後になって窓を調べてみた。そして幾つかの同一人物の足跡を発見しました。その靴の跡は窓から花園に立入ってカーネーションの側で腰をかがめた事実を語っています。

いったいこれはどういう意味でしょう。――僕は窓のカーテンが片方だけ深く引かれてあったことを思出して、ある人がカーテンの蔭にかくれていて、後に至って窓から出たのだ、と解釈しました。それが健二さんであることは、今夜靴を履いているのは僕と健二さんだけで、吾郎君はスリッパですから簡単に判ったのです。しからば健二さんは何故カーテンの蔭でポロニアスを気取ったか。云うまでもなく這入って来た人に見られたくなかったからです。そしてその理由は健二さん自身が話された通りなんでしょう。

だが部屋に忍び込んだ人物は足音も声もたてないで、無論健二さんは覗いてもいないので誰か判らない。しかもそれが殺人犯人であった」

その時吾郎が口を挟んだ。

「では健二さんが犯人じゃないんですか？」

「違います」片目君は言下に否定した。「健二さんの行動は実に怪しい。けれど犯人ではないのです。人を殺した直後に花の香りを楽しむ者があるでしょうか――その時の健二さんの心理状態は頗るロマンティックなセンチメンタリズムに有ったはずです。と云うのは同君が殺人が行われたことを知らなかったのですから……」

私は頭をたれた。明察神の如し、全く彼の推理は正確であった。

「ただ健二さんはそれが誰であるかを知っていた。それで自分があの部屋に居ることを知られたくなかったのです――」

「……」

誰もが口を開かない。恐るべき沈黙の時間――レコードのみが湧き出ずる泉の如く響いている。

「さて、犯人は誰か？　僕はこの際草間君の存在を考えたくない。それは外来者に瞬間的な行動が採れないからです。否それだけではない。この犯行はある特定の人により行われたことを僕は知っているのです。その人は碁盤の石を乱した。しかし自分で恐らくその失策に気がつかなかったのでしょう。それは碁に無関心であったから、と云えましょう。坂口氏を刺す時にサッと揺れた袂が碁盤の石を一方にはき寄せた――だがそんなことに誰が特別の注意を払うでしょうか。それは洋服を着ている我々男子には起り得ない現象なのです――」

私は遂に観念した。片目君は碁盤を見た時すでに犯人を予想していたのだ。

「健二さんはカーテンの蔭でくしゃみが出かかったと云われた。何があの人の鼻を刺激したのか、何故健二さんはその後にカーネーションの香を求めたか……」

そうだ。私は花にある連想を感じてその香を楽しんだのだ。

急にますみの身体が烈しく波打って崩れた。そして空気の波動は彼女の香水の匂いを、私があのカーテンの蔭で味わったあの匂いを、再び私の鼻に切なく苦しく感じさせる。

「音楽は恐しい作用をする、魂をいらいらさせる働きを持っている――とトルストイがクロイツェル・ソナタについて語っているのを御存じでしょう。――恋愛は男にあっては生活の一部分に過ぎませんが、女にとっては生命の総てです。今もし、ままならぬ愛慾に苦しむ女性があったとして、冷静を欠いた感情を音楽に刺激された、としたら、こうした悲劇が起るのも決して偶然ではないと云えましょう……」

レコードはクヮルテット、ニ短調「死と少女」の終局に近づいていた。

「どうやら警察へ知らせる時が来たようです。しかし、僕はその役目は御免蒙りたい」
片目君の声は沈痛そのもののようであった。

奇妙な事件

志村英の人生に対する思考が、果して正しいものであるか否かについては、いろいろと議論の余地があるだろうし、大きく取上げればアプレ派青年の思想問題として、なかなか興味のある研究材料になるのだが、それを論じるのがこの小篇の目的ではないから、今は彼の云うがままに黙って聞いてやることにしよう。

彼の主張は、つまり、こうなのである。

〝人生を最も華やかにエンジョイすべき、俺のようないい若者が＝この、いい若者の意義は、男振りがよくて女の子にもてる、押出しが派手だから街のアンちゃんたちに睨みがきく——程度に解釈しておけばだいたい間違いはない。志操堅固とか学術優秀なんて輩とは凡そ縁遠い代物であることは、おいおいと判ってくるはずである＝年がら年中ピイピイのピイ暮しで、好きな酒は思うように呑めず、可愛いあの娘《こ》とも充分楽しめず、いつも、財布の底を気にしてその日を過しているなんて、凡そバカげた話ではないか——〟

そう云って彼は、これを前提に次の文句を引っぱりだしてくるのである。

〝——然るになんぞや、俺の伯父の松木剛造は、一生涯かかっても費いきれぬほどの資産をもちながら持病の胃疾患が悪化して酒は呑めぬ女は抱けぬ、おまけに昔から趣味や娯楽はなにひとつわきまえぬ無粋な人間。それが広大な居宅にあってつくねんと、ただ死期をまつばかりのまことに希望のない、無味乾燥な孤独生活を送っている。これ、また、実にクダらぬことではないか——〟

かくして彼は独特の結論に到達する。

〝——ここに有あり無あり、両者相通ずる条件の対立を見る次第である。この互いに矛盾した対立が一体化して、新しき段階へ飛躍するのは歴史的必然であって、敢えて弁証法にその解決を求めなくとも、ヘイとして明らかである。このヘイとして明らかなる事象の実現促進に努力するのは、俺にかせられた宿命的義務であると信ずる云々〟

志村英はこう云ってうそぶくのである。この結論を具体的に述べると、生甲斐のない伯父貴は早くクタばって、財産を俺にゆずりわたせば、俺はそれを最も有効に使ってやる、と甚だ都合のいい御託宣になる。

この珍妙な三段論法の是非はさておくとしても、一つだけ見逃せぬ怪しからぬ点がある。それは〝ヘイとして明らかなる事象の実現促進に努力する云々〟の一節、この言葉の裏には暴力革命の匂いが感じられる。志村が『罪と罰』を耽読したかどうかは知らないが、たしかに彼の思想はラスコーリニコフのそれと一脈相通ずるものがある。名作は朽ちずで一八六五年にドストエフスキーが、創造した一青年と同様の思想を、戦後派の志村が抱いていることは、甚だ面白い命題であるが、志村がラスコーリニコフ式の行動をもって〝事象の実現促進〟に努力せんとする傾向は決して面白いことではない。

酒と女と賭ごと以外の人生を知らぬ志村が身の廻りのあらゆるものを売りとばし、友人知己にウソ八百を並べたてて借りるだけ借り歩き、もう二進《にっち》も三進も四進も、どうにも首の廻りようがないくらい押しつまっても、なお、ふしだらな生活を改めようとしないのは、そのずぶとい根性の裏に、いざとなればあれをやればいいのだと、ふていな企みを包蔵しているからにちがいない。

志村にしてみれば、どうせ伯父の財産は唯一の肉親である自分が頂戴するのだから、毎月執事の前田を通じて手渡される学資を、現在の倍もしくは三倍にしてくれたって、結局は同じことじゃないかと思うのだが、彼が学業をかえりみないことくらいチャンと知っている伯父は、一度決めた額をふやすことに同意しない。みたされぬ慾望への不満は、やがて因果律となって伯父への呪詛にと循環してゆく。俺が事象の実現促進に動き出すとしても、それは伯父のケチな了見がさせるのであって、そのよってきたる責任の総ては伯父にあり、と、プロタゴラスも顔負けするような詭弁《きべん》を吐いたりする。

こんな理論をもてあそんでいる内に、志村の脳中では伯父殺しの一幕が次第にその具体的な計画性をおびてきた。そして、八方ふさがりどちらを向いても暗剣殺という、もうこれ以上不義理のしようがないドタン場に押しつめられて、これはいよいよ最後の手段、けんこんいってきの行動をとらずばなるまいと、彼が、いっかど悪をきかせたつもりで、ニヤリと笑った——というところへ話を一足とびに進めることにしよう。

志村のようなエキセントリックな頭脳の持主には反省もなにもあったものでない。いざとなれば実行あるのみである。その実行の方法については、一年も前から考えに考えぬいて、これなら大丈夫太鼓判の保証つきといういわゆる完全犯罪が準備されており、実行の時期についても研究がゆきとどいているから今更となってとまどいすることはない。機会は躊躇すればこれを失う。敢然と行うべし、今や、われ、ルビコンを渡らんとす――志村は昂奮に頰をそめて、神戸の山手にあるアパートを出発した。時に十月×日午後十時。

伯父松木剛造の邸宅はH電の芦屋駅を下りて、川ぞいに約三丁ばかり、海岸に近い静寂な別荘地帯にある。志村の下宿からは約四十分の距離。樹木に囲まれた広大な土地の中央にこじんまりとした洋館がポツンと建っているのだから、隣近所に注意を払う必要は全くない。家族は伯父の外に二十年勤続の六十五になる執事格の前田と、二年前から雇われている看護婦兼家政婦の木之江妙子、この女は二十七歳と称しているが、どのみちオールドミスのことだから、五つや六つはごま化しているにちがいない。ちょっと渋皮のむけた女だから、若干伯父が興味を感じているのは事実だが、意志表示をするところまで進展していない様子である。この外に通いの炊事婦おとき婆さんがいる。ただしこれは朝七時に現われて、夜は夕食の後片づけがすむとサッサと帰ってしまう。先月までは下男と女中が居たのだがいつのまにやらよろしく出来てしまって、小商売を始めますからと暇をとった。その補充が遅れていて、目下は十数室の広い邸内にタッタ三人という淋しさ。志村の狙う時期としては誠にお誂えむきである。

六時半に夕食が終ると前田は邸内の戸締りをして廻る。七時になると妙子が伯父に注射をする。次の注射は十時である。それがすむとその日の仕事は終了で、二人は伯父に挨拶をして、それぞれ自室に引揚げる。朝は六時に前田が門を開き、六時半に新聞を伯父の部屋に届ける。七時半朝食、八時注射という段取になっていて、この日課は判を押したように正確に行われる。志村は皆の寝入りばなの時間を最も適当と考えている。

彼のスケジュールによると、伯父がこの世におさらばを告げるのは十一時である。死亡の形式は持病を苦にして世を儚なむ自殺、些か通俗的だがそのほうが却って真実性があって安全である。自殺となれば、彼自身のアリバイは殆ど不必要だけれど、万一を考慮してその方の手配も出来ている。恋人であるダンサーのあけみが、九時四十分に彼のアパートを訪れて、彼が出かけた後は録音されたレコードを相手に、彼の声とおしゃべりする。証人としては、隣室の若い銀行員がこうした男女の痴話に興味をもって、いつも立聴してくれるので、この場合非常に好都合である。

あけみの来訪をまって、コッソリとアパートを出た志村は、途中で学生服を黒眼鏡のアンちゃん風に着替えて、十時四十分、目的地に着いた。裏口の鍵はかねて蠟型をとって作製してあるから雑作ない。勝手知った庭石伝いだから足跡を残す畏れはないし、指紋については間違ったって手掛りを残すようなヘマをやらないだけの準備が整っている。

仕事は甚だ簡単である。伯父の洋室にそっと忍びこむ。多分寝ているだろう、あるいは起きているかも知れぬ。どちらでも差支えはない。起きていれば二言三言しゃべればよい。隙を狙って首を絞める。五尺四寸十八貫の彼と五尺七分十一貫の伯父では、てんで相撲にならない。せいぜい五分間でこと足りる。それから、カーテンのレールを止める金具に紐をくくりつけて縊死の状態を作る。金具が案外丈夫で彼がブラ下ってもビクともしないことすでにテストずみである。紐はカーテン用のを利用し、背の低い伯父のために踏台代りの椅子を置いてやらねばならない。この際にパジャマを着ていたら、日常の服装と取替えることを忘れないように……。寝仕度をしてから思いなおして自殺したなんてのは、えてして露見の因となり易い。次に用意した遺書を机上に置く。これは偽筆だけれど年余に亘る苦心の作品で実物と変らない自信がある。それに伯父は滅多に字を書かぬ男だから、対照物が殆どない。念のために約一カ年前から伯父の筆跡で、志村自身に宛てた手紙を数通作ってある。必要となればこれを証拠物件として提出すればよい。

遺書の内容はくどくどと書かぬことにした。病苦の果の自殺である意味と、自殺時間を十一時と記入しておけば、財産なぞは黙っていても彼のふところに転がりこんでくるのだから、なまじ余計なことにふれぬほうが賢明と考えたからである。遺書の封筒、便箋、インクの色なぞ微細な点も手落はない。

さて、それから、自殺決行が不自然でないかどうか、例えば目覚し時計が掛けてあったり、予定事項のメモなぞありはしないかと、念入りに調査して、いよいよ大丈夫と判れば、最後の仕事、虫ピンと糸をつかって扉の外から差込錠をかけ、いわゆる密室状態にしてしまう。これも数度の練習の結果、三分二十秒で完全に成功するようになった。

以上で、万事O・K、第一巻の終りである。この間の所要時間を志村は二十分乃至二十五分と見込んでいる。従って彼は十一時をすこし廻ったところくらいで総てを終り、十二時までにはアパートへ帰って、録音レコードのお相手をしているあけみと、今度は本物の喋々喃々を始めればよいのである。

唯一の不安は自室にとじこもっているはずの前田や妙子に発見される畏れであるが、これは運を天に委するより仕方がない。平素の習慣からすれば十時以後は滅多に室外に出ないから、まず九〇パーセントのプロバビリティを期待していいと思っている。

こうした設計のもとに伯父殺しは遂行された。志村はうまくそれに成功したのである。危惧していた前田や妙子に見とがめられる心配もなく、万事はチミツに組合された機械のように寸分の狂いもなく終った。残された問題と云えば、伯父自殺の報をうけて駈けつけたときに、チョッピリ涙をこぼすことを忘れなければそれでいいのだ。

志村がアパートへ帰ったのは十一時五十五分だった。出るときと同様誰にも会わなかったのも幸運と云える。珍妙な道化役のあけみは彼のベッドに寝転んで、退屈そうにグルグル廻るレコードに調子をあわせて、ひとりごとをくり返していた。

「どおオ、うまくいった?」

恋人が金持になるためにはいかなる手段をとろうとも敢えて気にしないアプレガールがここにも一人いる。

「うん、大丈夫さ——ここは、どうだった?」

「申し分なしよ。あたいとあんたが笑ったときなんぞは効果満点、誰か廊下を通りかかったらしく、チェッ、うまくやってやがらあ、なんて、やいてたわ」

「そうかい、しめしめ、アリバイは出来たし——やれやれだ、これで二、三日もすれば大金持さまだぜ」

志村はあけみの頬っぺたを突いて、ほっと満足の溜息をもらした。後悔するよりも明日の夢に魅力を感じるとしごろである。

「じゃあ、あたい、今夜は帰るわ」

「ごくろうだったな。そこいらまで送ってやろう」

あけみと別れた後は、試験答案を出したときの放心状態に似た空虚な気分だった。とにかく、これで、すんだのだ。少し疲れたかな、第二幕が始まるまでグッスリ眠るとしよう、志村はベッドに転がってもう一度溜息をついた。

芦屋から電話ですよと監理人の爺さんが志村を起しにきたのは、よくあさの八時すぎだった。実のところ志村は六時ごろから目をさまして、電話の知らせを今か今かと待っていたのである。前田が新聞を持ってゆくのが六時半だから、遅くとも七時までに通知があると思っていたのに、チキショウ奴、いやにノンビリしていやがる。志村は口の中で呟きながら、ガウンをひっかけて電話室に下りていった。先方の電話に出たのは妙子だった。

「――旦那さまが急にお亡くなりになりました。どうぞすぐお越し下さいませ」

極めて事務的な口調である。オールドミス奴、案外落着いているなと思いつつ、

「えッ、伯父さんが……？」

と、一応予定通りに吃驚《びっくり》してみせる。

「――全く突然でして……それにつきましては少し事情があるのですが、電話で申上げるのもなんでございますから――とにかく、急いでおいで下さいますよう――」

「いったい、どうしたんです？　そんなに悪かったんですか？　――え、すぐ、出かけます」

電話を切って志村はペロリと舌を出した。フン、少し事情があるんだって……笑わせやがる。事情のご本尊はこちらだい。彼はセセラ笑いながら身仕度をととのえた。

秋晴れのさわやかな阪神国道、なだらかな六甲連峰を横眼に見ながら、ひた走る自動車の中で、志村は伯父の家についてからのセリフを、あれやこれやとくり返してみた。

うまく涙が出りゃいいが……駄目なら鼻をクスンとやってごま化すとしようか――志村は呑気なことを考えていたが、実は彼の行先には、予想だにせぬ奇妙奇天烈《きてれつ》な事件がまちかまえていたのである。

門を入ろうとしたトタン、警官にとがめられて、第一歩、まず彼は吃驚した。なんだ、ぎょうぎょうしい、タカが自殺だというのに……。どうせ警察が一応立会うことは計算の内に入っていたが、見張りに立っているなんて大袈裟すぎる。ところが門内に入ってみると、植込み

や庭石の辺りを、私服や正服がなにごとか囁きつつ調べている。面白からざる形勢である。

はてな？　真っ先に不安がドキリと胸にきた。こいつは油断が出きぬぞ。なにかミスでもやったのかしら？　志村は背筋に冷たいものを感じて、慌しく昨夜の経過を振返ってみた。だが、これぞと思い当る手抜りはないようだ。

身体を堅くして玄関に通ると、前田が転がるように現われた。

「英さま、た、大変なことになりました」

「どうしたんだ？　伯父さんは……？」

うっかりと変な口はきけぬぞと志村は警戒して問い返した。

「――昨夜、一時ごろでございます。泥棒が入りまして、旦那さまはお気の毒にも――」

「な、なにイッ？」

志村は眼をむいた。泥棒だって？　しかも一時すぎに……そいつは、いったい、何の話だ？

急ぎ足で伯父の居間に通ってみると、そこにも三人の私服が、指紋や足跡の検出をやっており、部屋の片隅では警部らしい正服が、妙子を摑まえて盛んに事情を聴取している。

志村は室内の様子を一眼見て、あやうく叫び声をあげるところだった。これは、この有様は、いったいどうしたというのだろうか？

室内の状況は、一口に云えば玩具《おもちゃ》箱をひっくりかえしたような騒ぎであった。

カーペットは歪み、ソファは倒れ、机の上は目茶目茶にかき乱され、引出しは一つ残らず開けはなたれて、床一面に書類がバラまかれている。ベッドはクシャクシャになっているし、その上、隅の大型金庫は左右に開かれて、その内部も荒された模様である。

いや、それよりも、更に驚くべきは、温和しくカーテンの金具にブラ下っていなければならぬはずの伯父の死体が、手荒く床の上に投げだされていて、志村が念入りに着せてやった着物は、さながら争いの跡のように乱れているのだ。変らないのは、頸部に巻いてあるカーテンの紐だけ――彼が机の中央にキッチリと載せておいた遺書なぞは、どこへどうしたのやら影も形も見えない。

「――泥棒はあの窓を破って侵入したのでございます」

と、前田は金壺眼をキョロつかせて囁いた。志村が苦心した密室のトリックも、かくなりはてては、全然台なしである。いや、密室が無駄になっただけではない。彼が一年余に亙って綿密に組立て、寸分の狂いもないように計算し、考えに考えぬいた完全殺人が、一夜にして跡かたもなく砕かれてしまったのである。

俺はいったい、なにをしたというのか。志村は呆然と立ちすくんで、うつろな眼を見はるのみだった。

遠大な計画、必死の決断、彼が全智能を傾倒して造りあげた素晴しい設計も、無智な暴力の前には爪のアカほどの効も奏さなかったのである。昨夜の緊張した努力も、この結果に至っては、一人よがりの猿芝居も同然であった。

「英さま、し、しっかりなさいませ」

身体中の力がスーッと抜けてしまって、ヘナヘナと崩れそうになったところを、前田が慌てて抱きとめた。

「いや、ご無理もございません。なんと申しましても、伯父一人甥一人のお立場、ご心中お察し申上げます」

と、前田は心得顔でいたわりの言葉を述べたが、志村の胸中は六十五の爺さんには判らない。

本来、彼の立場から云えば、こんな風に状況が一変したことは喜ばねばならぬはずである。彼の窮局の目的は財産にあるのだから、伯父が誰に殺されようと、とにかく急いで死んでくれればそれで結構、それ以上云うことはない。完全犯罪とは云い条、どこにどんな失敗がないとも限らぬのだから、強盗氏が目茶目茶にかきまわしてくれたことは大いに有難い。これぞ正に天祐とバンザイを叫ぶところなのに、志村はいっこうにさえぬ顔で、心中些か憂鬱の気味、何かしら物足りない佗しさを感じている。

つまり彼は自分の計画が水泡に帰してしまったのが気にいらないのだ。この犯罪は彼として最大の努力を払った、いわば芸術的殺人である。この事件にタッチする多くの人々の眼をくらまし、快哉を叫ぶところに彼の目的を超越した喜びがあったのだ。悠々と伯父の財産を摑んで、世間の奴らをアッと云わしたかったのである。その勝利感、優越感が、心なき野盗の行為によって微塵と砕かれてしまった。もはや予定通りに目的が達しられたとしても、それは彼の頭脳の優秀さを誇る材料とはならない。唯一の共犯者であるあけみがこの事実を知ったら、まるで茶番狂言みたいねと軽蔑するに決っている。——ここに志村の大きい失望があったのだ。

彼は椅子に凭れてボンヤリと刑事たちの動きを眺めていた。伯父の死に捧げるべき予定の涙もどこかへ行ってしまった。幸い彼のこうした態度は、他人の眼には伯父を悼んでいるように映って、その点甚だ好都合であった。そうでなければ、たちまち、警官たちに怪しまれるところである。

彼はこの時間を利用して、目前の奇妙な現象を理解しようと焦った。

前田の話によると伯父は一時十二分ごろに殺されたらしい。正確な時間が証明できるのは、机上の置時計が転がりおちて止っていたからである。従って強盗の侵入した時間もほぼ想像出来る。発見したのは朝六時半、日課通りに前田が新聞を持っていって大騒ぎとなったのである。

「――わたくしたち、お側におりながらこれに気がつかなかったことは、何ともハヤ申訳もない次第でございます」

と前田はクソ叮寧に頭を下げた。だが、こんなベラボーな話はない。少くとも志村の立場から云えばそうである。強盗が入ったのは事実としても、わざわざブラ下っている死体を下したことがすでにおかしい。室内を荒したことは肯けても、一銭の価値もない遺書を持ってゆくなんて正気の沙汰じゃない。更に、志村が仕掛けた、いわゆる密室構成の差込錠を何のために外したのか？　荒されているのは伯父の部屋だけで、他の場所に手をふれた形跡は見当らないのだ。侵入した強盗が狂人か、そうでなければ、志村の犯罪が彼の妄想にすぎなかったか、そのいずれかでない限り、この状況は解決できない。

また、これを前田、もしくは妙子の仕業と考えるのも甚だロジックの合わぬ妙な話である。なぜなら自殺体を他殺に見せかけることは、同一家屋内に居住している者として、いかに危険であるか。たちまち、殺人容疑に問われることは明らかである。むしろ他殺を自殺と装わすのなら別だけれど、その逆をゆくことは、これまた、バカか気狂いでないと出来る仕事じゃない。――考えれば考えるほど、この事件には変てこな後味がある。それが何であるか、志村には到底理解できそうもなかった。

「や、志村英さんですね。どうも、とんだご不幸でお気の毒です」

妙子の訊問を終った警部が振返って声をかけた。志村は夢からさめたように立上った。

「――どうぞ、そのままで……」

その顔を見たトタンに志村はいやだなと思った。彼の大きらいなカマキリに似た、ゾッとするような眼を持った男である。

「貴方が伯父さんにお会いになった最後の日はいつごろでしょうか?」

「――一週間ほど前だったと思います」

志村は素直に答えた。

「何か、特別な用事でもあったのですか?」

「いや、まあ、ご機嫌伺いといった意味で……ついでに小遣いを貰いたいと思いましてね」

この事実は前田が知っているから、隠したって仕方がない。

「お小遣いのほうが主眼だったのでしょう」

とカマキリは薄気味悪く笑って、

「――で、うまくせしめましたか?」

「いや、駄目でした」

「ほう、伯父さんはなかなかきついんですね」

「と、いうわけでもないんですが……」

「しかし、たった一人の甥の無心をきかないとはね。しかも、どうせ貴方に譲る財産なのに……だが、こうなると貴方にとっちゃ伯父さんの死は、悲しくもあり嬉しくもありと云ったところですな」

「妙なことを云いますね、貴方は――失敬じゃありませんか」

くだらぬことを云う奴だと内心軽蔑したが志村は少し怒った顔をしてみせた。どうせ強盗事件には無関係だから、何を云いだそうと心配することはないと、タカをくくっているが、何となく薄気味が悪い。

「や、失礼々々」カマキリはあまり失礼でもなさそうな顔で笑ってから「――ときに、昨夜の一時十二分、ご承知のように伯父さんが殺害された死亡推定時間ですが……そのころ、貴方はもちろんお寝みだったのでしょうね」

志村はハッとした。アリバイ。そうだ、俺にはアリバイがなかったんだ。苦心の末に作った十一時のアリバイは、状況一変のお蔭で役に立たなくなってしまったのだ。

「――それから、これは、たしか、貴方のライターでしたね」

彼が口ごもっている間に、カマキリは重ねて問いかけてきた。志村は突きつけられたダンヒルを見てギクリとした。少し前に失くしたまま、気にもかけなかったものである。トタンに彼は思いだした。ここへ忘れて帰ったのだ。

「ぼ、ぼくのです。前に来たときに忘れたのです」

瞬間、自分のものでないと否定しようかとも思ったが、駄目だ、指紋を調べればすぐ判ってしまう。

「この前にねえ。もちろん、それが間違いないってことを証明して頂ければいいのですが……あの二人は記憶にないと云いますのでね」

カマキリは本性を現わしてネチコク絡んできた。

思いがけぬ奇襲に志村はやや狼狽した。ライターは昨夜、机の上になかった。恐らく伯父は彼が忘れていったのを引出しの中へでも納っておいたのだろう。そして強盗がかきまわしたときに偶然出てきたものに相違ない。

「忘れたのは事実ですよ。たしか、この前に……」

「そうだとは思いますが、我々としては昨夜お忘れになったのだとも考えられますからねえ……なにか、ちょっとした証明があればいいんですが……」

だが、どうして証明するんだ。その事実を知っているのは伯父以外にいないのだ。

いけない、しっかりしろッ、とんでもない罠だぞ！

志村は忙しく頭を働らかせた。

「火をつけてみて下さい。もう、ガソリンがないはずです」

「そんなことは証拠になりませんよ」

そう云いながらカマキリは歯車を廻した。ああ、なんたる皮肉ぞ、ライターには見事火がついたのである。

「いけませんな——これの証明が出来ないとなれば、やはり、一応、来て頂きましょうか」

とカマキリはその憎々しい眼を光らせて刑事に合図した。

「バカなッ、バカなッ、こ、こんなバカげたことがあるものか！」

志村は手錠をはめられた瞬間、狂ったように絶叫した。

全く、こんなバカな話はない。彼は完全犯罪に成功したのである。少くともその面においては、警察と云えども彼に容疑をかけることは不可能なのだ。にも拘らず、彼は、このくだらない、平凡な無生物のために、そして、誰にでも有り勝の忘れ物という日常の些細な出来ごとのために、全く思いもよらぬ運命に出会ねばならなかったのである。彼の叫びは、皮肉な運命に対する自嘲であったと云えよう。

志村はライターに対する事実が立証出来ないまどろこしさにごうを煮やして、遂に真相を述べてしまった。もちろん、彼の芸術作品である完全犯罪の誇の下に、伯父殺害の事実を認めたのである。

　カマキリ警部は志村の自白に満足したが、実相を聞いて眼をむいた。もちろん、事件は再調査である。彼の自供がなかったら恐らく発見できなかったであろうところの、カーテンの金具の僅かな歪みと、扉に残った虫ピンによる小さな傷によって、志村の完全犯罪が確認された。その結果は云うまでもなく、強盗事件に対する追究となったのであるが、この、へんてこな事件はのらりくらりと捕まえどころがなく、カマキリを悩ましたことひとしきりでなかった。強盗がやったにしろ、あるいは、前田または妙子の仕業であるとしても、死体を下した点が謎となって、カマキリは悲鳴をあげた。

　ところが意外な方面から提供された資料により、さしもの難問題もあっけなく解決したのである。

　ある日、カマキリは志村を刑事室によびだした。彼が案外素直に自白したので、その褒賞の意味で真相が判明したら洩らしてもいいと約束してあったからだ。

「志村君、きみの完全犯罪は結局誤っていたのだよ。というのは、今日、ある保険会社から保険金の支払いについて照会があった。契約後、日が浅いので、自殺だと払うわけにいかないから、他殺の事実を確認してほしいと云うのだ。聞いてみると、今年の七月に、三十万円と五十万円の二口加入している。受取人は前田老人と木之江妙子。伯父さんはこの二人に遺産のつもりで生命保険をかけておいたのだ。ここが問題の発生点となった。つまり、前田はあの朝、伯父さんの死体を発見し、勿論自殺だと信じて困ったなと思った。保険のことがピンと頭へきたからだ。そこで、同じ立場の妙子を呼んで相談したのだね。これは他殺でないと保険金がとれない、どうしたものかと首をひねったわけさ。その揚句があの強盗騒動となった。二人にしてみれば、別に悪いことをするんじゃないからってんで、深く考えずにやったのが、たまたま、君のライターをほじくりだす結果となってしまったのだ。――君が最初から自殺体にしないで他殺にしておけば、あの二人は喜んでそのまま警察へ知らしたのだと思うがね。完全犯罪と云っても、やはり、どこかにミスがあるんだよ――」

　カマキリは例のゾッとするような眼で志村を眺めて奇妙な笑いをもらしたのである。

自動車強盗

（ある日の午後）

妻　あなた、今夜も出かけるの？

夫　仕様がないさ。自動車強盗が怖いからと云って、夜の仕事を休んじゃ干上っちまうからな。

妻　そりゃそうだけれど……でも、あたし、毎晩々々心配でたまらないわ。

夫　おれだってこんな物騒な時代に、夜更《よふけ》まで運ちゃん稼業はやりたくないさ。だけどなあ、やっぱり、夜の収入が大切だからなあ。

妻　でも命には替えられないわ。あたし夜更に人の足音を聞くと、あなたがやられたんじゃないか、警察から知らせに来たんじゃないか、と……

夫　ハハハハハ、そう心配したものでもない。そりゃ俺だって命は惜しいから、怪しいと睨んだ客は相手にしないし、いざとなればアッサリ金をやって逃げるだけの腹は決めている。なあに、抵抗さえしなきゃ、いくら強盗だってやたらに人殺しをするわけはない。

妻　そうかも知れないわね。だけど、お金を取られるだけでもバカらしいわ。せっかく、一生懸命稼いだものを……なんとか、いい工風はないのかしら――たとえば、乗降は人通りの多い場所とか警察の近所に限りますって……ねえ、パトロールカアの後をついてまわるなんてのどおオ？

夫　冗談云うな。それじゃ商売にならないよ。――もっとも、仲間でもいろいろと考えちゃいるんだけれどね。

妻　そうだわ、いいことがあるわ。だんぜん名案よ。

夫　なんだい、そりゃ……？

妻　ホラ、ひところ、よくニセ札が出たでしょう。あなた、そのニセ札を持って歩くのよ。おい、出せっ、ときたら、ハイ、これを、って――ね。

夫　ふうん、なるほど。

妻　相手が強盗だから構わないわ。それに、もし、その強盗がニセ札行使で捕えられたら――それこそ一石二鳥だわ。

（ある日の夜更）

妻　どうしたのかしら、今夜はいやに遅いわ。いつもならもうとっくに帰ってるのに……あら、もう三時よ――やられたのかしら……まさか、そんなこと、きっと大丈夫――でも、心配だわ――どうしましょう――

警官　今晩は、今晩は！

妻　ど、誰方《どなた》ですか？

警官　警察の者です。夜更にご迷惑ですが……

妻　警察ですって――まあ、じゃ、うちの人はやられたんでしょうか？

警官　ほほう、覚悟してたんですね。

妻　どんな様子です？　怪我は？　いえ、命に別条はなかったんでしょうか？

警官　ああ、その点はご安心なさい。当人は至って元気ですから……

妻　まあ、よかったわ――じゃあ、被害はお金だけで済んだのですね？

警官　ま、そういうことですね。被害は三千八百円。飲食代です。

妻　飲食代ですって？

警官　左様、お宅のご主人は酔っぱらってニセ札を行使されたのですよ。

尾行

「オイッ、なにをするッ！」

低く叫ぶと、その男は、やにわに身をよじらせて、彼のポケットから抜けだそうとする手を、しっかり掴んで、グイッと逆に捻じあげた。

「あッ、痛え、兄さん、すみません——かんにんしておくんなさい——」

ジャンパーを着た若い男は、顔をしかめながら小声で哀願した。

一瞬の出来事だったが、乗客は敏感に動揺した。ギッシリ詰って身動きもできぬほどだったのに、二人の周囲に僅かだけれど空間が生じた。

「なんだ？」

「どうしたんだ？」

「スリだ！」

「スリが捕まったんだ！」

小さな囁きが電波となって拡がった。乗客たちは、その青年紳士がスリの若者をどう取扱うかと、興味の眼を輝やかせて、八方から囲んだ。

電車は有楽町のホームに入ってスピードをゆるめた。

「あっ、お巡りだ！」

誰かが新しい発見をした子供のように得意ぶって叫んだ。電車の中央から人波を押しわけてくる制帽がチラと見えた。

その男の顔にサッと困惑の色が浮んだ。電車が止ってドアが開くのと同時だった。スリは、ゆるんだ手をすかさずもぎ離してホームに飛出した。

「あっ！」

と誰かが叫んだが、あとから押しだす群集に包まれて、もう、誰がどうなったのやら判らなくなった。

その男も逃げるように人波にまぎれて足を速めた。階段をおりて駅をでると、忙しい人たちは、もう、今の小さな事件を忘れてしまった。だから、ガード下に姿を消したスリの若者のことも、数寄屋橋《すきやばし》の方面に歩みを急がせるその男にも、誰一人として注意を払うものはいなかった。

いや、たった一人だけ、私を除いては——と云わねばなるまい。なぜなら、私は、グレイのダブルにギャバジンのレーンコートを抱えているその男を、一カ月も前から尾《つ》けまわしているからだ。こんな些細な出来事くらいで、見失なってはならないのだ。

八時十五分。街はすっかり夜のとばりに包まれて、あちこちのネオンが誇らしげに光芒をはなっている。

尾張町の角までくると、その男は無意識に帽子のひさしに手をかけて、巡査の視線をさけた。

向い側にわたると銀座通りに曲らず、まっすぐに五、六軒行って細い道を左に折れる。そこは裏町らしい艶めかしさと、頽廃した雰囲気をもつ薄暗い通りである。半丁ほど足を進めると〝シャルマン〟とネオンを掲げた喫茶店がある。

その男はドアを押して内部を一廻り眺めてから、スルリと中へ入った。私は、もちろん、少し間をおいて後につづく。

一番奥のボックスに待っている女。その女を私は知っている。路子だ。

私は背中合せの場所にソッと滑り込んだ。

「や、長く待った？」

その男は低い声で云った。パチッとライターの音がする。

「ううん、十分ばかり……」

路子はそっけなく答えた。

「電車が混んでね——」

男の弁解を軽く聞き流して、

「どおオ、明さん、すこしは見当がついて——？」

若い女に似合わぬ冷たい声だ。抑揚のない、感情を忘れた口調である。

「——依然として五里霧中さ」

「警察のほうはどんな様子？」

「警察だって同じさ。あの夜以来、少しも進展していない」

「じゃあ、あの目撃者は——？」

「行衛不明だ。肝心の証人に逃げられて警察も弱っている。係りあいになるのをいやがる人が多いのでね」

「犯人や動機についての見込は……？」

「皆無。強盗のせいにしては被害はないし、怨恨説も根拠が薄弱、痴情という見方もでているが原因が見当らない――」

「痴情かも知れないわ」

「え？　どうしてさ？」

「あたしと、貴方と、進一さん――どう、三角関係じゃないこと？」

「じ、じゃあ、ぼくが進一君を殺したと云うのか？」

「ウフ、ごめんなさい。これは冗談よ」

「ひどい冗談もあるものだ。犯人が犯人を探しているなんて、ナンセンスだ」

男はとってつけたように笑った。しゃがれた、力のない笑いだ、と、私は耳をすませた。

「――三角関係って表現は、ぼくの場合不適当だね。路っちゃんはそれほどぼくのことを考えてくれないんだからなあ」

「だから云ってるじゃないの。進一さんの事件が解決したら……」

「だけどね、路っちゃん、ぼくはこのごろ、ときどき考えるんだ――なぜ、ぼくたちはそれを待つ必要があるんだろうか、と――なるほど、進一君はとんだ災難だった。会社の帰り道に、何者とも知れず理由も判らぬまま殺されてしまった――全く気の毒だ。ぼくは友人として草の根をわけても、その憎むべき犯人を捕えて絞首台におくってやりたい――だけど、それと、ぼくたちの問題は別だ。それが解決するまで結婚はお預けだなんて……ぼくには、君の気持が判らない――」

男の言葉に熱が加ってきた。だが、路子はピタリと閉ざした心を開こうとはしない。

「判るわ、明さんの云うこと……でも、それが約束よ。貴方は云ったわ。この犯人はキットぼくの手で捕まえて見せるって――一時の昂奮だったかも知れない。でも、あたし、感激したわ。だから、あたしも約束したの。そのときには、貴方のプロポーズにO・Kするって……」

「あのときは、そうだった」男は弱々しく、というよりむしろ同情をひくように「――ぼくは、それが、やれると思ったのだ。だが、実際に手をつけてみると、犯人を探すということがいかに困難な仕事であるかが判った。警察が全機能を発揮して捜査しても、目撃者の足取りすら摑めない難事件を、ぼくのような素人に何が出来るだろうか――」

「――解消してもいいわよ。その約束を……」

「そ、それは、どういう意味なんだ？」

「あたしも貴方もブランクな立場にかえることよ」

「路っちゃん――」

「でも、ひどい話ね。一人の男が殺されて今日で丁度ひと月。だのに、犯人の目星もつかないなんて……警察もずいぶん頼りないものだわ――」

ドアが開いてアベック・パトロールが入って来た。店内をひと通り見廻してから出てゆく。その後姿を見送ってから、

「解消することはないさ。ぼくだって全然放棄する気持はないのだから……」

と男は話をひきもどした。

「あたしだって、なにも明さんにあの約束を強要したくはないのよ。でも、もやもやした気持のまま結婚するのはいやなの」

男はホッと溜息をついた。

「じゃ、今夜は帰ろうか」

「ええ」

「送っていってもいい?」

「ええ」

路子は未練気もなく先に立上った。私はそっと顔をそむけた。


「――なんだか、あたし、この話をダシにしてひっぱりだされてるようね」

彼女は冷然とふりかえりもせずに笑った。

(相変らず気の強い女だ)

私は後姿を見送って呟いた。さあ、また、あの二人のあとを尾けてゆかねばならない。


路子が云ったように、あれから丁度一カ月になる。

あの日、十月九日――

私はいつものように省線N駅を九時二十七分に下車した。ここもと会社が忙しくて連日居残り、これより早い電車で帰ることは殆んどない。

駅の附近は商店が軒を並べて賑やかであるが、十分も歩くと静かな住宅街になり、私の家はそこから更に両側をコンクリートの壁で囲んだ紡績工場の間を抜けてゆかねばならぬのだ。馴れた道だけど、今夜のように曇った日は足許が危くて困る。

その道にさしかかった時だから、多分九時五十分くらいだったと思う。

「助けてくれッ!」

前方で叫び声が聞こえた。私はギョッとして立止った。

続いて、

「——人殺し！　誰か来てくれッ！」

息も絶え絶えな男の声だった。

私は懸命になって駈けだした。前方、百米《メートル》くらいの地点、そこに一人の男が倒れている。私は腰をかがめて闇をすかした。誰もいない。その男の外には誰も見えない。

「どうしたんです。しっかりなさい」

私はグッタリとしているその男を抱きおこした。

「……」

その男は僅かにうめいたが、もう口を利く気力がないらしい。

「しっかりなさい」

声をかけたものの私は当惑した。どこをどうやられたのか、暗闇のため状況がまるで判らないのだ。

「困ったな」

前後をふりかえって見たが、今どき、通行人があるはずはない。

「しっかりなさい」

同じことをくり返して自分でもおかしかったが、この場合、他に適当な文句が浮かばなかったのだ。


どうしたものだろうか——医者と云っても駅前までゆかねばならないし、第一、瀕死の状態にある人をうっちゃって行くべきかどうか——そのとき、私は、とんでもないことを忘れているのに気がついた。

そうだ、もう十時じゃないか。駅前の派出所の巡査が毎晩巡回してくる時間だ。よく帰りに誰何《すいか》されて、今では、顔馴染になっている巡査のことを、すっかり忘れていたのだ。

だが、それまでこの男の生命がもちこたえられればいいが……

「もしもし、君、大丈夫ですか？」

私は身体をゆすぶって呼びかけた。それにこたえるかの如く、男は僅かに身動きしたようだったが……

そのとき、コツコツと近づいてくる足音が聞こえた。

「どうしたのです？」

巡査の懐中電燈がパッと明るく地上に輪を描いた。

「人殺しらしいんです。助けてくれと叫び声を聞いて駈けつけてみると……」

「なにッ、人殺し⁉」

巡査は驚いてひざまずくと懐中電燈をとりなおした。

「あっ、この男は……」

「ご存じの方ですか?」

「わしの所管内の人だ。名はよくしらないが……」

懐中電燈の光が被害者の胸でピタリと止った。

「こりゃ大変だ」

巡査は顔色を変えた。

死体の胸には——そうだ、もう、それは、完全に息の絶えた死体と呼ぶべきものだった——短刀が根もとまでシッカリと刺さっていた。

「いったい、これは、どうしたと云うんです?」

「ぼくが駈けつけたときには、もう、この人は倒れていたのです。あたりには誰もいませんでした」

「足音は聞かなかったですか?」

「気づきません。ぼくの聞いたのは、人殺し、誰かきてくれ——と、それだけです」

「ふうむ、じゃ、さっきの声がそうだったのだな。わしも、なにか聞こえたように思ったが、ハッキリと聞きとれなかったので、まさか、こんな事件とは……」と巡査は口惜しそうに呟いた。「——とにかく、本署に連絡しなければならない。うん、そうだ、この工場の電話を借りよう」

「起きているでしょうか?」

「宿直者がいるはずです。わしはすぐ戻ってきますが、あんた、気の毒でもちょっとここにいて下さらんか。あとで委しく様子を聞かせてもらいたいし……」

巡査はそう云って、慌しく駈けだしていった。懐中電燈の輪がコンクリートの壁にそって曲ると、周囲はまた暗くなった。

どんよりと曇った雨空。その雲の下、冷たい夜更の路上に、哀れな被害者がよこたわっている。

私はその死体を眺めながら、胸に刺された短刀に気づかなかった、自分のうかつさが悔いられてならなかった。あの一閃がもろくも一個の命を、生から死へと蹴おとしてしまったのだ。

もう、十時をすぎたであろう。夜のしじまが、ひしひしと迫って、そぞろに秋の哀れをさそう。

幸福はいつも忍びやかに訪れるけれど、不幸は常に荒々しく襲ってくる。私は兇暴な殺人者に烈しい怒りを感じながら、空々たる人生を終えた若い死者の前にひざまずいた。

私は祈った。そして、叫んだ。殺戮者よ、呪われてあれ。天は必ずや汝の血にまみれた手に、報復の鉄槌を下されるであろう。

私は祈りおわると静かに立上った。そして頬につたう涙を、不幸な犠牲者への訣別に捧げた。私はもうこれ以上、惨めな死骸を眺めていることが堪えられなくなったのだ。

そして、一カ月——

私は毎日、殺人犯人のあとを追っている。警察が憎むべき殺戮者を捕えるかどうかは、私にとって、どちらでもよい問題である。私は私のこの眼で、正義が彼を罰する事実を見ることが出来れば、それで満足だと思っている。

喫茶店を出た二人は、人波にもまれながら、男が歩んできた道を辿って有楽町駅についた。

「——ねえ、明さん」

路子は、切符を買おうとする男を呼びとめて、

「あたし、これから、あすこへ行ってみたいの」

「あすこって——?」

「進一さんが殺された場所よ」

男はいやな顔をした。

「なんだって、いまごろからそんなところへ行こうっていうの。もう、遅いよ」

「行ってみたいの。だって、今夜はひと月目でしょう。現場で黙禱くらいしてあげてもいいと思うわ」

「路っちゃんは案外感傷的なんだね」

「感傷——そうね。命日だから死者の霊を弔う。たしかに、つまらないセンチメンタリズムだわ。だけど、軽蔑することはないわ。死者に対するエチケットよ」

男は仕方がないという風に肩をすくめて切符を買った。電車の中での二人は殆んど口をきかなかった。怒ったような顔をしている男。冷然と一点を凝視して動かない路子。

「ぼくは嫉《や》いてるんじゃないよ」

N駅に近づいたとき、男は路子に囁いた。

「判ってるわ」

「ただ、君の行為を無意味だと思うのさ」

「そうかも知れないわ。でも人間って無意味なことばかり繰返しているものよ。進一さんが殺されたのだって、考えてみれば意味ないわ。あの人を殺して、犯人は何をえたのか——進一さんはわざわざ殺すほどの価値をもった人じゃなくってよ」

酷いことを云うと、私は蔭で苦笑した。

N駅の時計は九時二十七分を示していた。そういえば私はあの日から、この電車に乗る機会を一度も持たない。

「少し冷えてきたね。路っちゃん、寒くない?」

男はレーンコートに手を通して、わざとらしく襟を立てた。フン、私は嘲笑した。判っている。駅前に派出所があるからだ。

「案外この辺賑やかなのね」

路子は両側に並んでいる商店を珍らしそうに眺めた。

「うん、でも、少しだけだ。この先はずっと淋しい道ばかりさ」

商店街の電燈が二人の影を長く追うと、もうそこからは人気のない住宅街だった。

「警察では発見した男を容疑者として捜査中だって云ってるそうだけれど、ほんとう?」

「容疑者と決めたわけじゃないんだろう。しかし、重要な証人として探していることは事実だ」

「警察もずいぶん頼りないのね。そんな男の一人くらい判らないなんて……」

「その巡査は、目撃者の顔をよく覚えてないんだよ。暗闇だったし、死体に気をとられていたから……」

「懐中電燈の光って、妙なニュウアンスを作るからでしょう。あたし、いつか停電したときに蠟燭で鏡を覗いてみたことがあるけれど自分の顔と思えなかったわ——そのお巡りさんだって、昼間見たのじゃ判らないのかも知れないわ」

周囲が静かになって二人の足音が無気味に高くひびく。

「この道ね?」

「うん、もう少し先だ」

道を挟んだ工場のコンクリート塀が、闇の中にポーッと白く浮んでいる。

私は胸が痛くなってきた。一カ月前の、あの光景が眼の前にほうふつとしてくる。

——助けてくれ……人殺し……誰かきてくれ……

路子はギョッとして立止った。

「なに? 明さん、あの声——?」

「なにを云ってるんだ、なにも声なんか聞こえやしない」

「気のせいかしら、誰か叫んだようだったけれど……」

「冗談じゃないよ。へんなこと云わないでくれ」

男は無気味そうに云った。フン、お前には聞こえない。お前は自分の良心の耳を押さえているからな、と私は心の中で罵った。

「この辺?」

路子はそう云って周囲を見廻した。

「うん……」

と男も足を止めた。

「——ここで進一さんが殺された……」

路子は憮然と呟いた。

「助けてくれ、って、叫んだのさ」

嘘だ。嘘だよ。私は路子の背後に近寄ってそっと囁いた。

「そこで誰かが駈けつけたと云うのね——あたし、それは変だと思うわ」

「どうしてさ?」

「進一さんに救いを求めるだけの生命が残っていたかどうか疑問だわ。だって、短刀のひと刺し、それが心臓を傷つけていたというじゃないの」

そうだ。その通りだ。私は彼女の言葉に満足の意を表明した。

「即死だったって云うわけだね」

「ええ、多分ね。少くとも叫び声をあげる気力はなかったと思うわ」

「というと目撃者が嘘をついたことになる」

「そうね」

「だが、お巡りも、その声を聞いているんだよ」

「叫び声が聞こえたのは事実だわ。でも、進一さんの声じゃないわ」

「……」

「助けてくれと云う声に進一さんが駈けつけた。しっかりしたまえと抱き起したトタンにグサリとやられた——これなら話は判るわ」

「じゃあ、君は……」

「進一さんが毎晩帰る時間を知っていて、待ちかまえていた犯人のトリック——」

「では、結局、目撃者が犯人だと云うの?」

その男の声はふるえをおびていた。

「警察だってそのくらいのことは判ってるはずよ。ただ、その男が誰だか知らないだけのことよ」

「誰なんだ? そいつは?」

「その男はつまらないことをやったのよ。進一さんを亡くすれば、あたしを独占できると考えたのね。あたしと進一さんが兄妹だってことも知らないで……」

「兄妹?」

「そうなの。進一さんは公然とあたしを妹と呼べないお妾の子。でも、あたしはそんなことにこだわらずに交際《つきあ》ってきたわ。他人があたしたちを恋人同士と思っても、ちっとも気にしなかったけれど……」

「兄妹――」

その男はもう一度呟いた。路子はとうとう云ってしまったのだ。私はかたずをのんで、その場の成行を見守っていた。

前方から、コツコツと靴の音がひびいてきた。

「あッ、お巡りだ」

「よく知ってるわね。経験ずみだから……」

と路子は唇を噛んだ。足音が止って懐中電燈が二人を包んだ。

「どうしたのですか？　今ごろ、こんなところに立って……」

それはあの日の巡査だった。私はなつかしかった。相変らず定時の巡廻をつづけているのだ。

「田辺進一の殺害事件について話をしておりましたの」

「なにッ！」

巡査はもう一度二人の顔を照らした。

「覚えていらっしゃいますか。いつか、警察でお会いしましたわ」

「おお、そうでしたな。木之江路子さんとか云った……そちらの方は、たしか東田さんですな」

「ええ、進一さんの友人、東田明さんですわ。でも、警察でお会いになる以前に、この方、ご覧になったことありません？」

「なんですって？」

巡査は一足進みよった。その男は苦しそうに浴せられた光の輪から顔をそむけようとした。光の角度が異様に彼を歪めた。

「やっ、そうだ。わしは思いだしたぞ」

一声叫んで巡査は本能的に腰の拳銃に手をかけた。

「もういい。沢山だ。逃げやしない。ぼくが、ぼくが殺《や》ったのだッ」

東田明は帽子をかなぐりすてて、両手を前方へさしのばした。

私はそれ以上見ていようとは思わない。考えれば東田も哀れな男だ。路子を愛するのあまり、私を恋人だと誤解したのだから……路子の云った通り、全く無意味な殺人だった。しかし、かりそめにも人の命を奪った行為に対しては、それだけの償いをしなければならぬ。

手錠をはめられた東田を横に路子はじっと瞑目してい

る。

私はそっと彼女の肩に手をおいて、さようならと云った。

これで私はもう安らかな永遠の眠りにつくことが出来るのだ。

「進一さん――」

路子が低く呟いた。私は振返って微笑んだ。

「路っちゃん、さようなら――」

片目君と宝くじ

「大変だア！」

　ドタバタとアパート中が揺らぐような足音を立て、一気に階段を飛上るとノックもせずに東野《とうの》が駈けこんできた。

　片手に新聞を鷲摑み、眼を血走らせてただならぬ形相である。

「ご昇降は静かに願います」

　と階段の上り口に書いてある貼紙なぞ、眼にも入らぬほど慌てている。

　一九五二年五月一日の朝まだき――

「なんだ、騒々しい」

　片目珍作君は布団から首を出して、枕許に立っている東野を見上げた。

「朝ッパラからどうしたんだ。静かにしないとご近所が迷惑すらあ」

　親分らしい口の利きようで叱りつけたところは、とんとなんとか捕物帖の幕開きにソックリである。

「おい、起きてくれよう。実際に大変なんだ。笑いごとじゃないぞ」

「誰も笑っちゃいないさ。落着いて話せよ。だいたい君はそそっかしすぎる」

　と片目君はムックリ床の上に坐った。この野郎、ブルブル慄えてやがる。

「こ、これを見てくれ」

　東野は眼をむいて新聞をつきつけた。

「なんだ。大事件でも起ったのか？」

　自称探偵作家の片目珍作君は、シャアロック・ホウムズみたいに顔をしかめて、新聞をジロリと眺めた。朝の太陽が新聞に反射して寝不足の眼にしみるようだ。

「ええと、メーデーに備えて予備隊待機か」

「そ、それじゃないよ。ここを見てくれ――」

「――今月の幸運、宝くじ抽せん発表……これがどうしたんだ?」

「そ、それだよ。その百万円一等当選がぼくなんだ」

「なにイ?」

「ぼ、ぼくに当ったんだ。195242がぼくの買った番号だ」

「おい、本当かい? この野郎、朝ッパラから担ぐんじゃないだろうな?」

「だ、誰が、じょ、冗談を……」

「フウンこん畜生、うまくやりやがったな」

「そ、それが、君——その当りくじを失くしちゃったんだ」

「失くしたア?!」

それでやっと事情が呑みこめた。幸運の百万長者にしては、チト悲痛な顔だわい……

なにしろ年がら年中ピイピイと、ヒヨッコのように暮している安月給取の東野に、大枚百万円転げこんだのでは大変にちがいない。

百万円宝くじ紛失事件! さてこそ俺の畑じゃわいと、自称探偵作家は大きく頷いた。

「き、君、探偵実話の五月号あるかい?」

「それがどうしたんだ?」

「そ、そこへ挟んでおいたのだ。君に借りた日に宝くじを買って、ついうっかりと……」

「なあんだ。そんなことか、それじゃ騒ぐことはないじゃないか」

チエッ、驚かすない、と片目君は立上ったがフト気がついてドキリとした。待てよ、あの本を持って行ったのは、東野だけじゃなかったぞ。

「おい、これは本ものの大変だ。探偵実話は君が返してから、二三人に貸してやったぜ」

「そ、そこなんだ。ぼくの云う大変の実相は——あのまま君の手許に残っていれば文句はないが、君んちへ来る奴は誰彼なく本を借りてゆくから……そ、それを心配してたんだ」

「うーむ」

一声呻って片目君は本棚から問題の本、探偵実話の五月号を抜き出して、手早くパラパラと頁《ページ》をくってみた。

「あ、有るかい?」

「無い——さて、こうなると問題は、誰が君の次にこの本を持って行ったか?」

「お、覚えてるか?」

「覚えとらん」と片目君は気の毒みたいな顔をしてみ

せた。「――はてな、西山に、北村女史、それから南川の奴も……」

「そ、そんなに読んでるのか。それじゃ駄目だ。探しようがない」

東野は天を仰いで大きく嘆息した。

「ああ百万円、百万円！　それが有ればあの娘《こ》と結婚出来るのに……」

その夜、片目君の狭い部屋に四人の男女が集った。片目君から緊急召集をうけて駈けつけた、友情厚きメンメンである。

「――という次第で、はからずも東野君に訪れたこの幸運、好きなあの娘と結婚して、愛の巣を営みうる、祝福すべき百万円――その当りくじが、諸君の回覧に供した探偵実話の五月号に挟んであったのです。本はすでにぼくの手許に戻っているが、問題の宝くじは見当らない。誰かが盗ったのだ。犯人は誰だ?――しかし、諸君に嫌疑をかけることは、ぼくとして、友情の名のもとに忍びぬところである。だが、東野君が獲得した奇蹟的幸運、百万人に一人の幸運を放棄せしむることは、これまた、友人として堪え難いものがある――」

ノッポの西山、眼鏡の北村女史、髭面の南川、そして、当の東野の四人は、いつになく真剣な面持で、片目君の熱弁に耳をかたむけている。

「――ここにおいてぼくは、諸君の友情に訴える。そして、東野君と、東野君のいわゆる可愛いいあの娘のために、万全のご協力をお願いしたい――幸い、我々五人は、これ悉く熱烈なる探偵小説マニアである。我々が、常に事件を求め謎を追求し犯人を推理してきた、探偵小説的頭脳をもってすれば、かかる事件の解決は誠に容易であると確信するものであります――」

パチパチと東野が拍手したが、他の三名は不機嫌に黙りこんでいる。いつもならケンケンゴウゴウと意見が飛んで出るところだが、今夜ばかりはウッカリと喋べれない。なにしろ彼らは容疑者である。加えていずれも推理の大家ときている。うっかりとヘンな口をきこうものなら、たちまち、疑惑の眼が光ること承《う》け合いだ。

「――さて、諸君――」

片目君はちょっと調子を下げて、

「事件の関係者は我々五人であるが、東野君は被害者だから、一応容疑の列から除外すべきと思うがいかがでしょう?」

「待て待て、被害者が犯人だったってトリックもあるぞ」

話が具体的になったところで、南川が不精髭をなでながら発言した。

「うむ、しかし、この場合、東野君がそんな陰謀を企らむ動機がない」

「賛成！」

と、北村女史が黄色い声で云った。

「そこで東野君は問題外として、次はぼく。ぼくはすでに探偵実話を読んでしまったのだから、その本が戻ってきても開くことはない。従って、当然嫌疑の外にあると思うが……」

「うまく逃げやがる」と西山が口を開いた。

「怪しくない奴が犯人だというのが定石《じょうせき》じゃないか」

「なるほど。それじゃ、ぼくも容疑者の仲間入りをしてもいい――そこでだ、まず問題は誰が東野君の次に探偵実話を持って行ったか？　これについてぼくはゼンゼン記憶がない。なにしろ君たちが本を持ってゆくのは、昨日今日に始まったことじゃないからね」

「ちょっと待った」と南川が手をあげた。「その当り番号が、どうして東野君の買ったヤツだと分る？　まさか東野君のような慌て者がナンバーを控えておいたとは思えぬが……」

「そ、それについては、ぼくから一言――」と東野は頭をかきながら、まずペコリと一礼して「ど、どうも、ぼくがそそっかしいためにとんだご迷惑をかけてスマンと思うとります」

「ほんとうだわ。とても迷惑千万よ」

北村女史は男女同権でない昔から、思ったことをスラスラと云う女性である。

「い、いや、ま、まったく……」東野は慌てて汗をふいて、「――実は、あの宝くじは、四月二十日に買ったのです。というのは、あの番号をご覧下されば分りますが、195242、つまり千九百五十二年四月、二十日には零が足りませんが、面白い偶然だなと興味を惹かれたのです。その日、たまたま、片目君から探偵実話をかりていたので、なにげなくその間に挟んで、翌日うっかりとそのまま返してしまった――とにかく、そんなわけで番号だけは特に記憶していたのです」

「ふうん、なるほどね――じゃ、四月二十一日以後に本を借りた者が、一応嫌疑をうけることになるね」

と南川が念を押した。

「そ、そういうことです」

「はて、あたしはいつ借りたのかな?」

北村女史は首をひねった。西山は怒ったように、

「ぼくはそんなこと覚えちゃいない」

「そりゃ、ぼくだってさ」

と南川も同意して云った。

東野は頭をうなだれて、スッカリ当惑している。

「いずれにしても、宝くじなんてものは当るかどうか、その日にならなきゃ分らないんだ。そんなもの盗ったって仕様がないじゃないか」

と、西山は犯意否認説を主張した。

「でも、そうとばかり云えないわ。だって、当るかも知れぬと思えばこそ、皆、買うんですもの——ことに、運のついて廻るものだから、案外、そうしたチャンスで手に入れたのは、当るってエンギを担いで失敬する可能性があるわ」

「じゃ、北村さん、あなたがもし発見したとしたら……」

と片目君が聞いた。

「そうね。あたしならチョイとお預りしとくかも知れないわ。フフ」

「やあ、こりゃ、嫌疑の資格がありますね」

「ええ、いいわ。嫌疑者になるのも面白いじゃないの」

「困ったお嬢さんだ。もっとも、嫌疑者は無罪なり、ってトリックもあるけれど……」

「片目君、誘導訊問はいけないよ」

と南川から抗議が出た。

「失敬々々」片目君は笑って「——そこでですな、こうして話合っても、肝心の証拠がないからどうにも出来ない。名探偵多くして事件捗《はか》どらずです。で、ここに一つの案がある。それは、この五枚の封筒、ご覧の通り同一品で、目印もなにもついていません。これを、各自が一枚ずつ持って帰って、もう一度、明晩集ってもらう。もちろん、そのときに宝くじを持ってる人は、封筒に入れてきて頂きたい。誰が犯人であったか? それを追究するのが目的でなく、宝くじが東野君の手に戻ればいいんですから、そのお積りでご協力をお願いします。東野君は自分のそこつから、友人間に犯人を出したくないと云ってますし、それにはぼくも同意見です」

「なるほど、それは名案だ」

「賛成だわ」

「異議なし」

そこで一同は封筒を持って、その夜は散会ということ

になったのである。

翌日の夜。――「さあ、封筒が五枚揃いました」

片目君は手品師のように、扇形に開いた五枚の封筒を、皆に示して楽しそうに笑った。

「――では、唯今より開封します。宝くじがうまく現れましたらお慰み……」

一同は選挙の開票を見るように、息をこらして片目君の手をみつめた。

一枚、二枚、三枚――ガゼン四枚目を開いたとき、片目君はニヤリと細長い紙片をつまみだした。

「有った！」

一同は奇蹟を見た如く感嘆の叫びをあげた。

「これですね。問題の宝くじ――１９５２４２、はい、間違いなく無事に戻りました。東野君、おめでとう」

東野は真赤になって口もきけない。おお、百万円、百万円！　あの娘と結ぶ愛の巣が実現するのだ。

「あ、ありがとう、ありがとう」

スッカリ興奮しながら、東野はムヤミに頭を下げて廻った。急に座が明るくなった。

「でもよかったわ」

北村女史はホッとした面持である。

「やれやれ――」

と西山が云えば、南川も続いて、

「しかし、うまいこと現れたものだね。やはり誰かが隠していたのだな」

「もちろんさ――しかし、犯人は追究しない約束だから……」

と片目君も嬉しそうに云った。

「うん、ま、誰にしたって、まさか百万円当選と知って盗ったんじゃないからね――しかし、えてして、こんなのが当るんだな。全く妙なものさ」

と、西山は感心している。

「東野さん、嬉しいでしょう。彼女が喜ぶわねえ」

北村女史はポンと東野の肩を叩いた。

そのとき、南川が立上って、

「片目君、犯人は追究しないと云ったけれど解決のない探偵小説なんて意味ないぞ。謎をこのまま葬ることは、探偵小説マニアとして我々の好奇心が承知せん。罪は問わぬとしても真相は報告すべきと思うが……皆さん、いかがですか」

「賛成！」北村女史と西山の手があがった。

「東野君はどうだい？」と片目君が訊いた。

「そりゃ、ぼくだって真相は知りたいね。も、もちろん、犯人が誰であっても、ぼくはなんとも思わない」

「よろしい。では、衆議一決。いや、ぼくも実のところは云いたくてうずうずしてるんだ。なにしろ、ぼくらの経験した最初の事件だからね」

「そうと決ったら、早く云ってよ」

北村女史は身を乗出して催促した。

「はいはい——では、宝くじを封筒に入れたのは誰か？　それは……」片目君は一同を見廻して「——実は、このぼくです」

四つの顔は唖然とした。まことに意外な犯人の出現である。

「——昨夜諸君が帰ってから、ぼくはふとあることに気づいた。慌てて探偵実話を調べてみると、なあんだ、宝くじはチャンと東野君の挟んだところに鎮座ましますじゃないか」

「ちょっと、待った」と南川が口を尖がらかして「そんなはずはない。今だから白状するが東野の次に借りたのはぼくなんだ。しかし、宝くじなぞ見当らなかった」

「その次はあたしよ。もちろん、あたしも気がつかなかったわ」

「すると、ぼくは最後に借りたのか。全部読んだのだけれどなあ——」と西山が不審そうに云った。片目君はいちいち頷いて、

「そうなんだ。誰も気がつかなかった。宝くじは奇妙な盲点に隠されていたのだから……つまり、これは、東野君の錯覚だった、諸君の回覧した探偵実話には、宝くじなぞ挟んでなかったのだ——」

「え？　ど、どうしてだ？」

東野は吃驚《びっくり》して眼をむいた。

「東野君、君は探偵実話の発行日を知っているかね？　君は四月二十日に持って行った本だから五月号と思った。これは常識として無理のない解釈だ。ところが、探偵実話は、そのときすでに六月号が出ていた。そして君は、その六月号に宝くじを入れたのだ。六月号は君が返してから誰も見ていない。従って、我々が血眼になって探した宝くじは、なんのことはない、本棚で欠伸《あくび》をしていたのさ」

「畜生、奢《おご》らそうじゃないか」

「賛成！」

東野君はキョトンと口を開いていた。

自殺した犬の話

十時の眼覚しが鳴った。

カーテンを開くと雪だ。灰色の空に無数の白い小人が踊っている。積るかも知れない。

まず、くしゃみを一つやらかす。それからうんと伸びをして煙草を一服——おや、空ッポか、チェッ。

ガウンを引かけて三階におりてゆく。スリッパが足の裏に冷たい。

三階の七号室には片目珍六君がいる。片目君は探偵作家であり同時にメイ探偵でもある。メイ探偵と云っても、名探偵か迷探偵かそのへんは詳《つまび》らかでない。本人は名と迷の中間子だと、湯川博士みたいなことを云っている。いずれにしてもたいした存在ではない。

ところで私は、これまたいっこうにたいしたことのない三流雑誌の編集者である。片目君とは同じ鉄筋アパートに居住しているというだけではなく、よきパチンコ友達であり、肝胆相照《かんたんあいてら》す焼鳥焼酎《しょうちゅう》仲間であり、寝ているやつを叩き起して煙草をタカっても、友誼にもとらぬ間柄である。

「へえー、もう起きてるのか。珍らしいやないか」

暁天に星を頂いて稼ぎに出る人もあれば、十時に起床ましまして早いと褒められる人もある。しかし片目君が唇をへの字に曲げて、クロス表紙の本をひねくり廻しているのはどう見ても十時十三分の光景ではない。

机上のピースの缶から一本抜きだして口にくわえ、なにを読んでいるのかと覗いてみると、アルヴァクスのコットの〝自殺論〟である。机の上にはモルセリやウエスト〝自殺原因論〟もころがっている。

「朝っぱらからむつかしいことをやっとるのやな、自殺でもする気か」

片目君は本を睨んだまま、

「お生憎《あいにく》さま。君に貸した金が戻るまでは殺されたって死なないよ」

「へえ、ても恐しき執念よな——自殺がどうしたと云うのや」

「自殺者の心理状態なんだがね、どうもピッタリとこないので弱ってるんだ」

「探偵小説のネタかい」

「いや、ちょっとした事件があったのでね」

「ふうん、誰ぞ自殺したのか？」

「うむ——」

「君の知ってる人？」

そこで片目君は頭をあげてニヤリとした。

「人じゃない。犬さ」

「え？」

「犬。ワンワンだよ。セパードが自殺したのさ」

「なんや、わやにしよる——さて、顔でも洗《あろ》うて出掛けようか」

ついでにピースを三本ほど頂戴して部屋を出ようとすると、片目君は存外真剣な顔つきで私をよびとめた。

「おい冗談じゃないのさ。こいつを見てみろ、昨日の夕刊だけど……」

「へえー？」

さしだされた新聞を開いてみるとなるほどそれらしい記事が載っている。もっとも社会欄の隅っこにある小さなゴシップ記事だったが……


昨夜十一時五十八分ごろ、阪急電車神戸発大阪行最終電車が芦屋川附近を進行中線路上にうずくまっている人影を発見、急停車しようとしたが及ばず、胴体を真二つに轢断した上、約三十米《メートル》前方で、ようやく停車した。運転手の西山辰夫さん（四五）が蒼くなって調べたところ、人影と見たは大きいセパードとわかり、ほっと胸をなで下したが、西山さんは犬の自殺は始めてですと苦笑していた——


「なんやアホらしい。こら、君、偶然犬が轢かれたのを、ネタに困ったゴシップ子が、笑い話にデッチあげたのやないか」

「ぼくも最初はそうかと思ったけれど、昨夜その西山という運転手に会って話を聞いてみるとやはり自殺らしい」

「けど、君、自殺という行為は人間特有の現象やで」

「いや、一概にそうとも云えない。つがいのカナリヤが相棒に死なれて、悲嘆のあまり食餌を拒否し自殺した例もあるからね。動物だって時には死ぬ気を起さんとも限らん」

「そんなら、この犬の場合、覚悟の自殺やったと云うのか」

「うむ。運転手君の曰くに、犬は元来が敏捷だから滅多に轢かれるようなことはない。ところがこのセパードは、警笛を鳴らしても逃げなかったのみか、頭をもたげて驀進《ばくしん》してくる電車をじっと睨めていたと云うのだ」

「そら怪談物やな。手を合してナムアミダブツと云わへなんだか。そこらに遺書はなかったか」

「バカ云え――しかし、犬たりとも自殺をする限り、そこになんらかの原因がなくちゃいけない――と思って今朝からいろいろ調べてるんだが……ダメだね、この本は――」

「そらそやろ、犬の自殺心理までは書いてないわ、ハハハ――けど、年の暮は自殺のシーズンやから、ひょっとするとその犬、失業者で年の瀬が越せなんだのかも知れんな。それとも失恋かな――いったい、どこの犬や」

「身許不明さ。そこが畜生の悲しさで、轢死しても人間のように検屍もなにもない。莚に包んで捨てちまえばそれでお終いだからね」

「関心をもっているのはメイ探偵片目珍六君だけか。しかし、ワン公では事件にならんな、ハハハ」

雪がはげしく舞っている。少し風が出てきたらしい。

「おい、この調子で降ったら、あしたは滑れるかも知れんぞ」

と私は六甲連峰を眺めながら、この春質屋に預けたスキー道具を懐かしんだ。

コツコツとドアをノックして、

「岸田さん、来てる?」

と森山加寿子が入ってきた。私の隣室にいるオフィスガールである。

「君、今ごろなにうろうろしてるのや。会社行かへんのか」

「急用ができて休まなきゃならないの――岸田さん、すまないけど大阪へ出たら、そう云って会社へ電話してくれない?」

「そら電話ぐらい掛けたるけど、そんなこと云うてランデヴーするのなら、うんと電話賃出さなアカンで」

「そんな呑気な話じゃないわ。お友達の兄さんが、自殺しちゃったのよ。そして今日がお葬式なの」

「自殺? へえー、自殺が大流行《おおはやり》やな。やはり電車でやったんか?」

「やはりって何がやはりなの?」

「いや、なんでもないけど……誰やそんなつまらんことしたのは?」

「ほら、芦屋川を阪急の線路から二丁ほど山手へ上って左側に、赤い屋根の洋館があるでしょう――」

「ああ、あの崖の上の家か」

「そう。高島節哉って洋画家で妹の智子さんとばあやの三人暮し。その節哉さんが一昨日の夜、あの崖から芦屋川へ身を投げて死んだの」

「芦屋川へ身投げしたって死ぬものか。あすこは平均水深三十センチだぜ」

と片目君が口をはさんだ。

「だから首の骨を折って死んだのよ。水がうんとあったら助かってるわ」

「そんなにあすこは高いのかね」

「二十米は充分あるわ」

「けど、なんで自殺したんや。芸術上の行詰りというほど有名な画描きでもないやろ」

「原因は不明なの。多少神経衰弱の傾向はあったらしいけど、でも自殺するなんてね――警察へは過失死として届けてあるんだけど、智子さんは自殺にちがいないと云ってるわ」

「なんで自殺とわかったのや」

「だって、あすこの崖には頑丈な柵が張ってあって、その柵を越えない限り誤って落ちることはないんだもの」

「ということは、自殺でなければ他殺とも云えるね」

と片目君が商売根性を発揮して言った。

「他殺ってまさかそんなことは……でもちょっとだけ変なことがあったのよ。節哉さんは発見された時虫の息だったけど、アル、アル、と呟いたのを智子さんが聞いてるの」

「アル? アルてなんや」

「節哉さんの可愛がっていた犬、セパードよ」

セパードと聞いて片目君は妙な顔をした。

「加寿ちゃん、その画描きさんが亡くなったのは一昨夜と云ったね」

「ええ。一昨夜の八時ごろよ」

「で、そのアルという犬はどうしている?」

「それが変なの。どこへ行ったのか、その夜から姿が見えないの」

片目君はうなずくと私を見て、嬉しそうにニヤリとした。

積るかと思った雪も午後になるとピッタリやんで、冬特有の拭ったような奇麗な蒼空が現れてきた。

私たち三人は高島家の葬儀に参列すべく、芦屋川ぞいの坂道をのぼって行った。片目君の提案で二人は節哉の旧友という触込みである。お蔭で私は雑誌社の勤務を一日サボることになったのだが、片目君には三千円の借があるから、無条件服従のやむなきに至った。

芦屋が高級住宅地として、阪神間に名だたる存在であるのは云うまでもないが、芦屋の芦屋たる所以はこの山手にある。

いずれも鬱蒼たる樹木に囲まれた宏壮な邸宅ばかりで、ガレーヂをもたぬ家は一軒もない。凡そわれわれの観念にある住宅地とはかけ離れた別世界であって、これが六畳一間三千円の、四千円のという、深刻な住宅難に喘ぐ日本の一部だとは、どう考えても受取れない。

その中にあって高島家は、建物も貧弱で甚だ見劣りするが、といって三百余坪の庭園を持つこの家は、やはり私たち貧乏人には縁遠い存在と云わねばならぬ。

葬儀は盛大をきわめた。両親を早くに失ない、今はまったく孤独となった高島智子だが、旧家だけあって押掛けた親類縁者関係者の数は夥しく、邸内はお祭騒ぎのような混雑であった。そのお蔭で私たちは誰に怪しまれることなく、ゆっくりと邸内を観察する機会に恵まれたわけである。

問題の断崖に面した庭園は、グルリと高さ五尺の木柵で囲まれ、その上木柵には金網まで張ってあった。犬が柵外に出るのを防ぐためらしい。なるほどこうしてみると加寿子の云うとおり、意識的にこの柵を飛越えぬ限り、過失で墜落することは絶対にない。

加寿子の案内で犬小屋も覗いてみた。犬小屋とはいえ堂々二坪あまりのスレート葺で、通風採光ともに申し分なく、畳を敷けば結構人間さまが住めるぐらいである。

「犬はいつも離してあったの?」

と片目君が加寿子に訊ねた。

「ええ、とても温和くてよく馴れてたから……温和しいといっても、あの犬、少し低能だったかも知れないわ。誰にだってすぐ尻尾を振って手を舐めにゆくんですもの」

「それじゃ番犬としてゼロじゃないか」

「そうよ、凡そアルが吠えたり嚙みついたりしたのは見たことがないわ。犬にしてはずいぶん無責任だったと思うわ」

「もちろん鑑札は受けてあったのだろうね」

「ええ。いつかあたし、智子さんと一緒にアルを連れて、狂犬病の予防注射をうけに行ったことがあるわ」

「というと、狂犬病の畏れもない、か」

と片目君は首をひねった。

「片目さんは何を考えてるの？」

「ぼくはね、アルがなにかのはずみで節哉くんに嚙みつく、それを逃れようとして柵の外に飛出した——そんなシーンを想像してるんだけど……」

「そんなこと絶対にないわ。アルは誰よりも節哉さんと仲良しだったのよ」

「そいつは、困ったな。じゃ、なんだって節哉くんは死際に犬の名を呼んだのだろうか。まさか犬に想いを残して死んだわけでもないだろうしね——」

片目君はよほど犬のことが気になるらしい。

私たちが話合っていると、会葬者らしいモーニング姿の紳士が近づいて来た。顔見知りと見えて加寿子は軽く会釈した。

「やあ、ご苦労さま」

紳士は金のブリッジ眼鏡をかけた三十ぐらい、なかなかの好男子である。

「あなたもお友達が一人減って淋しいですね」

「ええ」

「節哉さんもいい青年だったのに、惜しいことをしました」

「ほんとにねえ」

紳士は非礼にわたらぬ程度で私たちを眺めていたが、やがて犬小屋に近づくと口笛を吹いた。

「先生、アルはいませんのよ」

先生と呼ばれた紳士は意外そうに、

「どうしたのですか？」

「一昨日から行衛不明なんです」

「ほう、逃げたんですか。それじゃ智子さんも、よけいに淋しいわけですね。なにしろここでは犬も家族の一員だったのですからね」

「きっと節哉さんが亡くなったので、無情を感じて家出したのだと思いますわ」

「無情を感じてですか。ハハハ、あなたは面白いことをおっしゃる」

先生と云う名の紳士は笑いながら母家のほうへ去って行った。

「あれ、誰や?」

と私は早速訊ねた。

「お医者さんよ、黒崎っていう人」

「なんや、そのほうの先生か——獣医かい」

「ううん、人間専門——あの人、あれで相当なドンファンよ」

「そんな感じやな。加寿ちゃん、口説かれたんか」

「まだよ。あたしまで手が廻らないらしいわ——目下智子さんを攻撃中。でも智子さんはしっかりしてるから、容易に陥落しないと思うけど……」

「へえー、そんな奴か、あいつ——」

片目君はドンファン先生より犬のほうに興味があるらしく、しきりと犬小屋の処で考えこんでいる。

葬儀は前日に密葬をすましていたので、告別式は焼香のみにとどまり、従って参列者の多いわりに早く終ったのだった。

兄の旧友と聞いて智子は私たちを一室に招じた。智子は加寿子と同じ年というから二十三才なのだろう。さすがに前日来の心労にやつれている様子はありありだったが、却ってそのニュウアンスが、彼女を、美しくみせた。

智子が語る節哉の最後はつぎの通りだった。

節哉は夏ごろから肋膜炎が再発したので、絵筆を捨てずっと黒崎医師の診察をうけていた。だが経過はすこぶる順調で、最近は殆どベッドにつくこともなく、天気のいい日は庭に出て、愛犬のアルを相手に軽い運動をするのを日課としていた。

その日も平常となんら変った態度は見られず、夕食後しばらくラジオの音楽を聞いていたが、やがて立上ってブラリと庭に出た。

「——わたしは兄がアルを呼んでいる口笛をききながら、広間のソファに凭れてケイン号の反乱を読んでいました。兄はなかなか戻りませんでした。でも、よく別棟のアトリエで絵を見ていることがあるのでそのときも多分そうだと思って気にしなかったのです。あたしは本の面白さに引込まれて夢中でした。するとばァやが入ってきて兄もアルも見えないと云うのです。兄はまだ外出を禁じられていましたし、それに外へアルを連れてゆくとは滅多になかったので、始めて慌てだしました。時計をみるともう十時前、ばァやと二人で邸内を探しまわったのですが、兄もアルも見えません。すると十時過ぎになって、肉屋の小僧さんが兄が川の中に倒れているると知らしてくれたのです。急いでかけつけたときには、もう兄は虫の息で、わずかにアル、アルと云っただけで、間もなく息を引取りました――」

智子は語り終ると眼を伏せた。哀しみを秘めた喪服の肩がかすかに揺れている。

その夜、私たちは片目君の部屋に集った。寒い夜に他人の部屋で熱いコーヒーを飲むのは楽しいことだし、それにメイ探偵の事件に対する推理も聞きたかったからである。

「――推理という言葉はなんだか節哉くんの死を事件視するようで不穏当だと思うね」

と片目君は抗議を申したてた。

「だって、あれが平凡な自殺としたら片目さん面白くないでしょう」

と加寿子が怪《け》しからんことを云う。

「だが今のところ自殺を否定する材料はなにもない。むろんそうかと云って肯定することもできない。なにしろ節哉くんには自殺する原因がないのだから……」

「と云うと、いったいどうなるのや?」

「問題は犬だよ。アルの失踪、そして自殺――」

「へえー、すると君は電車に轢かれた犬がアルやと云うのか」

「十中の八九まで間違いない。残念ながら死体が捨てられてしまったので確認する方法がないけれどね」

「片目さんは犬が自殺するなんてバカげたことを、真面目に信じていらっしゃるの?」

「信じるのじゃなくて事実だよ。ただ、アルの場合も、節哉くん同様、自殺の原因がわからない。ここに謎がある。この謎が解ければアルの死を犬死に終らせなくてもすむと思う」

洒落《しゃれ》にしては片目君至極真剣な顔つきである。

翌日の夜。

私が雑誌社からアパートに帰ると、早速片目君がやってきて、

「岸田君、君、泥棒の経験はないだろうね」

と飛んでもないことを云う。

「おいおい、変なこと云うてくれるな。ぼくはいろんなことをやってきたが、泥棒と人殺しだけは経験がないわ」

「そうだろうね――ところで君今夜ぼくにつきあってくれるかい?」

「泥棒するのかい?」

「うん、まア似たようなことさ。君、たしか木剣をもっていたね」

「うん、そこらに転がってるはずや」

「そいつを持って行ってほしいのだ。場合によっちゃ、君の剣道初段柔道三段の腕を拝借するようなことになるかも知れんからね」

「おいおい、泥棒だけでなく強盗もやるのかい?」

「ハハハ、まア黙ってついてこい。ぼくの推理に狂いがなければ、節哉くんとアルの自殺の真相がわかるはずだ」

察するに片目君は昼の間に相当活躍したらしい。いずれにしても厭という理由はない。肝胆相照す仲である。借金もある。

師走の風が吹き荒んでいる。二人はオーバーの襟を立てて暗い町に出た。

「ちょっと待ってくれたまえ」

片目君は何思ったのか公衆電話のボックスに馳けこんだ。どこへ電話をかけたのか、間もなく出てくると、さア行こうと足を急がせた。

川ぞいに国道方面へ少し下ると細い小路へ入る。宏荘といえないまでも、塀づくり門構えの家がズラリ並んでいる。まず中級の住宅地という感じだ。周囲は暗く人影もない。

やがて片目君は生垣のある家の前にとまると、くぐり戸をそっと開いた。

「ここは誰の家や?」

「しっ――」

スルリと入りこむと、とたんに、うーッと呻り声が聞えた。

「おい、犬がいるぞ」

「だから君を連れてきたのさ。飛びついてきたら構わないからブン殴ってしまえ」

泥棒だけでなく犬殺しもやらすつもりらしい。

闇の中に眼が光っている。吠える犬は嚙まぬと云うが、なるほど呻っているやつは気味が悪い。

「岸田君、犬を頼む。ぼくは中へ忍込むから……」

と囁いて片目君は私から離れようとした。その刹那、鋭い呻り声とともに黒い影がパッと飛びかかってきた。

「くそっ!」

私は夢中で木剣を振るった。一撃、また一撃――。キャンキャンキャンキャンと犬は悲鳴をあげて逃出した。自慢じゃないが私の木剣をまともに受けては、どんな奴だってたまるまい。それっきり犬は現れなかった。人間とちがって相手が強敵とわかると尻尾をまいて二度と掛ってこないから有難い。

暫く闇の中に佇んでいると片目君が戻ってきた。

「なんぞ盗んできたのかい？」

片目君は首を振って、

「ぼくの探してるものが見当らないんだ――はてな、どこへ隠したんだろうか？」

じっと考えている様子だったが、

「うん、そうか、ガレーヂだ。きっとガレーヂにある――チエッ、早く気がつきゃ犬なぞ殴らなくてもすんだのに……」

片目君はそう云って再びくぐり戸から街路に出た。ガレーヂは生垣の一部を毀して道路ぞいに建ててあるのだ。自動車は出かけているらしく、ガレーヂの中は空ッポだった。

片目君は懐中電燈で盛んになにかを物色していたが、やがて低い歓声をあげた。

「有った。やっぱりここに有った」

そう云って片目君が取上げたのは、なんと薄汚い縞の大風呂敷だった。

「なんや、君、風呂敷を盗みにきたのか」

呆れている私に答えず、片目君は電燈の光で風呂敷を透していたが、

「うん、これだ、間違いない」

素早く風呂敷をオーバーのポケットに押込むと、

「さア、退却だ」

二人が外に出ようとした時、警笛を鳴して自動車のヘッドライトが近づいてきたかと思うと、ガレーヂの前でピタリと止った。

「あっ、いけねえ」

と片目君が叫んだがもう遅い。二人の姿は完全に光芒の中に浮び上っていた。

「なんだ、君たちは――？」

自動車から下りてきた男は黒崎医師だった。

「ぼくのガレーヂになんの用があるのだ。泥棒だな、貴様らは……」

その時、片目君が奴鳴った。

「構わないからこいつもブン殴ってしまえ」

「よっしゃ」

否む理由はない。

親友の命令である、借金もある。

私はいきなり黒崎に一撃を喰わすと、それっとばかり一目散に逃げ出した。


三十分の後に、私たちは片目君の部屋で、熱いコーヒーを啜っていた。

「ねえ片目さん、その風呂敷がどうしたって云うの？」

と加寿子がせっかちそうに云った。

「慌てたもうな、ゆっくり説明する」

「厭。あたしはいつだって探偵小説の終りを先に読むんだから……節哉さんは殺されたの？　犯人は誰？」

「困った人だね、君は――」

それでも片目君は嬉しそうにニコニコしながら、

「それじゃ結論を先に出すとしようか。いかにも節哉くんの死は他殺だった。そして犯人は黒崎医師だ。殺害の動機は黒崎が智子さんにプロポーズしたのを節哉くんが、一蹴したからさ。智子さん一人きりになればドンファンとしての彼は充分陥落さす自信があったのだろう」

「へえー、やっぱりあいつ悪漢やったのか。なんや虫の好かん奴やとは思うてたが……じゃ、節哉さんは黒崎に崖から突落されたの？」

「そうじゃない。節哉くんの死については、ぼくの予想どおりアルが重要な役割を果してるんだ。むろんその蔭には黒崎のトリックがあったのだけど……」

片目君はピースに火をつけて、ゆっくりと語り始めた。

「あの夜、節哉くんはいつものように庭へ出てアルを呼んだ。ところがどうしたことか珍らしくアルの機嫌が悪い。いつもなら尻尾を振って身体をすりつけてくるのに、その夜はいきなり呻り声をあげて節哉に襲いかかってきた――」

「アルが？　そんなことないと思うけど……」

「まァ黙って聞きたまえ――とにかくアルは猛然として節哉に噛みついてきた。驚いた節哉くんは逃げ廻ったが、とても犬の足には勝てない。家に入りこむ隙もない。やむなく手近の避難場所として柵の外を選んだ。もちろん智子さんやばァやに救いを求めたのだろうが、相当距離がある上に生憎と智子さんは本に熱中している。お勝手のばァやさんは耳が遠いときている。とやかくする内暗闇でもあり道巾といってもあれだけの場所、ついに足を踏みはずして墜落した――」

「けど、それやったらどないしてアルが外に出たんや」

「心配御無用、門の外には黒崎が自動車で待っている。節哉くんが落ちたと知るや、口笛を吹いてアルを呼び、自動車に積んで……」

「ちょっと待って。そう簡単に出られないわ。門もくぐりも内側から締まりがしてあったと智子さんが云ってたわよ」

「その通り。だけど、密室じゃないからね。あんな淋しい場所だもの、門を乗越えてくぐり戸を開け、アルを車に乗せた後、くぐり戸を締めて、もう一度門を乗越えたって、誰も見ている者はいないさ」

「なるほど。最も原始的な方法でやりよったのやな——けど、それやったらアルは黒崎にも嚙みつくはずやないか」

「ところが黒崎の命令には服従する仕組になっていたのさ」

「なんだか変ねえ——でも、なぜ黒崎はアルを連出したの？」

「犬の自殺という奇想天外なケースを作るためさ」

「するとアルを電車線路へ運んだのは黒崎か」

「その通り」

「でもアルはどうして逃げなかったのかしら？　あ、そうか、きっと線路に縛りつけられてたのね」

「それじゃ運転手に発見せられる畏れがある。黒崎は医者だからもっと簡単な方法を用いた。つまり、ちょいとクロロフォルムを嗅がしておく——」

「なるほど。すると電車が近づいたときアルは眠ってたんやな」

「頭をもたげたというから、麻酔が覚めかかっていたのかもしれないね。だけど恐らく逃出す気力はなかったのだろう」

「じゃ片目さんが探してきたその風呂敷は？」

「アルを包んで行ったのさ、まさか紳士が犬をむき出しで担いでゆくわけにもいくまい。ほら、こんな毛がついてるだろう」

「けど、なにもアルまで殺さんでもよかったやろにな」

「殺す必要がなければ、手数をかけて連出しはしないさ」

「どうもわからないわ。どうしてアルが節哉さんにだけ嚙みついたのかしら？　そんな便利な薬があるのかしら？」

加寿子はしきりに頭をかしげて呟いた。

「ハハハハハ。いくら医者でもそんな器用な真似は出来やしない。そこが所謂トリックというやつさ」

「それを説明してくれなきゃ……ね、どんなトリックを使ったの?」

「簡単なごくありふれたトリックだがね——つまり、二人一役、いや正しく云えば二匹一役」

「え?」

「世間にセパードはいくらもいる。むろんアルに似たやつもね」

「それじゃ節哉さんを襲った犬は?」

「アルじゃない。黒崎が飼っていたアルの兄弟さ。こいつはすこぶる獰猛で飼主以外には絶対に馴つかぬ、アルとはまったく正反対の性質なんだ——黒崎はあの夜、多分七時すぎぐらいと思うが、さっき云った方法で高島家に忍びこみ、まずアルを外に連れだして麻酔をかけ、代りに自分のセパードを邸内に放った。よく似ているし夜のことだから節哉はそれが代役とは気づかない。その証拠に死ぬ間際までアルの名を云っている——さて、節哉は殺害された。そこで黒崎は犬を連れて帰らなきゃいけない。ところで麻酔を喰ったアルをどう始末つけるか? 道端に追放《おっぽ》りだしとけば、麻酔が覚めたら勝手に家へ帰るだろうけれど、それでは次に高島家へ行った場合、アルが恐れてよりつかないことは明白だ。犬って奴はそうした点は敏感だからね。となるとこれは悪事露見のもと。ええいついでにやっちまえ、と、電車自殺の運びになったわけさ」

「なるほど、それで話がわかった——犬の二匹一役か。ちょっと面白いな」

「片目さん、まだ話が残ってるわよ——どうしてあなたは黒崎の犯行を発見したの」

「それはね、ぼくは始めからアルが怪しいと思っていた。そこでアルを高島家に売込んだ犬屋へ行って、アルのような温和しい犬でも、豹変する場合があるかどうかを訊いてみたのだ。もちろん、そんなことはありませんと笑われたがね。その時、犬屋さんが、犬も人間も同様で、同じ腹から生れてもそれぞれ性質がちがうものです。アルはあんなんだけど、あれの兄弟にとてもすごい奴がいましてね。へえー、その犬は今どこにいるんですか? 黒崎さんにお売りしましたよとこれだけ聞けば充分じゃないか。そこでぼくは偽電話で黒崎を往診に出し唯一の証拠品である風呂敷を盗みに行ったというわけさ」

そう云って片目君は幾本目かのビースに火を点けた。

幽霊の出る家

ある若い作家の部屋。

時計が十時をうつ。夫（作家）机に向ってしきりと頭をひねくっている。

夫　（独言《ひとりごと》）さて、と——ここで殺しちゃまずい、といって殺さなきゃ事件にならずか——ふうーん。

妻慌しくはいってくる。

妻　あなた、あなたったら……。

夫　うるさいね、静かにしてくれよ、せっかくのインスピレーションが……。

妻　インスピレーションもインフルエンザーもないわよ。あたし大変なことを聞いちまったの。

夫　大変なことってなんだい？

妻　今お隣りの奥さまから伺ったんだけど、この家、幽霊が出るんですって……。

夫　幽霊——ハハハ、とうとうバレたか。よけいなお喋べりをする奴もいるものだ。

妻　あら、じゃ、あなたご存じだったの？

夫　むろん知ってるさ。だけどお前に云えばまた神経を尖らかすにきまってるから、わざと黙っていたのだがね。

妻　まア、ずいぶんね。ほかのことならともかく、そんな重大なことを隠すなんて……

夫　ハハハ、まア怒るな——しかし、よく考えてごらん。今どきこんな立派な家が、借手もなく空いていた、それだけでもすでに不思議じゃないか。おまけに権利金も敷金も不要で家賃が僅か二千円——これで曰くがついてなきゃ、大家さんはバカか気狂《きちがい》さ。

妻　ひどいわ、そんな悲しい家へ越してくるなんて……いったいどうする積りなのよ？

夫　どうもこうも、大変結構じゃないか。少々陽当りはわるいけれど、間数は申し分ないし、お前の希望通りお勝手は洋風で、洗面所も風呂もちゃんとついている——

まア、幽霊の一人や二人出たってやむをえんさ。

妻　あなたは男だからそんな呑気なことを云ってるけど、あたしはどうなるんです。幽霊と同居なんて真ッ平よ。

夫　そう嫌ったものでもないぜ。幽霊のお蔭でこんないい家にうまく入れたんだ。文句を言っちゃすまないと思うね。

妻　いや、いや、いやったら……あたし、とても我慢ができないわ。

夫　おいおい、そう騒ぐな。いくら云ったって、おいそれとまた引越すわけにはいかんのだからね。まアその内、ぼくが幽霊に逢ったら、あまり脅さないようにと頼んでおいてやろう――さア、ぼくは仕事だ。いい子だからおとなしくお休み。

　暗転。別の部屋、時計が二時をうつ。泥棒あやしげな覆面でそっとあらわれる。

泥棒　どうやら寝入ったらしいな。ハハハ、いや、われながら名案じゃ。こうして評判の幽霊に化けてくれれば、いざ見つかったときにはうらめしや、と脅してやれば、びっくりして腰をぬかすにきまっている。泥棒たりともすべからく頭の問題だね。ハハハ――や、呑気なことも云っとられんぞ。それ、ボチボチと仕事にかかろうか。

　泥棒、そっとタンスを開き、衣類などよろしく取出す。若い男、その後にそっと近づいて肩を叩く。

若い男　おい、君。

泥棒　（おどろいてふりむく）……

若い男　なにをやってるんだ、人さまの家へ無断で入ったりして……

泥棒　しまったッ――（作り声で）わ、わしは幽霊じゃ、迷うたのじゃ。

若い男　ハハハ、冗談云うな。幽霊がタンスを開けて着物など取り出したりするものか。

泥棒　おのれ、わしを知らぬのか。うらめしや、わしこそはこの家につきまとう幽霊さまじゃぞ。

若い男　よせよせ、そういう下らんことを云っちゃ困るじゃないか。第一、幽霊が出るだけで、いい加減この家の人は迷惑してるんだよ。その上、泥棒にまで入られてたまるものか。

泥棒　こいつ、いっこうに恐くないとみえるな――おい、お前は誰じゃ？

若い男　ぼくかい、ぼくは今君が云っていたつまり、この家につきまとっている幽霊さ。

泥棒　ぎゃッ、わ、幽霊——うーん。

泥棒、ひっくりかえる。

若い男　ハッハッハッハ。

蔵を開く

（一）

垣根を押して郵便屋さんが這入って来た。

「喜作さア、郵便だよ」

「おーい、御苦労さん」

鶏《とり》小屋の前につくばって、金網をつくろっていた爺さんは、ニッコリ笑って、腰を上げた。郵便屋さんに愛想よくする必要はないが、金の這入った書留には敬意を表さねばならない。

母家のほうを向いて、

「お島よオ、判《は》んこさ持ってこい」

と怒鳴った。郵便屋さんは手を振って、

「今日は判んこ要らねえだ」

「へえ？」

「今日のは書留でねえ。普通の手紙だで」

郵便屋さんは申訳なさそうに云って、キョトンとしている爺さんに白い封筒を手渡すと帰って行った。

爺さんは封筒を裏返してみた。伊東商事株式会社と印刷した横に伊東克己と書き添えてある。

（はてな？　坊《ぼ》んちめ、何を云うてきやがっただ）

普通の手紙が来るなんて滅多にないことだ。身寄を持たぬ喜作夫婦に郵便物と云えば月に一度、東京の若旦那から、二人の月々の手当に家の維持費を加えた、極めて事務的な書留が来るだけである。もちろん、それには、家の管理に関する指図や、農園の作物についての問合せ、馬の神経衰弱はどうなったかといった意味の言葉など、その時々に応じた文書が同封されているわけだが、手紙だけ単独で来るのは珍らしい。

婆さんが判を入れた袋を持って、ニコニコしながら小柄な身体を運んで来た。

「おや、郵便屋さんは帰ったのけ？」

「うん」

「もう書留さ判んこ要らんようになったのかね」

「阿呆。これゃ金のへえってねえ手紙だ」

「へえ――」婆さんは不思議なものを見るように「なんだねそれは……?」

「やっぱり坊んちから来たのよ」

爺さんは渋団扇《しぶうちわ》みたいな手で無器用に封を切った。

「若旦那が何だって手紙よこしただ?」

「読んでみなきゃわからねえ」

「まだ読んでねえのけ?」

「阿呆。今、口を開けたばかりじゃねえか」

婆さんはニッコリと頷いた。

「どっこいしょと――」

爺さんは母家の陽当りのいい縁側に腰を下すと、懐ろの眼鏡を探ぐった。婆さんはその横に並んで座った。二人にとって金の這入ってない手紙は、ちょっとした事件である。

「――ええと、拝啓か」

「いつも始めは拝啓だね」

「黙って聞くだ」

「はいはい」

爺さんは声を出して読み始めた。婆さんはラジオの浪花節《なにわぶし》を聞く時のように、うっとりと眼を細めている。横から覗き込むような、お行儀の悪い真似はしない。婆さんは文盲《もんもう》である。

「――爺やも婆やも元気ですか。小生も変りなく過ごしています――」

婆さんはニッコリと頷いた。

「――さて先日父の七回忌を滞りなく済ませましたが……」

「へえ、大旦那が亡くなってもう七年になるだか」

「そうよ。来年はたしか奥様の十三回忌に当るはずだ」

「あれ、奥様のほうが年上だったかな」

「阿呆。奥様が先に死んだのじゃ」

「あ、そうそう、そうだったな。なんと早《は》えもんだのう――若旦那はもう幾つになっただか」

「数えて二十六よ。嫁さ貰ったからもう一人前だ」

「ほんになア、嫁取ってよ――子供が出来たと書いてあるかね」

「阿呆。先々月婚礼さ済ましたばかりだねえか」

「前から仕込んでなかったのけ? それゃまア、うっかりしたことのう」

「阿呆――ええと、その節、父の古い書類を整理しましたところ、思いがけなく土蔵に納めた調度品の目録を発見して……」

声が煙りのように細くなってスーッと消えた。

「爺さア、停電かね」

「……」

「土蔵がなんだってよオ?」

「うるせえッ」

爺さんはヒキツケを起したイボ蛙のように、飛出した眼玉で慌しく便箋の文字を追っかけている。

「どうしただ?」

「……」

「なんぞ都合の悪いことを書いてるかね」

「黙れちゅうに、張ッ倒すぞ」

婆さんはニッコリと頷いた。爺さんを怒らしてはいけない。四十年間皆勤で連れ添ってきたのだから、舵の取りようはちゃんと心得ている。

「――ええことを云うて来やがっただ」

渋団扇の顔が赧《あか》くなり蒼くなって大きい溜息が洩れた。

「ほんに困ったのう」

婆さんは取敢ず同調の意を表明した。夫婦は苦楽を共にするものである。

「爺さアの気持、よくわかるだ」

「やいやい、何にも知らずに、ほどのええことぬかすな」

「だけど、困ったのじゃろう」

「うーん」

爺さんは鼻の穴を拡げて呻った。

「先を読んでくんろよ」

「倉にしまってある道具の目録が出てきたとぬかしてけつかる――」

「へえー、それから何とぬかしてけつかるだ?」

爺さんは重そうに手紙を取上げた。

「――目録の一つ一つを読む内に、七賢人の屏風や寒山拾得《じっとく》の置物、さては七宝《しっぽう》の花瓶など、少年時代の記憶が蘇えってそぞろに懐しく――」

「ハッハッハ、なんぼ懐しいちゅうたて、あんな物とうに売り飛ばして有りゃせんがな」

「黙っとれ」

「はいはい」

「――爺やたちに委しておけば大丈夫だと思いつつ――フン笑わすでねえ」

「ほんとになア」

「うるせえな、この婆ア――何分父が道具類を疎開させてから十一年。考えるとあの土蔵も長い間閉じたままになっており、さぞかし書画骨董《こっとう》の類にも虫喰いや湿気を生じ、相当傷《いた》んでいることと思います――」

「傷むわけはないがな、有りゃせんのじゃからのう」

「――ついては近くそちらへ参り、手入れかたがた整理をする所存です。小生としては実に十数年ぶりの帰省であり、妻の美知子はもちろん始めてのこととて、まだ見ぬ田舎の風景をさまざまと想像し、帰る日を楽しんでおります――」

「へえ、帰って来るのけ?」

「そうよ」

爺さんは口をへの字に曲げた。

「そうかね」婆さんはニッコリと頷いた。

「若旦那倉さ開けたら吃驚《びっくり》するだ。空ッポになってるだでのう、ハッハッハ」

「馬鹿ッ!」

婆さんはキョトンとして爺さんの顔を見直した。阿呆には馴れているが、馬鹿と云われたのは久し振りである。かつて、自分は阿呆であるとしても断じて馬鹿ではないと、厳重に抗議を申し立てたことがある。六年前のことだ。従って今の馬鹿は六年振りということになる。爺さんは少し取乱しているなと婆さんは思った。

「倉が空ッポになったで済む話と思うだか」

「だって、爺さア、お前《めえ》が空ッポにしたのでねえか」

「馬鹿野郎ッ!」

婆さんは一尺五寸ほど離れた。危険信号である。馬鹿に野郎が加わると、往々にして拳骨が飛んでくる。

「弱ったな。なんだって今ごろ、倉を調べるなんてぬかしやがるんだ」

戦争の末期、大旦那は東京の屋敷から、美術調度品類二百余点を、故郷であるT県S村のこの家に疎開さしてきた。昔百姓一揆で焼打ちを喰った時にも、それだけは火が這入らなかったという自慢の土蔵に品物を納め、念入りに窓も空気抜きも鼠の通路も、穴という穴の一切を塗り潰してしまった。これなら空襲にやられても、大丈夫だと思った。

土蔵は正しく頑丈で火災にも盗難にもビクともしなかった。しかし大旦那が土蔵以上に信頼していた喜作夫婦が、合鍵で扉を外して、堂々と品物を持出そうとは、よもや大旦那の計算外であった。

喜作とお島は三十年来伊東家に仕えて、村では正直者で通っていた。だが、正直者が永久に正直でなかったところに問題が生じた。三人の息子が戦死して夫婦きりになると、喜作は自棄《やけ》クソを起して酒とサイコロに熱中しだした。お島は頭の廻転が鈍くなった。

もちろん喜作といえども、最初から土蔵を空ッポにする気はなかった。バクチに負けた穴埋めに、コッソリと掛軸を一本持出したのがそもそもである。何十本という掛軸の箱が棚に並べてあるのだから、その内の一本だけを、それも今度目が出た時に買い戻せばよいと拝借したのに過ぎぬ。だが喜作にとって遺憾なことは、サイコロの目が思うように出なかったのである。決して喜作の罪ではない。サイコロが悪いのである。つまり、よきカモと見てとった隣村のバクチ専門家が、インチキ賽《さい》を使用したからである。これでは勝てるわけがない。

むろん三度に一度は勝った。カモが退屈しないようにイカサマ師は手心を加えた。小さく勝たして大きく巻き上げた。しかし延々十年に亘って、イカサマが見破れなかったのは、結局喜作が間抜けだったことになる。

かくして土蔵の品物は次第に影を消して行った。喜作はクソ度胸が出来て、馬車に鎧櫃《よろいびつ》を積んで運び出したり、道具屋を招いて骨董の値踏みをさせたりした。

こうした喜作の行動について、お島は殆ど無関心だった。子供の戦死が確定してから一年ほどボーッとしていた。しかし、男のすることに口出しするものじゃないとの、古い信念だけは頭から抜けなかった。抜けたのは良識と正義だけである。頭の中はカスだけが残った。だから喜作が何をしようと善悪を判断する能力がない。いつもニッコリと頷いて眺めていた。何を頷いているのか。自分でも釈然としないとなると、もはや何をか云わんやである。

大旦那が脳溢血でコロリと死んだと聞いて喜作は万才と叫んだ。お島もそれに和した。助かったのである。坊んちの克己はまだ学生だ、倉の中に何が這入っているか知るはずはない。なんでもいい、古道具や古ダンスを詰めておくことにした。員数《いんずう》の問題である。

喜作は宝くじが当ったような気がした。もう心配はない。

(二)

そして七年経った。倉はボロ道具だけになっていた。

「まさかなア、大旦那の野郎が書附を残しとこうとはなア」

爺さんは手紙を睨んで溜息をついた。

「大旦那に聞いときゃよかったのに……」

「馬鹿ッ！」

婆さんは首をすくめてニッコリした。爺さん今日は大分御機嫌が悪いようだ。

「若旦那が来ると、どうなるだかね？」

「どうもこうもねえ。あの倉は、大旦那が閉めてこの方、指一本触れてねえと云ってあるのだ」

「すると、どうなるのかね？」

「開けたことのねえ倉が空ッポになってりゃ、おらの嘘がバレちまうでねえか」

「嘘ぐらいなんだね。お釈迦さまでも、嘘つかっしゃるでのう」

「馬鹿。おらの手が後に廻るんだぞ」

「へえ？」

婆さんは怪訝な顔をした。爺さんは嚙んで捨てるように、

「刑務所さ行かねばなんねえだ」

「税金を納めるのかね」

「馬鹿ッ、税務署でねえだ」

おやおや、今日は馬鹿がいやに安いよ。婆さんは些か心外だった。阿呆と馬鹿では大分感じがちがう。気分の問題である。

「とにかく何とか考えなきゃなんねえ——と云うて今更どうにもなるものか。一つや二つの品物なら、大旦那の考えちげえだったとゴマ化しも出来ようが……おらもチトやりすぎたでのう」

まったく頭が痛い。

馬が羽目板を蹴っている。そうだ、飼料《かいば》をやるのを忘れていた。ええい、馬どころの騒ぎかい。

「爺さア、どういうことになるのかね？」

「泥棒した者は監獄さ行くより道はねえ」

「お前、泥棒か——へええ……」

ようやく危機ただならぬものが、頼りない婆さんの頭脳にも高速度撮影のゆるやかさをもって映じ始めた。

「爺さア、お前、カンゴクさ行くだかね」

「……」

「おら町さ出た時カンゴク見ただ。えれえ立派な建物だけんどのう」

建物は立派でも、そこへ這入ることが立派でないくらいのことは婆さんにもわかる。

「——泥棒、泥棒、泥棒……」

「うるせえな」

「爺さア、泥棒がそっくり持って行ったと云うたらええでねえか」

爺さんは眼ヤニの溜った眼をギョロリとさせたが、

「駄目だ。泥棒さ這入ったら、駐在さんに届けとかなきゃ話が合わねえだ」

「だけどよ、今夜這入ったことにして、明日《あす》届けりゃええでねえか」

「馬鹿。倉一杯の品物をどうしていっぺんに持ってゆくだ」

「あかんかのう」

「あきやせんわい」

「そんなら火つけて然やしてしもうたらどうかね?」

「そいつはおらも考えた。だけど、あの倉さ燃えねえように出来てるだ」

「なんと不便な倉じゃのう」

婆さんも一生けんめいである。大切な爺さんのピンチだ。大いに頭をひねらざるを得ない。もっとも婆さんには、自分が共犯だとの自意識はない。ただ、爺さんが監獄に這入っては困る。なんと云っても婆さんは爺さんを愛している。四十年来のつきあいである。

婆さんはいつか村芝居で見た「義経千本桜道行の段」を思いだした。

「いっそ逃げるかね」

六十の駈落《かけおち》も悪くないと考える。

「逃げてどこさ行くだ?」

「遠いところへよ」

「遠いところってどこだ?」

「わからねえ」

「わからねえこと云ったって詰らねえ」

爺さんはしょんぼりと、

「おらも逃げようかと思った。だけどよう。逃げちまえばおらが盗んだことを承認することになる。また、逃げたとて罪が帳消しになるわけじゃねえ。どこまで行っても泥棒に変りはねえだ。それにいつまでも逃げおうせるものじゃなし、いずれは捕まるにきまってる——その時はやっぱり監獄ゆきだ——どうしよう、どうしたらええだ」爺さんは、頭を掻きむしってもだえる。禿頭でもフケが出るものだと婆さんは新発見をしたように思った。

「だけどな、爺さア。十何年も倉さ入れて使わねえもんなら、失《の》うなったところで構わんと思うがのう」

「自分の物ならそれで通るだ。人様の預り物失《の》うしてすませるだか」

「ちとバクチを打ちすぎたでのう」

「馬鹿ッ！」

何にしても困ったことである。なんとかしなければいけない。

向うの畦道を行列が通る。葬式である。婆さんは独りごとのように云った。

「殺しちまうかね」

爺さんはギョッとした。

「若旦那を殺しゃそれでおしまいだよ」

「馬鹿々々。な、なんちゅうこと云うだ。おら、泥棒しても人殺しはしねえだ」

爺さんは考えた。顔色が蒼くどす黒く土のようだ。

「鶏絞めるのとたいして変らねえだよ」

婆さんは励ますようにニッコリ笑った。

「い、いけねえ。おら、そこまで悪党になりたくねえ」

爺さんは必死だった。実のところ、それ以外に救われる方法がないことを知っている。だから余計に恐しい。その考えに固定した時が、こわいのだ。

「あかんかのう」

「お、おらにそんなことが、出来ると思うのか」

「おらも手伝《てつど》うてやるよ」

「馬鹿云うでねえ——それにお前、もしそうするとしても……いや、いけねえ、大恩あるご主人さまだ。そんなこと、すぐバレちまう——あとの始末が大変だ、殺した身体さどう始末つけるだ」

婆さんはシロがジステンパーで死んだ時のことを思い出した。

「地獄沼へ放り込むだ。あすこなら底がねえからのう」

そうだ、おれもそれを考えた。いつか峠の曲り道で馬車が落ちたのを見たことがある。人も馬も車も、ズブズブと泥の中に吸い込まれて、見る見る内に姿を没してしまった。村中総出で救助に当ったが、とうとう帽子一つ拾いあげることも出来なかった——爺さんは身慄いした。人殺し！　なんて恐しいことを考えてるんだ。ナムアミダブツ、ナムアミダブツ。

「爺さア、それにきめたらどうかね」

婆さんはハイキングにでも行くように簡単に云った。

「阿呆。そんなこと云って、人に聞かれたらどうするだ」

爺さんは周囲を見廻した。鶏がコツコツと餌を拾い、蜜蜂がブンブン飛び廻っているだけだ。風もない静かな午後である。こんなにも世間はのどかだというのに、おれは人殺しを考えている——だが婆さんにはもうわかっているのだ。少くとも馬鹿が阿呆に戻っただけで、爺さんの気持が傾いているのがわかる。

婆さんは腰を上げてニッコリと頷いた。

「おら、仏さまにお願《ねげ》えしてくるだ」

仏さまが、泥棒や人殺しの味方をする話は聞いたことがない。しかし婆さんは、仏さまとは困った時に救けてくれる存在だと信じている。不条理の哲学である。少くとも自分には邪《よこ》しまな気持はない。大切な、爺さんを守るための願かけである。かくも崇高な信徒の願いを叶えぬようなら、明日から花も供えぬ、お仏飯《ぶっぱん》もやらぬ、クビである。

（三）

キリンの首みたいな煙突の機関車が、ギギと歯ぎしりをして大儀そうに停車した。下りてきたお客は二人だけ。駅員は改札口を通るこの二人に敬意を表した。二人の素晴しい服装に、と云ったほうが正しいかも知れぬ。

克己と美知子は駅を一歩出ると立どまって、くすんだ低い軒並を見廻した。

「おお、懐かしの故郷《ふるさと》よ——ね、そうでしょう?」

グレイのスーツがよく似合う理智的な瞳である。

「うん」

「社長、帰郷の御感想は?」

「さよう、故郷がかくも薄汚ない町になっていようとは、僕の予期せざるところである——」

「故郷を侮辱してはいけないわ」

「しかし僕の記憶によれば……」

「少年の記憶は常に美しいものよ。汚ないものを汚ないと正しく評価出来るようになっただけ、あなたは成長したのよ」

「褒めて頂いて有難う」

汚なくとも故郷は懐かしい。西洋御料理の看板を掲げたうどん屋、タバコと箒《ほうき》と藁草履《わらぞうり》とアンパンと鉛筆を売っているよろず屋、旅人御宿の消えかかった文字——総て昔のままである。変ったと云えば名物の餅屋がなくなって、ペンキ塗りの駐在所になっているぐらいだ。

「タクシー、ないの?」

「遺憾ながら——」

「じゃ、バスは?」

「近代文明はこの山奥まで浸透しちゃいない」

「どうするの? お家まで遠いんでしょう」

「六キロ」

「歩くつもり?」

「馬車という歴史的交通機関がある。爺やが迎えに来るはずだ」

「馬車? まア素敵」

駐在所からお巡りさんが出て来た。克己の顔をじっと瞶めている。

「あなた、指名犯人に似ているらしいわ」

首をすくめて美知子が囁いた。

「克ちゃんでねえか?」

克己は記憶をまさぐった。制帽の下にある団子鼻――なあんだ。

「松本の正《しょう》ちゃんか」

旧友ここに会す。二人は握手を交した。

「立派な風をしてるだで、誰かと思うただ」

「君が警官になっていようとは正に現代の驚異だね」

「ハッハッハ、いたずらっ子だったでのう――奥さん?」

「うん――君、小学校時代の同級生で松本正一くんだ――妻の美知子」

「これはどうも――」

「始めまして――」

「――奇麗な奥さんだね、いつ結婚しただ?」

「六十五日前」

「ほう、新婚か」

「タイピストから社長夫人に転向した。今はピアノを叩いている。専ら探偵小説の愛読者だ」

「そうか。うまくやっただな」

「君は、まだ独身か?」

「おら、克ちゃんのようにブルジョアでねえからの」

「ブルジョアは死んだ親父だ。僕は親父の財産を減らすよう努力している」

「減らす財産のある者は倖せだで――しかし何年ぶりになるかね?」

「僕が東京の中学に入って以来だから……、十三四年になるね」

「そんなになるだか――で、今度は新婚旅行と云うわけだか」

「家を妻に見せてやろうと思ってね。本来の目的は土蔵に押込んである道具の整理だ、なにしろ十年以上も閉めたきりになっている。東京の家も増築したので、あちらへ移そうかと思っているんだ」

「じゃ、当分こちらに?」

「と云っても一週間の予定だ。一度遊びに来ないか。忙しいのかい?」

「明日は日曜だが勤務がある。明後日《あさって》なら公暇が取れるだ」

「それゃいい、是非来てくれたまえ」

「いらしって下さい、ご馳走しますわ」

と美知子が口を挟んだ。

「ご馳走はない、田舎だから。ま、鶏でも潰そう」

駐在所のベルが鳴った。

「あ、電話だ。じゃ、明後日寄せてもらうだ」

「うん、待ってるよ」

松本巡査が駐在所に馳け込むと、入れかわりに曲り角から馬車が現れた。

「あ、来たぞ」

美知子ははしゃいだ。

「あたし、馬車に乗るの始めてよ」

「そうだろう。東京で馬車に乗るのは天皇だけだからね」

「じゃ、今日は公式鹵簿《ろぼ》ってわけね」

「侍従の居ないのが残念だよ」

ギイッと馬車が停った。

「坊ちゃんでごぜえますな」

「やあ、久し振りだね。元気かい?」

「えろう立派におなりになって……」爺さんは直視を避けるように、

「――こちら、奥様でごぜえますだか?」

「爺やさん、ご苦労さま」

「いえ、車の手入に暇取って遅くなりましただ――さ、どうぞ」

鞭が唸って馬車は走り出した。

「明日は僕が馬車で案内してやろう。これでも手綱を持たしたら相当なものだぜ」

「でも馬に挨拶しなかったでしょう。怒ってるわよ、きっと――」

「なあに、僕の手並はジョン・ウェイン以上さ」

「幌馬車ね、インデヤンが出てくるわよ――そう云えば……」と爺やの背中を顎《あご》で指して、「ちょっとしたアパッチ族ね」

「田舎の老人に共通したタイプだよ」

「フランケンシュタインの匂いもするわ」

「君の探偵小説趣味にピッタリと云うわけかい」

「ミセス・フランケンシュタインはどんな人？」

「僕の記憶によれば……」

「美しい？」

「アパッチ族のおかみさんだね」

「どちらにしても悪役ね」

「爺やも婆やも正直者さ。僕の家に三十年勤続している」

「三十一年目に叛乱を起すかも知れなくってよ」

馬車は砂煙を捲いて水田の間を走る。

「相当なスピードね」

「時速十五キロ。ジェット機並みだ」

「ホースパワーってこれを云うのね」

「純粋の一馬力だ」

学校通いの少年が追っ馳けてくる。

「僕もよくあれをやったものさ」

「早くいらっしゃい、乗せたげるわ」

少年はピッチを上げたが、二本と四本では二本の負けである。しばらく走ったが諦めて歩き出した。


道が少しずつ上りになって馬車の速力が落ちてきた。

「これからが峠になる」

「東京に峠があったかしら？」

「九段坂——次第に眺望がよくなるよ」

馬は首を振り振り足を踏みしめて進む。

「もうちいとの辛抱だ。頑張れよオ」

爺さんの鞭が飛ぶ。

「なんだか残酷みたいね」

「下りて押してやるか」

美知子は窓から首を出した。下方に光ったものが見える。

「あれは？」

「沼さ」

「深いの？」

「水深一メートル」

「なあんだ」

「水の下は泥層になっている。深度無限、底なしの沼だ。土地の人は地獄沼と呼んでいる」

「地獄沼！　神秘的ね」

「お気に召しましたか、探偵マニア女史」

「素晴しいわ、屍体の隠し場所に持ってこいじゃないの」

　爺さんの肩がビクリと動いた。

　ダラダラ坂が頂上に近づいて来た。右手は山肌に添い一方は傾斜のきつい崖になっていて、その下に底なし沼が大きい口を開けている。

「そうら、もう一息だ」

　一鞭くれて爺さんは汗をぬぐった。手綱を握った手がブルブル慄える。息づかいが一層烈しくなった。

　曲り道を通過する際、馬と車をつなぐ皮帯を外す。自分は素早く飛下りる。車は後退して崖を突ッ切り地獄への超特急に早替りする――

　馬車はゆっくりと山肌を右へ曲った。

「ここが最高所だ、いい景色だろう」

「こんなところもなきゃ、故郷も魅力がないわね」

　今だ。爺さんの戦慄《おのの》く手が皮のベルトに伸びた。

(四)

「あらッ」

　美知子の頓狂な声に爺さんの手がビクッとすくんだ。

　野郎気づきやがったか。

「あなた、さっきの子が来たわよ――早くいらっしゃい」

　少年は真赤な頬をして近づいて来た。

「お乗んなさい」

　美知子は窓から手を出した。少年は羞《はに》かんで足早やに追《つ》いてくる。

「お乗んなさいよ。ねえ、マシュマロあげるわ」

「駄目だよ、そんな餌で釣れるものか」

「どうして?」

「マシュマロがなんだか知りやしないさ」

「じゃ、チェウインガム。ね、乗んなさいったら……」

　少年はやっとステップに足をかけた。

「あんた、お家、どこ?」

「小場」

「コバ?」

「僕の家より少し向うの部落さ」

「そこから毎日学校へ通ってるの?」

　少年は頷いた。

「偉いわね――何年生?」

「四年」

「そうオ。はい、チュウインガム――あなた、チョコレートが残ってたでしょう。ボストンバッグ見て頂戴」

馬車はゆるやかに坂を下り始め、爺さんは完全に殺意を失なっていた。

「明日《あした》、日曜でしょう。遊びにいらっしゃい」

「おいおい、いやに優遇するじゃないか」

「子供が好きなのよ」

「へえー、僕はまた誘拐して殺すのかと思った」

「あんた、なんて名前?」

「吉田茂」

「えッ」

「ハッハッハッハ」

克己は腹をかかえて転げ廻った。

馬車は鼻たれ小僧の総理大臣を陪乗《ばいじょう》させて快適に走り続けた。

坂が尽きると視野は再び展けて小川のある道となり、やがて籔蔭《やぶかげ》に伊東家の土塀が見え始めた。

岐《わか》かれ道にさしかかると総理はピョンと飛び下りた。

「明日、いらっしゃいね」

少年は曖昧に微笑んで手を振った。

「さア、やっと来たぞ」

馬車は速力を落して土塀添いに道を曲る。

「お家はどこ?」

「これさ」

「まア、ずいぶん広いのね」

「坪百五十円でも買手がない」

「ダム建設の運動をするといいわ。高く買上げてくれるから」

「生憎《あいにく》と水害を知らぬ土地なのでね」

裏庭で洗濯をしていた婆さんは、馬車の響きに怪訝そうに腰を上げた。昨夜《ゆうべ》の話では迎えに出たその足で、地獄沼へ放り込んでくる手筈だったのに……

「お島ア、若旦那がお帰りになったぞ」

ははア、ひょっとすると若旦那と話合いがついて円く納まったのかも知れない。

婆さんはニッコリ頷くと、手を拭きながらイソイソと出迎えた。

「馬鹿ッ、なにをボンヤリしてるだ。さっさとご挨拶しねえか」

おやおや、話合いがついた様子でもなさそうだ。そっと側へ寄って、

「爺さア、いってえ、どうなっただ?」

途端にギュッと足を踏まれた。

「痛いッ」

「馬鹿ッ！」

こわい顔だ。婆さんは克己や美知子に頭を下げながら、飯の追焚きをしなきゃいけないと思った。

（五）

鶏の声に眼が覚めた。目覚し時計のように捲き忘れの不便がなくていいと感心した。

「あなた、朝ですよ」

少し早いかしら。でも、清純な空気を吸うことも大切である。鶏鳴《けいめい》で床を離れる、滅多にないことだ。それにしては周囲が明るすぎると思った。

「何時だ？」

克己が眼を開いた。

「あら、この時計変だわ。あなたのは？」

枕もとに手をのばして見ると十時十五分に間違いない。

「まア呆れた。ずいぶん鶏《にわとり》って寝坊なのね」

克己は耳を澄ましていたが、

「あれは牝鶏《めんどり》の出産報告さ」

「あら、時報じゃないの？」

「東京にだって鶏は居るはずだがね」

「そう云えばいつかローストチキンに会ったことがあるわ」

二人は跳ね起きて庭に出た。

「やあ、いるわ、このインチキ時計め」

肩越しに鶏小屋を覗き込んだ克己は首をひねった。

「案外少いね」

「ワン、ツ、スリ、四、五、六、七――十三羽。不吉の前兆よ」

「爺やの報告では五十羽になっていたんだが……」

「散歩に行ってるのかも知れないわ」

「まあいい、あとで聞いてみよう」

「――この箱、なあに？」

蜜蜂の巣に近寄った美知子は、たちまちジェット機の波状攻撃を受けた。

「わア、大変。あなた、防空壕はどこ？」

「ハッハッハッハ」

「笑いごとじゃないわ。こんな危険な動物を放し飼いにするなんて野蛮だわ」

「鎖でつなぐよう云っとこう」

垣根を開いてノッソリと爺やが這入って来た。

「お早うごぜえますだ」

「やあ——爺や、鶏が少ないようだね」

「へえ」しまったと思った。「——実は、病気にかかって死にましただ」

「ニューカッスル病よ、きっと、新聞に出てたわ」

「鳴き声も聞き分けられぬくせに、詰らないことは知ってるんだね」

「探偵小説的興味よ」

「爺や、朝飯をすましたら倉を見るからね、戸を開けといてくれないか」

「へい」

爺さんは素直に返事をした。実のところ昨日《きのう》の失敗が却って名案を思いつかせたのである。もっとも爺さんの頭から生まれた名案だから凡そタカが知れている。第三者に云わすれば、よくそんな粗雑な計画で人殺しなどと、危なっかしくて見ていられない。しかし、爺さんは爺さんなりに、これこそ最高最善の方法と確信しているのだ。

今度こそ大丈夫金の草履である。

食事がすむと二人はスポーティな服装に着替えて、いよいよ土蔵の検分に乗出すことになった。爺さんは鍵を持って待っていた。

「ずいぶんガッチリした建物ね」

美知子は白壁を見上げて感心した。

「じゃ、爺や、開けてもらおうか」

「へい」

「あかずの倉の秘密か、フフフ、ちょっと胸ドキね」

「なにしろ十一年振りだからな」

「ほんとに爺やさん、閉めきりだったの?」

「へえ、大旦那さまが東京さお帰りになってからずっとでござえますだ」

「やっぱり田舎の人は気が長いのね」

ガチャリと黒い鉄製の錠が外れた。厚い扉が無気味にきしみながら左右に開く。もう一つ鉄の扉がある、それを開くと金網を張った引戸になっていた。

「すごいわね、三重の扉だなんて」

「火災盗難を免れようと思えばかくの如しさ」

光線が入口から斜めに差し込んでいるものの倉の中は薄暗い。

「ゾーッとするわね」

「こわいか」

「こわくはないけれど恐しいわ」

爺さんは一番あとから這入ってきた。

「思ったより埃はたまってないね」

「へえ、なにしろ空気の通う隙がありませんでのう」

眼が少し馴れてきた。見廻すと眼につくものはガラクタ道具ばかりである。古長持、古ダンス、戸障子の類《たぐい》、こわれた机——

「爺や、ロクなものはないじゃないか。こんな程度だったかね?」

「大切なものは二階に上げとりますだ」

「あ、そうだ、二階が有ったんだね」

美知子が近づいて、

「あなた、今から調べるの?」

「うん、ひと通り見ておきたいと思っている。どうかしたんかい?」

少し顔色が蒼いようだ。

「ううん。あたし、目録をお部屋に置いてきたの。取ってくるわ」

「なんだ、持って来なかったのか」

「うっかり忘れちゃったの——ちょっと待っててね」

美知子はスカートを翻して外に出た。中庭を横切って台所口から家に這入る。婆さんが昼食の仕度をしていた。

「ご苦労さまね」

と声をかけて通る。

「へえ」

婆さんはニッコリと頷いた。間もなくこの人も殺される。若いのに気の毒なことだ、きっと年廻りが悪いのだろう。

七輪《しちりん》の火を煽いで鮭の切身を金網に乗せる。これで爺さんものんびり出来るというものだ。もう二度と馬鹿呼ばわりはしないだろう。そうそう、仏様のお花を替えとかなきゃ——ナムアミダブツ、ナムアミダブツ。

美知子が部屋から現れた。

眉が少し釣上っている。婆さんは鮭の焦げるのを見守りながら、

「奥様、子供が来とりましただ」

「え? あ、吉田茂くん」

「門のところにうろついとりますがのう」

「そう。でも今は駄目ね。いいわ、あたし行って断るから……」

若鮎の如く馳け出してゆく美知子を婆さんは無表情に見送った。そして溜息をついた。倖せそうな安堵の溜息

である。ナムアミダブツ。

克己が倉の石段に腰をかけて、煙草をくゆらせているところへ美知子が、戻って来た。

「ごめんなさい」

「有ったかい？」

「ええ」

「じゃ、ビジネス。君、チェックしてくれ」

「オッケイ」

二人が倉に這入ると今度は爺さんが腰を浮した。

「そうだ、二階さ上るにはランプを持って来なきゃ――」

「暗いかね」

「へえ、真暗ですだ――すぐ戻って参りますだで」

爺さんは恐縮して慌しく出て行った。

「ね、あなた」

と美知子が声をひそめた。

「なんだ？」

途端にガラガラと網戸が閉まった。

ハッとして振返る。

「爺や――」

その声の終らぬ内に、光が一本の棒となり、スーッと消えた。ガチャリ、鉄扉が閉ざされたのだ。

「爺や、なにをする。爺や、爺やッ！」

馳けよると鼻先に、ズシリと鈍い響きを立てて最後の扉が重なり合った。一切の音が遮断され、二人は一瞬にして暗黒の捕虜となったのである。

（六）

「やった、やった。とうとう、やってしまっただ」

扉に錠を下すとふた足み足、爺さんはグッタリとなって白壁に凭れかかった。

「仕様がねえ、こうするより仕様がねえだ」

ハッ、ハッと火を吐くような息、狂ったように一点を凝視する眼。汗が顔と云わず脇の下と云わずタラタラと流れる。立っていられぬほど両脚が烈しく慄えてくる。暗闇の土蔵で戸を叩き喚きもがいている二人の姿が眼に浮ぶ。悲痛な叫びが厚い壁を通して聞えるような気がする。

「ええい、弱気を出しちゃいけねえ。こうなったら、とことんまでやるより仕様がねえだ」

大きく息をつくと、よろめきながら台所へ向った。

「——お島」

ブッ倒れそうになるのを辛うじて柱に身をささえる。

婆さんは鮭を裏返してから腰を上げた。

「済んだかね?」

土色の顔がガックリと頷く。婆さんはニッコリした。

「そら、よかった。ご苦労じゃったのう」

婆さんは引越し荷物を運んだほどにも感じていない。

「おら、これから峠まで行ってくるからな」

「まア一服してからでええでねえか」

「阿呆——わかってるな、もし人に聞かれたら、坊んちたちは馬車さ乗って遊びに行ったと云うんだぞ」

「どこへかね?」

「どこだってええ。行く先は知らんと云っときゃええだ——ええと、時間は十時半ごろ出て行ったと云え」

「はいはい」

「おら、車さ沼へ放り込んだら、すぐ駐在さア届けに行くからな」

「倉の中はどうするだか?」

「なに、あいつらが沼で死んだことにすりゃ、あとは慌てることはねえ。空気は通わねえし喰い物もねえんだから三日も放っときゃ参っちまう。そのころさ見計って夜中に沼へ運びゃアええだ」

「ええ考えだのう」

完全犯罪である。十時半に出て行ったはずの美知子が、十一時少し前に、吉田茂くんと会ったことなど婆さんは忘れている。

「おら、行ってくるぞ」

なにやら香ばしい匂いが流れてきた。

「あれ、大変だよ」

鮭が焦げている。婆さんは慌てて七輪に馳けよった。

一切れの鮭は殺人事件より重大である。

馬を飛ばして爺さんが駐在所へ馳けつけたのは、それから約三十分後のことである。松本巡査は入口で自転車に空気を入れていた。

「どうしただ?」

「え、えれえことになりましただ——」

爺さんはガタガタ慄えながら、幾度も頭の中で繰返し考えた文句を述べた。お芝居の出来る洒落《しゃれ》た人間ではないが、さっきの恐怖と昂奮が、舌の根を引き釣らせ、話に迫真効果を添えた。

「ふうん、馬が戻って来たちゅうわけか」

「へえ。おら、びっくりして調べてみると、車を引張る皮帯がち切れとりますだ。馬め、若旦那に馴染がねえもんだから暴れやがったのにちげえねえ――おら、すぐ馬さ引張って探しにまいりましただ――」

「そして地獄沼の崖で車の落ちた跡を発見したというのだのう」

「へえ。奥様のハンドル・バックが途中の木に引っかかっとりましただ」

「ふうん、ハンドル・バックがのう――」

これは一大事である。せっかく明日公暇を取って、鶏のすき焼をご馳走になろうと楽しんでいたのに……

「よし、すぐ行こう」

松本巡査はリリしく、拳銃、捕縄《ほじょう》、警棒と身を堅めると自転車のスタンドを蹴り上げた。

エッチラオッチラ自転車を押して峠の頂きに来て見ると、なるほど、車輪の跡が乱れ、崖には車体が反転して墜落した形跡歴然たるものがある。しかし地獄沼は静かな水面をたたえて何も語らない。

「駐在さア、あれですだ、奥様の……」

「うむ、ハンドル・バックか」

三メートルほど下の小松の枝に、トカゲ皮のハンド・バッグがブラ下っているのが見える。

「爺さア、あれ拾えねえかのう」

「なんとか、やって見ますだ」

爺さんが足を踏みしめつつ下りてゆくのを眺めながら、松本巡査はしきりに首をひねった。

ハンド・バッグの中味は、金ピカケースの口紅や、銀のコンパクト、レースのハンカチなど、女性の体臭でつまっている。松本巡査は小型の皮表紙の手帖をつまみ出した。パラパラと頁《ページ》を繰ると、引裂いた痕が残っている。

「ははア、これだな――」

ポケットから小さい紙片を取出して合せると、破れ目がピッタリである。松本巡査の眼がギョロリと光った。若いようでもお巡りさんだ。眼つきは鋭く無気味である。

その紙片には鉛筆で次のように書いてあった。

昨日は失礼いたしました。私たち唯今から十一年振りに土蔵を開くところでございますが、なんとなく奇妙な不安を覚えますので、御迷惑ながら御立合頂ければと存じ、取急いでお願いいたします。

伊東美知子
名前の下に10.45AMと附け加えてある。さっき小学生の吉田茂くんが届けて来たのだ。松本巡査は出掛けるつもりで自転車に空気を入れていたところへ、爺さんがやって来たというわけである。

松本巡査は二人が土蔵の調査を中止して、馬車で出掛けたのだと解釈していたのだが、これは一応確かめてみる必要があると思った。

「伊東くんたちがドライヴに出掛けたのは何時ごろかね?」

「へえ——十時半だったと思いますだ」

「十時半? 馬車でここまでどのぐらいかかるだ?」

「さア、十五分ぐらいのもんですかのう」

「すると、伊東くんたちが遭難したのは十時四十五分ごろと云うことになるだね」

松本巡査は10.45AMの文字をちらと見て云った。

「へえ、そんなところですだ」

「そうか。気の毒なことをしたのう」

これは面白いことになったと思った。

「爺さア、とにかく、家へ行ってみよう」

「へえ?」

「こんなところで立話も出来んでのう」

「へえ——」

爺さんは不安になってきた。これは話がちがう。沼で遭難事故が起ると、駐在さんは本署に連絡して、青年団や消防の連中を狩り集め、二日も三日も捜査するのが、従来の例になっている。その間に倉の二人も参ってしまうだろう——それなのに、この駐在さんは、呑気に立話も出来んとぬかしくさる。

爺さんはシブシブ馬の手綱を取った。相手はお巡りさんでこちらは殺人犯人である。拒む理由はどこにもない。

屋敷に着くと土蔵へ案内しろと松本巡査は云った。ハッタリだったが、爺さんは絶望的に顔を歪めて慄え出した。

土蔵の前で婆さんが手を合せていた。爺さんは獣のように呻ると、

「馬鹿野郎ッ!」と蹴り飛ばした。婆さんはコロコロと転がって立木に頭をブッつけた。馬鹿野郎で蹴られたのは、四十年来始めてである。婆さんは、びっくりして爺さんを見上げた。気が狂ったのかと思った。

「おい、これゃなんのまじないだ?」

土蔵の石段を指して松本巡査が怒鳴った。花が供えてあり線香の煙がユラユラと立ち登っていた。

（七）

「第六感かね？」

と克己が尋ねた。

「第六感よ」

美知子が答えた。

「探偵小説的第六感だね」

「もちろん」

「じゃ、ひとつ、その第六感の第六感たるところを説明して頂こうかね」

「エヘン」美知子は鼻を高くした。「――あたしは最近に土蔵が開かれた事実に気づいたの。十一年間あかずの倉だなんて、爺やは嘘を云っている――そう思うと些か恐怖を感じたわ。なにしろアパッチ族のフランケンシュタインだもの」

「それで？」

「目録はちゃんとポケットに持っていたのよ。でも、思考する時間が欲しかったの。ほんとは、あの場に居たたまらなくなったのが偽らざる心境ね」

「女史も臆病な点では人後に落ちんね」

「ジョン・ウェインが頼りないんだもの――お勝手に這入ると婆やがお昼の仕度をしていたわ。トタンに水を浴せられたように、頭の先から足の先までブルブルときたわ」

「調味料に青酸カリでも使ったのかい？」

「ううん。あたしもあなたも鮭は嫌いだと断っておいたでしょう。だのに、お昼の用意が鮭二切だけ。あたしたちに昼食を喰べさす意志がなかったのよ」

「経済観念が発達しているね」

「ハッキリしちゃったの、殺意があることが……そこへ吉田茂くんが遊びに来たの。チュウインガムがこんなに有効だった例は、恐らく世界の歴史にないと思うわ」

「チョコレートもやったぜ――しかし、君、土蔵が最近開かれたってのは？」

「私は見た」

「そんな映画があったね」

「蜂よ」

「え？」

「窓も空気抜きもない土蔵の中で、蜂を発見した時はちょいとしたスリルだったわ。もう弱って飛ぶ元気もなかったけれども、とにかく生きていたわ。長持の上をノロノロと這っていたの——ね。あなた、蜜蜂って、密閉した部屋の中で、どのくらい生きてるものかしら。二日？　それとも三日ぐらいかしら？」

鯉幟

一

　こんな不幸な立場になったことについてはもともと誰が悪いというのではなし、誰を恨もうにも恨むアテもございません。ただただ、私たち三人は運が悪かったのだ——そう思って諦めるより仕方がないと、毎日、自分にいい聞かしているのでございます。

　幸福は積木細工を積み重ねるように、一つ一つ築きあげてゆかねば、その境遇に達しませんが、不幸は一挙に、まるで津浪のように荒々しく襲ってまいります。私たちの場合にしましても、満夫の初節句に夫が買ってくれた鯉幟が原因で、そのため夫は十日とたたない内に死んでしまうようなことになり、私は幼い満夫をかかえて、二十三の若い身空で未亡人になってしまったのですから、その当座は悲しいというより気抜けがしてしまい、泣こうにも涙すら出ない有様でございました。

　よく世間には、汽車に乗遅れたために、その汽車が転覆して命拾いをしたとか、またはあの洞爺丸《とうやまる》事件のように、先を急いで船に乗込んだばかりに悲しい運命に陥るというような方もあり、私の夫の災難も、そうした偶然の出来事であって、運命のいたずらとより考えようがないと思っておりましたが、実は、この不幸は運でも災難でもなく、夫と鯉幟の間に、目に見えない恐ろしい因縁の糸がつながっていたことが、あとになって判ったのでございます。

　私は夫が、鯉幟を買ってくれたと申しましたが、実のところ、私が満夫のために、せがんで買い求めてもらったもので、私は夫が鯉幟を嫌っていることなど、すこしも知らなかったのでございます。もっともそういえば結婚して間もないころ——鯉幟があちこちの屋根にひるがえっていた時分ですから、一昨年《おととし》の今ごろでございましょう。二人で町を歩いているとき、私が、

「来年は、うちもあんなのを立てるようになるかも知れないわね」

と、笑いながらいったことがございました。するとそのとき今まで朗らかだった夫が急に不機嫌になり、

「ぼくは鯉幟は大嫌いだ。あいつのギョロッとした眼で睨まれると、ゾーッとするような恐怖を感じる」

と、呟くように申しました。私はそれを冗談にいっているのだろうと、軽く聞流し、気にもとめませんでした。ですから今度、満夫の初節句のお祝いに、ぜひ鯉幟を買ってやってほしいとおねだりをした時にも、そんなことを夫がいったなど、全然思いだしもしなかったのでございます。


ああ、あのときに夫が、ぼくは鯉幟が大嫌いなのだと、もう一度いってくれれば……いえ、それまでに、なぜ鯉幟が松尾の家にタブウなのか、その理由を聞かしてくれていたら……私だって、夫に逆らってまでおねだりはしませんでしたのに、夫の内気なお人好しの性格が、心では拒みつつも、私の希いを聞きいれてくれたのが、今は却って恨めしいとよりいいようがありません。その意味においては、私や満夫をこの上なく愛してくれた夫の優しさが、むしろ悲しゅうございます。


今月の三日のことでございました。夫はいつもより早いめに、大きい包みをかかえて戻ってまいりました。その日はとても上機嫌で、

「おい、満坊、いいものを買ってきてやったよ」

と、いそいそして紙包みを開き、ボール箱から矢車や滑車、ロープなどと共に、三間《げん》の鯉幟を取出して、

「ほら、大きいおととだろう」

と、おどけたりしていました。もし、そのとき私が注意していたら、鯉幟を取出すときの一瞬、夫の身体が堅く引締ったのに気づいたかも知れませんが、前にも申しましたように、夫と鯉幟に因縁があるとは夢にも思わず、

「あなた、早く竿竹を買ってきて立ててやって下さいな」

と、むしろ夫を追立てたのでした。


裏庭に杭を打ちこんで竿竹を立てるまでは無事にすみましたが、いざ、鯉をあげる段になって、滑車の調子が悪くロープが溝から外れたのか、鯉が中途でひっかかったままどうしてもうまくまいりません。

夫はロープを引いたりゆるめたりしていましたが、駄目だと判ると、今更竿竹を外すのも大そうだからと、屋根に登りました。屋根といっても、この通りの平家ですから、せいぜい高さは三メートル少し、危険のどうのというほどの場所でもございません。むしろ、屋根にあが

れば手が届くと思っていたのが、竿竹のほうがずっと高くて、結局、何の役にも立たないことが判り、私たちは顔を見合せて笑ったほどでございました。

夫は屋根の上に立ちながら、なおもロープを引っぱっておりましたが、そのうち、どうしたはずみか、竿竹の尖端にくくりつけてあった滑車が外れて、鯉幟がフワリと夫の頭上に落ちかかってきたのです。下で満夫を抱きながら眺めていた私は、

「あら、外れちゃったわ」

と、夫の不手際を笑うように申しました。ところが夫はなぜか急に真蒼になり――私は夫があんな恐ろしい顔をしたのを見たことがありません――そして、大雪崩《なだれ》にでも出遭った人のように、なんともいいようのない叫びをあげると、両手を烈しく振って、おおいかかってくる鯉幟から逃れようとしました。

夫はそのはずみに身体の中心を失ない、屋根から頭を下にして落ちたのでございます。そのとき、クシャクシャになった鯉幟が夫の身体に幾重にもまといつき、まるで鯉に抱きかかえられて突落されたような形でございました。

私の悲鳴を聞いて駈けつけて下さった、ご近所の人の手で、夫はすぐ近くの病院へ担ぎこまれましたが、落ちたときの姿勢が悪かったのか、思いのほかの重傷で、左の肩甲骨が砕け、頭蓋骨にも、ヒビが入っていたそうでございます。

そして、ご承知の通り、七日目の夜中に息を引取ったのでございます。――

入院して二日間というものは、まったく人事不省の状態でしたが、三日目にようやく意識を取戻しました。それから最後の日まで、はたの見る眼には比較的元気なようでございましたが、自分では死の切迫を悟っていたのでございましょう。そのときになって始めて夫は、くわしい身の上話を聞かしてくれました。

夫が幼いころ両親に死別れ、祖母の手一つで育てられたことは存じておりましたが今までその間の事情は務めて語ることをさけ、私も強いて聞こうとはしなかったのです。今度その経緯を知るに及んで、今更のごとく不仕合せな星のもとに生れた夫がいとおしく気の毒でたまりませぬ。こう申すと、また愚痴になりますけれど、なぜもっとそれを早く聞かしてくれなかったのか、そうすれば少くとも今度の災難だけでも未然に防げぬでもなかったのにと、それぱかり、悔いても悔いても残念な次第で

ございます。——

二

ぼくは生れながらにして不幸を背負っていた。それは、ぼくだけが不幸であったというのではなく、ぼくの誕生が家の中に破滅と絶望をもたらしたからだ。

そもそもぼくの母が、ぼくを産むことそれ自体が無理だった。母は心臓弁膜障害の上に、妊娠してから腹膜炎と脚気を併発し、つわりも人一倍ひどかった。一口にいえば、とうてい出産に堪えられる身体ではなかったのである。

もちろん、医者は、母体擁護の見地から極力早期の人工流産を勧告したたし、祖母も父も、せっかく妊娠したのに惜しいけれど、なんといってもお前の身体が一番大切だからと、口をすっぱくしておろすことを勧めた。だが、母は日頃の柔順さに似合わず、そのときばかりは頑として聞入れようとしなかった。死んでもかまわない、産みます、と頑張ったのである。

元来、母は純日本風のおっとりとした性質で、父や祖母に口答えひとつしたことない女だった。その母が、死を賭してでも産むといい張ったのは、単なる強情でもなければ女性特有の胎児に対するセンチメンタリズムでもなく、そのときの母の立場として、是が非でも産まなければならなかったからである。

母の妊娠は結婚以来五年目のことだった。そのころは今と違って、まだまだ世間の考え方も古く、嫁して三年子なきは去るといった気風がなお存在していた。事実、早く孫の顔が見たいと焦せる祖母は、あの子は石女《うまずめ》だよといって一度ならず離縁話をもちだしたこともあった。だから母としては、祖母の期待に応えるためにも子供が欲しい、同時にそれは妻としての自分の位置も安定することになる——母もまた、女は三界に家なし、といった古風な観念に支配されていたのであろう。

けれど、母が無暴を敢えてしようとした本当の原因は、父の信行に隠し女があったことである。

その女は外村かな子といった。芸者かバアの女給か、とにかく、そういう種類の女で父とは母が嫁いでくる前からの深い馴染だったらしい。父としてはその女と一緒になりたかったのだろうが、祖母が許さなかった。松尾の家は旧家でかなりの格式をもっており、それに父は、戸主といっても、実権は祖母が握っていたからである。

母がその女の存在に気づいたのは、結婚して三年も経ってからである。考えてみると、ずいぶんのんびりした話だが、それほど母はお人よしだったのだ。

母は夫の浮気を子供がないせいだと思った。子供さえ出来れば……口には出さなくても、心でいつもそう思いつづけてきた。子供が欲しい、なんとでもして一人だけでもいいから子供を産みたい——そこへこの妊娠である。母がどんなに喜んだかはいうまでもない。

これで、あの女の問題も解決できる。夫は私のもとに帰ってくれるに違いない——悲しい愚かな考えだったけれど母は心からそう信じたのである。だからこそ、どうしても産まなければならないという、大いなる決心をしたのだった。

かくして、ぼくは、不幸の烙印を額に押されて、この世に生を受くべく余儀なくされた。

出産の結果が悪かったことはいうまでもない。母は苦しみに苦しんだ揚句、それでも辛うじて気力だけでぼくを生んだ。

このとき、神に慈悲があれば、ぼくも母も死んでいたに違いない。だが、この不幸な母と子は不思議に命を全うした。悪魔が残忍な自己の生贄《いけにえ》となすべく、二人の生命をしばし保留したのかも知れない。

母はずっと床についたきりだった。そして、ぼくが二度目の誕生日を迎えようとする五月の始めまで——ぼくの誕生日は五月九日であり、母はその少し前に死んだ——ついに床から離れることがなかったのである。

母がそんな状態だったから、ぼくは生れながらにして祖母を母として育てられた。祖母の立場からいえば、一度に二人の子供が出来たのも同様である。母は、食事を採るのと下の始末だけはどうにか人手を煩さずにやれた。が、それとて、寝室に充てられた奥座敷から廊下伝いに便所へゆくのに、途中で柱につかまって一休みしないと息が切れるといった弱りようで、時には歩むことすらつらく、這ってゆくこともしばしばあったぐらい、半ば廃人に近い状態だった。もちろん女中がいるにはいたが、祖母が口やかましくて躾がきびしいため、入れかわり立ちかわり、ものの半歳と続かず、たまたま、あの不幸な事件が起ったときも、女中が暇をとって帰った直後だったのである。

さて、母がそれだけの努力を払って、ぼくを産んだことが、父にどれほどの影響を与えたか——ぼくは母の計算に悲しい誤りがあったことを認めずにいられない。

　なるほど、その当座こそ、父は家に落着いていた。始めての子供だから珍しかったし、大事業を敢えてした母へのいたわりもあった。けれど母は本質的に、もう妻としての役目を果すことが出来なくなっていたのである。いや、妻としてだけではなく、主婦として、母としての一切の義務を遂行する力を失なっていたのである。母は影のごとく、ただ生きているのに過ぎなかった。ここに母の大きい誤謬があったのだ。子供さえ出来ればという考え方だけでは、三十二歳の男盛りの父を、家に釘づけにすることは不可能だった。――父は、また、女のもとへ通うようになった。

　妾宅はT町にあった。以前は出張とかなんとか名目をつけて、月の内に三四日、家を明ける程度だったのが、もう母が妻としての資格を復活する見込みがないと判ると、次第に露骨になってきた。祖母にも今は隠そうとせず、公然と妾宅から会社へ出勤するようになり、家へは反対に月に一二度、それも金を取りに戻るだけとなった。

　祖母はなにもいわなかった。いえなかったのである。

　祖母は口やかましいきびしい人だったけれど、物ごとは公平に判断するたちだった。だから、友枝（母の名）が、あんな具合では、信行も面白くないだろうし、仕方のないことと諦めているのだ。祖母の正直な腹を割ってみれば、母が一日も早くカタがついて、父に新しい嫁を迎えるのが、家のために一番よいと思っていたに違いない。

　こういうと祖母が母を邪魔物扱いにしているように聞こえるかも知れないが、祖母は世間によくある姑のように、わけもなく嫁いびりをする人ではない。いや、むしろ祖母は、病弱の母に同情的であり、姑と嫁といった立場を越えて、我が子のように看護には充分手を尽した。この点では母も大いに感謝したことであろう。しかし、恢復の見込みがない長病人は、どこの家庭でもうとまれるものである。祖母が、どうせ長くないのなら、早くケリがついたほうが、お互いのためになると考えたところで、祖母を冷たい鬼婆のような女だと非難するのは当を得ないと思う。

　祖母はかくしゃくとしてはいるが、なんといっても六十三である。かなりの資産もあって、生活には困らないのだから、本来なれば孫を相手に楽隠居で納まりたいところだ。けれど、家がこんな有様では納まりたくとも納まっていられぬ。なにもかも自分が一切の切り盛りをやらねばならない。思えば祖母も気の毒な人である。

そうした忙しい祖母の唯一の慰めは、なんといっても初孫のぼくだった。両親がありながら、その愛情の庇護のもとに育てられぬぼくの立場は、いっそう祖母の愛を盲目的にした。だから祖母は、女中がいるときでも、子守だけは自分が一手に引きうけて、人委せにしなかった。まだまだ子供を背負って歩き廻る元気はあったし、それに可愛いがれば可愛いがるほど、子供というものは本能的にその人になつくものである。するとまた、それがよけいに可愛いいということになる。そのころ、むろんぼくはまだ物心つかぬころであり、その当時の記憶は一切残っていないが、「ばあちゃん、ばあちゃん」と、母よりも祖母を慕ってつきまとっていたらしい。後に祖母が述懐したところによると、祖母はぼくが成人するまで、どんなことがあっても死んではならないと、毎朝、神さまにお祈りしていたそうである。

「そのくせ私は友枝の病気についてはは神さまにお願いしなかったのだよ。だってお前、あんな調子じゃ、神さまだってお手あげだろうと思ってさ」

と、そんなこともいった。(ついでながら、祖母は終戦の年、ぼくが十九の冬に、八十歳の長寿を全うした)

母の心臓病は一進一退で、機嫌のよいときは床の上に坐ることもあったが、それはいつもほんの僅かな時間で、一日のほとんどは臥せたきりという状態だった。

従ってぼくが母の愛情を求めにゆくことは、まずないといってよかった。祖母という遊び相手がある限り、子供は屈托しないものだから、母の存在はとかく閑却に附したらしい。それが母にはどんなに悲しかったであろうか。そのころは、まだまだ、母の気持を忖度《そんたく》するほど、ぼくの智能は発達していなかったから。

「信ちゃん、お前、誰が一番好き?」

と母に訊かれても、躊躇なく、

「ばあちゃん」

と、答えて、母を淋しがらせたそうである。そろそろ口が廻りかけていたころだから、なにか気に入らぬことがあると、「かあちゃん、きらい。かあちゃん、バカ」など、憎まれ口を叩いたことも二度三度ではなかったらしい。そんなときの母は「フフ」と口だけで笑いながら、胸をつかれたように面を伏せるのだった。その淋しげな笑顔は、泣いているのを見るより辛かったと、よく祖母が話してくれたものである。

夫には見捨てられ、子供もよりついてくれぬとなっては母のどこに希望があったのだろうか。あらゆる不幸を一身に担っている可哀想な母、喜びも慰めも持たぬ母――母こそは正に悲しみの極、そのものであったのだ。しかもその善良な母が、あんな無残な最後をとげようとは……まったく神も仏もないものかと呪いたくなる。ぼくは母の死を思うとき、いかに物心つかぬ幼児であったとはいえ、少しでも母に淋しい思いをさせたことを、心から後悔し、すまなかったと思う。

そうした母の気持を誰よりもよく知っていたのは、やはり祖母だった。だから祖母は、ぼくのお相手をするときもできるだけ母の眼の届く場所を撰ぶよう務めてきた。それがせめてもの恵まれぬ母への心尽しだったのである。

祖母との遊びといえば、どこの子も同じの、積木、砂いじり、電車ゴッコ、それにお伽話などであるが、なかでもお馬ハイドウドウと祖母の背にまたがり、手綱を口にくわえさせて、得意満面、座敷中を這い廻らせるのが、一番ぼくの気に入っていたらしい。だが、いくら元気だといっても年寄のことである。祖母もこれにはてこずったようだ。だから、ぼくが紐を見つけると「ばあちゃん、おうま、おうま」と、しつこくせがむので、家中の紐と名のつくものは一切、目のとどかぬところへしまいこむことにした、というような笑い話もある。

そうした日がつづき、くりかえされ、暗いながらも一応平穏な生活が営まれていた。しかし、生活の底に流れるものが、祖母も父もひとしく、母の死への期待であった事実は否まれぬ。いや、母自身ですら、望みうすい現世から逃がれられる日の訪れを待ちわびていたかも知れない。

いずれにしても不幸は目前に迫っていた。しかし誰もがあんな恐ろしい形で現れようとは夢想だにしなかった。

三

事件が起ったのは昭和二年五月一日の午後である。

その日は朝からなんとなく奇妙な日であった。といったとて特別になにがあったというのではない。ちょっとしたことの集積が、皆を不機嫌にしてしまったのである。前にもいったように、それまで居た女中が、その日の朝暇をとって帰ってしまった。祖母は代りが見つかるまで、もう暫く居てくれるようにと頼んだが、女中は、ちょうどキリがいいからと聞入れなかった。その女中はお波といって四月足らずの奉公だったが、割に蔭日向なく働くので祖母はすっかり気に入り、なにかと定めの給金以外にも気をつけてやっていた。それだけにニべもなく断わられると祖母も腹を立て、実は昨日渡すはずだった給金を、世話してくれた人に言伝けるからと嫌がらせをいった。お波はものをもいわず、手荒く荷物をまとめるとプイと出ていってしまった。

ひとり減ると広い家の中が急に淋しくなった。もう初夏で朝からムッとする暑さだったが、庭に打水がしてないので、よけいに蒸暑く埃っぽく感じられ、そんなことも祖母や母をいらいらさせる原因となった。

それにその日は、父が金を取りに戻る日でもあった。いつも月末には地代や家賃が集るので、父はその翌日を「集金日」と称して、会社の帰りに立寄ることにきめていた。いくら持ってゆくのか、父は伯父の会社に勤めていて、そこそこの給料を貰っていたのだから、せいぜい足し前として、そのころの金で八十円か百円ぐらいではなかったかと思う。しかしそれにしても当時としては相当な金であり、そのため、多すぎるとか少ないとかで、よく祖母と口喧嘩した。もちろん、二人ともさすがに心得て、母には聞かさないようにしていたが、広いとはいえ同じ家の中で母の耳に入らぬはずがなく、母はそのたびごとに、妾のもとへ運ぶ金のことで、親子がいい争うさまを、浅猿《あさま》しく感じ悲しまずにはおれなかった。

なにやかやで祖母は面白くなく、ぼくを背中にくくりつけて掃除をしながら、「いつまでこんなことばかりしてなきゃならないのかね。あああ、長生きはしたくないものだ」と、ブツブツ愚痴をこぼすのだった。それが耳に入ると母はよけいに辛かった。

「お母さん、信一をこちらへよこして下さい」

と、床の上に坐りなおして声をかけた。母にしてみれば少しでも祖母の手を軽くしようと思ったのだが、それが却って祖母の胸にグッときた。

「お前に子守が出来るぐらいなら、あたしは苦労をしないよ」

と、ポンと突きはなした。事実、ぼくはもう母の手に負えなかったのだから、祖母がそういうのも当然だが、それでは母が納まらなかった。

「いいえ、きょうは気分がよろしいから、少しだけ遊んでやりますわ」

そういったのは、所謂、虫が知らせたのかも知れぬ。永患いをしていると不思議な霊感が湧くそうである。

祖母もいつもなら、

「駄目々々、却ってあとで苦しいとかなんとかいわれて、こちらが迷惑するだけだから……」

と承知をしないのだが、その日に限って、不精無精ながら、ぼくを母に渡したのも不思議といえば不思議である。

ぼくは母を相手に少しお喋べりをしていたが、祖母の背中で揺られて眠気がさしていたのだろう。すぐにゴロリとなって寝込んでしまった。

「おや——お母さん、寝てしまいましたよ」

母はやや手柄顔にいった。

「そうかい——」

掃除を終えた祖母は、母の横に床を敷いてぼくを寝かしつけると、さもくたびれたとばかりひと息ついた。

斜めになった陽が庭に石燈籠の影を作っていた。その向うにつつじが点々として見える。

「——もう節句だね」

庭に眼をやっていた祖母は思い出したようにいった。

「ほんとに……寝ているとが経つのがわかりませんけれど……」

母は、蒼白い顔に乱れかかる髪をかきあげて、合槌を打った。

「そろそろ武者人形を出してやらなきゃ……鯉幟も立てなきゃいけないし——」

祖母は呟やくと、納戸から鯉幟の入った木箱を抱えてきた。

「友枝、車が入ってないが、どうしたのだろうかね」

鯉幟、矢車、麻縄と並べながら祖母はいった。

「あれは去年毀れたので、あの人が捨てたと思いますわ」

「それじゃ市場で買ってこなくちゃ——うん、ついでに民さんに、竿を立ててもらうよう頼んでこよう。お波の話もあるし……」

民さんというのは近所に住んでいる便利屋さんで、使い歩きやちょっとした大工仕事もやるという爺さんである。女中のお波はそこの世話で来たのだった。

「どれ、信一が寝ている間にちょいと行って来よう」

思い立ったらすぐにやらないと気がすまぬ祖母はせっかちに立上ったが、

「あ、そうそう、信行が戻ってくるかも知れないね——来たら待たしておいておくれ」

「ええ——でも、お金でしたら渡しておきましょうか?」

「お前の手から受取っちゃ信行も寝覚めが悪いだろう」

「――わたしは、かまいませんけど……」

母は面を伏せたが、その卑下したような態度が勝気な祖母には、いじらしいというより歯がゆかった。

「バカをいうんじゃない、どこの世界に……いえ、お前がそんなんだから、よけい信行がいい気になって附けあがるんじゃないか」

「――すみません……でも、仕方がありませんわ」

「お前さんはね、それゃ、仕方がないですむかも知れないけれど、迷惑するのはあたしだからね」

「……」

「温和しいばかりが女房の勤めじゃない。ちっとは亭主の首ッ玉をつかまえる工風でもしてみたらどう」

母の弱さが肝にさわったと見えて、祖母はポンポンとやっつけると、前垂れを外して出て行った。

母はしばらくじっと考えこんでいたが、やがて苦しくなったのか、ゆっくりと横になった。

忘れ物をしたと女中のお波が入ってきたのは、それから二時間ほど経ったころだった。祖母はまだ帰っていなかった。

声をかけたが返事がないので、お波は勝手に上へあがった。

「足袋を干したまま、入れ忘れてましたので……」

と、いいながら奥座敷を覗いたお波は、母が倒れているのを見ると、驚いて駈けよった。

母は死んでいた。

突きとばされたように、上半身を廊下の板間にのけぞらせ、カッとみひらいた眼は虚空を睨んでいる。首には鯉幟用の麻縄がしっかりとまきついていた。

ぼくは、そんな悲劇が起ったことも知らず、子供らしく無邪気に寝床から半ば飛出して、大の字に眠っていたそうである。

ぼくと母との間には、長々と鯉幟が身を横たえており、その大きい無気味な眼が、この場の情景を嘲っているように見えた。

「……」

お波は、言葉にならぬ叫びをあげると、気狂いのように裸足のまま外に飛出した。

四

ぼくは最近になって——といっても五年ほど以前の話だが——偶然、所轄だったS警察に、中学生時代の友人がいることを知り、その人に頼んで当時の書類や現場写真を見せてもらったことがある。従って、母の事件については、祖母に聞いた以上に、くわしい正確な事情を知ることができたわけである。

祖母の話によると、空巣狙いが忍びこみ、（祖母は外出に際して戸締りをして行かなかった）母に発見され絞殺したことになっている。だが、その話ぶりが頗るあいまいで、ぼくが細かい点を根掘り葉掘り問いつめると、しどろもどろになって、いつしか話全体がぼやけてしまうのだった。

譬えば、記録によると母の死因は、「急激なるショック による心臓麻痺」となっている。むろん、加害者は殺意を持って母の首を絞めたのに違いないが、衰弱しきった母の肉体は、その恐怖だけで参ってしまったのだ。しかし祖母は最初の印象通り、絞殺されたものと信じている。もっとも、祖母に、ショック死などという新しい言葉は理解できなかったのだろう。あるいは警察が故意に真相を伝えなかったとも思える。というのは、祖母も父も、重大な容疑者として取調べを受けたのだから——。

この容疑を受けた点についても祖母は一言も触れなかった。結果としては加害者が判らずじまい、事件は迷宮入りとなったのだから、祖母にしてみればよけいな家の恥を曝したくなかったのだろう。それとも、ぼくに与える影響を畏れて、わざと黙っていたのかも知れない。が、いずれにしても、父や祖母が峻烈な取調べを受けたことは事実である。

最初は流しの兇行だとの見方も有力だったが、指紋とか足跡とかが物的証拠が全然あがらず、その内、父が妾を囲って家によりつかない事実が判明すると、警察の捜査はその線にのって、祖母と父を引致した。参考人として、伯父の城山義助、父の情婦の外村かな子、女中のお波、それに便利屋の民さんまでが呼ばれた。

祖母は、

「お前は、嫁が早く死ねばよいと思わなかったか？」

との問に対し、

「それは、そうなってくれれば助かると思ったこともございます」

と素直に答えている。しかし、

「どうせ先の見込みがないのなら、早く楽にしてやろうと考えたことはないか?」

との誘導尋問に対しては、

「友枝は伜の嫁でございます。そんな恐ろしいことは考えたことがございません」

と、ハッキリ否定している。だが、

「死ねばよいと希う気持は、殺してやろうという意志があったのではないか?」

と突っ込まれると、

「そんなこと、わかりません」

と、少し答弁が怪しくなっている。せんじつめれば父にも祖母にも、潜在意識としての殺意がなかったとはいいきれない。

父に対する訊問は特に厳しかった。妻子を捨てて妾宅に入り浸っているという不道徳な行為に対する先入感もあったが、悪いことに父は重大な虚偽の申し立てをしたのである。そのため、ひどく係官に睨まれることになった。

父は係官の質問に対して、事件の当日は家へ帰らなかったと答えたが、実は嘘だったのである。

あの日、父はかな子を連れて家へやってきた。かな子を門の外に待たせ、自分だけ中へ入った。祖母から金を受取ってすぐ帰るつもりだったのである。ところが五分ほどすると真蒼になって出てきて、

「きょう、ここへ来たことは内緒だぞ。誰にもいってはいけないぞ」

と、かな子に堅く口止めした。父がひどく脅えているのに驚いたかな子は、どうしたのですか、と、わけを訊いたが何も答えなかった――それが、かな子の証言でバレたのである。

なぜ、嘘をついたか、と警察側は鋭く追及した。その当時のことだから、頭の二つや三つは殴ったかも知れぬ。それに対する父の弁明はこうだった。

「――中に入ると家の中はシーンと静まりかえっていました。母がいないとわかると、ちょっと困ったなと思いました。友枝と顔を合すのは厭だから奥座敷は覗きませんでした。金のある場所は判っているので――いつも茶の間のタンスの抽出に入れてあるのです――その中から十円札で百円だけ取りました。そのまま帰ろうとしたのですが、やはり声だけはかけておかないと後で母に叱

られると思い、友枝に一言いうつもりで、廊下伝いに、奥座敷へ入ろうとして、友枝が倒れているのに気づいたのです――」

つまり、父はお波よりひと足早く、母の死を発見していたのである。

「――殺されていることが判ると、急に身体がふるえてきました。すぐ、警察、と頭へ来ましたが、フト考えてみると、変に届けては自分に、嫌疑がかかるかも知れないと思い、かな子にも口止めをして、そのまま帰ったのです」

「なぜ、嫌疑がかかると思ったのか?」

「――そのとき、なんとなく、そう感じたのです」

「ふだんから、妻を殺して妾を後釜にすえようと考えていたからだろう」

「そんなことを考えたことはありません」

「それなら、なにも嫌疑を恐れる必要はないではないか」

「……」

「被害者が、なにかお前に恨みごとをいったので、カッとして首を絞めたのだろう」

「絶対にそんなことはありません」

「そのとき子供はどうしていた?」

「寝ておりました」

「お前は久しぶりに帰って、子供を抱いてやろうとしなかったのか?」

「――そのときは、そんな気になれませんでした」

「どのぐらい家の中にいたか?」

「――さあ……ほんの二三分だったと思います」

「外村かな子は、お前が五分以上家にいたと証言しているぞ」

「――それでは、そのぐらいいたかも知れません。自分ではわずかな時間だと思っていたのですが……」

こうした問答が長々とくり返され、父はずいぶん苛められた様子である。

祖母は祖母で、民さんところから帰る二丁ほどの距離に、説明のなりたたない一時間余の空白があり、この点を烈しく追及されていた。これについて祖母は、家に帰ってもクシャクシャするばかりだから、お宮さんへおまいりしてきたと、いっているが、七八丁先の川面神社へ参詣した事実を、誰も見かけたと立証してくれる人がなく、不可解な行動として疑惑を深めた。

要するに警察側は謀殺の線で解決を計ろうと押しまく

ったが、結局はこれというキメ手がないため、父も祖母も釈放された。

　こうなると捜査は振出しへ戻り、やはり流しの犯行かということになったのだが、その方向の調査にも新事実は発見されず、事件はうやむやに終ってしまった。

　警察の取調べが一段落すると、父はかな子と別れた。なぜ、別れたのか、かな子が口止めされていたにもかかわらず、父に不利な証言をしたため、その冷淡な態度を怒ってか、それとも他にもっと深刻な理由があったのか、——ぼくには、そのときの父の心境がなんとなく判るような気がするのだが……とにかく、父はかな子に絶縁を宣すると、その夜、海に身を投げて原因不明の自殺をとげた。

　ぼくは更に不幸な子供となった。

五

　母の死、父の死——それでも祖母は、孫可愛いの一筋に生きてきた。長い間——

　しかし、もう端午の節句が訪れても、決して鯉幟を立てようとしなかった。あのときの鯉幟は焼き捨ててしまったそうである。そして、前にいったように、終戦の年の十二月に八十歳で亡くなった。

　ぼくはどうにか大人になっていたし、祖母の残してくれた若干の不動産のお蔭で、戦後の混乱期も大過なく切抜けてきた。

　あの不幸な事件については、務めて忘れるようにした。もし、ぼくが、S警察にいる友人の井之口に会わなかったら、二度と、事件を振返ろうとしなかっただろうし、況んや、事件の真相を追及するような気持にならなかったであろう。だが、悪魔は、まだまだぼくを無罪放免してくれなかったのである。

　こういうと井之口君は気まずい思いをするかも知れないが、これはまったく井之口君に関係のない話で、もともとぼくが調書を見たいという好奇心を起したのがいけなかったのである。このフトした好奇心が悪魔の囁きだった。

　調書を借りだすことに成功したぼくは、二日二晩、むさぼり読み、そいつを睨んで思考した。

　警察の記録は探偵小説ではないから、その中にデーターが隠されていて、犯人を探りあてるという性質のものではない。そこにあるのは冷酷にして正確な文字の羅列であって、なんら結末への暗示を含んでいないのだから——。

しかし、この無性格な書類は、ぼくに、父と祖母が容疑者の席に立った事実を教えてくれた。むろん、書類の上の二人は犯人ではなかったけれど……。

だが、はたして、そうだろうか？　この判定に誤りはなかったか？

ぼくとして、母を殺害した者が、父であり、あるいは祖母であるとは思いたくない。思いたくはないけれど、思索し探求せざるを得なかった。悪魔のやつが、やれやれとけしかけるからだ。

もし、父と祖母のいずれかを犯人とするならば、事件の直後に自殺した父こそ、そうではあるまいか？　非常に単純な考察だけれど、真実は必ずしも複雑の影にのみあるとは限るまい。

父が母を殺す？　——ぼくは自分を父の立場に置いて考えてみた。

あの日、家に戻ってくる。

——祖母は不在だ。

——金は茶の間のいつもの場所にある。

——金を取り出す。

——帰ろうとする。

——家の中は静かだ。

——寝ているらしい。

——奥座敷を覗く。

——母もぼくも眠っている。

——ふと眼が鯉幟の上に置いてある麻縄にそそがれる。

——殺意！

——誰もいない。

——奥座敷に入る。

——麻縄をとりあげる。

——そっと母の首にまきつける。

——母が眼をさます。

——ぐっと絞めつける。

いけない、これは嘘だ。なぜなら、母は寝床から離れて、半ば廊下に身体をせり出して倒れていたではないか。

——とすれば、そこに若干の抵抗があり、争いがなければならぬ。——当時の母に争う気力があっただろうか？　父に殺意があれば、母などビクともさせずに殺し得ただろう。——嘘だ、こんなシチュエーションはあり得ない。

しからば……？

——母は眼覚めていた。

——便所にゆこうと床を離れた。

——その後から、ふいに麻縄をまきつける。

——母は倒れる。

これならあり得る話だ。母の位置の説明がつく。

いや、これも違う。母が眼覚めていたとすれば、父が入ってきたのに気づくはずだ。

「お母さまですか？」

と、きっと声をかけるにきまっている。

「いや、わしだ」

父は答えただろう。すると母は床の上に起上がる。そこで父に殺意が湧いたのでは、やはり母の死亡位置の説明がなりたたない。それに、母を殺してから、タンスの金を、それも十円札を十枚数えてもってゆく——強盗じゃあるまいし、兇行後に悠々と金を取るなど、そんな図太さが父にあるわけはない。

では、始めに戻って……

——祖母は不在だ。

——金は茶の間のいつもの場所にある。

——金を取り出す。

——その音に母が眼覚める。

ここで、母は声をかける。父は返事をする。奥座敷を覗く。

しかし、母は父の顔を見てから便所に立つだろうか？

これも嘘だ。貞節な柔順な母が、久しぶりに帰宅した父を打捨てて、先に便所にゆくなどあり得ない。

こうなると、母が、廊下にのり出して死んでいた事実が、ひどく重大になってくる。

では、やはり、父は犯人ではないのか。

と、すれば、祖母の場合はどうか？

祖母は朝から不機嫌が尾を引いている。

——帰ってくる。

——母は寝ている。

——じっと寝顔を見る。

——早く死ねばよいと思う。

——母が眼を覚ます。

——ひと言、ふた言話す。

——母は便所に立ち上がる。

——ふと、麻縄が眼につく。

——殺意！

——そっと近づく。

——縄を首にまく。

——母の驚愕。

——ショック死。

——そのまま家を飛出す。

これなら考えられぬでもない。父には五分という時間の制約があったが、祖母の場合、時間の余裕は充分にある。

まてよ。それなら、なぜ、父は自殺したのだ？

あ、そうだ。父は祖母が犯人だと知っていたのだ。警察の調査がひときり終ったころ、祖母の口から告白を聞いたのかも知れぬ。いや、それとも、なにかのはずみに、祖母の犯行であることを悟ったか、そのどちらかだ。

祖母が、家を愛し、我が子を愛するがゆえに、犠牲となって邪魔者を殺した。敢えて殺人の大罪を犯した。だが、何が祖母をそうさせたか？　遠因は自分にある。自分が家を顧なかったことに端を発しているのではないか？

これが、ぼくに考えられる自殺の原因だ。父は自分が死ねば、警察はやはり父が犯人であったと思うかも知れぬ。そうすれば祖母は安全だ——そう考えて父は自殺の道を撰んだのではないだろうか。

祖母が犯人だったのか？


警察の書類はそんなことをうたっていない。どこにも証拠がない。

証拠！

ぼくはもう一度、調書に眼を通した。そして現場の写真を繰返し眺めた。ここに、なにかが、きっとあるはずだ。

写真はとても正視に堪えぬものだった。何度見ても、見るたびごとに胸をかきむしられる思いがする。どこの世界に、殺された親の写真を見る子供があるだろうか。ぼくに両親の記憶はないけれど、その顔はアルバムによってよく知っている。けれど、死体となっている母は、アルバムの、どの姿にも似ていない。まるで別人の感じである。

みひらいた眼、虚空を摑んでいる骨ばった腕、乱れた裾からぬっと突き出ている細い足、それにもまして恐ろしいのは、その首にまきつけられた麻縄だった。

誰がこの縄を握ったのだ、誰がこの縄で母の首を絞めたのだ？

じっと瞶めていると、大声で怒鳴りたい気がする。涙がポロポロと頰を伝う——お母さん！

写真に、ぼくは写っていなかった。警察の人が来たころは、恐らく祖母の手に抱かれていたことだろう。ぼくの代りにセルロイドのキュピー人形が、ぼくの寝ていた位置に置いてあった。そして、ぼくと母の間に、あの鯉幟が無気味に長々と横たわっている。

鯉幟！

あれ以来、祖母は鯉幟を嫌って、家ではタブウとした。ぼくも、物心ついてから鯉幟を恐ろしいと思うようになった。節句が来て、友だちの家で鯉幟を立てていても、それだけは奇妙に祖母にねだろうとしなかった。

ほんとに恐ろしい奴だ。この写真で見ても、鯉の白い眼は母の眼とそっくりだ。動かない無生物の眼が、なぜこんなに恐ろしいのだろうか？

その鯉幟を眺めている内に、ぼくはふと妙なことに気がついた。

なぜ、この鯉幟は長々と引きのばされているのだろう？

祖母は納戸から木箱を抱えてくると、中から鯉幟を取出し、その上に、矢車と麻縄をのせておいたはずだ。そのとき、鯉幟はちゃんと畳んであった——。

誰が、なんの目的で、鯉幟をこんな風にクシャクシャにしたのだろう？

ぼくは慌てて調書を調べてみた。だが、それについては誰もふれていない。なぜだろう。どうしたのだろう？ ぼくは警察が見落している大きい謎を摑んだような気がした。

けれど、結果はそれだけのことだった。ぼくにその謎を解く力はなかったし、二十数年を経過した今、誰に問いただしようもないことだったから……。

ぼくは犯人を追究する興味を失なった。譬え祖母を犯人に擬するとも、鯉幟の謎が解けぬ限り無意味に思えたからである。

そして、その後ぼくは結婚した。満夫が生れた。

三日前、お前が鯉幟を買ってやってくれというまで、ぼくはほとんど、あの忌わしい記憶を失ないかけていたのだ。

しかし、悪魔はそれを忘れていなかった。

六

ぼくは今度、生れて始めて鯉幟というものを、自分の手に持って染々と眺める機会を得たわけである。さすが

「信ちゃん──」

なつかしい声だった。ぼくは記憶の限界を飛越えて、記憶以前の世界にその声を思い出した。

「お母さん！」

母はぼくを乳児の昔のように抱きあげて微笑んだ。

「信ちゃん、お母さんを殺したのは誰だか覚えてる？」

ぼくはこっくりと頷いた。

「覚えています。ぼくです。ぼくがやったのです」

そういうや否やぼくは、二十数年昔の、あの日の、あの奥座敷にいた。

静かな物売の声一つ聞こえない初夏の午後。

母はぼくのそばで寝転びながら、じっとぼくの寝顔を購めていた。ぼくはふと眼をあいた。

「信ちゃん、もう起きたのかい？」

ぼくは、むっくり床の上に坐りなおすと、

「ばあちゃん──ばあちゃん──」

と、祖母を呼んだ。

「ばあちゃんはお留守。お使いにいらしったのよ」

「ばあちゃん──ばあちゃん──」

ぼくは母の声に耳をかさなかった。

「信ちゃん、ここへおいで」


に古い記憶が、あの写真の状況が、思い出されて暗いものを感じた。

しかし、もう、なんでもないのだ。古い昔の悪夢なのだ──ぼくは、自分の心にそういって聞かせて、満夫のために少しも早くこれを立ててやろうと思った。

ところが、あの通り、なんとなく調子が悪かった。ぼくは屋根に登って直そうとした。そのとき──覚えているだろう。鯉幟が落ちかかってきて、ぼくが妙な恰好をしながら叫びをあげたことを……

ぼくは、そのとき、見た！　母が殺されたときの鯉幟がぼくを睨みつけて襲いかかってきたのを──そして、その鯉の顔が、ぐーっとぼくの眼前にクローズアップしたとき──そうなんだ、鯉は、見る見る内にぼくに迫ってきたのだ。そのとき、ぼくは、ぼくが石になってしまうのではないかと思った。全身の毛が逆立つ恐怖だった。ワイドスクリーンのスクリーンいっぱいに写った大きい顔、白い眼。それは、鯉ではなく、母の顔だった。母の断末魔の顔だった──ぼくは気を失なって屋根から転落した。

いや、転落したのではない。落ちようとするところを、母の手が抱きとめてくれたのだ。

と、母は寝ながらぼくを手招いた。

「――いい子だから、おとなにして頂戴」

「いやん、ばあちゃんだい――」

眠りが浅かったせいか、ぼくは機嫌が悪かった。

「そんなにいうんじゃない。もうすぐ、ばあちゃんは帰ってらっしゃるからね――あ、信ちゃん、ほらほら、あれを見てごらん」

そういって、母は鯉幟を指さした。

「おとよ、大きいおとでしょう。あれ、とってらっしゃい」

「うん――」

ぼくは立上ると、鯉幟をズルズルと引ずってきた。

「これ、信ちゃんの鯉幟よ。今に、ばあちゃんがお庭に立てて下さるわよ」

「おとと?」

「こいのぼり、よ」

「こいのぼり!?」

「そう。もうすぐ、信ちゃんのお節句なんだもの」

子供は珍らしいものに飛びつく。ぼくはしばらく鯉幟を玩具《おもちゃ》にして、遊んでいた。そのとき、悪いものが眼についた。麻縄!

ぼくはバタバタと駈けてそれを取上げると母のそばに戻ってきた。

「おうま、おうま――」

母は困った顔をした。この子は紐をもつとすぐあれなんだ。

「おうま。かあちゃん、おうま」

「だめ。かあちゃんはキイキイが悪いんだから……」

「おうま――おうまだい、おうまだい」

ぼくは暴君だった。縄で母の顔をぶった。

「おうま、おうま――」

もう少し放っておけば、わっと一雨くることは必至だった。

「困ったわね――じゃ、ちょっと、ちょっとだけよ。でなきゃ、かあちゃん、つらいんだもの」

そういって母は寝床から、そっと這い出してきた。

「おうまだい」

ぼくは喜びいさんで、麻縄を母の首に、ああ、ごていねいにグルグルと二重にまきつけたのだ。

「ハイハイ、おうま、ハイハイ」

母の背によじのぼると、手綱を両手にぼくはかけ声をかけた。

母は、それでも五六歩、じっとこらえて歩き廻ってくれた。けれど、それが彼女のなしうる最大の努力だった。

「……」

馬はぐったりと崩れた。ぼくは滑りおちた。

「おうま、ハイハイ」

と、ぼくは子供の力いっぱいで母を引起そうとした。母の身体がぐっと傾いて、どたりと倒れた。

それが気の毒な母の最期だった。

ぼくは母を呼びつづけた。しかし、母の眼はむなしく空を見つめている。

ふと見ると、鯉幟が恐ろしい眼で、ぼくを睨みつけていた。

ぼくは急にこわくなり、わあっと泣きだした。

ひとしきり泣くと、ぼくは泣くことにも飽きた。あくびが出た。母はいくら呼んでも答えてくれぬ。ぼくはトコトコと寝床に戻って、ころりと枕に顔を押しつけた。

「そう。そうだったわね」

ぼくを抱いている母は、ニッコリと頷いた。

「ごめんなさい、お母さん――」

「いいのよ、どうせ、あたし……」

母はやさしく、ぼくの頭をなでてくれた。

「あたし、死んでよかったと思ってるのよ。だって、お父さまも、あたしのもとへ来て下さったし……生きている間に戻って下さらなかったのが残念だけど、でも、いいの、あたしの思い通りになったのだから……」

母は仕合せそうに見えた。

「お母さん、ぼくもお母さんの側へゆきます」

と、ぼくは母の手にすがった。母は、ちょっと悲しげに溜息をついた。

「信ちゃんも若いのに可哀想だけど、仕方がないわ――でも、もう二三日。そしたらお母さんが迎いに行ってあげますから……じゃ、そのときにね」

そういうと母の姿は俄かに遠くなり、急に周囲が暗く、なにもかもが闇の底に沈んでいった。

気がつくと、ぼくは病院のベッドにいた。――

犯人はぼくだった。

米を盗む

一

「——ええか、もう、これでお終いじゃよ。なんぼういうてきても、こんりんざい、出しゃせんからのう」

こんりんざいに力をこめて、おとせ婆さんはおごそかに宣言した。受取った札は四つに折って、モンペのポケットにしまいこんだ。

「また始まった——」相手はフンと鼻で挨拶して、横っちょに喰わえたバットをプッと吐き飛ばした。

陽当りのいい縁側に五升入りの米の袋が並んでいる。担ぎ屋の庄ちゃんは、それをリュックサックに詰めこんだ。

「——お婆さんのこれでお終いは耳たこだよ」

「ほんとじゃよ。もう、米は一合もありゃせんでのう」

「わかってるわかってる」

「わかっとりゃせん」

「わかっているといったら……」

「わかっとりゃせん。昨日もそういうたのにまた今日出てきたでねえか。おとついもそういうたのに、昨日も出てきて……」

「はっはっは。毎日そういいながら、米が出てくるのだからこたえられねえ。おおかた、お婆さんとこには、米の出る打出の小槌があるんだろう」

「そんなもん、ありゃせん」

「ま、なんでもいいや。お婆さんとこの倉は底なしだ。明日になりゃ、また、俵の山が出来てらあ。な、お婆さん」

汽車の中や駅頭では、勇猛果敢。人を人と思わぬ救食団の闘士も、ここでは犬のように柔順である。ヤミ屋の苦労は売込みより買出しだ。ことに今は端境《はざかい》期《き》である。

おとせ婆さんとこは、一升について五円がたよそより高いのだが、ないないとぼやきながらも、空手で追返すようなことは滅多にしない。その点、担ぎ屋仲間にとっては、まことに有難い存在である。正に農林大臣賞でもやりたいような、ヤミ供出一〇〇パーセントの模範農家というべきである。

「どれ、ゆくか」

庄ちゃんは四斗入りのリュックを軽々と背負うと、最敬礼をした。

「お婆さん、また、明日頼むよ」

「あかん、あかん。これ以上米を売ったら、わしゃ爺さんに叱られる。離縁になっちまう」

「離縁になりゃ、おれが若い燕になってやるよ、はっはっは」

足を踏みしめて庄ちゃんは出て行った。

今日も素晴しい秋空である。二丁ほど離れた鎮守さまの境内から、子供が打っているらしい秋祭りの太鼓がひびいてくる。今夜と明晩はダンジリ（山車）と踊りで賑うことだろう。

婆さんは椽側から座敷に入ると、仏壇の抽出を抜いて、その底に隠してある布製の財布を取りだした。千円札がギッシリと詰っている。婆さんは今受取った六千なにがしの札を、一枚ずつ丁寧に皺をのばしてその中に入れる。いい気持である。聖徳太子が婆さんを見て笑っている。婆さんもニッコリと笑いかえす。いくら見ても見飽きせぬ顔である。娘の民子は活動の役者の写真を壁に貼って喜んでいるが、聖徳太子のほうが、なんぼうかよい男前である。

札を財布にしまいこむと、掌に乗せて重みを計ってみる。紙幣のことだから、さのみ重量感はないが、それでも毎日少しずつ重くなってゆくのが楽しい。考えてみると、この一週間に五俵以上売っている。金も殖えてゆくはずである。

大体、おとせ婆さんは米を売るのが好きである。ほんとうは金が好きなんだけれど、あの庄ちゃんにしろ、その仲間の山本さんにしろ、警察なぞ屁のカッパとも思わぬ兄んちゃんたちが、婆さんの御機嫌をとるために、鞠躬如《きっきゅうじょ》として、ときには安物のカステラや最中を手土産に持ってきたりする。そして、どうしても今日は二斗しかないと頑張るのを、そんな因業なことをいわずに一俵出してくれよと、拝み倒し、お世辞笑いを浮かべ、椽側に札をズラリと並べて懇願し嘆願する——その雰囲気がたまらなく好きなのである。

「——ほんとにお前さんたちは仕様がないね。じゃ、もう、これでお終いだよ」

わざと舌打ちして、しぶしぶ納屋へ足を運ぶ。そのとき、背中に、ほっとした兄んちゃんたちの視線を感ずるのが嬉しいのだ。なんだが、すっかり偉い人になったような気がしてもう、お金などどちらでもいいと、奇妙な錯覚を起すこともある。が、そうはいっても、やっぱりお金は大切である。第一、いくらあっても家は広いから置場に困るようなことはない。それに、

「――じゃ、お婆さん、調べておくれ。これで六千二百円――」

といって札を差出すのを、ふむふむと鷹揚にかまえて受取る気分も、また格別の味いである。毫も頭を下げる必要はない。お金を貰って礼をいわないのは、わしと役場の税金の人だけじゃろうと、婆さんは得意に思っている。

だから、もう売るまいと思いつつ、担ぎ屋の顔を見ると、つい米を出してしまう。夫婦の仲だから、いちいち爺さんに報告はしないけれど、どうも、少し売りすぎたような気がする。叱られるかも知れぬと思ってもみる。

事実、おとせ婆さんは、太平爺さんが供出用にと取っておいた分を、三俵も余分に売り飛ばしていたのである。

二

房々と稔った黄金の波を見渡して、太平爺さんは至極御満悦であった。今年の梅雨は長かったが、その後の日照りつづきですっかり持ち直し、案じていたイモチの害もたいしたことはなかった。この段ならまず豊作は疑いない。

「――と、すると……」

爺さんは田を睨んで勘定をしてみる。供出を完了しても、充分三十俵は横に流せる。こんどはいくらに売れるか、一俵六千円パーと安く踏んでも……悪くないなと、爺さんの顔がほころぶ。

「おーい、民よォ」

爺さんの声に、案山子《かかし》の横からひょっこり顔がのぞいた。

「なんだ、お父つあん――」

「もう、そのぐらいでええぞ」

「うん」

雀おどしの縄に布切れを結びつけていた民子は、腰を

そらして立上った。マンガーノのような胸のふくらみが、紺絣の上っぱりを通して豊かにゆれる。

「お父つぁん、太鼓が鳴っとるのう」

「うん。お前、今夜、踊りにゆくだか」

「ゆくとも」

民子は隣りの正一さんの笑顔をチラと浮かべて、倖せそうな溜息をついた。待ちに待った年に一度の祭である。今夜こそ、正一さんは、おんな読本に書いてあるようなことをあたしに求めるだろう。そしてあたしは、処女が愛する男に求められたときどうすればよいか、と、あの本に書いてあったのを思い浮かべながら、結局は、拒みつつ許す処女の心理を体験することになるだろう――そう思うと、民子の十九の肉体がうずく。彼氏の求めるものがなにであるかは、おんな読本が教えてくれたからよく判っている。愛する人にすべてを捧げることがいかに美しい歓喜であるかも、その雑誌にくわしく描かれている。

民子は胸を抱き大きくまた溜息をついた。中村錦之助さんには済まないけれど、ブロマイドの錦ちゃんはなにも求めないから詰らないのである。

「民、なにしとる、帰るぞ」

民子は爺さんは四十五、婆さんが四十二の年に生れた。いうなれば恥かきっ子である。親子も四十以上年齢が開くと、もはや他人みたいなものである。民子は首をすくめて、フフと笑った。彼女が、今宵処女と別れようとしている崇高な感傷なぞ、とうていこの爺さんには判りっこないのだ。

「さあ、帰ろう」

「うん」

畦道に上った爺さんは、向うから来る人影を見て口をへの字に曲げた。誰にだって好き嫌いはある。が、爺さんが蝮《まむし》よりもイモチよりも毛嫌いしている人間が二種類ある、といえば、その一つが税務署であることはお互い身に覚えのあるところ。もう一つが、今、向うからやってくる農業会委員、つまり米の供出係である。爺さんは横を向いた。要するに税金も米の供出も完納していないから嫌いなのである。

「太平さんよォ」

「へえ」

岩さんの顔を見て、仕方がないとばかり、爺さんは卑屈そうに笑ってみせた。

「お前んとこへ行こうと思とったのじゃが……」

「なんぞ用ですかいな?」

「わしの用いうたらきまっとる。太平さん、供出の残りを早う出してくれんと、県のほうがやかましゅうて困るがのう」

「へえ?」

ヤニだらけの眼でわざと吃驚《びっくり》してみせて、

「あれは、もう、皆、納めましたがのう」

「アホいいなさんな。まだ十俵残っとる」

「めっそうもない。わしとこはいつも一番に出しとるんじゃで……」

「一番に出しても、全部納めにゃなんにもならん」

「おかしいな、皆、納めたはずですがのう」

「はずではいかん。四十二俵の割当てのとこを三十二俵しか出しとらんのじゃから、つまり十俵が未納ちゅうことになる」

「けど、割当てはたしか三十二俵――」

「とぼけなさんな。明日中に納めてもらわんと、わしらが本庁から叱られる」

「そないいわれても、岩さん、もう米がありまへんでのう」

「ヤミで売って、もう無いでは通らんぞ」

「ヤミ? わしはヤミはしませんがのう」

「ヤミせん百姓があるか――ま、そら、どっちでもええ。わしは警察じゃないからのう。とにかく十俵、明日中に頼みますぞ」

「けど、岩さん、ないものは出せちゅうても、そら無理じゃが……」

「出さなんだら強権を発動することになるぞ。タチの悪い奴はビシビシやると本庁でいうとる」

「けど、あんた――」

「太平さん、なかったら買《こ》うても納めてもらおう。ええか、明日中じゃ。あさってになって、泣き面かいてもわしは知らんぞ」

岩さんはいうだけいうと、さっさと行ってしまった。

「チェッ」

爺さんは後姿に唾を吐いた。忘れてやがるのかと喜んでいたら、やっぱり覚えてけつかる。ま、仕方がない。いざとなれば米を渡せばよい。それだけの米は俵で積んであるから、強権もなにも恐くはない。が、なににしても、癪にさわる奴だ。俺が委員になったときには、あいつとこへ三割増の割当てをしてやるぞ。

小川で手足を洗っていた民子が上ってきた。

「お父つぁん、米、まだ納めとらんのか？」

「なに、早う納めるとくせになるでのう」

「けど、強権発動するというとったが……」

民子は洗ったばかりの手を誇らしげに眺めた。ふっくらとエクボのある可愛いい手。正一さんは今夜もこの手を握って接吻してくれるに違いない。

「ああ」

またしても溜息が出る。ハチ切れそうな、やるせない想いである。

「心配せんでもええ。米はあるのじゃ」

爺さんは優しくいった。しかし、米を渡すのは惜しい。いまいましい話だ。

「やれやれ」

爺さんも溜息をついた。

三

「おとせ、われ、米、どうしただ？」

納屋に入って、十三俵積んであった米が七俵しかないのに気づくと、爺さんは蒼くなった。

「どうしたて、まさか、鼠が引きやしまいし——」

なにをいうのかと婆さんは呆れ顔である。

「われ、また、売ったな？」

「うん」

婆さんはコックリ頷いた。爺さんは怒ったような顔をしているが、財布を見せたらニッコリするにきまっている。

「バカッ！　明日中に十俵、供出せんと手がうしろへ廻るのじゃぞ」

「供出？　供出はもうすんだでねえか」

「アホウ！　まだ残っとるんじゃ」

「へええ、わしはもうとっくに納めたと思うてたが……」

「バカッ！　一ぺんに皆納めたりするか」

「そうかね、それを知らんもんじゃから……」

「売るなら売るで、なんでわしに相談せんのじゃ」

「けど、よそより五円高《たこ》う売ったんじゃからのう」

「アホウ！　五円ぐらい高う売ってもなにになる。足らなんだら買うてでも納めんならんちゅうこと知らんのか」

アホとバカの波状攻撃である。婆さんは些か心外に思った。売りすぎたのは事実だが、供出がすんでないとは知らなかったのである。飯米は別にとってあるのだから、まだまだ、担ぎ屋の兄んちゃんに頭を下げさして優越感を楽しめると考えていた。

「そんならそうといやあええのに……」

「そんなことぐらい、いわんでも判っとるじゃろう」

いわんでも判っとるじゃろうとは、爺さんも無理をいうと少し癪にさわった。しかし婆さんだって供出を完納せんとどうなることぐらいは知っている。

「困ったのう。どうするかね、爺さん」

「アホウ！　ひとごとみたいにいうな」

爺さんはふうんと考えこんだ。

太鼓の音がのどかにひびいてくる。

「お祭りじゃのう」

婆さんはポツンといった。

「バカヤロウ！」

奴鳴りつけると爺さんは、

「金を出せ。米を買うてくる」

と大きい手を出した。

「買わんでもよかろうがな」

婆さんは飛んでもないと口を尖らかした。

「そんならどうするんじゃ。明日中に十俵揃えとかんと強権発動すると岩の奴がいきまいとるのじゃぞ」

「どっかで借りたらええじゃないか」

「アホウ！　誰が今どき貸してくれようか。返えせるメドもないのに——」

「隣りの正作さんとこ、ようけ積んどるでねえか」

「あいつんとこへ頭を下げていかれるもんか」

と爺さんは苦い顔をした。正作は名前の通り正直者でヤミをやらんから米は充分持っている。が、自分がヤミをやらぬだけ、ヤミをする人間を嫌う。もっとも農業会委員がいっていたように、ヤミをやらぬ百姓はないのが実状だから、してみると正作は変り者ということになる。慾の皮の突っぱった太平やおとせとはウマが合わぬ、というより、変屈者の正作は附合いにくいのである。しかし、爺さんが、あいつに頭が下げられぬといった理由は別にある。倅の正一と民子の仲をうすうす知っている正作は、嫁にくれぬかと相談を持ちかけてきたことがあるのだ。若い者同志だから、放っておけばヤミ取引をせんとも限らぬ。だから事前に正式ルートを踏んで許嫁《いいなずけ》ということにしておけば安心だ——ヤミ嫌いの正作らしい考えだったが、それが爺さんの肝にさわった。親がヤミをするから娘もヤミをするとはなんちゅうことをぬかすと腹を立てた。

「——おら、米のヤミはしても娘にヤミはさせねえ。人の娘をパンパンかなんぞみたいにいいやがって、バカにするな」

ついでに、ヤミは税務署でも認めている。ヤミをせんおのれがアホウじゃと罵った。実際、聖人面している正作の態度がムカついたからである。

そんなわけで、正作の申入れは一蹴したが、娘に正一と附合うなとはいわなかった。むろん、そそのかすようなことはしなかったが、内心、娘と正一がヤミ取引をやったら愉快だと思わぬでもなかった。

とにかく、そんないきさつがあるから、正作に米を貸してくれとは絶対にいえない。

「あんなに米を積んどいて、どうする気じゃろうかな」

婆さんもまた、正作のアホ正直を歯がゆく思っている。わしに委しゃええ値段で売って上げるといったこともある。もちろん正作は一笑に附して相手にしなかったけれど……

「もったいない話じゃ——な、お父つぁん」

爺さんは返事をしない。なにか考えている。——正作の納屋には少くとも三十俵以上の米が眠っている。あいつは追加供出でもあれば喜んで出すつもりだろうが、あのまま放っておけば鼠とコクゾウ虫で、目茶々々になることは承合いである。あの中から三俵ぐらい、そっと借りてきても一向にさしつかえないじゃないか。

爺さんは黙って民子の部屋へ入って行った。そして本棚をかきまわして、銭形平次捕物帖を探しだすと、どっこいしょと腰を下して読み始めた。ひどく真剣な顔つきである。

四

日が暮れると太鼓の音は急に賑やかになった。ダンジリの囃子《はやし》が浮き浮きと心をそそり立てる。ざわめきが聞えるのは踊りが始まったからであろう。

民子は朱の毛糸のセーターに、サーキュラスカートという一級正装で、とっくに家を飛出して行った。出る前に、錦ちゃんのブロマイドに訣別のベーゼをしたことを忘れてはならない。彼女はヤミ取引の決意を胸に秘めて祭の夜に臨んでいるのだ。

爺さんはいつもの晩酌を半分で切上げた。

「利平とこさ行って米を借りてくる」

そういって自転車で家を出た。利平というのは隣村に住んでいる爺さんの弟である。

（利平さんが貸してくれるもんか）

と婆さんは心の中で思ったが逆らうのはやめた。要は米を売りすぎた自分がいけなかったのである。婆さんは責任を感じていた。農業会にではなく爺さんにである。

（なんとかせにゃいかん）

爺さんの残して行った徳利を振ってみて、もったいないと猪口《ちょこ》にあけて呑んだ。二三杯かと思ったら少くとも七八杯は悠にあったらしい。

「ま、お祭りじゃからよかろう」

顔を火照《ほて》らして婆さんはひとりニッコリした。ポカポカといい気持である。なんとなく浮かれたくなった。

「どれ、おらもひとつ祭りに出てみるだか」

立上ると足もとがフラフラとした。滅多にない経験である。

「ははァ、酔うとるな」

よろしい、この元気で踊ってやりましょう。

外に出ると、十間《けん》ばかり隔てた正作の家が、意外に近く夜のもやに浮んで見えた。

婆さんの頭にひらめくものがあった。

（よろしい、この元気でやりましょう）

納屋に入ると車をひき出してきた。少し足もとが怪しいが、といって車が引けぬほどでもない。

（積んどいても仕方がないでのう）

それ以外のことは考えなかった。有無相通ずる真理が婆さんに米を盗む決心をさせたのである。全く、積んでおいても仕方がない。しかも、こちらは三俵の不足のために手がうしろに廻るかどうかの瀬戸際である。また取入れのあとで返しゃ、それでええのではないか。

「そうさ」

婆さんは大きくひとりごとをいって、正作の家へ入って行った。ガラガラ車の音をたてながら納屋の前までくると、

「どっこいしょ」

と、梶棒を下した。

納屋の戸に手をかけようとして重大なことに気がついた。

「ほんに。うっかりしとったわい」

婆さんはピシャリとおでこを叩いてから、そっと足音

を忍ばせて母家のほうへ近よった。泥棒をするからには人に見つかっては何にもならぬ。肝心なことを忘れていたのである。

　母屋の電燈は消えていた。台所口から中を覗いたが真暗でなにも見えぬ。

「ふうん、おらんのう」

　婆さんは、正作も正一も、祭りに行ったことにきめた。年に一度の祭りじゃから、あない変屈者でも見にいくじゃろうと、簡単に結論を下した。

　さて、そうなればもう心配はいらぬ。正々堂々と米を運べばいい。

　まだ眼がチラチラして足が地から浮いている感じである。

「なに、酒は呑んでも呑まいでも、だ」

　爺さんが酔うと口ぐせのようにいう文句を思い出して呟いた。すると心楽しくなって、大声で笑いだしたくなった。

（いかん、いかん）

　婆さんは自分を叱った。泥棒にきて笑うなぞ不謹慎きわまる。

　納屋にきてみると、いい具合に鍵がかかってなかった。

（やれやれ、無用心なことのう。泥棒が入ったらどうするんじゃ）

　こんど正作さんに逢ったら注意してやらにゃいかん。

　留守と判っているから遠慮はなかった。ガラリと戸を開けて中へ入った。

　真暗なので入った途端につまずいた。鍬の先を踏んだので柄が顔にピシリときた。

（こんなとこへ鍬を放り出しとく奴があるか）

　婆さんは鍬を拾いあげて壁に凭れかせた。正作さんは見かけによらずだらしがないと思った。

　手探りで奥へ進むと、米俵の山にブッつかった。快い感触である。

　三俵持出すには骨が折れた。酔っているから尚更のことである。しかし、婆さんは頑張った。さすがにひとりごとをいう余裕もなかった。

　やっと三俵の米を車に積むと、汗びっしょりだった。納屋の戸を閉めると、急に恐ろしくなった。少し酒の覚めかけてきたせいもある。あたりをキョロキョロ見廻した。幸い、まだ誰も戻ってこない様子。

　梶棒を握る手がブルブルと慄え、足が動かなかった。泥棒をしたという罪悪感が一時にこみあげてきた。今にも婆さん待て、と、誰かが奴鳴りそうな気がした。

（早う帰りゃないかん）

婆さんは一生懸命になって車を引いた。息をはずませて足に力を入れた。

ガラガラと轍《わだち》の音が遠慮なく大きい音を立てる。それが、泥棒、泥棒と叫んでいるように聞こえた。

夢中で家の庭へ戻ると、ヘタヘタと坐りこんでしまった。しばらく闇の中で、あらぬ方を眺めていた。

太鼓が、泥棒、泥棒と烈しく音を立てている。ダンジリの鐘や太鼓や笛も、盗んだ、盗んだと練りまわっている。

だが、婆さんは勇気を振い起した。

もうすんだのじゃないか。誰にも見とがめられなかった。なんでもない、三俵の米が、納屋から、納屋へ移動しただけの話だ。

（どうせ積んでおいても仕様のない米だ）

そう考えると、少し気が楽になった。なににしても早く納屋へ運びこまねばならない。人に見られては大変である。

三俵目を納屋に入れてしまうとホッとした。さあ、これでいい。爺さんも喜ぶだろう。

爺さんのことを思い出してちょっと心配になった。盗んだといったら怒るだろうか？　慾の深い男だから、文句はいうまいと思うけれど、しかし、泥棒したと判れば、全く褒めてはくれぬかも知れぬ。骨を折って叱られてはとんだ傘屋の小僧である。

（困ったぞ）

しばらく考えた揚句、正一に頼んで正作に内緒で借りたことにきめた。これなら爺さんの顔も立つし、まさか、正作とこへ問い合せにもゆくまい。そのうち、正作とこで盗まれたと騒いでも、息子が内緒で貸してくれたのであって、親はなにも知らぬからあんなことをいっているのだといえばよい——この考えが婆さんには気に入った。よし、それにきめた。いよいよとなれば、民子から正一に耳打ちさして、なんとかごまかす手もあるというものだ。

腹がきまってしまうと、婆さんはもういつもの呑気な婆さんにかえっていた。ビクビクした太鼓の音もドンドコドンドコと聞えるではないか。

踊りが盛んになっているらしく、唄声が流れてくる。婆さんの顔に安堵と会心の笑みが浮んできた。

「どれ、おらもひとつ踊ってこよう」

五

民子は正一が踊りに夢中になっているのが不満だった。二人揃って帰るのも悪くないけれど、もっと二人には大切な問題があるはずだ。

「あたし、疲れたわ」

と民子は正一の耳に囁いた。

「じゃ、休もうか」

「うん――」

「どこで?」

「どこか静かなところで……」

踊りの輪から抜けると、民子は、大胆に正一の腕にすがった。恋人同志だもの、こんなことぐらい当り前だわ。

二人は鎮守さまの境内から出た。星明りに田圃が白く浮いて見える。

正一の腕に民子のマンガーノ張りの乳房が感じられた。ドキンドキンと心臓の鼓動までが伝わってくる。

「どこへ行こう!」

さりげなくいう正一の声がかすかに慄えている。野心を蔵している証拠である。

「どこでも――」

民子は肩に首を凭せかけて、夢見るように鼻を鳴らした。どこでもいいのである。二人きりの場所、二人だけの世界なら……

正一は黙って歩きだした。黙っているのは昂奮の前兆である――と、おんな読本に書いてあった。

二人の足はいつか正一の家に向っていた。民子はなにもいわなかった。しかし、胸は期待に慄えている。いよいよ、時は迫ってきた。あたしは今、正一さんの求めるであろうその場所へ近づいている。だが、なにがあっても驚ろかない、もう、決心してるんだもの。

正一は垣根を押して庭に入ると、納屋の前に立止った。黙って鍵をとりだすと、南京錠を外して、

「入ろう」と、民子をうながした。

「うん」

いいわと、民子は心で呟いた。闇に包まれた二人きりの世界――

二人は米俵の奥の藁束の上に腰を下した。なにもいわない。烈しい息づかいがあるだけだ。

正一の手が肩にのびた。顔が近づいてきた。正一の唇

が鼻にさわった。

(暗いので見当を間違えたのだわ)

民子は顔を上げた。唇と唇がふれた。そのまま抱き合うと藁の上に倒れた。

(さあ、これからだわ)

民子の胸は酔っぱらったように烈しく波打った。正一の手が乳房を押さえた。

(なんとかいおうかしら?)

拒みながらも許す処女の心理――だが、そのタイトルが思い出せただけで、どんな内容だったか忘れてしまった。そうだ、今夜帰ったら読み直してみなきゃならない。

――だから民子は拒むのをやめた。下手に拒んで正一さんを怒らしてはいけないのだ。

長い接吻がつづいた。藁がガサガサと揺れる。しかし正一の手は依然として胸に当てられたままだ。

「くすぐったいわ」

民子は甘い声を出した。それが次の行為への督促だとは自分で気がつかない。

正一の手はきわめて自然に、その実、不自然に民子のスカートにふれた。

(いよいよだわ)

なにもかも委せた感じで、民子は正一の肩をしっかり抱いていた。ほんとうにいよいよというとき、表で車の音がした。正一の手が停電したように動かなくなった。

「誰?」

民子は小さくいった。小さくいったつもりだったが、邪魔されたうっぷんが声に張りを加えた。

「しッ!」

正一は首を起して耳をすました。

「親父かも知れない」

しばらく、沈黙が流れた。それっきり音は聞えない。

「家へ帰ったらしい」

と正一は呟いた。なんだか間の悪い感じだった。

「びっくりさしやがる」

正一は笑って、また、接吻を求めてきた。

(なあんだ。やりなおしか)

しかし悪くない。民子は大胆に唇を押しつけた。正一の手は、こんどはもう乳房にふれようとせず、直通でスカートの裾にかかった。藁の穂先が民子の太股をくすぐった。

(いよいよだわ)

カッと顔に血がのぼった。民子はうっとりと眼を閉じた。処女よ、さらば――

ゴトンと音がして戸が開いた。二人は石のようになった。また、ストップである。

誰かが入ってくる。カタンとつまずくような音がした。身動きも出来ない。藁のふれる音がするからである。

人の気配で米を運んでいることは判った。

（なんだって今頃に……？）

民子はへんに思った。正作さんはヤミをしないといっているけれど、やはりこっそりとやってるのじゃないかしら？

やがて戸が閉ざされた。車の轍が遠ざかってゆく。二人はホッとしてクスクスと笑った。

「お父さん？」

「そうらしい」

「どうしたのかしら。お米を持出して……」

「親父だってヤミをするさ」

「ほんと？」

「昼間はしないけど……」

「純粋のヤミね」

それから声を揃えて笑った。ちょっと休戦の形である。

気分が醸成されるまで、なんとなく白々しい空気の中で、動く気にはなれなかった。しばらく寝転んだまま、お互いに手を握り合って黙っていた。沈黙がつづくと、再び、感情が徐々に昂まり始めた。ふいに正一の手がかなり荒っぽくスカートの中に侵入した。

「いやッ！」

本能が声を立てた。おんな読本の教訓を忘れた動物的叫びだった。正一はその声に刺戟されたかのごとく、荒々しく左手で民子を押さえつけた。

（ついに来たわ）

民子は正一の手を引離そうと試みた。だが、駄目である。

（ああ、あたしはついに力尽きて、この人の思いのままになってしまうのだわ）

そしてピンチが（チャンスともいえる）民子を守る最後のメリヤス製品をむしりとってしまった。藁の頭がいっせいに彼女の肌を刺戟した。

「いや、いやよ――」

彼女はもがいた。半ば技巧的に、半ばは真剣でもあった。だが、なんという楽しいもがきだろうか。今宵、われ、妻となりぬ――そんな映画の題名があったたわ。

ゴトリとまた戸が開いた。なんという間の悪るさ、二人は再び石となった。

人の気配が、またも米を運び出しているようだった。

そして、それが終って戸が閉ざされたとき、もう二人は完全に戦意を喪失していた。もう、おかしくて、繰返す気になれなかった。

「外へ出よう」

正一がいった。

民子は黙って立上った。腹が立って仕方がないのだ。

むろん正一にではない。不粋な侵入者に対してである。こんな話はおんな読本のどこを開いたって書いてない。ほんとにバカにしてるわ。

六

翌朝――

お巡りさんが入ってきたのを見て、爺さんはドキンとなった。もうバレたのか、いや、そんなはずはない。

「太平さん、お前、ゆうべ、どこへ行っとっただ?」

若いお巡りである。なんのこんな小僧っ子に判るもんか、おらにはちゃんとアリバイちゅうもんがあるんだから……爺さんは心に落ちつけと囁いた。

「隣り村の弟のとこへ行っとりましただ」

「いつごろ家を出た?」

「七時ごろでやす」

「ふうん――なん時ごろ戻った?」

「今朝、今先き戻りましただ」

「ほんとだな」

「ほんとでやす」

お巡りさんはちょっと意外な顔をした。ヘン、ざまァ見やがれ。

「弟さんとこへなんしに行ったのかね?」

「へえ、米を借りにゆきましただ」

「米を?」

お巡りは恐い顔をした。

「へえ、供出にすこし足らんもんでやすから……」

「ふうん、それで? 借りてきたのか?」

「へえ」

「いくらだ?」

「三俵でやす」

「三俵?」

おうむ返しにいって、お巡りは眼を光らせた。

「間違いないな」

「間違いありません」

「うそをついても調べたらすぐ判るんだぞ」

「ほんとでやす」

調べても大丈夫。昨夜の内にほんとに弟の利平に逢って口を合しておるのだから……

「ゆうべ正作とこで米を盗まれたと届けてきたのだ」

「へえぇ――」

「六俵盗られたというとる」

「六俵?」

こんどは爺さんが眼をむいた。そんなバカなことがあるもんか。

「泥棒は車に積んで運んだらしい」

そんなへまをするもんか。こっちは車の跡が残らんよう、三俵の米を持出してから、一俵ずつ自転車で運んだのだ。車だの、六俵だのって、こいつ、カマをかけとるな。

「しかも、車の跡が残っている――」

「へえぇ――」

爺さんは気が強くなった。うそばかりいってやがる。

フン、こっちは何といわれても恐くねえ、アリバイちゅうもんが……

「おい、お前、盗ったんとちがうか?」

「め、めっそうな。なんちゅうことをいいなさる」

「しかし、車の跡はお前とこの庭までつづいてるんだぞ」

爺さんはキョトンとして、お巡りの顔を見つめた。こいつバカじゃなかろうか。

「いっぺん納屋を見せてもらおうか」

お巡りは頭ごなしにいった。

「へえ、よろしゅうございます。おらとこには、弟に借りた三俵と、合して十俵、今日供出する米が、あるだけですからのう」

納屋を開けると、お巡りはつかつかと入って米俵を勘定した。

「十三俵あるじゃないか」

「え?」

「なにが十俵だ、数えてみい」

爺さんは呆然とした。正に十三俵。自分の知らぬ米が三俵ふえている。

「これはどういうわけだ?」

「……」

「どういうわけかと聞いとるんじゃ」

「――へえ」

おかしい。

こんなバカな話があるものか。

そこへ婆さんがやってきた。

「おとせ、こ、この米、どうしただ?」

爺さんは慄える指先で米俵を指した。

婆さんの答は、もうきまっていた。今朝起きると、いつの間にか帰った爺さんが、利平とこで、三俵借りてきたといった。婆さんはほんとうだと思った。三俵都合出来たとなると自分のしたことは無駄になる。だから、盗んだなぞとおくびにも出せんハメになった。仕方がない、やはり借りたことにしよう――そう腹をきめていた。

「へえ、借りましただ」

「誰に借りただ?」

と、お巡りさんが訊いた。

「隣りの正一さんに、借りましただ」

婆さんはもうクソ度胸で落ちついていた。

「正一さん?　息子だな」

「へえ、正作さんに内緒で貸してくれましただ」

それを聞くとお巡りはポカンと口をあいて棒のようになった。

「正作に内緒だと?」

「へえ」

婆さんはすまして答えた。

お巡りさんは泡を喰って隣りへ馳けて行った。

「おい、婆さん、ほんとうに借りただか?」

爺さんは蒼い顔で尋ねた。

「うん」

といったものの、婆さんの足はこきざみに慄えていた。お巡りさんは正一を呼びに行ったに違いない。しまった、今朝民子に話しておけばよかった。まさか、すぐに正作が警察へ届けるとは思わなかった。

「ほんとか?」

爺さんが念を押した。

「――盗んだだ」

婆さんは力なくボソリといった。

「車で運んだのか?」

「うん」

「バカッ!」

爺さんは地団駄踏んで口惜しがった。車で運ぶとはなんたる愚策か。せっかくおらが、アリバイちゅうもんまで作って苦労したのに、このクソ婆は――しかし爺さんの完全犯罪も所詮は捕物帖による附焼刃で大したことはないのだが……

お巡りが正作と戻ってきた。

「正一がわしに黙って米を貸すなんて、絶対にそんなことありましねえだ」

正一は家にいなかったらしい。婆さんは時が稼げると一息ついた。

「そら、あんたには内緒じゃから――」

と、婆さんはもうヤケクソだった。

「そんなバカなことはねえだ」

「お前が知らんだけだよ」

「うそつけ、お前らが盗んだだ」

「誰が盗むもんか」

「まて、まて」

お巡りさんが割って入った。

「とにかく、三人とも駐在所まで来てもらおう。ここで水かけ論をしても始まらん」

そこへひょっくり、正一と民子が入ってきた。処女を失ない損ねた乙女は、情熱やるせなく、朝からランデヴーと洒落《しゃれ》込んでいたらしい。

「おお、正一、お前、おとせさんに米を貸したか」

三人のただならぬ様子に、正一は昨夜のいまいましい邪魔者が何者であるかを瞬時に悟った。と同時に、いかに答えるべきかをも知った。若者にとって親より恋人が大切なのは言を俟《ま》たぬ。

「うん、貸しただ」

と、正一は躊躇なくいった。爺さんと婆さんは大きく息をついた。

「バカ野郎!」

正作が怒鳴った。民子は正一の背中を突いて、感謝のサインを送った。

「やっぱり、そうか――」

お巡りさんはなあんだと失笑した。

「正一くん、いくら貸しただ?」

「へえ、六俵です」

「六俵?」

いかん。爺さんも婆さんも、ヘナヘナとその場に坐りこんでしまった。

×　　×

事件は、正作が不起訴にすると取下げたので一段落となった。

正作は六俵の米を結納として進呈するから、民子を嫁によこせと交換条件を持ち出した。爺さんも婆さんも今は否むべき筋合でなかった。

民子は不本意ながら処女のまま正一の許嫁となった。しかし、結婚式の日までに、ヤミ取引を実行する意志に変りはない様子である。

婆さんは残った三俵の米を担ぎ屋に売った。そして、こんどこそ、ほんとうに、取入れがすむまで一粒も出せないと、ハッキリ言明した。

間貫子の死

（一）

「おい、聞いたか、間貫子《はざまかんこ》が殺されたとよ」

「えッ、ほんとうけ？」

「ゆうべ、殺《や》られたちゅう話じゃ」

「へえー、そうけ。そら、よかったのう」

「ええ気味じゃないか、白豚め、とうとうごねくさったわい」

「これゃ、お前、一杯やらにゃいかんのう」

「そうよ、祝賀会でもやろうかい、はっはっは」

「はっはっは」

こんな噂が耳から耳に伝わると、N部落の人たちは期せずしてバンザイを叫んだ。

藪下の福松は慌てて久太郎爺さんのもとに馳けつけて、戸毎に国旗を出したらどうかと相談し、久太郎爺さんは、いや、それより提灯行列のほうが賑やかでよかろう。なんじゃったら山辺神社の神主に交渉して、ダンジリ（山車）を出さしてもええぞと、長老らしい意見を述べた。石田のおとら婆さんに至っては、祭用にとっておきの小豆を奮発して赤飯を炊き、間貫子死亡御祝として近所中に振舞ったぐらいである。

とにかく大変な騒ぎ、盆と正月とストライキとボーナスがごっちゃになったような、明るい浮き浮きとした笑い声が、部落の隅々にまでさざめいた。

これが昭和二十×年九月、M県W郡J村の一角で起った、女高利貸間貫子殺害事件の発端である。

（二）

間貫子は本名を森田光子といって未亡人、身寄はなく、番頭兼情夫の、岸本一夫という十六才も年下の男と一緒に住んでいる。

彼女が間貫子なるニックネームで呼ばれるに至った所

以は、敢えて説明するまでもなかろう。彼女こそ、正に電気冷蔵庫も顔負けする、冷酷無比の高利貸であった。その非情無情、その傲慢不遜、その義理も人情も血も涙もなんにもない、強慾の権化振り――人々は間貫一の再来と、憎悪し恐怖した。この特級品である金色夜叉《こんじきやしゃ》に、間貫子の戯称を呈したJ村某氏の文学的センスは、永遠に高く評価されるべきであろう。

もともと間貫子はよそ者だった。軍需工場の職工だった亭主の森田宇之吉と、終戦後、この村へ流れてきて腰を据えた。二人はヤミで荒稼ぎし、生活は比較的豊かだったが、村人はこの二人を、特にしっかり者で人を人と思わぬ貫子を憎んだ。どこの馬の骨とも豚の骨とも判らぬ淫売女めと蔭口を叩いた。

現在でも田舎にゆくと他国者を白眼視する気風が見受けられるが、J村の、N部落ではその弊が甚しかったのである。

間貫子は亭主の宇之吉とともに、長い間、村八分の迫害に苦しめられた。

――ドン百姓らめ、いつかはきっとキリキリ舞いさせてやるぞ。

巳年生れの貫子は執念深かった。じっと歯を噛んで、村人への反感と憎悪を、心の中で燃しつづけてきた。

三年前、宇之吉がポックリ死んだ。保険金が五十五万円這入った。村の人たちは、このよそ者の幸運を嫉みながらも、当然彼女は、その金を握って村を出てゆくものと考えた。

ところが彼女は居坐った。そして、敢然と高利貸を開業したのである。

貫子がこの商売を始めようと思いたったのには相当な理由がある。むろん、貧乏人揃いの部落民に金を貸すことによって優位を獲得し、よそ者いじめの仕返しをしてやろうとの、積年の宿望があったことはいうまでもない。

だが、とくに高利貸という業種を撰んだのは、この部落民の一種独特な偏執狂的性格に啓示を得たからである。というのは、N部落では何百年の昔から、気狂《きちがい》染みた義理堅さが美風として遵守されていたからだ。

義理堅さといっても程度問題だが、N部落のそれは常識では割切れぬ奇妙さがある。そのもっとも判り易い例を二三並べてみることにしよう。

AからBへ酒を贈物にしたと仮定する。二三日経つとBがAの家へ返礼にくる。そのとき手土産として持参するのがまた酒である。一見なんのへんてつもないようだが、実はこれが、N部落に炳《へい》として伝わる同型贈答の大原則なのだ。酒を貰えば酒、餅を貰えば餅で返すのが永年のしきたりとなっている。もっとも特級酒を貰ってドブロクで返そうと、鏡餅のかわりにボタ餅で義理をすませようと、それはかまわぬ。しかし、酒のお返しが煙草であったり石鹸であってはいけない。断じて絶対にいけないのである。

この変てこな風習が、奈辺に端を発したのか、その歴史的根拠は明らかでない。が、それを追求するのが話の目的ではないから省略する。また、この奇習によって生じる悲劇喜劇はゴマンとあるが、今はそのエピソードを追っている閑もない。

とにかく、N部落の人間は、同型贈答、つまり与えられた好意を、同じ形によって報ゆるところに、父祖伝来の礼儀の精神が存すると教育されてきたのである。下らない話だが、観念的に美風と信じているのだから仕方がない。

だが、いずれにしてもこの程度なら、なにも気狂染みていると騒ぐほどではない。我々だって、中元だの歳暮だのと、似たような品を交換して、義理を果したつもりでいるのだから、あながちこれを愚習だと嗤《わら》うこともあるまい。

しかし、所謂この同型贈答が、好意の返済にとどまらず、他の場合にも適用されるとなると、話はすこしややこしくなる。

「恩を仇で返す」とか「恨みに報ゆるに徳をもってす」なぞいう格言がある。が、N部落の習慣からいえば飛んでもない話。須《すべか》らく、恩は恩、仇は仇で返さなければ、お世辞にも義理堅いとはいえぬ。「目には目を、歯には歯を」と答えれば満点である。N部落のいい伝えに「足をふまれて手を出すな、足の返しは足にさせ」というのがある。彼らの信念をよく表現しているといえよう。

ある家に泥棒が這入った。駐在さんの活躍で泥棒は逮捕され、T町の警察署へ送られた。ところがその翌日泥棒の家族から、昨夜泥棒が這入りましたと届出た。調べてみるとこの泥棒は、先に泥棒に這入られた家のおやじだった。

娘が痴漢に襲われ暴行された。これも犯人はすぐ判ったが、納らぬのは娘の家族である。早速、兄が一家を代表して犯人の家を急襲した。生憎《あいにく》と家には七十六になる眼ヤニだらけの婆さんがいるだけだった。青年はやむなく眼をつぶって婆さんにお返しをした。

義理の堅さもここまでくると、もう立派な気狂いである。部落民全体がモノマニアというわけ。

間貫子が、こうした風習に着眼して、高利貸を思いたったことは賢明といわねばなるまい。金を借りたら金で返せ。返すなといってもこの村の阿呆どもは返すにきまっていると貫子は考えた。

彼女の狙いは成功した。村人たちは月一割の高利に喘ぎつつも、先祖の遺訓を守って懸命に義理を果そうと務めた。その蔭には、彼らの美風を遵守させようと、貫子が仮借なき取立を行って、協力した事実も忘れてはならない。

三年の間に貫子の財産は何倍かにふくれた。部落民の大半が彼女の債務者となり、差押えや競売の悲劇はいたるところで展開された。

今や間貫子はJ村の名士となった。よそ者が土地者を見下す痛快さを堪能するほど味った。そして毎日のように、四十六才二十一貫の醜悪なる巨体に、白壁の如くお白粉を塗り立てて、河童《かっぱ》のように口をとらがせた若い燕岸本一夫を従え、村中、大手をふって闊歩した。

よそ者が威張りのさばることは、土着の人間に対する大きい侮辱である。しかし、所詮は金の威力には叶わない。村人たちは眼を怒らし拳を握って彼女を睨みつけた。おのれ、いつかは……曾つて貫子の胸に燃えた憎悪の火が、今は部落民の殆どに烈しく渦巻いた。

その間貫子が殺されたのである。金のことばかり考え、憎しみにも義理堅い蔭の精神を看過したところに、彼女の運命があったのだ。

村人は天誅《てんちゅう》下ると歓声をあげた。

さて、間貫子の死体が発見された顛末から語らねばなるまい。

（二）

九月二十四日。

朝早くからおとら婆さんが、赤飯を持って這入って来たので、おきみはなにごとならんと眼を丸くした。

「お婆さん、どうしたのかね、これは——」

婆さんは相好《そうごう》を崩して、

「心祝いじゃよ」

「へえ、幸ちゃんにお嫁でもきまったのけ？」

幸ちゃんというのは婆さんの一人息子で、T町の鉄工所に働いている青年である。

「いんや、幸吉に嫁は早い。わしに婿さんが欲しいぐらいじゃ、ハッハッハ」

お婆さん、今朝はずいぶんご機嫌だねとおきみは思った。

「そんじゃ、なんのお祝いかね?」

「おきみさん——」

と婆さんは声をひそめて「間貫子が死んだんじゃよ」

「えッ?」

「フフフ、ころされたのよ」

「殺された?」

おきみはびっくりした。

「誰に?」

「誰にでもええじゃないか。なんであろうと、これで、もう、あいつの高慢ちきな面を見んでもすむのじゃけん、結構なことよ」

「そら、まあ、なあ」

「けど、これは内緒じゃよ」

そういって婆さんはゲラゲラ笑った。あまり内緒でもなさそうである。

「へえー、殺されたのけ」

おきみの家も間貫子に若干の負債がある。死んだとすれば有難い。

「父つぁんよ、間貫子のアマっちょが殺されたんじゃとよ」

と、おきみは奴鳴った。

「なんじゃ、間貫子が……」

うちらから利吉がのっそり出てきた。

「そら、めでたいことのう」

「利吉さん、めでたいから赤飯持ってきただ」

「ほう、手廻しがええのう——おきみ、おらとこもすぐ赤飯炊け」

これはいうまでもなく、お祝いの意味よりお返しに重点が置かれている。万事この調子と思ってもらえばよい。

おきみの奴鳴った声が、離れに下宿している川口の耳にも這入った。川口はJ村の駐在所詰めの巡査である。巡査ともなれば人が殺されたといって喜ぶわけにはいかぬ。これは営業上の問題である。

「なんじゃ、なんじゃ、誰がどうしたと?」

と、寝巻のまま飛出してきた。

「川口さん、間貫子が殺されたそうじゃ」

利吉は得意そうに鼻をうごめかした。

「それゃ大変」

正に大変である。殺人事件が起って巡査が知らぬでは職務怠慢、ボーナスに影響する。

川口巡査は泡を喰って制服と着替えた。顔を洗うどころじゃない。今ごろは相棒の伊東巡査が、ひとりでテンテコ舞いしていることだろう。

駐在所に馳けつけてみると、伊東巡査は奥の小部屋で、のんびりと寝そべって新聞を眺めている。

「伊東くん、間貫子が殺されたのを、キミ、知らんのか」

「知らん。殺られたか、白ゴジラめ――」

ニックネームは個人の趣味によって変形する。

川口巡査はポカンとして相手の顔を見た。

「いつだ、場所は?」

「誰も届けに来なんだかね?」

「うん、来ない」

これはおかしい。人が殺されて、村の人間が知っていて、そのくせ誰も警察に届けとらん。

「管轄外で殺られたのかも知れん、本署に照会してみよう」

チリンチリンとハンドルを廻してT町の本署を呼び出す。電話に出たのは山根巡査部長である。

「こちらはなにも報告は聞いていない。急いで調べてみたまえ」

「はあ」

川口巡査は電話を切ると「伊東くん、とにかく、被害者の家へ行ってみよう」

「おい、ほんとにそんな事件があったのか?」

「下宿のおやじがいうとっただ」

「じゃ、なぜ詳しく聞かなかったんだ」

「キミがもう現場へ行っとると思うたから……」

「現場って、どこだ?」

「それがわからん」

二人は自転車のハンドルを並べて、間貫子こと森田光子の家へ馳けつけた。

午前八時だというのに門はまだ締っている。さてこそと気負って戸を叩くと、岸本一夫が酔いざめの河童みたいな顔を覗かせた。

「なにかね、朝っぱらから……」

と、うるさそうにいう。豚の威を借る燕である。川口巡査はムッとして、

「主人はどうしただ、主人は?」

「おりませんだ」

「おらん？　どこいっただ？」

「さあ、どこかで浮気しとるんじゃろう」

河童はニヤニヤと答えた。焼餅を妬《や》くほどの相手ではないらしい。川口巡査はなめられたと思って岸本を睨みつけた。

「こら、ええ加減なことをいうと承知せんぞ」

「一体、うちの主人になんの用かね？」

岸本は二人の巡査を見比べた。金を借りに来たのでないことは確かだと思った。

「伊東くん――」

巡査たちは気合抜けの感じだ。どうもおかしい。

「お前、なにも知らんのけ？」

「なにがですだ？」

「間――いや、森田光子は殺されたらしいぞ」

「ゲエッ」

酔ざめの河童が奇妙な声をたてた。

「これゃ駄目だ、キミの下宿へ行って利吉さんの話を聞こう」

と伊東巡査が促した。

二人は呆気にとられた河童を後にペダルを踏んだ。

（四）

下宿に戻ってみると、近所の連中が利吉を囲んでわいわいと騒いでいる。内緒も秘密もくそ喰えだ。村内で知らぬは巡査ばかりなり。

「利吉さん、間貫子はどこで殺されただ？」

下宿人といえども制服にピストルとなると些かおっかない。しかも物々しい二人連れである。利吉はドキリと身体を堅くした。

「わしはなにも知りましねえだ、おとら婆さんが赤飯を持ってきただけですだ」

「なんじゃ、赤飯？」

「へえ、間貫子の死亡祝ですだ」

赴任後、日の浅い伊東巡査は妙な顔をした。

「川口くん、この村では人が殺されるとお祝いをするのかい？」

「アホいうでねえ」

二人はおとら婆さんの家に足を向けた。内部へ這入ると、婆さんの楽しそうなお経が聞こえてくる。ヘイ、マンボと歌っているような調子である。

「おとら婆さんよ」

出てきた婆さんは、いかめしい二人を見ると、ヘタヘタと上りがまちに坐りこんでしまった。

「間貫子が殺されたと誰に聞いただ？」

「へえ――」

「誰に聞いただ？」

「へえ――」

「へえでは判らん」

「――誰にも聞きましねえだ」

と婆さんはおずおず答えた。

「聞かんのにどうして判っただ？」

「へえ――」

「ハッキリせえ、ハッキリ」

「へえ――」

眼がソワソワキョロキョロ、どう見ても態度が怪しい。

二人は顔を見合すと、今度は代って伊東巡査が口を開いた。

「お婆さん、間貫子はどこで殺されたんだ？」

「へえ――」

「尋ねていることに返事をしなさい」

「――かさ池ですだ」

「お婆さんは死体を見たんだね」

「へえ――」

「なぜ警察へ届けないんだ」

巡査の立場からいえば、赤飯よりまず駐在所である。婆さんは汚ない爪を眺めて答えない。

「じゃ、お婆さん、御苦労だがかさ池まで一緒に来てくれんか」

そういわれると婆さんは俄かに慄えだした。

「わ、わしゃ、なにも知りましねえだ」

「知らんことはない、死体を見たんだろう」

「見たけど、わしゃ、なにも知らましねえだ」

「判ってるよ、なにもお婆さんが殺したとはいってやしない。ただ証人として一緒に来てくれりゃいいんだ」

さあと手をのばすと、婆さんは慌てて柱にしがみつき、

「わしゃ知らん、わしゃ知らん」

と殺されそうな声を出す。顔は土色、総入歯が口の中でガクガクと踊っている。これじゃどんなボンヤリ巡査だって、こいつ怪しいなと感づかずにはおられない。

「川口くん、キミ、ここにいてくれ。ぼくはかさ池を見てくる」

と伊東巡査は慌しく飛出した。

かさ池は部落の山道を少し登ったところにある、周囲二丁ばかりのかんがい用の溜池だ。

「はてな?」

水面は静かに雲の影を映して、どこにも死体なぞ浮いている様子は見えぬ。

伊東巡査はゆっくりと池の周囲を廻ってみた。

「あッ、あれだな――」

雑草が生い茂っているので、ちょっと見には気がつかぬが、水際を少し離れたところに白い女の死体が見える。身体にはズロースのほかなにもまとっておらず、スッポリと水中に没して藻が絡んでいるので人相も判然としない。

ひとりではどうにもならぬと判ったので、伊東巡査は自転車のハンドルを返した。

「おい、川口くん、この婆ア、とんでもない奴だぞ」

おとら婆さんの家に戻ると、口早やに小声で囁いた。川口巡査は眼をむいて、

「どうしただ。死体は?」

「死体はたしかにあった。だが偶然に発見できるような場所じゃない。その上、素裸で顔も見えない――」

「ふうん、ストリップか」

「顔が見えぬのに、どうして婆さんに間貫子だと判ったのか――」

「ふうん」

「しかも、一見したところ溺死だ。自殺とも他殺とも判らぬ。それをこの婆アは殺されたとぬかした」

「ふうん――」

三たび呻ると川口巡査は、ジロリと婆さんを睨んで、

「やっぱり、こいつ、怪しいな」

「怪しいどころか、重大容疑者だ」

二人の話を聞いていた婆さんは、突然、両手を合すと狂ったように念仏を唱えだした。

「ナンマンダブ、ナンマンダブ、ナンマンダブ――」

しかしこんな場合に仏さまが助けてくれたためしはない。おとら婆さんは二人の巡査に引かれて、T町の本署へ送られることになった。

（五）

間貫子こと森田光子殺害事件の概要は次の通りである。

九月二十三日の午後六時ごろ、貫子は貸金の取立に家を出た。小口の集金は岸本一夫に委してあるが、こいつ、なにしろ男女《おとこおんな》みたいな奴であまり役に立たぬ。そこで、少しまとまった集金先や、相手が手強いとみたところは、貫子自ら乗込んで交渉することになっていた。

その夜の足取りは、六軒ばかり債務者の宅を廻り、最後に山辺神社の神主安原秀利の家を訪れている。それが八時すこし前、それから死亡推定時刻の八時から十一時までの行動が不明である。

最後の訪問先の安原秀利は厳重に取調べられたが、貫子が帰った直後、氏子たちが五六名集って秋祭の相談をし、十二時近くまで話込んでいたことが判ってシロとなった。

安原の家から現場のかさ池までは約三丁の距離である。しかし、その附近に人家はないし、また、貫子の帰り道とは正反対の方角に当る。なぜ、貫子がそんな方面に足をふみ入れたのかが疑問。あるいは殺害されて現場へ運ばれたのかも知れぬ。衣類から所持金（計算によると集金した金だけで一万円余り持っていた）まで失くなっているから、強盗に襲われたとも考えられる。だが貫子は五尺三寸二十一貫、レスラーみたいな女である。そう容易に殺されるはずがない。ちょっとした男なら、アベコベにやられてしまう。ただし、おとら婆さんが事件に関係している見込みが強いので、警察では強盗説に乗気薄である。

ところでそのおとら婆さんは、留置以来半狂乱で、念仏ばかり唱えていていっこうに埒があかぬ。婆さんの息子の幸吉や、被害者の番頭兼情夫の岸本などを調べたが、これらは全く事件に関係がない様子。なにしろ八時以後の貫子の足取りがわからないので、調査はやや行き悩みの形となっている。

死因については、殺害後、池に投込んだことは明らかだが、左胸部に刺傷と思われる小さい傷跡があり、その反面、絞殺の疑いも濃厚なので、剖見にまつことになった。

さて、解剖の結果が判ると、事件担当の古川警部補は、少し大袈裟にいうと腰を抜かさんばかりに吃驚《びっくり》した。そして鼻の穴を大きく拡げて呻ると、山根巡査部長を呼んだ。

「山根くん、これはどえらい事件じゃぞ」

「は——」

「これはキミ、殺人というより虐殺じゃ。実にむごたらしい殺しようをしとる」

「知っています。首を絞めて胸を刺し、おまけに裸にして池に投込んだ。たしかに虐殺といえますね」

「ところが、キミ」

と古川警部補は机を叩いて「それどころじゃない。実はわしも、今、報告を受けて知ったのじゃが、頭もやられとる。頭蓋骨にヒビが入っとるらしい」

「ほう、そいつは気がつきませんでしたな。すると、頭を殴り首を絞め胸を刺したというわけですか」

「まあ、待ちなさい、眼もやられとる」

「え？」

「左の眼玉が半分潰れとる。キリのようなもので突いたらしいのじゃ。死体は眼をつぶっとったので、わしもそこまでは眼が届かなんだがのう」

「へえー。そいつはいよいよ虐殺ですね」

「まだある」

山根巡査部長はイスを引寄せると光を取出した。この分だとかなり話が長びきそうだ。

「どこをやられてるんです？」

「おかしなところを蹴られとる」

「あすこじゃ、女の大切なところ。キミ、犯人は大分助平らしいぞ」

「それでおしまいですか？」

「うん、まあ結局のところ——いや、まだある」

「こんどはどこですか？」

「キミ、口の中にね、青酸カリが詰めこんであったのじゃ」

「詰めこむ？」

「うむ、正に詰めこんだとしか思えん。それもちっとやそっとではない、少くとも盃に一杯ぐらい」

これには山根巡査部長も呆れてものがいえぬ。まるでヤケクソの殺人である。

「被害者はそれを呑込まなかったのですか？」

「結局じゃな、せっかく、口に入れてもらったものの、もう呑込む気力がなかったのじゃろう。あるいは死んどったのかも知れん」

「死んだ人間に青酸カリをネジこむなんて、それはなんのまじないですか?」

「わからん」

首をひねっていた山根巡査部長は、

「主任さん、これゃホシはひとりじゃありませんね」

「わしもそう思う。少くとも二人以上、ひょっとすると、もっと多いかも知れん。なにしろ被害者は商売柄、各方面で恨まれとったでのう」

「それについて――」

と山根巡査部長は手帖を開いて「駐在所からの報告によりますと、森田光子を殺害しようという動機を持っている者は――これは殆どが債務者で高利に苦しんでいるのですが――そういう人間が四十七人おります」

「ほう、まるで忠臣蔵じゃのう」

「その内、兇行当日、即ち九月二十三日の午後八時から十一時までのアリバイのない者が三十五名」

「それもまた多いのう」

「というのは、この連中は家にいたのです。だから家族の証言を認めてやればアリバイは成立します」

「それゃ、キミ、認めなきゃ仕様がない――で、そうすると、結局、何人残るかね、アリバイのない奴は?」

「結局、ひとりも残りません」

「残らん?」

「はあ」

「えらいまたアッサリしとるじゃないか」

「やむをえませんな」

「ふうむ――」

古川警部補は腕を組んで考えこんでしまった。

「主任さん、そろそろおとら婆さんを調べてみたらどうです」

「どんな様子かね」

「大分落着いたようです。きょうで三日目ですからね。もっとも相変らず念仏はやってますが……」

「じゃ、呼んでもらおう。結局、あいつの口を割らすのが一番早道じゃからのう」

「結局、そういうことですな」

煙草を灰皿に突込んで、山根巡査部長はよいしょと立上った。

（六）

おとら婆さんは眼を凹ませている。ふだんは元気な婆さんだが留置場は性に合わぬのか、今はすっかりしなびたホーレン草である。

「まあ、掛けなさい」

と古川警部補はイスを押しやって「どうじゃな、婆さん、気分は？」

「へえ」

婆さんはペコリと頭を下げてナムアミダブツと呟いた。

「婆さん、これから尋ねることに、素直に答えてくれんといけんぞ」

「へえ」

「もっとも自己に不利な陳述はせんでもええことになっとる、つまり黙秘権じゃな」

そんなむずかしいことをいっても婆さんには判らない。黙秘権でも鹿児島県でも同じである。山根巡査部長は横で鉛筆をかまえた。

「お前がかさ池で、間貫子の死体を発見したのは、いつかね？」

「へえ――」

「婆さん、その、へえというのは返事にならんぞ」

「へえ」

「ハッキリ答えなさい、いつかね？」

「――朝でがす」

「何日の朝かね？」

「あれは、二十三日ですだ」

「アホいいなさい、二十三日の朝なら間貫子はまだ死んどらん」

「あ、さよけ。そんなら二十四日ですだ」

「時間は、なん時ごろじゃ」

「さあー」

「婆さんは朝早くから赤飯を炊いとったそうじゃないか」

「へえ」

「それじゃ、いつ、池へ行ったんじゃ」

「あれはのう――」

婆さんは眼をショボショボさせて「赤飯を炊いてからかのう」

「なんじゃ？　赤飯を炊いてから？」

「へえ」

「そして間貫子の死体を見つけたというのかね」

「そうですだ」

「間違いないかね」

「へえ」

横で山根巡査部長が吹きだした。古川警部補も困った奴じゃとばかり、

「婆さん、でたらめいうちゃいけんのう」

「へえ?」

「ええか、よく聞きなさい。お前は間貫子が死んだと知って、その祝いに赤飯を炊くことにしたんじゃろう」

「そうですだ」

と婆さんは素直に頷いた。

「それじゃお前は、池に行かぬ先から貫子が死んだことを知っていたことになるな」

「……」

婆さんは困った顔をした。

「そうじゃろう。前の晩から知っとったんじゃろう」

大きい声で奴鳴られると、ますます婆さんは、これ以上困った顔はできんといったように眼を伏せて、小さくナムアミダブツといった。

「なにもかも正直にいいなさい。警察はちゃんと調べて、あらかたのことは判っとるのじゃから……」

婆さんはモジモジと思案していたがやがて顔を上げて、

「知っとりなさるか?」

「ああ、知っとる」

「そら、あかんのう」

と、独りごとのように呟いた。そしてスラスラと案外温和しく自白した。

婆さんの陳述によると、間貫子はやはり安原の家で殺されたのである。しかも呆れたことには、安原のアリバイを証言した六人の男女が悉く共犯であった。即ち、この壮挙に参加した人員は安原を加えて総計七名。むろん、おとら婆さんも清き一票を投じている。

二十三日の夜、安原は、借入金を支払うと称して貫子を呼びよせた。秋祭の打合せにかこつけて集っていた氏子たちは、いっせいに貫子を襲い、踏む殴る蹴るの暴行を加えた。婆さんの言によると、貫子はそうしているうちに、なんとなく息をしなくなったそうである。

一同に殺害の意志はなかったので大騒ぎとなったが、死んだものは仕方がない、死体はかさ池へ放込もうということになった。誰がいいだしたのか婆さんは覚えぬと

いう。裸にしたのも、いつの間に誰がやったのか知らぬといっている。とにかく、男たちが死体を担ぎ出し池に投込んだ。そして再び安原の家に戻って善後策を協議した。その結果、今夜のことは絶対に他言しないこと、皆は、間貫子が帰った後にこの家へ集ったということにきめ、十二時前に解散した。おとら婆さんは犯行について他言しなかったが、赤飯をくばったのがいけなかったのである。

さて、婆さんの陳述は必ずしも満足すべきものでなく、疑問の点も多かった。デテイルを追究すると、忘れた、知らぬ、覚えぬといい、また、満更それが空とぼけているばかりでもないらしいので、古川警部補は一応訊問を打切って、取敢ず七人の暗殺者を逮捕するの処置をとった。

その七人とは左の諸君である。

神　主　安原秀利（四六）
魚屋兼八百屋　清田万造（四二）
農　業　小林音松（三七）
同　上坂長三郎（六七）
同　石田とら（五五）
同　三谷すみ子（二〇）
同　田口まつ（三一）

この連中は一応集団暴行の事実を認めた。しかし、それはあくまで突発的な行動であって、たまたま集っていた七名が、揃って間貫子と金銭貸借関係にあり、日ごろから快く思っていなかった貫子が、嘲笑的な言辞を弄したため、皆がカッとなってやったのであるといい、個々に加えた暴行については言を左右にして語らない。大勢のことだから誰がなにをしたのか判らぬ、自分はちょっと身体にさわっただけとか、いや、軽く足を踏んだ程度だ、と七人が七人、同じことをいう。どうせ打合せが出来ていたのだろう。こうなると、存外田舎の人間は結束力が強くて、申合せた以外、よけいなことは一言も喋ろうとしない。

これには古川警部補も頭を痛めた。

こいつら七人の内の誰かが貫子の首を絞め、誰かが心臓を刺したことは間違いない。にも拘らず犯人の見当がつかぬ。キメ手になる証拠がないのである。むろん死体という立派な証拠物件はあるが、そうかといって七人が七人全部を、殺人犯として送庁するわけにもいかぬ。なにしろ、あすこを蹴ったのと心臓に穴をあけたのでは大分お値段がちがう。罪を重くするのが民主警察の大意ではない。

「山根くん、困ったのう」

「困りました。せめて兇器でも見つかるといいのですが……」

「証拠がないからのう――」

古川警部補は机上の書類を取上げて「これだけ念を入れてやってやがるのに、ひとつも判らんとは、これゃ、キミ、辞職せにゃいけんぞ」

その書類は古川警部補の覚え書で、間貫子に加えられた暴力行為の明細書である。
一、頭蓋骨の一部にヒビ割れあり。鈍器で殴打せるものと認む。ただし致命傷ならず。
二、咽喉部を絞めつけたる形跡あり。兇器は手拭ようのものか。ただし窒息に至らず。
三、左眼眼底に達する刺傷あり。キリまたは類似の兇器を使用せる模様。
四、心臓中央部に刺傷あり。細く鋭利なる金属製の兇器を用いたる如し。この刺傷により心臓は活動を停止せり。即ち致命傷。
五、下腹部中央皮下に内出血あり。殴打または蹴上げたるものと思考す。
六、口中に多量の青酸カリを発見。死後投入せるものならん。
七、水中に投棄す。ただし、溺死の徴候なし。
八、衣類及び所持品の一切を強奪されたり。
「八問あって一問も答えられぬとは鐘ですな。こいつばかりはカンニングというわけにいかぬし、ハッハッハ」

笑いながらその書類を瞶めていた山根巡査部長は、なにかを思いついたらしく、はてなと呟いた。

「ねえ、主任さん」

「うん?」

「こいつはおかしいと思いませんか」

「おかしいと思うとる」

「いや、ぼくのいう意味は、でたらめに踏んだり蹴ったりしたのではなく、それぞれの行為に、ひとつひとつ、特別な理由があってやったのじゃないか、ということです」

「理由とはどういう理由かね?」

「そいつは判りません。しかし、眼玉をつくとか、口の中に青酸カリをネジこむとか、これは断じて偶発的な兇行じゃありません。なんらかの原因に基き、この方法によってのみ報復の目的を果すという……」

「ははあ――」と古川警部補は相手の眼の色を読んで
「キミはあのことを考えとるんじゃな」

「そうです、N部落の気狂染みた習慣。主任さんも御存じでしょう」

「知っとる」

「あれじゃないでしょうか、この残酷な殺人は……」

「ふうん」

あるいはそうかも知れんと思った。もし、そうだとすれば、兇行の動機を発見すればよい。これはひょっとすると案外簡単に片づくかも知れんぞ。

「よし、山根くん、その線で調査のやり直しじゃ」

(七)

懸命の聞きこみ捜査で、どうやら七名に対する資料がまとまったのは、それから四日目の夕方だった。

「どうじゃ、集ったかね」

胸をそらして這入ってきた山根巡査部長を見て、やったらしいなと古川警部補はニッコリした。

山根巡査部長は大きい封筒を机の上に置いて、

「駐在所の川口くん、伊東くんが、よく働いてくれましたのでねえ――七人とも全部揃っています」

「ほう、それゃ御苦労」

「それから、非公式ですが、一応七人の連中にこの書類を見せて確認をとりました。奴さんたち、仕方がないとばかり、しぶしぶ肯定しましたよ。従ってこれが、間貫子殺害事件の直接動機といえるわけです」

「そうか。や、御苦労御苦労――どら、それじゃ拝見するとしようか」

ある種の楽しさを感じながら、古川警部補は老眼鏡をかけて書類を取りあげた。

「ええと、小林音松に関する調査の件か。

――小林音松は本年三月、所有の鶏三十羽を抵当として、森田光子より金一万円を借入れた。この契約の内容は、毎月一日に元金の内金一千円と利息一千円合計二千円を支払い、十カ月をもって完済することになっていた
――」

山根くん、わしは計算が下手くそじゃが、高利貸の勘定とはこんなものかね」

「いや、そこが間貫子の間貫子たる所以です。一割の

利息は借りた本人も承知の上だから、仕方がないとしてもですね、元金は毎月減ってゆくわけでしょう。ところが依然として利息は最初の一万円の割で取るんです。しかも、支払いが一日でも遅れると、その分に対してまた別に一割の延滞利息を取る。だからボヤボヤしていると、すぐ元金の三倍ぐらいになっちまうんです」

「なんと手荒い商売じゃな。わしも警察をやめたら、退職金で金貸を始めるかな」

「計算の下手くそな人に金貸は出来ません」

「や、ごもっとも。ええと、それでと……

——しかるに小林は約束を実行せず集金人の岸本としばしば口論した。これにごうを煮やした光子は、七月中旬、小林を訪れて、返す甲斐性もないのに金を借りくさって、このドン百姓め、と口をきわめて罵倒した。小林も、なにをぬかす、おのれ金貸なら遅れても利息を払えば文句はあるまい。とやりかえした——。

ほう、なかなか面白いね。

——すると光子は、今すぐ元利金耳を揃えて支払え、払えねば抵当の鶏を持って帰るぞと脅した。これに対して小林は、三十羽の鶏が一度に持てるものなら持って帰れ、一羽でも残したらドタマをカチ割るぞといった。光子は、おお持って帰るとも、羽根一本も残すものかと、尻からげして腕をまくり、鶏小屋の戸を開くと、出てくる鶏を片っぱしから捕えて首を絞め始めた。これには小林も驚いて、五日以内に遅れている分を支払うから勘弁してくれと頼んだ。光子はしぶしぶ承知したが、絞め殺した三羽の鶏は、利息の一部として貰ってゆくといった。小林はそれを一羽五百円の割で引取ってくれというと、馬鹿いいなさい。こんなもの三羽七百円で沢山だと相手にしない。それは殺生《せっしょう》だ。それじゃこちらで売って金にして持ってゆくといったところ、売れるものなら売ってみろ。その鶏は日本脳炎で死んだと触れ廻ってやるぞと、いやおうなく七百円で持って帰ってしまった。しかし、あとになって、光子がその鶏を一羽七百五十円の割で近所に売り捌いたことが判り、小林は地団駄ふんで口惜しがったのであった。以上——

なるほど、間貫子という女は相当なものじゃのう」

「これでみると同型贈答の建前からいって、貫子の首を絞めたのは、小林音松ってことになりますね」

「鶏の恨みを人間の首で返すか。結局そうかも知れんのう。まあ、しかし、その点はあとでゆっくり検討するとしよう」

古川警部補は興味を感じたらしく次の書類に手をのばした。

「ええと、これは安原秀利。神主じゃな。

――安原は昭和二十×年、森田光子が金融業を開始した当初よりの取引であり――

ほほう、神主さんは常得意か」

「終戦この方、神さま株は下りましたからね」

「うむ、一円や二円の賽銭じゃ喰ってもいけまいて……

――このため安原は根抵当として、喜多川歌麿肉筆の浮世絵〝唐人お吉の図〟を光子に預け、当時三万円を限度として借入れの契約をした。ところが昨年秋ごろから経済状態が悪化し、元利合計八万三千円が滞納となった。そこで光子は五月始め、抵当の浮世絵を処分することにきめ、T町の美術商に持ち込んだところ、これが真赤なニセ物であることが判明した――

歌麿とはたいしたものを持っとると思うたら、なんじゃ、ニセ物か」

「それが面白い、ただのニセ物じゃないのです」

「ほほう。ええと……

――光子は烈火の如く怒り、安原の宅に乗込んで、サギ罪で告訴するといきまいた。そのときの状況は概ね次の通りである。

光子　あんたはこの絵を歌麿の肉筆じゃというたのう。

安原　はい、申しました。

光子　歌麿ちゅう人の時代には、唐人お吉は生まれとらんではないか。

安原　それはデマです。

光子　デマもくそもあるか。あんたはわしが無学じゃと思うて、テンプラを掴ましたんじゃろう。なんぼエライ絵描きでも、先の世の人が描ける道理はないではないか。

安原　だから始めに、この絵は非常に珍らしいものじゃと申上げたでしょう。

光子　ええ加減なことをいいなさんな。

安原　いや、こういっては失礼じゃが、あなたは名人ちゅうものを理解されとらん。歌麿ほどの名人になると、先の先まで見通して絵を描く。こうした奇蹟は歌麿ひとりじゃない。その証拠に、東京の上野公園には、左甚五郎の作った西郷隆盛の銅像が立っている。広島の原爆記念館にゆくと、東郷元帥の書いた〝皇国の降灰この一発にあり〟ちゅう掛軸がかかっとります。はっはっは。

光子　なにがおかしい、うまいことというてゴマ化そうとしてもあかんぞ。さあ、これから一緒に駐在所に来い、ブタ箱にブチ込んでやる。

と光子はカンカンになって安原の首筋を摑んで引きずり出そうとした――

なるほど、こういう意味のニセ物か。あの神主もタヌキ親父のう」

「間貫子となら恰度いい組合せです」

「――安原は、なにさらす白豚めと光子にむしゃぶりついた。しかし、安原は五尺一寸十二貫、光子は五尺三寸二十一貫で相撲にならず、ひょいと胸を突かれてひっくりかえり、柱で頭を打って血がにじんだ。光子は、さあ、このサギ師め、警察へこいというと、安原は、おお、行ってやるとも。しかしこの頭の傷はどうしてくれる。おのれこそ傷害罪でブチ込んでやるぞと逆に脅迫した。とどのつまり光子は、怪我をさした落度を認め、傷が癒るまで返済を猶予することに譲歩した。ただし、全治の暁は、即時貸金を支払うこと。支払い不能の場合は、サギで告訴するとの条件つきである。安原はその当時大袈裟にホータイを巻いていたが、現在ではバンソ膏を貼り、傷がよくなってくるとカサブタをむしりとって、全治せぬように務めているとの噂である。以上――

はっはっは、これゃ面白い。それで神主さん、大層らしくバンソ膏を貼っとるのじゃな」

「バンソ膏一枚が命の綱というところですか、はっはっは」

古川警部補は新生に火をつけて一服吸うと、また次の書類に目を移した。

「三谷すみ子。ああ、あの可愛い子か。

――三谷すみ子はT町の洋裁店に務めている。家族は両親と兄の武夫の四人暮し。すみ子の友人の日下秋子は武夫の恋人であり、秋子の兄の清太郎はすみ子と婚約の間柄である――

ややこしいのう、四角関係か」

「円満なる四角関係です。ただし、これから五角になりますがね」

「――すみ子の父は昨年の暮に森田光子より、家屋田畑を担保として五万円を借受けた。とかく返済は渋滞していたが、かねてより年甲斐もなく武夫の美貌に思いをよせていた光子は、わざと督促することなく機の熟するのを待っていた。今年の二月、光子は岸本を集金に出し、その留守中に武夫を呼びつけて、返済遅滞のかどにより抵当物件を差押え競売すると脅した。親孝行で気の弱い武夫はオロオロして、なんとか猶予してもらえぬかと懇願した。すると光子は、それはお前さんの心掛け次第だよといい、武夫の手をとり、わたしのいう通りになれば待ってあげてもよいと、頰をすりよせてきた。武夫は秋子のことを思い浮べたが、親のため家のためと、眼をつぶって光子の意に従った。一度関係してみると、脂の乗切った年増女の技巧は、若い武夫を有頂天にさせ、その後も誘われるまま、ズルズルと関係を続けるようになった――

山根くん、この調書は大分エロじゃのう」

「は、しかし、ここぞと思うところは省略してあります」

「ここぞと思うところは省略しちゃいけん。

――二人の関係に気づいたすみ子は、清太郎との結婚にヒビが入ってはと心配し、秋子とともに武夫を責めた。武夫はもう絶対に光子には近寄らぬといったので、二人は安心し納得した。けれど優柔不断の武夫は、光子に呼びだされると、借金のことも気になって、またノコノコと出てゆく有様だった。秋子は悲しみ、死んでしまいたいとすみ子に訴えた。すみ子はまた武夫を責めたが、光子は光子で、わたしを裏切ったら、三谷一家はこの村におられぬようにしてやると脅す。武夫は両挟みとなっていたたまらず、とうとう家を飛出し、今なお行衛不明となっている。このため、すみ子と清太郎の結婚は一時延期の形となっていたが、三日前、ついに解消した。すみ子は兄と恋人を失なったわけである。武夫が居なくなると光子は本性を現わし、毎日矢の如き催促を行っていた。以上――

間貫子ちゅう奴は、金一辺倒かと思うたら、いやらしい女じゃのう」

「金色夜叉とは、金と色の夜叉なりと解釈しているのでしょう――ところで主任さん、プスッとやったのが、このすみ子だと思いませんか」

「思うかも知れんが、まだ判らん。まま、その話はあと廻しじゃ、先にひと通り読んでしまおう――おーい、給仕くん、お茶を一杯呉れんかのう」

（八）

「ええと、次は石田とら。おとら婆さんか。

――とらは以前に森田光子から五千円借りたことがある。返済に一年以上かかったので、元金を完済したときには、総計一万三千五百円を支払ったことになる。とらはいつまでもこれを根にもって、一万三千五百円もぎとりやがった、あいつは泥棒豚じゃと悪口して歩いた。今年の八月の盆踊の夜、とらも光子も踊りに出たが、たまたま休憩所に芋のふかしたのが置いてあり、自由に喰べてよいことになっていたので、芋好きのとらは、踊りの合間に盛んにパクついた。それを見た光子は、慾深婆がタダじゃと思うて、ノドから出るまで喰らいよる。大方、あしたの昼飯分まで喰いだめする気じゃろうと、大勢の前で嘲笑した。しかし、とらは平気な顔で、わしはお前みたいに、喰いたいくせに上品振るのは大嫌いじゃ。昔から、イモ、タコ、ナンキンというて、芋は女の好物ときまったもの。せっかく喰べるようにと出して下された、親切なお方の好意を頂戴しとるのじゃとやりかえした。すると光子は、そんな親切なお方を誰じゃと思う、わしはおのれに喰わすためこの芋を寄附したのと違うわいといった。芋の出所が光子とわかったので、とらは、なんじゃ、おのれの芋か、ああ気色が悪い、ひょっとすると毒が這入っていたかも知れぬとゲエゲエ吐く真似をした。光子は真赤になって、おのれ、さんざん喰らった挙句に毒が這入っているとはようぬかしたな。おお、ぬかしたがどうしたと、たちまち双方から歩みよって、引っ掻き、髪の毛を摑む乱闘となった。しかしとらは、所詮光子の敵ではなく、とうとうネジ伏せられ、土に顔を摺りつけられる悲運となった。光子は、おのれが手をつけた芋なぞ、汚のうて他人さんに喰べさせられん。さあ、おのれひとりで喰らえと、芋をむりやり口中にネジこみ、そら塩もナメさしてやろうとピンポン玉ほどの固りを口に押込んだ――

山根くん、これゃもう読まんでも判っとる。結局青酸カリの犯人はおとら婆さんじゃ」

「多分そうでしょう。しかし、その問題はあとで検討することになってるのでしょう」

「うむ、そうじゃったのう。ええと……

――とらは塩を吐きだそうとしたが、またあとから芋を押しこまれてポロポロ涙をこぼした。その夜以来、逢う人ごとに、いつかあの白豚の口に馬のくそをネジこんでやると声明していた。以上――

やれやれ、馬のくそが青酸カリになったのか。どっちにしても叶わんのう」

「金の恨み、恋の恨み、こんどは喰い物の恨みときましたね、はっはっは――次は、上坂長三郎です」

「この爺さんじゃな、たしか去年わいせつ罪で挙げたのは……」

「は、駐在所の川口くんに、エロ本を買えと勧めたのです。どうかしてますよ」

「はっは、愉快な爺さんじゃ。

――上坂の家は森田光子の裏手にあたり、息子夫婦と三人暮しである。上坂は若いころ百姓が嫌いで、旅廻りの役者、活弁、小学校の代用教員、モグリ訪問記者、夜泣きそば屋、古本屋と職を転々とした。終戦後は家に腰を落ちつけたが、野良仕事は息子夫婦に委せきり、自分はコケシ人形の色附けをやっていた。ところがその問屋が潰れたので、エロ本の頒布を思いついて美事失敗、今は眼鏡の枠の組立を内職としている。去年の秋に妻と死別したが、六十七の老齢にも拘らず、かくしゃくとして性慾旺盛、貝原益軒くそ喰らえの元気さであった。ところで上坂は、去年の秋に二万円、今年の四月に一万五千円と、合計三万五千円を光子より借入れているが、返済状況はかんばしくない。しかし、光子はかねてから隣接している上坂の土地を手に入れたいと思っていたので、わざと督促をゆるやかにし、利息が嵩んで支払い不能になるのを待っていた。それとは知らぬ上坂はこれを光子の自分への好意と解釈して、ことあるごとにいいよろうとし、またラヴレターを送ったりした――

六十七でラヴレターとは恐れ入るのう」

「老いらくの恋ですな、はっはっは」

「――八月のある夜のこと、光子が裏庭にタライを持出して行水を使っていると、一杯機嫌の上坂は、絶景かなとばかり垣根越しに覗き見していたが、ボッ然たる慾情ついに押さえ難く、庭に這入りこむや、いきなり光子に抱きついた――

こいつ、本を売るだけでなく、実行もしよるのじゃな。

――光子は驚いて大声で岸本を呼んだが、上坂は、これさ光ちゃん騒ぐでない。わしのバターハーフになっとくれ、わしはあんたにラヴしとると、両手で乳房を押さえ接吻しようとした。光子は激怒して、なにをぬかすエ口爺め、おのれになびくほど男に不自由はせんわいと、手桶でポカリと殴った。そこへ岸本が馳けつけて上坂を引離そうとしたが、頑丈な上坂はピリッともせず、却って岸本をハネ飛ばしてしまった。光子はやむなくタライから飛出し、竿竹をとって散々に殴りつけたので、さすがの上坂もまいった様子。そこを二人がかりで押さえつけて、グルグル巻きに縛り上げた。そして井戸端へ連れてゆき、助平頭を冷してやると、ツルベで十三杯水を浴せた。夏の夜とはいえ井戸水は冷たく、上坂はブルブル慄えて、ついに大声で泣きだした。その声を聞きつけて息子夫婦が馳けつけてきたが、光子は警察へ突出すと許してくれぬ。息子は、二度と失礼な真似はさせぬからと、平身低頭あやまった。しかし、胸に一物ある光子は、事件を保留するといい、とにかくその場は納った。このため、上坂は風邪をひいて一週間あまり寝込んでしまった。九月に這入るや、光子は俄然強硬な態度に出て元利並に延滞金総額十三万四千二百円也の支払いを要求し同時に上坂を家宅侵入及び暴行未遂で告訴すると通告した。ただし、土地を引渡せば一切を帳消しにするとの条件がついている。以上――

爺さんも馬鹿をしたもんじゃ。これじゃまるで貫子のワナに飛込んだことになる」

「これがほんとうの年寄の冷水です」

「さて、次は田口まつ、か――

――まつは五年前、タタミ屋の職人であった夫と死別し、六十四才になる母親と小学校六年生の娘のかよ子と三人家族、女ばかりの暮しである。まつは勝気な性質で、二段の田地のほか、縫物など賃仕事をして一家を支えてきた。ところがこの六月に母親が死に、その葬式費用に困って光子から一万五千円を借入れた。契約は、毎月十日に元利金四千二百五十円ずつ、六カ月で返済すること。遅れたときは延滞利息を一割徴収すること。五日以上遅れたときはいかなる処置をうけても苦情をいわぬ、という条件で、担保は家財道具一切となっていた。まつは身を粉にして働き、返済は一日も違えず約束を実行した。九月に這入って学校が始まると修学旅行の話が出た。かよ子は家の貧乏を察して旅行はゆきたくないといった。しかし、まつは、父親がないからといって、子供に肩身の狭い思いはさせたくないと、粗末ながらも洋服も買い、ズック靴も新しいのを張込んで、仕度をととのえてやった――

なあ、山根くん、なかなかしっかりした女じゃな」

「はあ」

「こんな女が殺人事件に連座しとるとは、どういうわけかな――

――旅行のため九月分の返済が困難となったので、まつは光子の宅を訪れ、事情を述べて一カ月の猶予を乞うた。だが光子は、旅行をさせようと何をしようとそれはあんたの勝手、こちらは待つわけにいきませんと受けつけず、その翌朝、岸本を連れてまつの家にゆき、契約通り四千二百五十円と延滞利息四日分一千八百円をすぐ支払えと詰めよった。まつは、今まで一度も遅れなかったのだから、ひと月ぐらい待ってくれてもよいではないかと、やや言葉を荒げた。光子はそれを鼻で笑って、わしは道楽で金貸はしとらん、金がなければ物で貰いましょうと、岸本に命じてタンスの中の衣類を放出させた。そして、まつの着物や帯に加えて、かよ子の旅行用の晴着まで持ってゆこうとしたので、温和しいまつもカッとなり、子供の物にまで手をつけるとは、あんたには血も涙もないのかと泣きながら叫んだ。光子は、はい、はい、高利貸には血も涙もありませんよと、岸本に大風呂敷を担がせて引上げていった――

なんとえげつない奴じゃのう」

「そのへんが間貫子の本性ですかな」

「わしは高利貸にはなるまいて、はっはっは。

――かよ子の旅行はその翌日に迫っていたので、その夜、まつは再び光子の家にゆき、せめて娘の洋服だけ返してくれと、玄関に土下座して頼んだ。しかし光子は冷たく、金を持ってきなさいと取合わぬ。まつはその手に縋りついて、お願いです。お頼みしますと嘆願したが、光子はうるさいと手を振りはなし、なおも縋ろうとするまつの胸を突きとばして、家の中に這入ってしまった。さすがのまつも顔色を変え、思わず家に上りこもうとしたが、やっと胸を押さえて帰った。このため、かよ子の旅行はオジャンとなり、親子は抱きあってひと晩中泣き明かした。以上――」

「主任さん、間貫子の奴、やっぱり殺されるだけの値打がありますよ」

「ふうむ、聞きしに勝るとはこのことじゃな。どら、もう一つか、清田万造の件と……

――清田は、八百屋兼魚屋を営んでおり、約二年前から森田光子より資金の融通を受けていた。しかし清田も最近の不況で、返済が思わしくなく、岸本がうるさく日参する有様だった。光子は、せめて延滞利息分でも回収しようと、清田から毎日のお惣菜を取上げることにした。光子はなかなか買物に口やかましく、いつもなんだかんだと清田の品物に文句をつけるのだった。清田にしてみれば、有難くないお得意が一軒ふえたわけである。金を払ってくれるのじゃなし、せめて残りものでも引取ってくれるのならまだしも、いつも朝一番に、仕入れたばかりの品物を持ってゆかねば機嫌が悪いのだからたまらない。ある日の朝、清田はいつものように、リヤカーを引っぱって光子の家に行った。その日は魚が主だったが、光子が、なんだ古い魚ばかり持ってきやがって、といったことから喧嘩になった。清田はムカッ腹を立てて、今朝仕入れた魚のどこが古いのじゃと奴鳴った。すると光子は、仕入れは今朝でも市場で見切り品を買うてきたのじゃろう、このサバを見てみい、真赤な眼をしとるじゃないかといった。清田は口惜しがって、こいつは今、結膜炎を患うとるのじゃとやりかえした。光子は、へえ、魚の結膜炎とは初耳じゃ。そんなら、このイワシはどうした？　これは夜遊びが過ぎて寝が足らんだけじゃ。そんならこのタイの変てこな眼は？　それはやぶにらみじゃと、ああいえばこういい、こういえばああいうので光子はムカムカと青筋を立て、いきなり番台のキリを取って、そんならこのヒラメはトラホームか、こいつはそこひか、これが鳥眼でこれは色盲じゃろうと、片っぱしから魚の眼玉を突いて廻った。このため魚は目茶々々となって、清田は千三百円ほど損をした。そこで清田は、もう二度と、お前に物を売らぬといったところ、そんなら金を返せと、また喧嘩のむし返しになった。その結果、光子は清田の店の什器や家財道具一切を差押えてしまい、その競売日が二十五日となっていた。以上。

やれやれ、やっとすんだよ」

「御苦労さまでした」

と山根巡査部長は頭を下げた。

（九）

そこで二人は、いよいよ犯行の検討にとりかかることになった。

古川警部補は書類を繰って、

「そんじゃ簡単なところから片づけよう」

「誰から始めますか？」

と山根巡査は鉛筆をかまえた。

「まず第一番に唱え奉るはじゃ、おとら婆さんの青酸カリじゃな、これは疑いの余地はなかろう」

「ありませんね」

と、山根巡査部長は、覚え書の六の下に石田とらと書きこんだ。

「青酸カリの出所を調べにゃいかんのう」

「はあ」

「さて、お次の番は、首を絞めたのが小林音松――」

「鶏の仇討ですな」

二は小林音松と書く。

「それから眼玉じゃ。これが魚屋の清田」

「ええと、三が清田万造――」

「衣類を剝ぎとった奴は？」

「田口まつ、でしょうね」

「うむ、そいつじゃ。それから……」

「池に放込んだのは上坂長三郎でしょうね、水を浴せられていますから……」

「よかろう――頭をカチ割ったのは誰かな？」

「さあ、安原ですな。バンソ膏が表示しています」

「頭に残りしバンソ膏か」

次々と片づくので古川警部補は機嫌がいい。


「ところで山根くん、三谷すみ子じゃが……」

「はあ」

「兄の武夫を誘惑し、四角関係をバラバラにした憎むべき間貫子。その間貫子の、最も憎むべき誘惑の原因たる某所に、痛烈な一撃を加えた、と、こういうのはどうかね」

「は、大変結構であります」

五に三谷すみ子と記入して、二人は大声で笑った。

「主任さん、厄介なやつが一つ残っています」

「さあ、それじゃ、わしもさっきから考えとったのじゃが……」

「誰が殺ったのでしょう？」

二人はちょっと黙りこんだ。心臓の刺傷となると殺人罪を構成するから慎重を要する。某所の一撃というわけにいかぬ。動機もさることながら、キメ手になる証拠が欲しい。

そこへ巡査が這入ってきた。

「警部補どの、安原秀利がお話したいことがあるというとります」

「なに安原が……よし連れてこい」

巡査が出てゆくと、古川警部補はニッコリと、

「神主さん、結局、白状する気になったらしいぞ」

「この書類を見せたとき、奴さん、相当考えこみましたからね。じゃ、これで一挙に解決ですか」

二人は喜んだが、そううまく問屋はおろさない。安原は厄介な問題を持ちこんできたのである。

安原の話を要約するとこうだ。

二十三日の夜、間貫子がくるというので、かねてから貫子をとっちめてやろうと申合せていた連中が集った。しかし安原は、少々殴ったり蹴ったりするのはいいとしても、自分の家で不祥事が起っては困るというところから、兇器になるようなものを持っていないかと事前に身体検査をした。その結果、魚屋の清田がキリを持っているのを発見、むろん、すぐ取上げたが、その他の者は小刀一本持っていないので安心した。ところが、ああいうことになって、自分としては不思議でたまらない。誰が、どこに兇器を隠していたのか、それを調べてもらいたい――という話。

古川警部補は顔をしかめた。

「なんじゃ、これでは解決どころか、結局よけいややこしゅうなったじゃないか」

「けど、なんぼ考えても不思議ですけんのう」

と、頭のバンソ膏を押さえて安原は首をひねった。

「お前は正確に身体検査をやったんだね」

「それはもう。女の人には、女房を立合して裸になってもろうたぐらいですけん」

「しかし、なにも持っとらんちゅうても、なにか持っていたじゃろう。煙草とか手拭いとか――」

「へえ、それやな。実はわしもそれを思いだして、この通り書いてみたんですが……」

と、安原はふところから紙片を取出した。

「もっとも、清田が貫子の眼をついたのはわしも知っとります。あいつは身体検査のあと、皆でつついたタイの骨を一本こっそり隠しとりましたのじゃ」

「ふうん、魚屋らしいことをやりおるのう。そういうとタイの骨は堅いから、眼玉ぐらいは突けたかも知れん。けど、心臓を刺すわけにはいかんのう」

そういいながら、紙片に眼を走らせた古川警部補は、

「山根くん、見てみたまえ。別に兇器を隠せるような持物はないようじゃが……」

と山根巡査部長に渡した。なるほど、それに書いてあるのは、誰もが日常持っている平凡な品物ばかりだった。
△石田とら＝日本手拭、チリ紙、小型のガマ口（百円

札一枚十円硬貨(三枚)老眼鏡(サックなし)真鍮のキセル、布製の刻み煙草入れ。
△小林音松＝日本手拭、ゴールデンバット、マッチ。
△田口まつ＝ハンカチ、チリ紙、編みかけの毛糸、竹の編棒四本。
△上坂長三郎＝タオル、老眼鏡(サックなし)新生、マッチ。
△三谷すみ子＝ハンカチ、チリ紙、小型コンパクト、腕時計、スタイルブック。
△清田万造＝タオル、煙草ケース(合成樹脂製、中味バット)マッチ。
△安原秀利＝腕時計、光、マッチ。
その紙片を山根巡査部長は、繰返し繰返し眺めていたが、

「主任さん、兇器は細く鋭利な金属製のものという見解でしたね」

「うむ。傷口が案外小さいので、多分細長い針のようなもので刺したらしい」

山根巡査部長はジッと古川警部補の顔を見つめながら、

「長さはどのぐらいあればいいのでしょうか?」

「それゃ、七寸五分でも一尺でもよかろう。ただし、最小限度三寸はないと役に立つまいのう」

「三寸ですか――」

と、やっぱりその眼は古川警部補から動かない。

「キミ、わしの顔に墨でもついとるのか」

「いや、失礼しました」

ニヤリとすると山根巡査部長は、安原を摑まえて耳もとになにか囁いた。安原はコックリ頷いた。

「おいおい、そこでヤミ取引をしちゃいかんのう」

不足そうな古川警部補に、山根巡査部長は明るい声でいった。

「主任さん、兇器の隠し場所が判りましたよ。ぼくは九十三パーセントの自信をもって断言します」

と、紙片の一部を指で押さえた。


(問題篇終)

解答の条件

一、犯人の氏名。
二、兇器の隠し場所とその種類。
三、犯行の動機とその説明。

解決篇

「どれどれ」と覗きこんだ古川警部補は妙な顔をした。無理もない、山根巡査部長の太い指は、上坂長三郎の老眼鏡を指している。

「アホいうちゃいかん、そんなとこへ隠せるわけがないじゃないか」

「しかし、兇器が鋼鉄製の針金なら――」

「針金にしろ、眼鏡のどこへ隠すんじゃ？」

これ見なさいとばかり、自分の老眼鏡を外すと、まっていましたと山根巡査部長はそのツルを指先で叩いて、

「ここです。ここに立派な針金が這入ってるじゃありませんか」

なるほど、そういわれると、セルロイドのツルの中に、補強用の芯としてたしかに針金が這入っている。

「ははア、それでキミ、わしの眼鏡を見とったんじゃな」

「失礼しました」

「しかし、こんなもの、抜けやせんぞ」

「もちろん。だが主任さん、上坂は眼鏡の枠の組立をやっている職人です。あいつなら、この耳にかかる曲った部分を柄として切断し、ツルを鞘にして針金をハメこむぐらいの細工は出来るはずです」

「ふうーん」

「長さは約三寸。先を尖らかしておけば、充分兇器の代用になります」

「ふうーん」

古川警部補はしぶしぶ頷いた。

「しかし、キミ、上坂に心臓を刺す動機があったかね？」

「あります。というより、N部落の主流に従えば、上坂だけですよ。心臓に穴をあける権利を持っているのは――」

「胸を突かれとるかね？　胸を突かれたのは安原と田口まつの二人じゃよ」

「しかし、心臓に痛手をうけたのは上坂ひとりです」

「痛手？」

「ブロークン・ハート。爺さんは哀れな失恋者です」

「ふうん――だが、失恋ちゅうと三谷すみ子もそうじゃないか」

「彼女は失恋しておりません」

「失恋しとる」

「していません」

「しとる」古川警部補は書類をパラパラと繰って「清太郎ちゅう男との婚約は解消し、すみ子は兄と恋人を失なった。と書いてある」

「その前のところも読んで下さい。三日前、としてありますよ」

「三日前がどうした？」

「頼みますよ、主任さん。今日は二十九日ですよ。事件が起ったのは二十三日の夜。そしてこの報告書は、昨夜から今朝にかけて作ったんですからね」

「ふうーん」

「すみ子が集団暴行に参加したときは、単に清太郎との婚約が一時延期になっただけです。おそらく先方は、すみ子が殺人容疑で拘置されたので、慌てて解消を申しこんできたのでしょう。従って少くとも、犯行当日のすみ子に失恋の事実はありません」

「わかったわかった」と古川警部補は頭を掻いた。

「――だが、キミ、もし上坂の眼鏡が、ヘナヘナのサンプルかなにかだとすると役に立たんぞ」

「その点は、さっき、安原とヤミ取引して確めました。老眼鏡ってやつは、しょっちゅう掛けたり外したりするものですから、セルロイド製が丈夫で便利なんですが、例外もあると思いましてね。むろん、上坂は太ブチのセルロイド枠を持っていたそうです。あとは現物を押収して確認するだけです」

（十）

さて、これでどうやら八項目に亙る各人の罪状が決定したようである。ここに若干の蛇足をつけ加えれば、山根巡査部長の推理はそのものズバリであった。上坂は眼鏡のツルに細工をして、鋭い鋼鉄の針を仕込んでいたのである。破れたる老いらくの恋。今日びの年寄はなにをするか判ったものじゃない。

おとら婆さんの青酸カリは、チリ紙に包んで刻み煙草の底に隠していたことが判った。息子の幸吉が魚の密猟をやるつもりで、工場からチョロまかしてきたものだが、婆さんは青酸カリだとは知らなかったといっている。せいぜい腹痛を起す程度に考えていたらしい。

安原が貫子の頭をカチ割った兇器は、安原の家で発見されたが押収は不可能だった。彼は自分がやられた通り、貫子を突きとばして柱で頭を打たしたのである。

貫子の衣類は金とともに、山辺神社のダンジリの倉庫に隠してあった。誰にも取得の意志がなかったから、強盗殺人にはなるまい。

ついでながら起訴された各人の罪状は次の通りである。

殺人及死体遺棄　　上　坂　長三郎
死体毀損　　　　　清　田　万　造
傷害罪　　　　　　安　原　秀　利

一同が殺人の共同正犯にならなかったのは、間貫子の不徳の至すところであろう。清田が眼玉を突いたのは、死亡後と判明したので罪は軽い。首を絞めた小林音松も、死後の行為とみなされて不起訴。三谷すみ子、田口まつは情状酌量で不起訴となった。検事さんは、よほど物わかりのいい人だったらしい。

なお、問題になったのはおとら婆さん。死人の口に青酸カリをネジこむ行為が、どういう罪に該当するか、これには検事さんも首をひねった様子。結局、死人に口なし、口のないところに何を入れようとかまわんではないかということになり、お叱りをうけた程度ですんだ。

間貫子こと森田光子には法定相続人がないため、彼女の有する多額の債権は、法律上無効になる模様である。

もう一つ、N部落の奇妙な風習については、村長より、今後同型贈答を禁止する旨のお達しがあった。

評論・随筆篇

近時雑感

◇天城一帰る◇

二年間、仙台東北大にあって数学研究に精励していた天城一君が、博士になって帰ってきた。今後は大阪の某大学にプロフェッサーとして就任するはずである。

仙台に居た間の彼は、探偵小説から去勢された状態で、ひどく私たちの気をもませた。彼の探偵小説創作力は当時たいしたものではなかった。しかし、探偵小説に対する情熱は恐るべきものがあった。KTSCにみなぎる毒舌の風潮は、彼の思想によって助長せられ育成されたと云ってよい。愛するがゆえに、愛するものの進歩を希うのゆえに、彼の毒舌は容赦なく苛酷を極めた。彼の明哲な頭脳と組織化された理論は、いかなる敵手にもくじけぬファイトに燃えていた。純粋の探偵小説を護持するために、彼の若い魂は無我夢中であった。

その彼が、仙台に行ってから、甚だ冷淡になってしまったのである。これは私たちにとって大問題であった。時折、虫眼鏡を要する小さい字で随感を述べてくる事はあっても、何となくお座なりの感じがして淋しかった。私は彼のパッションをかきたてるために暴言を吐いたこともあった。

「日本の数学界に天城一の存在は嵩知れている。むしろD・S界に貢献するに然かず」

だが、彼は私のおだてに乗らなかった。そして沈黙を守った。

その彼がだしぬけに帰ってきた。全く突然に私を訪ねてきた。そして曰く、

「おい、D・S界の現状を聞かせろ、久しくタッチしていないので判らないんだ」

彼の眼は昔の彼の輝きを失なっていなかった。私はゾクゾクと嬉しくなって、夢中でしゃべった。本格と文芸の対立。新人の作風、翻訳物の出現、そして、KTSCの動き、等等。

彼はおもむろに二年間のギャップを埋めるだろう。そして、やおらD・S界の現状に昔ながらのシニカルな毒舌を逞しゅうするだろう。依然として愛している探偵小説のために……。

彼の帰省は私にとって恋人を迎える以上の喜びである。そして、彼の今後の活躍は更により以上の感激をKTSCに与えるであろう。

◇湘南宝石クラブ◇

五月三日突然湘南宝石クラブの島本春雄・木下朝夫両君の訪問を受けた。小雨の降る日わざわざ京都から宝塚の外れまで、しかも両君はその前日も、不在の私を訪ねて下さっているのだ。鬼の熱情の嬉しさをしみじみと感じる。

未知の両君と向い合うや、たちまち百年の知己に勝る親しみを覚えて、遠慮のない話が飛んで出るのも、鬼のみのもつ特有の感情であろう。

探偵小説の読者は多くても、肝胆相照《かんたんあいてら》す鬼はさほど多くはない。従って鬼が鬼を求める気持はまた格別である。私はかねてから湘南宝石クラブとは何とかして意見の疎通をはかりたいと望んでいたが、同じ想いは先方にもあったらしく、期せずしてこの会見となった。

湘南宝石クラブでは「探偵論想」と題して機関誌を出しておられる。謄写版ずりとは云え五〇頁《ページ》の堂々たるもので、四頁や六頁の会報をやっと出しているKTSCに比べて、羨やましい限りである。若い人たちばかりの集いらしく、内容はあまり纏っていないが、時と共に成長してゆくであろう。

こうしたグループがあちらこちらで結成されつつある事は、D・Sのために何と云っても嬉しい限りである。心から湘南宝石クラブの発展をお祈りする次第である。

推理小説廃止論

推理小説の解釈については、異論続出でなかなかにその定義が捕え難い。どうも厄介な言葉を使い出したものである。

いったい、いつごろからこの字句が使われ初めたのだろうか?

二一、九の改造に乱歩氏の「推理小説随想」が載っている。乱歩氏はここで簡単な説明を加えているが、それによると、探偵小説という言葉が広い意味に使われて、そのために本格とか変格とかの形容詞を附さねばならぬ煩があるため、本稿では本格物を推理小説と呼びたい、と云っている。これによると推理小説は探偵小説中の純粋な一部分の呼称と解釈出来る。この乱歩氏の意見は、木々氏の云うところと全く背馳している。しかし、乱歩氏は「本稿では」と断っているから、これが推理小説の定義とは云えぬかも知れぬ。その後、宝石の「幻影城通信」には、しばしば探偵、推理の両語が同意義としてチャンポンに使われているところを見ると、乱歩氏自身はさほどこの字句に拘泥していないように思える。

その点木々氏は推理小説なる言葉の生みの親として、始めからその性格を明らかにしている。(二二、一、プロメテ、推理小説特輯号。ただしこのプロメテには木々氏の外に、乱歩、水谷、黒沼の諸氏も執筆しているが、推理小説の字句を無意識に探偵小説のシノニムとして扱っている)

木々氏がこの字句の発明者である、という事実は新青年の「抜打座談会」で初めて知ったのであって、実は私も一般の人たち同様、漢字制限の結果生れた代用語とのみ考えていた。(現に最近の産経新聞に随筆を書いている城昌幸氏も簡単にこの説で片づけている)

二十一年に生れたこの言葉が最近まで、探偵小説の代名詞として慣用せられ、それがとりたてて問題にならなかったのは、発明者の木々氏が、同意語としての取扱いに異議を申立てなかったからであろう。しかし、同じものを表現する二つの言葉の存在は頗るナンセンスであって、誰の随筆や評論を読んでも（時には木々氏自身のものにすら）スフと純毛の混紡の如く、この二つの字句が入り乱れていて、甚だ読者を混乱させたものである。だが、この不自然さがさほど目立たないで、問題とならなかったのは、作者がその作風の上で探偵小説と推理小説を意識的に区別することなく書いていたからである。この風潮は煩しささえ我慢すれば、探偵文壇にさほど影響するものではなかったと云える。

ところが最近に至り、推理小説の見解について、木々氏がサンデー毎日に「探偵問答」（推理問答ではない）を発表してそのジャンルを明らかにし、乱歩氏が新潮でこれに応酬したのが発端で、些か物ごとが面倒になってきた。これに火をつけたのが新青年の「抜打座談会」で文芸派の連中が、これに独自の見解をとり、推理小説だから書き出したのだ、との意見も出て、とうとう推理小説を探偵小説とは似ても似つかぬ、とほうもない化物にしてしまった。もっとも一部の人たちは、それ以前においても推理小説と称した作品の上で、非探偵小説を発表しているので、自己擁護の弁論も含まれていたのかも知れぬ。

こうして、推理小説はガゼン探偵小説の異分子となって、むしろ探偵小説に反抗せんとするが如き気配さえ感じられるに至った。

ここで発明者たる木々氏は、その責任上推理小説の定義再検討を提唱せざるを得ぬことになり、名称会議の開催を叫ぶに至った。（宝石、信天翁通信、六、七月号）

木々氏の対度は飽くまで紳士的であり、その悲壮さは胸を打つものがある。その切々たる心情を想うとき私は木々氏をしてかく窮地に追いこんだ一部の人々に烈しい憤りさえ感じる。

推理小説が一部の人の云う如く、探偵小説の革命であるなれば、それは飽くまで探偵小説のカテゴリーに属すべきであって、屋上屋を架する如き二重名称は避くるべきである。また、その逆にその人たちの作風に見るが如き、非探偵小説を標榜するならば、推理小説たる新しいジャンルを創造すべきであって、探偵小説のひさしを借るべきでない。

あるいはまた、探偵小説を主体に怪奇、科学、空想、犯罪、思想等の広範な分子を包含するものを推理小説と称すべし、との意見ならば、全くその不必要を悟るべきであろう。それらの分子はスケール小なりといえども独立したジャンルを持つものであって、敢えて探偵小説に間借することなくとも、それ自体立派な存在価値を持っているからである。

探偵小説は本格、変格の差を問わず探偵味を中心としたものであらねばならぬ。些少の類似性に云いがかりをつけて味方の陣営に引込もうとするのは、虎の威をかる愚にも等しい。我々は借物をして間口の広さを誇らなくともいい。

探偵小説の名称は古き歴史に培われた光栄を持っている。漢字制限が法的拘束力を持たぬ限り、古い看板を塗りかえる理由は全く考えられない。

混乱と疑惑と策謀を避けるために、潔く推理小説なる字句は廃すべきである。

探偵小説の一元化

「幻の女は本格だ」「いや、変格だよ」と論争華やかなるは結構だが、「君は探偵小説を知らない」と云ったり、「全部速記を掲載してもいいよ」なぞと云い出すあたり、両巨頭些か感情的になりつつある。

朝鮮事変じゃないが、子供の喧嘩に親が出てきていがみあうと、並び見ているお立合の衆がハラハラする。芝居なら「まあまあ待って下しゃんせえなあ」と揚巻が割って入るところだが、喧嘩も大きくなると止め手がないところ、現状の動乱に似て甚だ心配になってくる。

「幻の女を本格に加えるなら、捕物帖を探偵小説として認めよう」なんて国際連合のような政治的取引はやめてもらいたい。また、捕物帖を探偵小説として承認せよ、との話はいつごろ飛出したことかは知らぬが、これまた、なんでもかでも衛星国に加えたがるどこやらの国の貪欲さを思わすようで甚だ面白くない。

いったい、探偵小説を広義に解するとか、狭義に扱うとか云うのは、根本の体系が整っていないから起ってくる問題で、探偵小説は他の文学と異り、ハッキリした作法上の制約が有るのだから、これの定義を得るのは決して困難でないはずである。定義さえ明確になれば、自ら包含されるべきものと否との境界は釈然としてくる。従って捕物帖の帰趨も明瞭となるだろうし、第一、本格の変格のという区分も不必要になってくる。

もっとも従来でも定義は有ったのだが、これに独自の見解が加えられると、とたんにややこしい混乱に陥いる。独自の見解という奴は曲者だが、そんなものが介入出来る余地があっただけ、従来の定義と称せられたものが頗るあやふやであったと云える。

そもそも探偵小説は本格、変格の二つに分つ——なんて区別がおかしい。この語源の発生は甲賀三郎氏あたりに始まったようだが、その原因たるや乱歩氏の所謂エログロ調を指摘して、我々の作品と同席は真っ平とばかりに変格呼ばわりしたものと思われる。ここに大きい誤謬が起り、それがテンメンとして今日に至っているのである。何故この時にそれら変格と称する一群の作品は、探偵小説ではない、とハッキリ云い切らなかったのか。事実、乱歩氏自身も、それら中期の作品については、怪奇、犯罪の冠称で呼んでほしい、と云っている。（もっともこれは後になって云い出したのかも知れぬが……）探偵作家必ずしも探偵小説のみ書かず、との氏の主張から云ってこれは当然の話である。これを探偵小説のカテゴリの外に放置しなかった甲賀氏の弱さ、あるいはこれを探偵小説として扱ったジャナリズムの責任、これが今日混乱の禍根を蔵したと云えよう。

変格という言葉が現れたため、探偵小説的ファクターの一端を持った作品ならなんでもいい、という恐しく間口の広い世界が出来上ってしまった。それでも戦前の作家はまだしも良心的であったが、アプレゲールのメンメンは、しからば拙者も、とばかりに飛んでもないものを書き初めて、それも最初の内はさすがに気がひけてか、推理小説でゴザアイとゴマ化していたが、次第に図々しくなって、あわよくば探偵小説をもこの中に含めて、と、誠に穏やかならぬ、主家乗取りのインボウを企らむ形勢さえ見えてきた。本格派は滅亡の前夜にあり、同志よきたれ！　と赤い気焔を吐いたのが例の抜打座談会であった。

ここで注意しなければならぬのは、このアプレ連中の主義主張は必ずしも木々氏のそれとマッチしていないことである。むしろ木々氏を慌てさせるほど、調子外れの意見もあったくらいだが、この連中、ワアッと一騒ぎやらかすと、とたんに鳴を静めて（あるいは木々氏の陰に隠れた積かも知れぬ）高木氏から茶と酒の如き見事な応酬を受けてもウンスウも云わず、ひたすら形勢いかんと小手をかざしているのみである。

迷惑なのは木々氏で、ワンパク連中のアバレタ後始末を、バカらしいことだけれど、一党の首領として捨ても置かれず、止むなく表面に出てくるような結果となった。

これと同様に乱歩氏だって、本格派の行動を指揮した訳でも何でもないのだが、野次馬たちが、これこそ、乱歩派木々派の論争なりとはやしたてる。なにしろ三下の喧嘩より大物のほうがキャストヴァリューがあってよろしいというところだろう。この結果が、冒頭のチャンチャンバラと埃を立てることになった次第である。

竜虎争そえば互いに傷つく。誠にくだらない話である。論争は今後も大いにやるべしだが、それより先に立脚する地点をハッキリさせてもらいたい。バベルの塔を築くように、何かと云うと根拠のない、ドストエフスキーやトオマスマンを引合いに出すのはヒンシュクの極みである。

まず探偵小説を一元化しなければならない。米をポンとふくらましたような、内容のガサッとしたバクゼン的なものでは困る。奇妙な味なんてのも、この際思い切って捨ててもらいたい。定義は厳然たる基盤によって形成されるべきである。

休戦！　そして両巨頭は談合しなければならぬ。論戦を外にひたすら不言実行のオオソリティも勿論招集しなければいけない。そして、探偵小説の進むべき基礎、よらしむるべき道の確定に協力するべきである。さなくば探偵小説は文壇の迷子として、大衆の支持を失うに至るであろう。

「関西クラブ」あれこれ

神戸の海岸通に、劫火を浴びながらも辛じて崩壊を免れた、三階建のビルがポツンと残っている。髑髏《どくろ》の眼を連想させるように、ボッカリとうつろに開いた窓が並び、曾ては美しかったであろう外壁は無残にくすみ剝げ落ちて、朝まだきに見る売笑婦のように醜くい。

真赤に錆びた鉄扉《てっぴ》を押して内部に入ると昼でも見通しの利かぬ暗い廊下があり、中央には手摺の焼け落ちた廻り階段が三階に続いている。雨漏りがするのか崩れた階段のそこかしこには水たまりが出来ていて、不潔な陰鬱な空気が淀んでいた。

焼け崩れたコンクリートの階段を踏み〆めて三階に昇り切ると、廊下には急場凌ぎの電線が張ってあり、各室の入口はこれも間に合せのベニヤ板が扉の代りに立ててある。

昭和二十二年の秋、ある晴れた日曜日の午後、その奥まった海に面した部屋で、新らしい人殺しの方法について語り合っている六人の男があった。

一人の男が思い出したように部屋の中を見廻して云った。

「まるで探偵小説に出てきそうな場所ですね」

「どうです、我々の会合に相応《ふさわ》しいでしょう」

小柄な眼鏡を掛けた男が得意そうに答えた。

これが、当時、関西探偵小説新人会と称したＫＴＳＣの最初の会合であり、この六人の中に、島久平や香住春作が混っていたのである。

会長である西田政治先生の希望は、これら探偵作家の卵から、第二の乱歩や正史を世に送り出すことであった。そうした親鶏の慈愛に満ちた念願にも拘らず、卵の幾つかは到々陽の目を浴びなかったし、たまたま孵《かえ》ったのが家鴨であったり七面鳥だったりして、親鶏を少なからず面喰わせた。乱歩となれ、横溝となれ、と殻を破ってみると、悪戯小僧や幻紅詩なんて代物が出てきたのだから、西田先生ならずとも吃驚《びっくり》して呆れかえるのは無理からぬ話である。

しかし、期待外れの鬼ッ子とは云っても、そこはそれ胎教の賜か本格探偵小説愛好の親譲り気質は、バカの一念みたいに、忘れもしなければ捨てようともせず、本格々々とガアガア喚いている。さぞかし他人様から見ればフンパンの極みであろうと存ずる。

ある物識の説によると、関東人の舌は五〇サイクルで、ゼイ六は六〇サイクルとの由である。そう云えば確かに上方人種はおしゃべりが多い。だいたい、KTSCの連中が、毎月の例会で、これという議題もないくせに飽きもしないで探偵小説——それも殆ど本格に限定された——を語りあって喜んでいるのは、正しくおしゃべり揃いでなければ出来ない話である。伝え聞くところによると、東京のクラブでは、講談や落語を土曜会で楽しんでいるそうであるが、もしKTSCでそんな企画を提案しようものなら、コッ酷くやっつけられること間違いなしである。これらの鬼どもは、月一回の会合に親兄弟恋人にも求め難いスイートネスなものを感じており、従って些かでも探偵小説から話題が脱線しようものなら、たちまちストップ方向転換、と来る。つまり、例会は鬼の気焔を心ゆくまで楽しむ一刻千金の集いなのだ。探偵小説以外の話は他の場所ですればよろしい、と、西田先生が仰しゃる。温厚篤実、英国風紳士の典型たる先生にして怒られるときありとすれば斯様な場合だけである。

かくして三年、待望の作家はなかなかに現れないが、鬼はすこやかに成長して、いやはや今後ますますうるさいことであろうと存ずる次第。

四ッ当り

☆土曜研究会……探偵作家クラブがこの企画を発表したのは三年前である。当初四回くらいまでは会合の状況を報告していたが、その後は尻切れトンボでどうなったのかうやむやのまま今日に至っている。自然消滅で廃止になったのかなと思っていたところ最近○君からの通信によって、今なおこの集いが健在で続開されていることを知り、やや意外に感じた次第である。○君の言によれば、なかなか活気に溢れた愉快な集会で、ＫＴＳＣの例会より遥かに面白いとの由、誠に結構なことであるが、それにしては、その動きが少しも表面に現われぬのはどうしたことであろうか。

たいていのものごとは、三年経てば一応まとまるとしたものである。多大の成果は納められなくともなにか得るところがあって然るべきである。どんなメンバーで、どのように例会が進行されていたかは知らないが、少しは探偵小説に貢献する何ものかが形として生まれてこなければならぬ。まさか三年間無駄話に時を過ごしたのでもあるまい。もし、これが、研究会（今では小集会と称しているそうであるが）に名をかりた一部の人の自慰的な雑談会であったとしたら、時間の浪費も甚しいと非難されても仕方がない。

よろしく探偵作家クラブは本件について、何分の経過報告をなすべき義務があると信ずる。

☆青酸カリグループ……と称する人たちがある。ＫＴＳＣの悪たれどもも顔負けするような悪口毒舌家揃いで、探偵文壇をへいげいしているとの由に洩うけたまわっている。奥歯にものをはさませて、心にもないことを云いたがる人の多い探偵文壇にとって、誠に珍重な存在であると考えている。珍重な存在は結構であるが、ただそれだけでは何にもならぬ。このグループの足跡を辿ってみると――先はその辿るべき足跡が見つからぬので困る次第である。これでは誠にどうも情ない。青酸カリだからと云って、智殺的行動ばかりやっていたのでは、愚劣な暴力沙汰と何ら異なるところがない。一部の少数の範囲で威張っていたのでは、縄張を固守して眼をギョロつかせているアロハのアンちゃんも同然である。この人たちの行動は勿論指導的啓蒙的であらねばならぬ。斯界《しかい》に若干たりとも寄与するところがあってこそ、始めてその毒舌行為も許される。須《すべか》らくその行動は、堂々と天下に発表して、大方の批判を受くべきである。発表機関にはこと欠かぬはず、会報あり〝鬼〟あり〝黄色い部屋〟もある。お望みならKTSCにても、喜んでスペースを割くにやぶさかでない。

あたら惜しむべき才能鋭智を、毒舌のための毒舌に堕するなかれ。しからずんば青酸カリはメリケン粉にも劣るであろう。

☆論争の休戦……高木、大坪の両氏が仲直りしたからとて、本格派と文学派の論争が解決したわけではない。両派の論争は個人論争ではなかったはずである。にも拘らず、なんとなく一段落の形で、どちらも鳴をしずめているのは、なんとしたことであろうか。

我々は高木氏個人のために声援したのではなく、いわんや大坪氏個人に対してなんらの感情を有するものでもない。ディレッタントとして、探偵小説への止むに止まれぬ熱情が然らしめたものであることは論をまたぬ。然るにこの現状は何ぞや。全くどうも消化不良でやり切れぬこと夥しい。こんな中途半ぱな妥協で立消えするくらいなら、最初からやらないほうが気が利いている。ことさら事を好むのではないが、割り切れぬシコリが残って後味がよろしくない。寄せたり退いたり、いや、基地爆撃は相手の出よう次第だ、などとヘンに気どらないで、ジャンジャンやるべきはやったほうが、サッパリしていいのじゃないかと思う。案外江戸ッ子は気が長いので、ゼイロクは呆れかえっている。（1951・5・1）

探偵小説文章論

小説とは文章のモザイックである。文章のもつ種々の要素により、結合され表現されて、始めて小説は完成する。いかに優れたテーマもプロットも、文章なくしては小説たりえない。従って小説における文章の重要性は、論議の対象となりえぬくらい、ハッキリとした不離不即表裏一体の関係にある。

が、探偵小説の場合は、これが一応も二応も問題となるから話は些か面白い。もちろん、探偵小説とて文章を無視しては成立しない。探偵作家といえども、作品に臨む態度として、立派な文章を書きたいと希うことは、一般の作家も同様である。しかし、探偵作家が普通小説を書くように、全力を文章の表現に傾倒すると、とかく出来上った作品は、探偵小説本来の姿から外れて、不成功に終ることが少くない。この奇妙な現象の故に、こうした問題も論議の的となりうる。

しからば探偵小説は小説のカテゴリーに属せぬのか、となると話は頗る面倒になるし、それを談じるのがこの小論の目的ではないから、アッサリと敬遠して、ここでは一般概念に基き、探偵小説も小説なりとの仮定のもとに話を進める。

与えられた問題は「探偵小説に文章がどの程度の重要性をもつか、それとも、もたないか——」と、こんなところから始めて、一席お喋べりをしてみろとのご命令である。この問題を私に論じさすのは、編集者のミステークにちがいない。なぜなら、私は、江戸川、横溝の両先生から〝関西の連中で一番文章の下手な奴は香住春吾であるぞヨ〟と連帯保証の太鼓判を頂戴している。その私に探偵小説文章論を書かすのは、洒落《しゃれ》としては甚だ面白いが、本人の身になれば、困ったとか弱ったとかの問題ではない。音痴の人間をノド自慢に出すようなもので、誠にはや当惑困惑苦労難渋の次第である。思うに山田の風ちゃん、酔眼もうろうと、手紙の宛名を書きちがえたのであろうと、推理を逞しゅうしている。

——さて、探偵作家はその作品の記述に際して、どの程度文章というものを意識しているかと、まず考えてみる。

探偵小説が小説としての形態に、特殊な制約をもつ限り、文章の構成においても当然ある程度の制約をうくるは云うまでもない。文章を形成する、描写、説明、叙述、主張等に忠実たらんとしても、常に秘密を要求される探偵小説においては、一定の限度に止どまらざるを得ない。一見読者に不親切な記述が、実は探偵小説の本質だからである。これは同時に作者としても、甚だ不本意な良心的でない方法であるが止むをえぬ。小説の場合にはペンの走りにまかせて、最初作者が予定したものと異る結果が、しばしば見られるようであるが、探偵小説はあくまで当初のプランを変更することが出来ない。

かくて探偵小説は制約の範囲においてのみ、文章への考慮を払いうるが、作品を文章の力にのみ頼って読まそうとすることは、けだし至難と云わねばならぬ。それは文章の巧みさによって成功したと信じられる作品には、探偵小説を逸脱したものが多いからである。謎やトリックの興味から重点が外れている場合、それはもはや探偵小説と云いえない。

この宿命的な制約、一部の人々に云わしむれば、変態的な形態をもつ探偵小説の文章構成は、従って常にヒズミが加えられている。たとえば描写は客観的であるべしとの理論が正しいとしても、ある一点にあっては故意に歪曲せざるを得ない。この歪曲の表現が巧みなほど、探偵作家としての力量が高く評価される。〝アクロイド〟の手法が、繰返し使用されるのもその所以であろう。この、犯人の心理や行動について、常にベールを通した説明や、事件の推移の一部を包みかくす叙述。もしくはこれを記述するとしても、特にアクセントを排して、さりげない筆法で表現する。重要なデーターを平易な文章の中に隠し、最後に至って同じ言葉を異なった角度から説明する——こうした文章の扱い方は、全く探偵小説独自のものである。もっとも、長篇と短篇の場合では、その表現に相当の差があることは否めない。長篇ではその傾斜がよほどゆるやかであり、短篇の場合は特に甚しい。ときによっては、単にその内容を暗示するに止どまる如き、字句の使用さえ見られる。これは全く、氷山の表面のみを描写して、水に隠れた部分を推理せしむる、探偵小説本来の目的の故である。

探偵作家の文章水準が常に低劣であるとの非難は、その大部分をこの制約が負うべきであろうと信ずる。文学的素養に乏しい人が、安易に飛込んでくるのも、この辺の認識を誤り、曲解する結果ではないだろうか。

しかし、かかる説は探偵小説が非文学的なものであってよいと示唆するものではない。むしろ、探偵作家は、この困難な制約とたたかい、探偵小説本来の姿を崩すことなく、より文学的なものとの妥協を計ろうと努力している。文学論といい本格論というも、この苦悶から脱却せんとする、探偵作家の真摯な情熱のあらわれであるといえよう。探偵小説の世界にのみ見られる、例のペダントに満ちた難解な文章も、その是非はさておき、この問題に対する一つの回答と考えてよい。

探偵作家はこうした意味において、他の作家以上に文章というものについて、重圧をうけている。文学的作品の試みもまたそれである。しかもなお、報いられるところの少ないのは、これまた、探偵小説の宿命的なるものの姿ではなかろうか。

謎とトリックをモチーフとして生きる探偵小説において、もっとも望ましい文章への努力は、小説の中にしめるパーセンテージがその重要性を示すであろう。理想的に云えば常にフィフティ—フィフティが、その回答ではないかと愚考している。

探偵小説とラジオドラマ

（一）

現在、日本の空に飛び交う放送電波は、夥しい数にのぼっている。

まず、NHKの百二十局（ただし中継局を含む）を筆頭に、外人向放送が十二局、民間放送が十社、合計百四十二の異った種類の電波が、一日平均十七時間、のべつ幕なしに文字通り火花を散らしているのである。もし、これらの電波が目に見えるとしたら、けだし大空は、大都会のラッシュアワー以上の混乱を呈していることであろう。

もっとも、NHK百二十局と云っても、実質的には第一第二の二元放送に統一されており、各局はその内の数時間をローカル向放送として、独自の電波を出しているのにすぎないから、プログラムの上においてはさほど複雑なものではない。また、百二十局中、約半数をしめる中継局は、出力五〇ワット程度の弱いもので、聴取範囲も一部分に限定されているから、遠方の聴取者にとっては、有って無き存在に等しい。

それでも五球スーパーなら、だいたい四〇から五〇種類の電波が飛込んでくる。NHKを第一第二の二局と見ても、最低十二の周波数に送られる日本語放送がキャッチ出来るのだから、賑やかでもあり煩しいことでもある。

さて、この夥しい電波の中に、我々の期待する、探偵小説的興味を織込んだ番組が、どれだけあるのかとなると、実体は誠に寥々として佗しい限りである。

スリラー番組の主流をなすものは、NHKの「灰色の部屋」とNJB（新日本）の「水曜日の秘密」の二本だけ。NHKに「犯人は誰だ?」があるけれど、これは探偵小説的と云うより、むしろクイズ番組に近いものであるから、一応対象の外に置くべきであろう。

この外、CBC（中部日本）にもスリラータイムはあるようだが、サスティニング・プロ（スポンサーのない時間）である関係上、時間がしばしば変更されたりして、影がうすい様子である。ABC（朝日）のスリラークイズは企画の失敗で解消。新しく出来た、日本文化、仙台、信越等は、プログラムの調査が困難なため、何とも申しあげられぬが、多分そうした時間はないものと思われる。九州、京都、神戸は全然番組に入れていない。北海道放送とラジオ東京は「水曜日の秘密」をネットワークで流しているが、これは「灰色」の全国中継と実質的に変るところはない。

別に捕物帖が朗読やラジオ小説の形式で、ネットワークを組んだ民間相互間に送られているが、ここで云うスリラーとは大分かけはなれている。

これらの事実を、スリラードラマがプログラムの上で、大きい地位をしめている英米の現状から見ると、両国において探偵小説が広く大衆に浸透している点と思い併せて、甚だ興味深いものが感じられる。

探偵小説愛好者即ちスリラー放送ファンと速断はできないが、スリラー放送の固定聴取者の中には、相当数の探偵小説読者がいるとの観測は間違っていないと思われる。

しかし、探偵小説とスリラードラマは、共通した要素を多分に包含しているけれど、本質的には性格を異にしている。殊に本格探偵小説の場合は、殆どラジオの世界に受入れられぬと云っても過言ではない。

従って探偵小説読者の多寡で、ラジオのスリラーものの人気を計るのは正鵠《せいこく》を逸しているし、日本でスリラー放送が万人向でない理由は、後述するように別の原因があるのだが、一般大衆は探偵小説とスリラーものを混同し、その結果スリラー放送を歓迎しないのではあるまいか。少くとも民間放送の場合、当初におけるスポンサーの態度には、それに近いものがあったように思われる。

余談に亘るが、これについて、昨年八月、即ち民間放送開始の直前に、ある有力な広告代理業者が次のような意見を述べたことがある。

〝民間放送の人気番組として、スポンサーが希望する順位は、クイズ、歌謡曲、漫才、落語、軽音楽、浪曲、ミュジカル・プレイ、シンフォニー、ドラマ——と思われる。ドラマの内でも、コメディや流行歌をとり入れた軽いものは別として、地味な放送劇やスリラーものは、あまり歓迎されないと思う。云々〟

スリラードラマを書こうとしている私が、それを聞いて心細くなったことは勿論である。

しかし、この考えは聴取者を甘く見た、皮相的観察であって、聴取者は専門家（民間放送に関する限り、当時専門家はなかったのであるが）の考えている以上に撰択力を持っていた。最初の混乱期こそは、確かにこうした順位のものが喜ばれたが、半年後の今日、大衆はすでにクイズや歌謡曲に飽いてきており、一方、スポンサーも全聴取者を自己提供の時間にという慾の深い考え方を諦らめて、ユニイクな番組により、固定ファンを摑もうとする傾向に変りつつある。たとえば「水曜日の秘密」を提供しているF薬品が、全国放送を企図しているのも、そうした風潮のあらわれであると云えよう。

さて、そうは云っても、俄かに大衆のスリラー放送に対する、認識が改ったのでもなんでもない。依然としてその位置は、他のドラマに比して低位にある。

なぜスリラー放送は不振なのか。これを探求するには、当然スリラードラマの本質を闡明《せんめい》しなければならないし、それは同時にラジオドラマ論にも言及することになるのだが、ここでは出来るだけ話を、併行して進めてゆきたいと思う。

一歩退いてスリラー放送の現状を眺めると、日本にはスリラー放送のエキスパートが居ない事実を発見する。

これは単に作者だけの問題ではない。演出者、声優、音楽、音響効果――スリラー放送を構成するスタッフは、悉くズブの素人であると云っていい。それらの人々は、ラジオドラマの経験を生かして、スリラードラマを作りあげているだけである。いわば純文芸作家が探偵小説を書いているのと同様、どことなく間が抜けピントが外れている。

つまり、日本ではスリラー放送はまだ完成されていないのである。「灰色の部屋」は純粋のスリラードラマとは云えない。ここで取上げられる作品は、広義の探偵小説に属するものであって、しかも、その殆どが既成品を流用しているのに過ぎない。これは、現在の探偵作家諸氏が、ラジオに無関心すぎるからである。その多くの人はラジオを研究しラジオ向の作品を書く時間を持たない。いや、あるいはラジオなぞ、作品発表の機関だと認めていない人も有るかも知れぬ。ラジオ放送がやりたければ、小説を専門家にアレンヂさしたらいい、と考えている人もあるだろう。勿論、これは飛んでもない誤りで、少しでもラジオドラマの原則を知った人なら、こうした考え方は出ないはずであるが、これについては追って述べることにする。

現在、探偵作家の中で、日本ラジオ作家協会に属しているのは、城昌幸と武田武彦の二氏に過ぎず、この両氏とて、ラジオ作品を書いた事実は極めて少ない。

これらを要約すると、スリラードラマというジャンルは、未開拓の処女地であり、今、わずかにその黎明を迎えたばかりであることがハッキリとわかる。

ところで、日本で最初にラジオのために書下されたラジオドラマが実はスリラーであったと云うのだから、これはまた皮肉な話である。

それは一九二四年一月、イギリスのBBCから放送された、リチャード・ヒューズの作品「危険」を、一九二五年八月（大正十五年）に「炭坑の中」と題して築地小劇場のメンバー出演で送られたものである。

「電燈を消してお聞き下さい」とのアナウンスに始まり、劇は、落盤の起った炭坑で水中に苦しむ男女が、死の寸前に救われるまでの恐怖を描いたもので、音響効果が素晴しいサスペンスを盛りあげている、純然たるスリラードラマであった。（この項、土方正巳氏の〝ラジオドラマの系譜〟より）

（二）

前回の終りに紹介した日本最初のスリラードラマ、「炭坑の中」について、久保田万太郎氏は、当時次のようにその感想を述べている。

〝私は「炭坑の中」を聴いて、ガーンと打ちのめされたような感銘をうけた。そのヴィヴィットな印象――そこにラジオ・ドラマの限りない将来を感じた〟

聴覚のみによって聴取者にイメエジを起させ、舞台や映画で表現出来ない、暗黒の炭坑の中の事件を、生々しい実感をもって送ったことは、当時のラジオドラマが放送舞台劇と称せられ、舞台の制約をそのままに移されていた実状から考えて、正に画期的な大きい衝動であったことが想像される。もちろん久保田氏の賞讃は、ラジオドラマに対するものであって、スリラードラマ（その当時はそんな区分はなかった）によせられたものでないことは云うまでもない。しかし、この成功が、スリラー的雰囲気において感銘をあたえた事実は見逃せない。スリラードラマは、もっともラジオ的なものとして、重要な地位にあることが、この時すでに約束されていたのである。

けれど、その後ラジオドラマを執筆する作者陣が、多く劇作家の畑に依存されたため、その作品がスリラー的なものより遠ざかって行ったことは誠にやむをえない次第であった。同時に、当時のラジオ界では、ラジオ作家として専門に立つことが、経済的な面において不可能であった事実もまた忘れてはならない。一人の探偵作家が、この時にラジオの世界に進出していたら、あるいはスリラードラマは動かせぬ強固な位置を獲得していたかも知れないのだが、いかんせん、当時は、その探偵作家自体が、ようやく誕生したばかりであり、探偵小説そのものの育成に懸命であったのだから、これは悔ゆるとも及ばぬ話とより云いようがない。

しかし、探偵小説界が全然ラジオドラマに無関心だったというわけでもなく、昭和二年春、新青年はいち早く創作ラジオドラマの募集を計画したが、結果において放送に役立つ作品は遂に得られなかった。編集者は選後感として、

〝ラジオドラマそのものが相当むずかしいものであるのに、探偵という観念が入って一層困難なものとなったのであろう〟

とアッサリ失敗であったことを認めている。

これは、当時、ラジオの受信機が一台千円前後という高価なゼイタク品であった関係上、（丁度現在でのテレヴィ受信機あるいはそれ以上の価格であろう）一部の人に享有されているにとどまっていたのだから、一般人にラジオドラマが理解されなかったのはむしろ当然である。しかも、探偵小説的であるべしという規定――現在においてすら探偵ドラマが成功していない実状を見れば一層に――そのため、応募者は恐らく何を書くべきかに困渋したであろうことは想像に難くない。もし、この当時において、優れた作品が得られていたなら、スリラードラマ（当時成功したとすれば、それは探偵的であると云うよりスリラー的なものであるべきだったと信ずる）は、もっともっと大衆に滲透していただろう。新青年の先見の明も空しく、この失敗はまことに惜しむべきであったと感に堪えない。

このほか、高橋邦太郎氏が新青年に「テアトル・ラジオ・フォニク」中より「グラン・ギニョル」を訳して掲載しているが、相憎《あいに》く掲載誌が手許にないため、詳細は不明である。だが、これが探偵小説雑誌に発表された、最初のスリラードラマであることは疑うべくもない。

ラジオドラマは徐々に成長して行った。ＮＨＫでは広く民間からの応募作を募ることも計画した。そして幾多の有望な新人が出現したが、その中には、スリラードラマと銘うって然るべきものも少くはなかった。昭和八年に当選した石川晋子作「波浪」の如きは殺人の心理描写を扱って深い感銘を与えた。（これは乱歩氏の「断崖」を想わせるような作品であった）

けれど、その揺籃時代において、劇作家文芸作家によって培われたラジオドラマは、その主流が、演劇的であり文芸的な傾向に覆れていたことは蓋し当然と云うべきであろう。しかしながら、ラジオドラマはその本質上、聴取者に必ず聴かねばならぬという義務感を負わすことは出来ない。スイッチのひとひねり、ダイヤルの一転が、下らない作品を消してしまう。そのため、勢いラジオドラマは、よく云われる如く最初の一分間に聴取者の興味をキャッチしなければならぬ。そしてドラマの進展に聴くという意欲を起させねばならない。そこにラジオドラマの宿命がある。従ってラジオドラマは出発において、劇的でなければいけないし、興味を追わすためには、サスペンスを持つ必要がある。

こうしたラジオドラマのもつ性格が、探偵もの、特に本格探偵小説において成功を見ないのは、訊問や捜査の退屈さから救われない所以とも云える。もし探偵小説をラジオの世界に活躍させせようとするならば、それは、もっともラジオ的なものの創造によらねばならない。たとえば、意味なく看過される些細な一言が、事件解決の重要なデータであった（アクロイド殺しの犯人のモノローグの如き）などの手法は、読む上においてこそ許さるべきであって、断じてラジオドラマでは通用しない。複雑な密室（殊に機械的なもの）や、一人二役（声の性格的区分の不可能）等もまた同断であると云えよう。更に本格物によく見る登場人物の多いことは徒らに混乱を招くだけで、ラジオドラマとしては致命的な欠陥と云えよう。ラジオドラマの出演者は出来る限り小人数であることを要求されている。（極端な例として登場人物一人というドラマさえ現れている＝内村直也作「娘の元服」）最近の実例を八つ墓村にとれば、あの奇妙な人物の組合せ、職業、年齢、性格等で区別のつきにくい登場人物、しかもあまりにも多数の人物の故に、「灰色の部屋」は完全に失敗を喫したのである。

追記。〝第一回で日本ラジオ作家協会に属しているのは城・武田の二氏と書きましたが、水谷準氏及クラブ員大島得郎氏が加入しておられることを武田氏から御教示頂きました。なお、同協会は現在存続しておりません〟

（三）

探偵小説のラジオドラマ化が、いかに困難なものであるかについては、前回の終りでも若干触れておいたが、過日「灰色の部屋」で乱歩氏の「心理試験」を聴くに及んで、ますますその感を深くした。

（註。二八・一一・二二放送、脚本浜田健治氏）

「心理試験」が名作であることは今更云々するまでもないが、これをラジオドラマに移し替えるということは一種の冒険である。それだけに私は、脚色者がいかにこの作品を、放送向にアレンヂしているか、そこに大きい興味をもって聴いた。そしてその結果、最初に危惧した通り、完全な失敗であることを確認せざるを得なかったのである。

「心理試験」の面白味は、笠森判事の心理試験にある。その肝心のテーマも耳で聴いた場合、徒らに複雑で混乱を招く以外、なんの効果もあげていない。

いや恐らく小説を読んでいない聴取者にとっては、なんのことだか全然その意味すら汲みとれなかったに違いない。心理試験を受ける蕗屋の心理の抵抗なぞは、ほとんど感じることが出来なかったからである。

また、例の屏風のトリックに対する蕗屋の証言、これはもちろん犯人を決定する重要な件りだが、明智と蕗屋の僅かな台詞だけで、果して聴取者が理解しえたであろうか。

探偵小説の場合は読者が探偵なのである。作者と智恵くらべをするところの興味をもって読む。つまりそれだけの心構えがあればこそ、一言一句をもおろそかに見逃さない。

しかし、ラジオの聴取者は平凡な一般大衆である。しかも眼で読む場合とちがって、耳で聴くことは非常に注意力が散漫になりやすい。ラジオを聴きながら、家庭内のちょっとした出来ごとや物音のために、聴覚心像が砕けてしまうことは珍しくない。そうした惰弱な聴覚神経を相手にする場合、短かいくり返しのない台詞の中に、ドラマの死命を制すべぎ重要なキイを秘めることは、冒険と云うより、むしろ聴取者に不親切と云うべきである。

しかし「心理試験」の場合、明智小五郎の台詞として、屏風の問題をくり返し、聴取者に理解されるようくどく云ったのでは、むろん興味のブッ毀しである。だが、わかる人だけにわからせればよいという態度は、ラジオドラマでは許されない。

ここに至って「心理試験」のみならず探偵小説、ことにトリックを中心とした作品は、ラジオドラマとして一般人に理解されにくいという結論に到達するわけである。

しかしここに「犯人は誰だ?」という番組がある。

ここでは所謂探偵小説のトリックが駆使されているではないかとの異論が出るかも知れない。だが、クイズを聴く人種は別の世界に属する。この人たちにとって、興味はむしろ賞金にあり、ラジオアルバイト族という別称もあるぐらいだから、こうした一連の人たちを、ドラマファンと考えるのは誤りであろう。

さて、しからば探偵小説はいかなる形によって、ラジオドラマと結びつくべきか。

ここで一応現在の放送状況を眺めてみよう。

NHKの「灰色の部屋」は依然として旧作の脚色ものが大部分をしめている。プランナーは常に新風を求めているのにちがいないだろうが、探偵作家のラジオに対する無関心と不勉強が、進展を沮《はば》んでいる。

ＮＪＢの「水曜日の秘密」は四月で廃止とされた。スポンサーの意向によるものだから致し方はないとしても、その原因はやはり作品の貧困にある。

ＡＢＣではサスプロとしてスリラータイムを出しているが、時間が二十分という短かいものであるから、コクのあるまとまった作品を期待し難い。

つまり作家と作品の貧困が、この種の放送を過去より一歩も前進せしめていないという甚だ佗しいのが実状である。

ラジオドラマは年とともに発展し、優れた作家と優れた作品が続々発表されているが、ことスリラーに関する限り、誠に寂漠の感に堪えぬ。これは前回に述べたように、ライターの殆どが劇作家や一般文学の立場から出た人たちであり、スリラーや探偵小説に理解力をもつ人が乏しいからである。

戦後それらの人々によって放送された作品中、スリラーのジャンルに属する優秀作と云えばわずかに左の二本程度のものより記憶に残っていない。

堀江史朗作「最後の運転」

二三・二・四放送。

（註、ロック創刊号、岩崎久正原作より）

北条秀司作「山霧の深い晩」

二四・八・一八放送。

しかもこれらは、我々のいうスリラードラマではなく、いずれも怪談ものである。純粋のスリラードラマは殆どまだ現れていない。

これを外国の現状に比べてみると、イギリスやアメリカは、スリラードラマのウェイトが大きい位置をしめ、またいくつかの優れた作品が放送されている。

それら傑作のうちでも、ラジオドラマに関心をもつ人なら誰でも知っているスリラーに、ルシル・フレッチャーの「ソリー・ロングナンバー」がある。

この作品はスリラー的要素を非常にうまく取上げて成功を納めたものだが、これを分析してみることはスリラードラマの早わかりになると思うのだ。

一応これについて語ってみるとしよう。

天城一という男

あの野郎は何かおっ始めるぞと横眼で睨んでいると、口をもぐもぐさせてモーションをつけながら、やおらドドとドモリつつ口を開く。もとより気の流れる如き暢《のびやか》さはないとしても、シャープな頭脳のダムは底知れぬ深さに満々と智能をたたえて、ひとたびセキを切ればとめどなく、シンラツな批判や明快な論調が湧いて出る。ひとしきり喋べるとケラケラと金属製の哄笑を、ところ構わずふりまく。ＫＴＳＣ随一の秀才（ただし探偵小説のほうは目下のところあまり秀才でない）三十歳にして理学博士となった天城一の頭の中は、60％の数学と35％の探偵小説で埋っている。（残る５％は愛妻と云ったら、奥さんから５％とは何ですかと叱られるかもしれぬ）

『霧の夜、足音、女、銃声――死！』数字で固まった彼の文章は次第にセンテンスが短縮され公式化しつつある。彼がしっかり書き出す日を私は楽しんでまっている。

不思議な時代

もう、あれから、十年になるのかと、歳月の慌ただしい歩みに吃驚《びっくり》している。「宝石」を買うのに苦労したのが、ほんのこの間のように思えるからである。

戦後、出版ブームの波に乗って宝石も現れたのだが、当時は私たちが壕舎住居の半パンツ姿であったように、書店の店頭に並ぶ雑誌類も、バラックのようなお粗末さだった。薄っペラで紙も印刷も悪く、二三度読めば手摺れがしてケバが立つ、といった代物が殆どだった。無論宝石もバラック書の一員だったのである。

でも、私たちはともかくも探偵小説の専門誌が生れたことが嬉しかった。始めて書店の一隅に創刊号を発見したとき、ほんとに掘出しものをしたような満悦を感じた。

創刊号は偶然の機会に労することなく買えたが、それからあとが大変だった。第二号、第三号は私の住んでいた片田舎の書店まで廻らなかったらしく、とうとう入手出来なかったし（だから第二号が大きい型になっていたのを知ったのはよほど経って古本を買ったときである）第四号あたりからやっと馴染の本屋に出廻るようになったが、変てこな一向に興味のない雑誌と抱合せでないと売ってくれなかった。だから当時の宝石の価格は、私たちにとって定価の倍額に等しかったといえる。まだその上に特別運賃とか称して、一割余分に金を払わなければならなかった。苦労はそれだけではない、発行日が不定だから、毎日本屋を覗かなきゃいけないし、それも朝晩に顔を見せて本屋のおっさんのご機嫌をとっておかないと、数時間にして売切れという、今から思えば夢のような現象が実際にあり得たからだ。

一度などはその本屋で買い損ない、大阪駅へ行けばヤミ屋が売っていると聞いて、わざわざ、買いに行ったことがあった。そのときは酷い眼に逢った。

駅で長蛇の列を組んで汽車を待っている旅客を目当てに、担ぎ屋が本屋商売を始めたのだ。機を見るに敏な担ぎ屋の連中は、食料品のみならず、こうして雑誌類まで、東京へ買出しに行ってはボロ儲けしていたのである。

売っているのは大てい十四五歳の子供で、当時として絶対といってよいぐらい手に入りにくい売行きのよい新刊雑誌を抱えて「本いらんか」と駅の構内を歩き廻っている。私はその子供の手に宝石を発見して、飛びつく思いで値段を聞き、眼をむいた。金額は忘れたが、とにかく定価の三倍か四倍だった。いくらなんでも馬鹿らしいと思い、止めだというと、そのチンピラは肩を怒らせて、

「おっさん、冷やかして買わん気か」

と、絡んできた、なにをいってやがると、私が行こうとすると、その前に立ちふさがって、

「こら、買わんのになんで値段を聞いたのや」

と、きた。すると、たちまち、あちらこちらから、同じようなチンピラが三四人駈けてきて――（中には女の子もまじっていた）

「なんやなんや、どないしたんや」

と、私をとりかこんだものである。これはうるさいことになったなと思いながらも、たかが子供だと、

「お前らなんや、おかしいこというな」

というと、

「なんやて――おい、親方呼んでこい」

と一人が怒鳴った。とたんに私はシュンとなっていい値通りに宝石を買うと、ほうほうの態で逃げだした。ヤミ市で品物を冷やかしたばかりに、袋叩きにされた友人の話を思いだしたからである。

――当時は岩谷書店も大変だったろうけれど、読者も全く大変、思えば不思議な時代であった。

アンケート

鬼同人の選んだ海外長篇ベスト・テン
（第二回）

①僧正殺人事件（ヴァン・ダイン）
②赤毛のレドメイン（フイルポッツ）
③幻の女（アイリッシュ）
④Xの悲劇（ロス）
⑤恐るべき娘たち（マクガー）
⑥グリーン家殺人事件（ヴァン・ダイン）
⑦８１３（ルブラン）
⑧アクロイド殺し（クリスティー）
⑨黄色の部屋（ルルー）
⑩樽（クロフツ）

〔註〕本コンクールは、毎回三名ずつ同人が投票を行い、一位十点、二位九点……とし、三回にわたって、その結果を発表、最終回において各作品の得点を総計発表す。

（『鬼』一九五一年三月号）

Ⅰ　ラジオ放送探偵劇について
Ⅱ　愛読する海外探偵小説

問合せ事項
1　放送探偵劇「灰色の部屋」「犯人は誰だ？」をお聞きですか、その御感想と。
2　欧米探偵作家の誰れのものを御愛読なさいますか？　その御感想と。

一、探偵小説が目の文学である限り、そのまま劇にアレンジして〝灰色の部屋〟から電波とするのは正しいやり方でない。耳の文学には、それに相応しい台本を求めるべきである。解決を伏せて再読また再読、謎をとくデーターを追究しつつ、作者の挑戦にこたえる探偵小説の興味は、耳から一瞬に流れ去る放送文芸とは根本から性質を異にする。放送用として本格探偵小説より、むしろスリルとサスペンスをモチーフとしたアイリッシュ風の作品が適当であろう。〝犯人は誰だ?〟は探偵小説味と云うより、クイズ的興味が中心になっている。従って、これに多くを求めるのは無理だが、いやしくも探偵作家クラブのメンバーが書く限り、焼直しや、アンコール物は避けてもらいたい。こんな物くらいと軽蔑することは自分が軽蔑される所以である。宝石より多く人が聞いていることを忘れないでほしい。

二、戦後のものとしてはカアの〝白い修道院〟とアイリッシュの〝幻の女〟

（『宝石』一九五一年一〇月臨時増刊号）

一九五一年度自選代表作を訊く

一、自選代表作（特に記入なきものは短篇）

二、歳末寸感

雑誌号は、長篇は完結篇、短篇は掲載号

一、裏　切　者（新日本放送十一月十四日）

幽霊志願者（朝日放送十一月十六日）

二、失業してウロウロしている内に、民間放送が始まったので、その世界へ飛込んでしまいました。もともと喰えるほど探偵小説の書ける自信はなし、まあ、これが身分相応と思ってます。従って探偵小説は趣味のアルバイトと云ったところ。最近少しも書いていないので面目次第もありません。九月以降電波となったスリラー物は十作あまり。しかし、自選してみろと云われると、どれもこれもお恥かしい限りです。

（『探偵作家クラブ会報』一九五一年一二月号）

問合せ事項

1　今年のお仕事の上では、どんなことをお遣りに

1　今年お仕事上の御計画は?

2　生活上実行なさりたい事?

なりたいとお考えですか、また何か御計画がおありでしょうか？
2 御生活または御趣味の上で、今年にはお遣りになってみたいとお思いの事乃至は御実行なさろうとすることがございますか？

一、賑やかになったラジオの世界へ、本格探偵小説を持ちこんでみたいものです。形式はもちろんドラマ。音と音楽に謎とトリックを結びつけ、聴取者に理解され易く、しかも、探偵小説への興味をそそるものを……困難な仕事ですがせめて一作でも、ものにしたいと思っています。素晴しい探偵小説を書きたいことは、新年ならずとも絶えざる念願ですが、まだまだ勉強が足りません。
二、閑が出来れば東京に出かけて、大下先生始め麻雀の天狗連中と一戦まじえてみたい（こちらも天狗です）。

（『宝石』一九五二年一月号）

探偵小説に対するアンケート

問1 お読みになった探偵小説の中で、今まで最も印象に残った作品と、作者の名前を三人あげて下さい。
2 来年度の探偵小説界に対する希望、どの探偵作家に一番期待をかけますか。
3 探偵小説を書いてみたいと思いますか、その場合どんな探偵小説を書きますか。
4 探偵雑誌に対する御注文。

1 イーデン・フィルポッツの『レッド・レドメイン』S・S・ヴァンダインの『ビショップ・マーダーケース』コーネル・ウールリッチの『ファントム・レディ』
2 高木彬光氏、山田風太郎氏、御両人にうんと頑張ってもらいたい。
3 意欲はあれど筆動かずです。スリラー的な作品を書きたい。
4 うんと儲けて下さい。それからの話です。

（『探偵倶楽部』一九五三年二月号）

一、「連作」はお好きですか、あまりお好きではありませんか。
二、その理由。

一、面白いものもあり、面白くないものもあり、いずれにしても下らないことが流行るものだと眉をひそめています。

二、連作にも色々の方法があります。Ⓐ執筆者が事前に会合してストウリーをある程度決定してから書く場合。Ⓑ全然そうした企画をもたず、前回までのストウリーを承継して、思いのままに書く場合。Ⓒ主人公なり、テーマなりを不変のものとし、読切の形で書く場合。作品の成果を期待するにはⒶまたはⒸが望ましいわけですが、実際にはⒷの方法が多いらしく、ジャアナリズムの狙いも、こうした競作の興味にあるようです。となると発端のない小説、結末のない小説、頭も尻尾もない小説を各人が書かされるわけですが、誠にナンセンスとより申しようがございません。況んや探偵小説の如く、最後の一枚のために数百枚を要する作品においておやです。

（『密室』一九五四年五月号）

一、最近感銘深かった作品。
二、面白かった探偵映画。
三、お仕事、消息など。

一、「黒い死」を楽しんで読みました。最近スリラー傾向のものを好むせいか、特に面白かったです。

二、「ダイヤルM」が観る探偵小説として成功しているのに感心しました。探偵小説が映画になりうる立派な見本です。

三、転宅が近来の大仕事でした。まだ気分が落つかず、仕事が山積して弱っています。新しい仕事として、毎日小学生新聞に少年探偵小説の連載と、十月、宝塚新芸座で探偵劇をやります。

（『探偵作家クラブ会報』一九五四年一〇月号）

解題

横井司

1

日本におけるユーモア・ミステリの系譜をたどる場合、まっ先に指を屈せられる作家は久山秀子であろう。ジョンストン・マッカレーJohnston McCulley（一八八三～一九五八、米）によって書かれた、ニューヨークの地下鉄を縄張りとする掏摸を主人公とする〈地下鉄サム〉シリーズが日本に翻訳され、影響を与えて、久山秀子による〈隼お秀〉のシリーズを生んだ。地下鉄サムの影響は広範にわたっており、シリーズとしては、甲賀三郎の〈気早の惣太〉、サトウハチローの〈エンコの六〉が知られている他、単発作品も含めれば枚挙にいとまがないほどである。

中島河太郎の「ユーモア・ミステリの系譜」（『幻影城』七八・一一～一二、七九・六）は久山秀子を筆頭に、徳川夢声、辰野九紫《たつのきゅうし》らの名前をあげた後で、水谷準によるユーモア・ミステリ開拓の試みにふれている。水谷は、そのエッセイ「ユーモアやぁい！」（『ぷろふぃる』三三・一二）で「ユーモア小説はもともと探偵小説的手法を大に必要とする。『意外』から笑ひを引出すために、いろいろ工夫をするのだが、『意外』は探偵小説でも重大な一要素である」と述べている。ここでいわれるユーモアは「駄洒落や滑稽趣味の狭い範囲に限つて指定したわけでは決してない。むしろ、『愛と智と情』とを以て作品を書け、といふ風に云ひたかつたのである」と後に

「ぷろむなあど・ぶをろんてえる」（『ぷろふぃる』三五・七）で補足しているが、このころ探偵小説にユーモアの要素を盛り込むことを試みていたのが、大阪圭吉と北町一郎であった。北町一郎の場合は、もともとがユーモア小説家としてデビューしたこともあってか、水谷準がいうところの「駄洒落や滑稽趣味」に傾く傾向があったが、大阪圭吉は本格探偵小説的興味とユーモアとを結びつけようとした苦心がうかがえる。こうした試みを経て戦後になって、戦前から活躍していた乾信一郎が引き続きユーモア・ミステリを発表し、戦後の新人として宇留木圭《うるぎけい》、錫薊二《すずけいじ》、鷲尾三郎（探偵作家・毛馬九利とストリッパー・川島美鈴のシリーズ）が登場したと中島は述べている。

『日本ミステリー事典』（二〇〇〇）でユーモア・ミステリの項目を執筆した新保博久は、戦後になってハヤカワ・ミステリの洗礼を経て、結城昌治が『ひげのある男たち』（五九）や『死者におくる花束はない』（六二）を発表したあたりから、ユーモア・ミステリが「顕在化」してきたといい、都筑道夫、辻真先、小峰元《こみねはじめ》といった作家たちが登場、さらに赤川次郎、泡坂妻夫、栗本薫らが続くと書いているが、中でもユーモア・ミステリの定着に貢献のあったのが赤川次郎であろう。

戦後においては、ハヤカワ・ミステリを通して海外ミステリの影響を受けた作家たちの系譜が中心となるわけだが、そうした流れとは趣きが異なる関西系の作家による流れがある。中島が前掲論文で名前をあげていた鷲尾三郎の他、『そのとき一発！』（六五）など数冊を上梓している島久平も忘れるわけにはいかないはずだが、ミステリの要素が低いためなのか、中島は島の名前をあげていない。そしてこの二人と共に、逸すべきではない存在が、ここに初めてミステリ作品集がまとめられることになった香住春吾《かすみしゅんご》である。

香住春吾は一九〇九（明治四二）年八月二五日、京都市に生まれた。本名を浦辻良三郎という。詳しい学歴は分かっていないが、日本推理作家協会のHPにアップされている会員名簿では、高等小学校卒と記されている。

一九三七（昭和一二）年、『週刊朝日』が行なっていた読者投稿の実話募集に「白粉とポマード」を投じて入選、香住春吾作名義で掲載された。デパートの化粧品売場の主任が売り子のデパート・ガールが陥った窮地を救うという内容である。中島河太郎は「推理小説事典」（『現代推理小説大系』別巻2、講談社、八〇・四）の香住の項目で「サラリーマン生活二十年を経て、戦後文筆生活に移った」と書いているが、だとすればそのサラリーマン時代の始めごろ、実際の経験を基に執筆されたものと思われる。ただし『日本ミステリー事典』の香住の項目（執筆は山前譲）によれば、戦後まもなくは汽船会社の経理課長を務めていたというから、戦前から同じ会社に勤め上げていたのだとすれば、実話と称していてもフィクションである可能性が大きい。もっとも、鮎川哲也・島田荘司編『ミステリーの愉しみ　第2巻／密室遊戯』（立風書房、九二・一二）の解説「若き日のライバルたち」では鮎川哲也が「作家になる前に十年間近く船舶会社に籍をおいた」という経歴を伝えており、中島の記述とは異なる。また同書の作者紹介（無署名）によれば「戦前に歌劇や演劇関係の記事を書いていたこともあった」そうだが、それが『週刊朝日』の懸賞に当選する以前か以後か、また香住名義での執筆だったかどうかは不詳。

戦後になって「矢作京一の誘いで」（前掲『密室遊戯』作者紹介）神戸探偵小説クラブに参加。矢作京一は同業他社の庶務課長で、熊谷書房から出した『蔦の家殺人事件』（四七）を手売りにきたことがきっかけとなってお互いが探偵小説マニアであることを知ったようだ（「関西探偵作家クラブのころ」『幻影城』七六・一）。同クラブはその後、関西探偵小説新人会、関西探偵作家クラブ（略称KTSC）と発展。同会の書記長となった香住は、四八年にユーモア・コント「見合令嬢」を『新青年』に発表して、創作家として歩み出したが、探偵作家としてのデビュー作は、同年、戦前の『ぷろふいる』の寄稿家だった名古屋在住の探偵小説愛好家が刊行していた雑誌『新探偵作家』に発表した「二十の扉」は何故悲しいか」である。後に多くの作品で登場する探偵作家のメイ探偵・片目珍作もまた同作品でデビューを果たした。

四八年には続いて、『ぷろふいる』を発行していた熊谷書房社主が、新たにかもめ書房を立ち上げて発行した雑誌『小説』に「片目君の災難」、「カシユガル王のダイヤ」、「島へ渡つた男」を発表。他に、やはり『ぷろふいる』寄稿家の探偵小説愛好者が編集・発行していた雑誌『真珠』や、岡山で発行されていた『ミス・ニッポン』、姫路で発行されていた『読物市場』といったメディアに次々と作品が掲載されていった。

翌四九年には「片目珍作君」が『夕刊岡山』主催の第二回探偵小説懸賞に入選。『宝石』主催の第三回懸賞探偵小説で「カロリン海盆」が選外佳作となった。「カロリン海盆」は、他の選外佳作六編と共に『別冊宝石』に掲載された際、読者投稿による「六万円懸賞新人コンクール」が行なわれており、そこでも選外という結果になっている。だからというわけではないだろうが、『宝石』への再登場は一九五一年までなく、その代わりに『フレンドタイムズ』や『新港新聞』、『海洋文化』など、神戸のメディアへ作品を発表し、『関西探偵作家クラブ会報』に探偵小説の感想などを寄せていた。また、本格探偵小説擁護の旗印を掲げた同人誌『鬼』に参加。一九五〇年七月の創刊号からエッセイを寄稿し、折から勃発していた探偵小説文学論争に対して本格擁護の立場から気炎を吐いている。

一九五一年になって、『探偵クラブ』が同誌掲載のトゥルー・ストーリー、エレン・バース「犯人をかばう女」の結末を伏せて解決編を募集した際、「放送局の歌姫殺し」を投じて入選。また、NHKラジオ『犯人は誰だ?』のために書かれたシナリオが『宝石』に掲載され、続いて創作「奇妙な事件」を同誌に発表。さらに『探偵実話』掲載の連作「怪盗七面相」の一話を担当。翌年からは『宝石』、『探偵クラブ』（後『探偵倶楽部』と改題）、『探偵実話』といった当時の主要探偵雑誌に作品が掲載されるようになった。同時に、関西探偵作家クラブの会員として、『神戸新聞』などの犯人当て小説の企画連載に作品を提供していく。

『探偵作家クラブ会報』一九五一年六月号の消息欄には「香住春作氏はこのたび香住春吾と名前を改められた由」という記述が確認できる。この改名については、鮎川哲也が次のように伝えている。

春作を春吾と改名したのは、アナウンサーが作者を紹介する際に「脚本は香住春作作……」というと、聴取者の耳に異様に聞こえる、それを避けるためだそうである。（「解説」『紅鱒館の惨劇』双葉社、八一・一二）

一九五一年末に『探偵作家クラブ会報』が実施したアンケート「一九五一年度自選代表作を訊く」で香住は「失業してウロウロしている内に、民間放送が始まったので、その世界へ飛込んでしまいました」と書いており、五一年の半ばころから放送作家として活動を開始したと考えられる。ラジオの民間放送が始まったのは一九五一年九月一日のことで、同日に中部日本放送（現・CBCラジオ）と新日本放送（現・毎日放送）が放送を開始。

同じアンケートで「九月以降電波となったスリラー物は十作あまり」とも書いているので、放送開始とほぼ同時に関わったことが察せられる。どのような伝手で放送業界に入ったのかは不明だが、文芸部の増員募集に応じたのか、あるいは探偵作家クラブの会員として『犯人は誰だ？』のためにシナリオを書いたことがきっかけだったのかもしれない（逆に、放送作家になって『犯人は誰だ？』を書く機会を得たとも考えられる。今後の調査を待ちたい）。

ラジオ作家となった頃から耳で聴く探偵小説を意識し、スリラーものに興味を寄せ、「ガード下」（五二）や「裏切者」（同）など、いくつかの試作も試みている（もっとも、「ガード下」はＭＢＳラジオ『スリラークイズ』のために書いたドラマ「脱獄者」の、「裏切者」はＡＢＣラジオ『水曜日の秘密』のために書いた同題のドラマの小説化かも知れないのだが）。放送作家としては、横山エンタツの『エンタツちょびひげ漫遊記』（ＮＨＫ、五二～五三）、『エンタツの名探偵』（ＮＨＫ、五三～五四）、中田ダイマル・ラケットの『ダイラケのびっくり捕物帳』（大阪テレビ放送［後の毎日放送テレビ］、五七～六〇）などが知られており、これらはいずれもコミカライズされた。

放送作家として多忙になるにつれ創作は減っていく。山村正夫「関西本格派の鬼＝香住春吾論」（『幻影城』五〇・一〇。以下、引用は『わが懐旧的探偵作家論』幻影城、七六から）によれば「ちょうど三十年頃（一九五五年ごろ―横井註）からは、『朝日放送』や『毎日放送』などのドラマの仕事を週に五本も抱え、多忙をきわめて小説どころではなかった」という。しかし放送作家としての経験が作品に活かされていくようになり、一九五四年の「蔵を開く」、五五年の「米を盗む」、「間貫子の死」などのユーモア・ミステリの秀作を生んでいくこととともなった。『探偵作家クラブ会報』一九五四年一月号に掲載された「吉例お好み年頭所感」では「新しい仕事として、宝塚新芸座を手伝うことになり、スリラー劇を書こうと考えています。新聞小説も一つあり、ますます探偵小説を書く時間がなくなりそうです。だが、スリラー小説を二三書いてみたいと思っています」と述べており、当時の忙しさが偲ばれる（ここで言及されている新聞小説は『国際新聞』に連載した「地獄横町」と思われる）。「ますます探偵小説を書く時間がなくなりそうです」という言葉の通り、次第に創作の数は減っていき、現在、確認されているところでは、一九五六年に『新関西』に発表した「刀」で、いったん筆が断たれている。

一九七一年には『朝日新聞』（大阪）に連載したエッセイ『団地の整理学』を刊行。初めての著書となった。

その後、一九七五年になって雑誌『幻影城』に中編「吾助の帰宅」を発表して復活。続けて『幻影城』に大阪府警西荻署シリーズを断続的に発表し、また『カッパまがじん』へと発表の舞台を広げたが、一九七七年の「哀しき死神」を最後に、再び筆を断った。その後は作品が発表されることもなく、一九九三（平成五）年六月一六日、鬼籍に入った。

雑誌『幻影城』を発行していた株式会社幻影城は、幻影城ノベルズを発刊し、天藤真、狩久、泡坂妻夫、連城三紀彦らの書下し長編を上梓した。そのラインナップに香住の『幽霊組合員』もあがっていたが、同社の倒産とともに未刊のままに終わってしまった。原稿がどこまで書き上げられていたのかは不明だが、「人間界と幽霊界をつないで、連続殺人事件を変った角度から、ユーモラスに眺め、幽霊の生態をたのしく描いた」「長編コミック・ミステリ」と内容紹介されていた同書が刊行されていれば、香住にとって初のミステリ関連の著書となっていただけに、惜しまれる。

『香住春吾探偵小説選』全二巻は、香住が『宝石』に発表した代表作はもちろん、幻の作品を可能な限り収録した初のミステリ作品集となる。第一巻では、戦後、ミステリ作家としてデビューしてから最初の断筆を迎える時期までの作品を集成した。

以下、本書収録の各編について簡単に解題を付していく。作品によっては内容に踏み込んでいる場合があり、特に、当時の書評の中には作品のポイントにふれているものもあるので、未読の方はご注意いただきたい。

2

〈創作篇〉

「**見合令嬢**」は、『新青年』一九四八年三月号（二九巻三号）に香住春作名義で掲載された。単行本初収録。

「**「二十の扉」は何故悲しいか**」は、『新探偵小説』一九四八年五月号（二巻二号）に香住春作名義で掲載された。その後、ミステリー文学資料館編『蘇る推理雑誌③／「X」傑作選』（光文社文庫、二〇〇二）に採録された。

『二十の扉』（一九四七～六〇）はNHKラジオ第一放送でオンエアされていたクイズ番組で、出題された品物について司会者に「それは……ですか？」という質問をしてヒントを得、品物の名前を当てるというスタイル。探偵小説ファンには大下宇陀児が解答者の一人であることでよく知られている。

「**片目君の災難**」は、『小説』一九四八年五月号（二巻二号）に香住春作名義で掲載された。単行本初収録。

「**カシユガル王のダイヤ**」は、『小説』一九四八年六・七月合併号（二巻三号）に香住春作名義で掲載された。単行本初収録。

「**近眼綺談**」は、『読物市場』一九四八年七月号（三巻七号）に香住春作名義で掲載された。単行本初収録。

「**真珠**」は、『真珠』一九四八年八月号（二巻七号）に香住春作名義で掲載された。単行本初収録。

当時発行されていた探偵雑誌名をそのままタイトルとする「課題小説」の一編として発表された作品。

「**投書綺談**」は、『ミス・ニッポン』一九四八年九月号（創刊号）に香住春作名義で掲載された。単行本初収録。

「**金田君の悲劇**」は、『ミス・ニッポン』一九四八年一〇月号（第二号）に香住春作名義で掲載された。単行本初収録。

「**島へ渡つた男**」は、『小説』一九四八年一〇月号（二巻五号）に香住春作名義で掲載された。目次には「長篇読切探偵小説」と脇書きされているが、本文タイトルでは単に「探偵小説」とあるだけである。単行本初収録。

「**化け猫綺談　片目君捕物帳**」は、『妖奇』一九四八年一二月号（二巻一三号）に香住春作名義で掲載された。その後、ミステリー文学資料館編『蘇る推理雑誌④／「妖奇」傑作選』（光文社文庫、二〇〇三）に採録された。

「**カロリン海盆**」は、一九四九年四月五日発行の『別冊宝石』（二巻一号）に香住春作名義で掲載された。その後、中島河太郎編『海洋推理ベスト集成／血ぬられた海域』（トクマノベルス、七七／徳間文庫、八四）、鮎川哲也・島田荘司編『ミステリーの愉しみ 第2巻／密室遊戯』（立風書房、九二）に採録された。

「カシユガル王のダイヤ」でも探偵役を務めた芦田一等運転士《チーフオフィサー》が再登場する一編。

本作品は『宝石』主催の第三回懸賞小説募集に投じられたもので、岡田鯱彦「妖鬼の呪言」、岡村雄輔「紅鱒館の惨劇」などと共に選外佳作六編の中に選ばれた。江戸川乱歩は選評「依然低調」（『宝石』四九・二）において「文章はまづいが謎の着想で面白かつたのは『カロリン海盆』。尤もこの作の筋立てには一つの大きな手抜かりがあるといふことを、後に或る人から注意された。もう一度読み直して見たいと思つてゐる」と評しているが、「大きな手抜かり」とは何か、はっきりしない。

本作品をアンソロジーに採録した中島河太郎は、その「解説」において「いかにも戦時中の軍用船にぴったりの謎であり、またそれにふさわしい真相だった」と評している。

なお、後に香住は『探偵作家クラブ会報』第27号（四九・八）に寄せたエッセイ「探偵小説の嘘」において、本作品の「嘘」について次のように書いている。

「カロリン海盆」で私は、意識して嘘を書いてゐる。あのみつき丸といふ千トンの貨物船には、六隻のボートがあることになつてゐるが、貨物船は相当大型船でもボートは左右両舷に一隻づつよりないのが常識である。それからボートデッキがあることにしてあるが、あんな小型船に特別なボートデッキなぞ設けるスペースはない。この作について、乱歩先生が選評に「筋の組立てに大きいミステークがある、云々」と述べてられたので、さては感づかれたか、とヒヤリとしたが、後で聞いてみるとそれではなかつたらしい。こうした嘘は素人には判らないが、専門家《ママ》に見せればタチマチやつつけられるに決つてゐる。

なお、海盆とは深海底の円形状の凹地を指し、西太平洋のミクロネシア南部のカロリン諸島を中心に、ビスマーク諸島との間に広がるものを東カロリン海盆、ニューギニア島との間に広がるものを西カロリン海盆という。

「**推理ごっこ**」は、『フレンドタイムズ』一九四九年五月一九日付（43号）から六月九日付（46号）まで香住春作名義で連載された。単行本初収録。

『フレンドタイムズ』は神港新聞社発行の「少年少女の新聞」。第一～二回のタイトル脇には「さああなたの知恵だめし」、第三回には「もう答が出るはずですね」、第四回には「終りまでにあてて下さい」と書かれていた。

「**二つの真相**」は、『海洋文化』一九五〇年三月号（五巻三号）に掲載された。単行本初収録。

「**四重奏曲ニ短調**」は、『女王』一九五〇年三月号（巻号数不詳）に掲載された。単行本初収録。

「**奇妙な事件**」は、『宝石』一九五一年一〇月号（六巻一〇号）に掲載された。単行本初収録。

中島河太郎は「推理小説事典」（『現代推理小説大系』

別巻2、講談社、八〇・四）の香住の項目で本作品に言及し「完全犯罪の蹉跌を軽妙な筆致で描いている」と評した。また、山村正夫は「関西本格派の鬼＝香住春吾論」（『幻影城』七五・一〇）で本作品を次のように評している。

前半の設定はいささか常套に過ぎ、アリバイ・トリックも決して新味のあるものとは言えない。だが、後半の思わぬ事件の展開や意外な真相、皮肉な結末などがこの作品の真の狙いとなっており、そうしたプロット上の工夫に、作者の創意や苦心が感じられるのである。

「**自動車強盗**」は、一九五一年一一月二〇日発行の『鬼』第五号に掲載された。初出誌の目次では「コント」と角書きされていた。単行本初収録。

「**尾行**」は、『宝石』一九五二年三月号（七巻三号）に掲載された。単行本初収録。

隠岐弘は『宝石』一九五二年五月号の「探偵小説月評」で次のように評している。

香住春吾の「尾行」は、兄の殺害現場に妹が容疑者を連れてゆき、事件の経過を復習して、犯行を自白さすという筋だが、二十歳くらいの小娘にやつこめ《ママ》られて、殺人を自白するなどだらしのない話だし、小娘が天才的であるためには、この程度の道具だてでは条件がそろわない。いくら習作のつもりでも、こんな甘い考えでは小説は生れない。

手厳しく決めつけているが、本作品の場合、語り手である尾行者の正体をめぐる趣向にポイントが置かれているはずで、その点にまったくふれない批評は、ピント外れの譏りは免れないだろう。叙述の工夫をこそ買いたいところである。

『探偵作家クラブ会報』第58号（五七・三）に掲載された「マンスリー・ガヴェル」で中島河太郎が「着想は面白いが、それも充分に活かし得ていない」と評しているのは、右で述べた尾行者の正体をめぐる趣向をふまえたものであろう。

「**片目君と宝くじ**」は、『探偵実話』一九五二年八月号（三巻九号）に掲載された。単行本初収録。

「**自殺した犬の話**」は、『宝石』一九五三年一一月号（八巻一三号）に掲載された。その後、『大阪ミステリー傑作選』（河出文庫、八七）に採録された。

山村正夫は前掲「関西本格派の鬼＝香住春吾論」で本作品を次のように評している。


題名通り、犬が自殺した？　という奇抜な着想が、すこぶる変っていて面白い。一種のユーモア・ミステリーなので、そうした突飛な趣向がなおさら巧みに生かされていると言えるだろう。（略）作者は片目君の推理を通じて、巧妙な殺人手段を発《あば》かせているが、犬の習性を応用したプロバビリティの犯罪というべきトリックが、なかなかよく考えられていて、結末であっと言わせられる。おまけに犬の鉄道自殺の謎にもちゃんとした必然性があり、鮮やかな解明が用意されている点に、二重に感心させられた。


なお、本作品に限り、片目君の名前が「珍六」になっている。理由は不詳。

「**幽霊の出る家**」は、『探偵倶楽部』一九五四年一月号（五巻一号）に掲載された。単行本初収録。

「**蔵を開く**」は、『宝石』一九五四年七月号（九巻八号）に掲載された。その後、探偵作家クラブ編『1955年版探偵小説年鑑――探偵小説傑作選』上巻（岩谷書店、五五）、中島河太郎編『異端の文学1』（新人物往来社、六九）、『現代の推理小説・第一巻／本格派の系譜[I]』（立風書房、七〇）、『現代推理小説大系8／短編名作集』（講談社、七三）、中島河太郎・権田萬治編『日本代表ミステリー選集8／殺意を秘めた天使』（角川文庫、七六）、ミステリー文学資料館編『犯人は秘かに笑う――ユーモアミステリー傑作選』（光文社文庫、二〇〇七）に採録されている。

小原俊一（妹尾アキ夫）は、『宝石』一九五四年八月号の「探偵小説月評」で次のように評している。

◎香住春吾「蔵を開く」アメリカへ行ったシメノンが、ニューヨークタイムズのブックレヴユーにこう書いた。「フランスでは作家がみな顔を知り合つて一つのカフエーに集まるので、だれも同じものを書くが、アメリカには、カフエーがなく、作家が地方に分散し、地方人と交つているので、書くものが多種多様だ。カフエーのないアメリカが羨しい」
◎悪く云えば、日本の探偵物はカフエー文学、都会文学なのである。農村にも読者を持つためには、「蔵を開く」のような作が、もっと現れる必要がある。ユーモア物としても、大したものだ。

また『探偵作家クラブ会報』第86号（五四・七）の「マンスリイ・ガヴェル」で渡辺剣次は「殺意を抱くきっかけの、年老いて頭の回転の鈍くなった老妻が無邪気に殺人を提案するシーンは、トボケたユーモアとスリルが溶け合っていて捨て難い魅力となっている。結末も蛇尾ではない」と評している。

本作品を採録した『異端の文学1』の解説で中島河太郎は以下のように述べている。

> ユーモアと推理小説の複合は、至難な課題だけに、長年いろいろ試みられてはいるが、なかなかこれぞというものに出会わない。欧米の作品でも滑稽道化が過ぎて、ドタバタに終ったのが多く、わが国の作家など尻ごみして目立つものは稀であった。
>
> 香住春吾氏の「蔵を開く」（略）は、珍しい収穫で、私はまっ先にこれを思い浮べた。（略）漫才の呼吸を心得きった問答が、この管理人夫婦の困惑と謀議に反映している。
>
> 犯人の側から描くと見せかけて、推理によるドンデン返しも用意されているほど《ママ》、手馴れた技巧だが、阿呆と罵られ続けている老妻の犯罪協力が、なんともいえぬ不気味さを漂わせている。ユーモラスなものの底に秘められたスリルこそ感銘を与えることを、有力に実証している。

また、山村正夫は前掲「関西本格派の鬼＝香住春吾論」で本作品を次のように評している。

> うろたえた喜作はあれやこれやと考え悩んだ末、克巳と同行の婚約者の美智子を殺害しようと企む。そうしたいきさつが倒叙形式で語られるのだが、この作品が優れている点は、何といっても主人公の老夫婦の人間像と、二人のあいだの微笑ましい愛情が、生々として見事に描かれていることだろう。さすがはベテランの放送作家が書いたものだけあって、喜作とお島の掛け合い漫才的な会話が抜群にうまく、それもあって悪事を犯す人間でありながら、単純で善良な彼らの人の好さが憎めないのだ。美智子の機転で喜作の犯罪計画はむなしく水泡に帰するのだが、結末の失敗も間が抜

けているだけに、かえって一抹のペーソスさえ感じないではいられない。

「**鯉幟**」は、『宝石』一九五五年五月号（一〇巻七号）に掲載された。その後、探偵作家クラブ編『探偵小説傑作選――1956年版探偵小説年鑑』上巻（宝石社、五六）、『宝石推理小説傑作選2』（いんなあとりっぷ社、七四）に採録された。

小原俊一は、『宝石』一九五五年六月号の「探偵小説月評」で次のように評している。

読んでいるうち、ふと夢野久作の未読の作を読んでいるような錯覚をおぼえた。子供がよくかけている。季節感を捕えたところ、この作家もなかなか抜け目ない。

また、山村正夫は前掲「関西本格派の鬼＝香住春吾論」で本作品を次のように評している。

これは前作（「蔵を開く」――横井註）とはガラリと趣きの変ったシリアスな短編である。子供の喜ぶ鯉幟をなぜか嫌悪しそれに異様な恐怖感を抱く男の、潜在心理の分析がこの作品のモチーフとなっている。（略）作者はその顚末を信一の告白を通じて一人称形式で語っているのだが、夫から見放された上、病床に喘いで明日をも知れない薄幸の女の境遇が、鮮やかに浮き彫りにされていて、その哀れな母性愛の心情には胸を打たれずにはいられない。母を殺した犯人をつきとめるべく、事件を再調査した信一は、幼時の記憶を辿るうちおそろしい真相に到達する。その皮肉な結末とギョロリと目の光る鯉幟の取り合わせが見事な効果をあげていて、香住氏の全作品中でももっともきわ立った傑作と言い得るだろう。

「**米を盗む**」は、一九五五年六月一〇日発行の『宝石』増刊号（一〇巻九号）に掲載された。その後、日本推理作家協会編『探偵くらぶ[上]　奇想編』（カッパノベルス、九七）に採録された。

本作品は「トリック課題小説」四編（兇器・アリバイ・密室・一人二役）の内の一編として発表された。いずれかのテーマに絡むトリック小説とは思えないような作品内容なので、あるいは編集部によって無理やり特集に組み込まれたのかも知れない。

「間貫子《はざまかんこ》の死」は、『宝石』一九五五年一〇月号（一〇巻一四号）に掲載された。その後、鮎川哲也編『紅鱒館の惨劇』（双葉社、八一）に採録された。

探偵作家クラブの犯人当てゲームのために書かれた一編で、翌年の十一月一日に刊行された『探偵倶楽部』臨時増刊号に再録された時に付されたルーブリックには「抱腹絶倒の行文の中に、奇想天外な謎を秘めて喝采を博した」と紹介されている（執筆は中島河太郎）。ただし、『宝石』一九五五年十一月号の「探偵小説月評」では石羽文彦によって次のように評されている。

「間貫子の死」は香住春吾による恒例の犯人当て小説。「カロリン海盆」以来まつとうな小説ではうだつのあがらないことを見てとつた彼は「蔵を開く」で、始めて自分の本領を発見した。かつての彼の駄洒落式毒舌は余りに穿ちすぎていて気を悪くさせたものだが、自分の小説には効目がなかつたらしい。それが暗中模索するうち自分の蔵を開くことになつた。「五月幟《ママ》」にもちよつと持味の一端を示したが、間貫子にはどうも辟易した。成程一節一行は面白い。ところが解決編には、「蔵を開く」の洗練されたユーモアはなかつた。六十七才の老人が二十一貫の女性に抱きついて失敗したのがブロークン・ハートというわけだ。犯人当ての裏をかいてほくそえむつもりかも知れぬが、同型贈答をここまで適用するのはたちが悪い。

山村正夫は前掲「関西本格派の鬼＝香住春吾論」で本作品を次のように評している。

萩原光雄氏の名調子によって朗読された「間貫子の死」は、「金色夜叉」の間貫一をもじった、香住氏得意のパロディー的ユーモア・ミステリーで、村の鼻つまみ者だった因業な高利貸の女の殺人を扱ったなかなかの力作であった。クリスティーの「オリエント急行」ばりに、容疑者七人が全員、何らかの形でこの犯罪に参加しているというのがミソだが、それでいて真犯人はただ一人という着想が面白く、また意表をつく凶器の隠し場所が、トリックとして優れていた。

〈評論・随筆篇〉

「近時雑感」は、『関西探偵作家クラブ会報』一九五〇年六月号（通巻二八号）に香住春作名義で掲載された。

本編以下、全て単行本初収録となる。

「推理小説廃止論」は、一九五〇年七月一日発行の『鬼』第一号に香住春作名義で掲載された。

「探偵小説一元化」は、一九五〇年一一月二八日発行の『鬼』第二号に香住春作名義で掲載された。

「「関西クラブ」あれこれ」は、一九五一年三月一五日発行の『鬼』第三号に香住春作名義で掲載された。

「四ツ当り」は、一九五一年六月一五日発行の『鬼』第四号に香住春作名義で掲載された。

「探偵小説文章論」は、一九五二年三月一日発行の『鬼』第六号に掲載された。

文章の拙さは江戸川乱歩と水谷準のお墨付きとあるのは、「カロリン海盆」の選評をふまえたものだろう。

「探偵小説とラジオドラマ」は、一九五二年七月三〇日、一九五三年一月三一日、同年九月三〇日発行の『鬼』第七～九号に掲載された。

「天城一という男」は、一九五二年七月三〇日発行の『鬼』第七号に掲載された。

「不思議な時代」は、『宝石』一九五五年五月号（一〇巻七号）に諸家による「十周年への言葉」のひとつとして掲載された。

巻末には、一九五一年から五四年にかけて、さまざまな媒体で企画されたアンケートへの回答をまとめた。紙幅に余裕がないので、初出年月日については各編の巻末に譲ることとする。諒とされたい。

マクガー「恐るべき娘達」は、現在パット・マガー Pat McGerr（一九一七～八五、米）『七人のおば』*The Seven Deadly Sisters*（四七）として知られている作品で、一九四九年に新樹社から〈ぶらっく選書〉の一冊として延原謙訳が刊行された。「黒い死」とあるのは、一九五四年にハヤカワ・ミステリの一冊として平井イサク訳が刊行された、アントニー・ギルバート Anthony Gilbert（一八九九～一九七三、英）の長編『黒い死』*Footsteps Behind Me*（五三）であろう。


戸田和光氏から初出誌紙についてご教示いただき、「四重奏曲ニ短調」のコピーを提供していただきました。また星野和彦氏から『関西探偵作家クラブ会報』を借覧させていただきました。記して両氏に感謝いたします。

［解題］**横井 司**（よこい つかさ）
1962年、石川県金沢市に生まれる。大東文化大学文学部日本文学科卒業。専修大学大学院文学研究科博士後期課程修了。95年、戦前の探偵小説に関する論考で、博士（文学）学位取得。共著に『本格ミステリ・ベスト100』（東京創元社、1997）、『日本ミステリー事典』（新潮社、2000）、『本格ミステリ・フラッシュバック』（東京創元社、2008）、『本格ミステリ・ディケイド300』（原書房、2012）など。現在、専修大学人文科学研究所特別研究員。日本推理作家協会・本格ミステリ作家クラブ会員。

香住春吾氏の著作権継承者と連絡がとれませんでした。ご存じの方はお知らせ下さい。

香住春吾探偵小説選《かすみしゅんごたんていしょうせつせん》Ⅰ　〔論創ミステリ叢書93〕

2015年11月30日　初版第1刷印刷
2015年12月20日　初版第1刷発行

著　者　香住春吾
監　修　横井　司
装　訂　栗原裕孝
発行人　森下紀夫
発行所　論創社
〒101-0051 東京都千代田区神田神保町2-23 北井ビル
電話 03-3264-5254　振替口座 00160-1-155266
http://www.ronso.co.jp/

印刷・製本　中央精版印刷

Printed in Japan　ISBN978-4-8460-1494-0

論創ミステリ叢書

①平林初之輔Ⅰ
②平林初之輔Ⅱ
③甲賀三郎
④松本泰Ⅰ
⑤松本泰Ⅱ
⑥浜尾四郎
⑦松本恵子
⑧小酒井不木
⑨久山秀子Ⅰ
⑩久山秀子Ⅱ
⑪橋本五郎Ⅰ
⑫橋本五郎Ⅱ
⑬徳冨蘆花
⑭山本禾太郎Ⅰ
⑮山本禾太郎Ⅱ
⑯久山秀子Ⅲ
⑰久山秀子Ⅳ
⑱黒岩涙香Ⅰ
⑲黒岩涙香Ⅱ
⑳中村美与子
㉑大庭武年Ⅰ
㉒大庭武年Ⅱ
㉓西尾正Ⅰ
㉔西尾正Ⅱ
㉕戸田巽Ⅰ
㉖戸田巽Ⅱ
㉗山下利三郎Ⅰ
㉘山下利三郎Ⅱ
㉙林不忘
㉚牧逸馬
㉛風間光枝探偵日記
㉜延原謙
㉝森下雨村
㉞酒井嘉七
㉟横溝正史Ⅰ
㊱横溝正史Ⅱ
㊲横溝正史Ⅲ
㊳宮野村子Ⅰ
㊴宮野村子Ⅱ
㊵三遊亭円朝
㊶角田喜久雄
㊷瀬下耽
㊸高木彬光
㊹狩久
㊺大阪圭吉
㊻木々高太郎
㊼水谷準
㊽宮原龍雄
㊾大倉燁子
㊿戦前探偵小説四人集
別怪盗対名探偵初期翻案集
51守友恒
52大下宇陀児Ⅰ
53大下宇陀児Ⅱ
54蒼井雄
55妹尾アキ夫
56正木不如丘Ⅰ
57正木不如丘Ⅱ
58葛山二郎
59蘭郁二郎Ⅰ
60蘭郁二郎Ⅱ
61岡村雄輔Ⅰ
62岡村雄輔Ⅱ
63菊池幽芳
64水上幻一郎
65吉野賛十
66北洋
67光石介太郎
68坪田宏
69丘美丈二郎Ⅰ
70丘美丈二郎Ⅱ
71新羽精之Ⅰ
72新羽精之Ⅱ
73本田緒生Ⅰ
74本田緒生Ⅱ
75桜田十九郎
76金来成
77岡田鯱彦Ⅰ
78岡田鯱彦Ⅱ
79北町一郎Ⅰ
80北町一郎Ⅱ
81藤村正太Ⅰ
82藤村正太Ⅱ
83千葉淳平
84千代有三Ⅰ
85千代有三Ⅱ
86藤雪夫Ⅰ
87藤雪夫Ⅱ
88竹村直伸Ⅰ
89竹村直伸Ⅱ
90藤井礼子
91梅原北明
92赤沼三郎
93香住春吾Ⅰ

論創社